1930

1945

1949

1952

1958

1960

20 世紀台灣文學專題 II

1968

1979

1980

1985

1987

1995

1997

1999

2000

—— 目 錄 ——

現代小説

原住民文學

後現代詩

情色詩

女性詩學

都市詩

飲食散文

旅行文學

1930—創作類型與主題

自然書寫

科幻文學

後設小說

眷村小說

同志小說

女性小說

羅曼史小說

武俠小說

原住民文學

簡政珍

亞洲大學應外系教授

後現代的雙重視野

後現代主義發展的流程

　　台灣到了八○年代之後，詩理論的撰寫經常以「後現代」做爲論述焦點。其實在西方，第二次世界大戰結束後不久，在文化與文學的發展上，「後現代」已經變成醒目的論述。由於這純然是西方來的產物，討論台灣的後現代詩，不論是「後現代」，或是將「後現代」轉植成爲烘托意識型態的「後殖民」論述，必然要以西方的發展作爲瞭解的基礎。[1]

　　六○年代，「後現代主義」的詞彙開始問世。剛開始，由於個人的定義迥異，思維的方向南轅北轍，很難調理出一個共通性的定義，不過葛拉夫（Gerald Graff）大略整理出六○年代後現代主義的兩種相反的現象。一是「啟示式的絕望」（apocalyptic despair），另一種是「視覺上的慶賀」(visionary celebration)。「後現代主義」一開始就讓世人以悲喜兩種對比的心情相看待。表面上七○年代以及八○年既不是絕望，也不是慶賀，但這兩種自相矛盾的特性，卻轉移潛藏成爲後來「後現代」論述的內在要素。由於潛在矛盾，「後現代主義」一直在對既有的現象、信條質疑，也對自我的質疑。質疑權威，質疑既有的真理、歷史觀，質疑性別的分野、

---

[1] 由於論述根植於西方的思潮，台灣在轉述之間不時因爲立足點不同，而有不同的取捨與爭辯，如：「後殖民」論述，是陳芳明一以貫之所採用的文學立場。他在《後殖民台灣：文學史論及其周邊──戰後台灣文學史的一個解釋》中質疑，羅青、孟樊、廖咸浩等人所宣稱的──八○年代的「後現代」思維已在台灣扎根。他強調以「後殖民」論述來回顧並重新評價台灣文學。
廖炳惠〈台灣：後現代或後殖民〉一文，對陳芳明的論點則持保留的意見：一九四五年之後，並未真正進入「後殖民」；一九八七年後，也未能立刻達成「後殖民」。因此，「後現代」成爲一種替換的思維方式，去想像、開展多元化的社會脈絡。當前，有些學者提出的「抗衡現代性」與「多重現代情景」都提供參考架構，讓我們重新反省台灣的「現代」、「後現代」及「後殖民」經驗。本文所觀照的是後現代思維和台灣詩美學的關係。

種族的差異等等。由於這段時間也是德希達解構學風起雲湧的時代，質疑與解構是天經地義的結合。因此，後現代論述也可以視爲解構學的另一種樣貌。現今的後現代主義的精神就在於不斷的詰問，詰問現有的信條，讓信條存疑而成爲非信條。但根據哈琦玫（Linda Hutcheon）的看法，當今的後現代主義已經比較沒有六〇年代的反對性以及理想性。一方面，後現代要對一些現象有所質疑，但某方面也和這個現象成爲一種共謀（*The Politics of Postmodernism* 10）。這也許就是上述兩種矛盾現象的「再現」。

　　八〇年代中期麥克哈爾（Brian McHale）在他的《後現代小說》（*Postmodernist Fiction*）裡將現今主要的後現代主義概略整理如下：巴斯（John Barth）的後現代主義是文學的填補；紐曼（Charles Newman）的後現代主義是通貨膨脹的文學；李歐塔（Jean-Francois Lyotard）的後現代主義是當代資訊掌控下的知識情境；哈山（Ihab Hassan）的後現代主義是人類精神統合的舞台；柯摩（Frank Kermode）建構的後現代主義是存在的建構。（McHalle 4）

　　除此之外，還有詹明信（Fredric Jameson）後資本主義的文化邏輯；布西拉（Jean Baudrillard）的後現代主義裡，個人主義主體消失，以及「虛像」（simulacrum）對著被指涉物的屍體拍手稱慶；科若克與庫克（Arthur Kroker and David Cook）後現代主義裡呈現過度真實裡的陰暗面。當然還有麥克哈爾的後現代的「本體性」思維，以及哈琦玫「質疑與共謀」矛盾的後現代主義等等。

後現代主義的雙重性

　　這些思想家雖然重點迥異，但是都展現一種對既有體制的懷疑，以及以諧擬的態度反諷（詹明信除外，本文將在下面進一步說明）。也就是說，所諧擬的焦點不一，但諧擬的精神卻如一。因此，對於後現代主義

的分析，重點不是被諧擬的對象，而是諧擬的精神。又由於後現代具有解結構的傾向，往外投射的批判與質疑，也可能使自己變成批判的投射對象。和解結構一樣，後現代思維具有自我的反思，因此也蘊含了思維活動的雙重曲折。哈琦玟對於後現代主義的定義，一開始就說：「**我刻意要說後現代主義是什麼的同時，也要必須說它不是什麼。也許這樣是很合適的狀況，因為後現代主義的現象截然矛盾**」（Hutcheon, *The Politics of Postmodernism* 1）

所謂矛盾，正如哈琦玟所說，是面對傳統，後現代主義想顛覆與挑戰時，又設法灌注強化傳統。也許原先是想去掉既有的主控性，但是最後卻變成一種妥協的共謀。另一種矛盾是：後現代主義強調內在的自我反思時，也強調外在的歷史走向。因此，最後是一個妥協的立場。（同上 2）

批判與共謀的雙重性使後現代主義不是單方面一廂情願的「毀滅行為」。在內溯與外延中，所謂的「再現」變成另一個值得質疑的課題。羅素（Charles Russell）說：解除既有教義的立足點，是經由現有的意義系統與文化論述才能完成（Russell 183）。其實這樣的語言並不陌生。解構必須經由既有的結構。哈琦玟以小說與攝影討論再現的透明度。她說這兩種藝術形式的發展歷史都仰賴寫實的再現，但到了現代主義的詮釋後，兩者都必須面臨記實文件與形式衝動的對立。哈琦玟接著說：

> 這種對立，我稱之為後現代主義者的場域：記實的歷史真確性遇上形式主義者的自我反思及諧擬。在這樣的交會點上，再現的研究，不是模擬的鏡像顯現或是主觀的投射，而是探索敘述與意象，在現在與過去如何讓我們看到自己，如何讓我們建構自我的理念。（*The Politics of Postmodernism* 7）

哈琦玟的觀點除了上面所引用的文字內涵外，還有兩點值得注意。一是

後現代的諧擬是以「寫實」客體出發點，和羅素的觀點相呼應。表面上，後現代立意要打破既有的再現理論，實質上，自我反思以及諧擬都是以「記實的歷史真確性」為出發點。二是再現的命題從模擬與主觀投射，轉成對自我存在的探問。

後現代主義與現代主義的關係

上述的第二點和麥克哈爾的論點相傍依。麥克哈爾認為現代主義是知識論的尋求（epistemological），而後現代主義則是本體論（ontological）的探問。前者所關心的是：「我如何詮釋這個我在其中的世界？」；「有什麼要知道的？」；「誰知道，如何知道？」；「知識如何傳遞？以什麼樣的可靠度傳遞？」「知識的極限是什麼？」等等。後者的問題是：「這是什麼世界？」；「在這樣的世界裡能做什麼？」；「以自我的那一部份去做？」；「世界是什麼？」；「是什麼樣的世界，如何構成？」等等。換句話說，現代主義雖然技巧隱約繁複，美學的展現在於知識性尋求，經由遮掩迂迴，甚至零散破碎，但答案最終得於浮現。而本體論則是在一個瞬息即變的世界裡，如何觀照自我，「如何看到自己，如何讓我們建構自我的理念」。基於此，知識論裡無法追索確認的未定性，可能變成本體論的多樣性或是不穩定性（McHalle 11）。這是現代主義與後現代主義的接續點。

麥克哈爾的觀點，進一步觀察，可如此看待：以現代主義觀照，是知識上的未定狀態，以後現代主義的眼光看待，是本體上的多樣或是不穩定狀態。一念之間的飄移，可以是現代也可能是後現代的思維。事實上，後現代與現代是斷裂還是接續，一直存在永遠的論爭。以後現代接續現代的觀點看待，沒有現代主義藝術裡的自我指涉，反諷，朦朧性，弔詭，語言的探索，對寫實主義再現觀的挑戰，就沒有後現代主義的可能性。以斷裂的觀點來說，後現代小說駁斥現代主義的藝術自主性，個

人性表現，刻意將藝術與大眾文化區分等等（Huyssen 53-4）。

詹明信強調後現代是現代的斷裂與反制。反制的重點有兩種。一種是反制現代主義所確立的形式以及當時所掌控的準則經典，要將現代主義的大師如龐德、艾略特、喬艾思、普魯斯特等人視爲「敵人」，而這些「敵人」「已死、已令人窒息、已成經典，要將這些具體化的紀念碑摧毀才能創新」（Jameson, "Postmodernism and Consumer Society" 14）。另一種反制是將高度文化與大眾文化的分界線去除。

詹明信將現代主義視爲打倒對象的後現代論述，與其馬克斯的社會理論有所呼應。一般的後現代論述都比較注意到現代與後現代「異中有同」的互植狀態。李歐塔不僅體認到兩者的接續，甚至認爲先有後現代才有現代。他對現代與後現代的區別關鍵在於：如何展現康德的「崇高」。根據康德以及後來的發展，「崇高」已不可得。但現代主義仍然嘗試展現這些「無法展現的」（unpresentable）一切。後現代主義則將「無法展現的」轉移至展現的動作本身。前者對「不能展現的」一切有思鄉式的緬懷，後者則沒有這一層鄉愁。前者難以忘懷已經不可得的符旨，後者則將焦點轉移至移動的符徵。

哈珊（Ihab Hassan）在列出現代與後現代的對比對照表時，也說明兩者的交相滲透。他列舉後現代主義的十個問題，其中有幾點和現代主義有關。第四點：「現代主義與後現代主義並不能以鐵幕或是中國長城加以區隔；因爲歷史是文字一再刮去又一再重寫的羊皮紙，而文化是過去、現在、未來的穿透。我們同時可能是維多利亞，現代以及後現代」（*The Postmodern Turn* 88）。第五點：因此，所謂時代或是思想分期「必須觀照到同時是持續與非持續」（同上）。第六點：因此，所謂時代的分期也是「順時與並時的建構」（同上）。

後現代精神概述

綜合上述重要的後現代論述，我們可以概括地整理如下：

1、 後現代主義重要的精神是雙重視野。哈琦玫提出對客體或是體制的批判的同時，也與這些體制共謀。後現代論述是一面批判，一面自我反思；有時批判的箭頭也會反轉朝向自我。哈珊的順時與並時、持續與非持續的「時期」觀，也連帶強調同與異、統一與斷裂、牽連與反叛的雙重特性。

2、 有些後現代理論家強調後現代與政治的關係。詹明信的馬克斯後現代主義是明顯的例子。由於他對政治的指涉變成強勢論述，有的批評家（如 Warren Montag）認為這是詹明信試圖將後現代主義「大一統」（totalizing）（Montag 94-102）。哈琦玫也強調後現代與政治的關係。但她的政治指涉總和內在的自省辯證，而呈現她的雙重視野。

3、 美學上，雙重視野所展現的是諧擬的功能。一方面模仿，一方面揶揄。[2]

4、 諧擬基於現實與客體的存在，也就是外在紀實的文件與內在形式自覺的拉扯。

5、 高度文化與大眾文化的區隔漸趨模糊。但是某些後現代思想家，如李歐塔、弗爾克（Falck）等人在體認到文化的大眾化時，散發出「不得不接受這樣的文化，又感嘆有這樣的文化」的弦外之音。因此，對這點的論述也是雙重意涵，承認與批判並存的敘述語調。

6、 讓所謂確定的變成不確定，而促成未定性的美學空間。朦朧性、多重性、隨意性、嬉戲性、反叛性、斷裂性、解構性的構成後現代主義的主要意涵。但所謂未定性並不是等同虛無主義。這和上述的雙

---

[2] 詹明信以仿造（pastiche）取代諧擬，因為他認為諧擬仍然在對一個已經不存在的高度文化鄉愁。

重視野有關。

7、 因此，弔詭的是，在現象學與解構的互動中，表象現象的存有與本體被德希達視為解構的對象，[3] 但在現代主義與後現代主義的發展中，現象的思維與解結構分佔後現代主義不同的焦點。上述的哈琦玟以及麥克哈爾都在後現代的論述裡強調在時空中對自我的探問。麥克哈爾在他的《後現代小說》裡以現象學哲學家英嘉敦（Ingarden）所提出的「不定性」為例。史帕諾斯（W・V・Spanos）的後現代論述是以海德格存有的時間性反制現代主義的空間性。波維（Paul A. Bove）的「毀滅性詩學」（Destructive Poetics）是以後期海德格的哲學為基礎，呈現後現代的構圖。哈珊引用以哲（Wolfgang Iser）的現象學空隙做後現代論述的參考。他本人則以未定性與內在性（immanence）構成他的後現代雙重視野。所謂「內在性」是指：「*心靈以象徵概述自我，漸漸對自然的干預，而逐次變成自我的情境*」（Hassan, *The Postmodern Turn* 93）。哈珊的「心靈自我」事實上是意識與語言綜合的化身，在播撒、消散、相互嬉戲、相互依存中存在，類似一個有解構傾向的現象學。

8、 換句話說，在後現代的時空裡，自我反思與自我探問，將後現代雙重視野帶進較高的哲學層次。在這樣的層次上，後現代的精神呈現結構中的解構，解構中的建構；在表象無意義中顯現意義。一方面，存有日趨罔無，另一方面，在日趨消散的存有中書寫存有。

9、 從另一個角度看待，雙重視野，也可以是廣義的多重視野。意義的展現，除了正反可能相反的辯證外，還有可能是多方面的指向，也就是意義多重的可能性。

---

[3] 請參考德希達的《言語與現象》（*Speech and Phenomena and Other Essays on Husserl's Theory of Signs*）。

台灣的後現代詩論述

後現代理論重要的雙重性或是雙重視野,經常在台灣的後現代詩論述中遺失。從一九八六年羅青發表的〈七○年代新詩與後現代主義的關係〉以及〈詩與後工業社會:「後現代狀況」出現了〉開始,經由張漢良於一九八八年在爾雅版《七十六年詩選》的提倡,廖咸浩在一九九六年及一九九八年分別發表的〈離散與聚焦之間——八○年代後現代詩與本土詩〉與〈悲喜末若世紀末——九○年代的台灣後現代詩〉的論述,以及蔡源煌和鍾明德的論說,再到孟樊一連串有關後現代的著述,大致所呈顯的是單方面的平面觀察,很少能凸顯到後現代雙重視野的豐富性。[4]

這些批評家在引介外國的理論時,有時會有「不經心」的誤讀。如張漢良引介李歐塔時,誤以為後者的後現代理論強調要盡其想像,呈現「無法展現」的一切。其實,正如上述,在李歐塔的原文裡,這樣的論點反而是「現代主義」的特色,原文的後現代主義不是要呈現「無法展現的一切」,而是將焦點轉至「呈現」的動作本身。

其次,論述後現代主義的特色,經常以文字的外表當作後現代主義的座標,以列舉式的信條作為後現代主義的旗幟。以詩的表象形式編製論述的框架。陳光興評論羅青的《什麼是後現代主義》的〈台灣地區後現代狀況〉一章時說:「羅青再度炒作對號入座的技倆,這次以簡化的科技決定論為主導,發明新的五點指標,然後再次引現象就位。『台灣版』粗略的炒作方式至此已狂飆到極點。」(《自立早報》1990 年 2 月 23 日)

「台灣版的」的「後現代主義」之所以「粗糙」,在於批評家大都用最簡略的方式,以「外表像後現代」、「以對號入座的方式」做論述的基礎,很少費心在「傳統詩行」裡閱讀出深具堂奧的後現代精神。孟樊對

---

[4] 請參見蔡源煌的《從浪漫主義到後現代主義》,鍾明德的《在後現代主義的雜音中》,羅青的《什麼是後現代主義》以及孟樊的《台灣後現代詩的理論與實際》。

於「後現代」的探究專注著力，著述有成，爲台灣現代詩的後現代情境留下重要記錄。但仔細閱讀其論述，在感受到他以詩作驗證各種特色的「標籤」後，讀者總覺得另有期待。孟樊的《台灣後現代詩的理論與實踐》一書中以德希達、巴特、克莉絲緹娃、巴赫汀等思想家的論述爲基礎，而列舉了台灣後現代主義詩的七個特徵：

1. 文類界限的泯滅
2. 後設語言的嵌入
3. 博議的拼貼與整合
4. 意符的遊戲
5. 事件的即興演出
6. 圖像詩與字體的形式實驗
7. 諧擬的大量引用 [5]

大體上，孟樊如此的分類，的確能呈現後現代的一些思維。但是當他實際以詩爲例討論時，由於後現代的雙重性並非存念在心，有時有關「意義」的論述傾向被簡化成「沒有意義」。奚密〈後現代的迷障〉一文

---

[5] 另外廖咸浩與陳義芝也有類似的分類。前者在《悲喜未若世紀末》的分類是：(1) 文字物質性的深掘 (2) 日常感動常在無心處 (3) 政治議題與文本交歡 (4) 情慾的歡慶、無奈與顛狂 (5) 網路文化與想像未來 (36-50)。後者的分類是 (1) 不再追求個人主義風格的創新，反而將仿造 (pastich) 作爲一種寫作策略。(2) 以不連續的文字符號建構出有別於傳統、不具意指 (signified) 的語言系統。(3) 創作的精神不在於抒發情感，而在於表現媒介本身，不在於呈現真實事物，而在完成一種廣告式的幻象。(4) 表現方法不依賴時間邏輯，而靠並時性空間關係的突出，景物與景物間、事件與事件間，因互不相屬而留下更多聯想的空間。(5) 要求讀者參與創作遊戲，讀者可以在作者有意缺漏的地方填入不同的意符而產生不同的意指 (陳義芝 385)。除了彼此的相似點外，廖咸浩還凸顯了情慾、政治、未來的取向。同樣是標籤，他的第 2 點「日常感動常在無心處」是少數後現代論述較細緻的觀察。

對孟樊的著作如此批評：

> 筆者以為〈孟〉文〔台灣後現代詩的理論與實際〕代表了對德希
> 達解構理論最大，但很遺憾的，也是最普遍的誤讀和誤用。德希
> 達從未否認『意義』的存在和必要。他強調的是意義的產生永遠
> 是一複雜多面、不可界限的意符運作於上下文的結果。意義的不
> 可歸納和界定並不意味著意義的消失（221）

奚密所要指出的是，在孟樊的論述下，德希達的解構理念被簡化成「沒
有意義」，主要的關鍵可能在於，文字的嬉戲被等同於無關緊要的遊戲。
事實上，play 或是 playfulness 有「自由放鬆」的意涵。這個意涵最主要
的意義在於，它是「新批評」時代要求文字「嚴謹」、「嚴肅」的反向運
作。但是放鬆並不是隨意的遊戲。反過來說，反對語言只是文字遊戲，
並不意味藝術就是佈滿道德教訓的爪痕。當然，一個詩人在「文字遊戲」
的風潮下，為了配合風向，寫出來的可能是純然「沒有意義」。

　　福斯特（Hal Foster）所編選的《反美學——後現代文化論述》（*The
Anti-Aesthetic：Essays on Postmodern Culture*），立足點和詹明信相同，重
點是揚棄現代主義。但是當他定義後現代主義是反美學時卻說：「『反美
學』不是現代虛無主義的符號——這樣踰越法則反而肯定法則——反美
學是一種批判，摧毀再現的次序，以便重新銘記再現。」（*Anti-Aesthetic* xv）
福斯特說所有選集裡的「批評家都理所當然認為，我們從未自絕於再現
之外」（同上）[6]。值得注意的是，佛斯特要拋棄一切，為的是「重新銘

---

[6] 選集的批評家是 Jurgen Habermas, Roslind Krauss、Douglas Crimp、Craig Owens、
Greogry L. Ulmer、Fredric Jameson、Jean Baudrillard、Edward W. Said。福斯特的看法
是：現代主義的「否定」反而意味「存現」（presence）的夢幻。因此，即使阿德
諾（Theodor Adorno）的顛覆性美學也應該加以棄置，因為那是一種「否定承諾」
（*Anti-Aesthetic* xv-xvi）。

記再現」，以一種新的再現取代所有一切既有的再現。後現代主義所專注的是解構既有的意義，但既然「再現」之念縈繞於意識，「重新銘記再現」絕非全然沒有意義。細觀之，福斯特的論述又是一種雙重視野。有關意義的論述，後現代主義是一種「置之死地而後生」的策略，而部份台灣後現代詩的論述是「置之死地永遠死」的宣判。

更何況，伴隨「現代主義」的意義並沒有死，因爲現代主義還活著。福斯特一直想以時代分期劃分出現代與後現代的界線，再由此判定前者的死期。但他也知道，在大多數人的心中，現代主義「時代已過」，但「理念續存」。他引述狄曼（Paul de Man）說，任何時代都有一個「現代」的瞬間，這個瞬間不是「時期」的範疇，而是理念的類別。福斯特也轉述哈伯瑪（Jurgen Habermas）說：「沒錯，這個字〔後現代主義〕已經喪失『固定的歷史指涉』，但其意識型態並沒有〔喪失〕」。（同上 x）[7]以台灣的社會文化現象，甚多的論者認爲：還沒有真正走過現代，怎麼後現代？事實上，由於現代與後現代的疊合狀態，文化與文學也顯現雙重視野。

---

[7] 福斯特編本書的用意，主要還是想將現代主義定義成時代而不是理念的範疇。所以他說：現代主義「有歷史的極限。本書這些文章的用意就是追尋這個極限」（Anti-Aesthetic x）。但是反諷的是，在本書的個別文章的論述裡，已經顯現現代主義的陰魂不散。以其中阿爾默（Gregory L. Ulmer）的〈後批評的客體〉（"The Object of Post-Criticism"）爲例，阿爾默說：「『後批評』（後現代、後結構）確切是由現代主義藝術的方法所構成」（Anti-Aesthetic 83）。阿爾默以「拼貼」作爲後（現代）批評的圖騰，但所舉的例子，在繪畫上是畢卡索，在攝影上是哈特菲（John Heartfield）一張〈希特勒式敬禮的意涵〉（"The Meaning of the Hilterian Salute"），兩者都是現代主義時空下的產物。後者顯示一張希特勒舉手做註冊商標式的敬禮，下面有一段文字是希特勒說的話：「我有好幾百萬的支持」，手掌上方有一個大肚子的無名人士正遞給他一疊鈔票。阿爾默引用了哈特菲的原文後，評述道：「希特勒的言語和他的影像在重組中對自己反將一軍，對德國資本主義與納粹黨的勾結給予一擊」（同上 85）。阿爾默的文字充分顯示後現代論述不僅是現代主義的延伸，而且對論述的客體都賦予意涵或是意義以及指涉。

　　但後現代本身，即使沒有現代主義的滲透，也不盡然欠缺嚴肅性。
奚密對孟樊的批評立論的基礎在此。這也是嬉戲與遊戲之別。嬉戲可能
是遮掩後現代主義嚴肅性的面具。表現的諧擬潛在有其嚴肅的人生命
題。美國詩人艾許伯瑞（John Ashbery）的長詩〈凸鏡中的自畫像〉
（Self-Portrait in a Convex Mirror），語調諧擬，意象與意象之間嬉戲奔飛
串連，但這首「後現代詩」可能是當代最嚴肅的詩作，因為詩中以極深
厚複雜的思維觀照「歷史」、「人生」、「模擬」、「書寫」、「意象流動中的
時空」、「時空飄忽中的自我」等等。[8]

　　紐曼（Charles Newman）說：任何一個作家，在開始寫一本書的那一
瞬間，都具有關鍵性的價值（Newman 83）。那是一個嚴肅的瞬間，不能
以遊戲打發。弗爾克甚至說，在一個宗教欠缺說服力的時代，真正的後
現代主義使詩的功能類似宗教，雖然其中不乏嬉戲的語音（Falck 169）。

　　假如體會到後現代詩潛在的多重語音與雙重視野，批評家不會只是
在單一化的標籤下作浮面的論述。純然在文字的圖像性、跨界的書寫上，
以標籤找產品對號入座。也不會把符徵、拼貼視為純然的遊戲，把後現
代的「事件」視為純然的即興演出。[9]當然，當詩人因為批評家提出這樣
的標籤，而跟隨標籤的「指示」做遊戲，詩的書寫勢必沒有意義。反過
來說，詩人必須刻意寫成沒有意義的作品，也才會進入「看不出意義的」
批評家的「後現代論述」，而變成「後現代詩作」。因此，詩人和批評家
可以理直氣壯地說：「後現代詩沒有意義。」這是詩人與批評家天衣無縫
的默契。

　　有些詩「違規」，在形式的遊戲中暗藏「意義」。但更進一步說，若
是詩作只是文字形式上的戲耍，即使有一些「意義」，這樣的作品並沒有

---

[8] 請參見 Chien Cheng-chen)（簡政珍）的 "The Double-Turn Images in Ashbery's 'Self-Portrait in a Convex Mirror' "。

[9] 有關「即興演出」，本書將在第八章〈詩的嬉戲空間〉進一步論述。

觸及複雜的雙重視野，因而也還未踏進後現代的堂奧。

總之，當我們體會到後現代的雙重視野時，所有的符徵以及文字事件就不是純然的偶發事件，或是沒有輕重的遊戲。在一個自我瀕臨消散的時代，如何在文字裡的空隙與斷層裡看到播散的自我，也就很可能在嬉戲中感受到嚴肅，在表現的無意義中體現意義。

台灣當代詩論述的新視野

基於上述幾個觀察，本書的後現代論述將有迥然不同的視野。但有幾點需要澄清說明：

首先，雙重視野的提出，並不意味其他的標籤必然是錯誤。只是色情詩、政治詩本身並不一定就是後現代詩。由雙重視野看待色情或是政治詩，詩展現了諧擬，也使詩在肯定與否定中拉扯，在結構與解構中辯證，而使詩富於縱深，也因而富於後現代精神。題材本身不足以說明是後現代，需要與「後現代精神」結合，才能展現後現代性。

其次，目前後現代詩的討論，大都把焦點集中在醒目的外表形式。這些詩毫無疑問也是「後現代主義」的一部份。但是假如以這樣的詩作當作論述重點甚至是終極目標，而假如批評家又理所當然認為後現代詩沒有意義，這時批評家所謂的批評充其量只是拿一支教學桿子，指著這些詩，告訴讀者說：「看，這就是後現代詩。」無意義可談，無思想深度可探討。若是如此，讀者終究要問：「批評家所為何事？」事實上，若要引介後現代理論，而又認定後現代詩沒有意義，批評家所作所為，就是做「批評」的自我解構。也許，批評家如此的作為，可謂「現身說法」，說明後現代雙重視野的精神——引介與消解自己的評論活動。

再其次，以美學的層次論述，純然玩弄外表形式的詩作，即使有討論的動因，能經得起討論的層面也非常有限。這些「詩」的詮釋給讀者留下來的印象是：後現代詩也不過是形式的小花招而已。林燿德、陳克

華、夏宇、陳黎最常被當做後現代理論論述的詩，也幾乎是他們詩作中
最單薄的作品。其實，他們也有一些具有較高層次的後現代作品，但大
都被這些後現代批評家忽視，因爲這些作品「躲在」傳統詩行裡，沒有
明顯要弄的形式。

　　以上陳光興所說的後現代「『台灣版』粗略的炒作方式」，和以「形
式要弄」的詩作爲論述焦點有關。後現代是一種解構論述，而解構學的
肇始者德希達，在幾近論證「空無指涉」與「掏空的再現」時，展現了
深邃的哲學內涵。解構學的論述本身就是精緻豐碩的文本。解構學的說
服力在於論述的語言之旅中的風光，而不是目前已經衆所周知的結論。
爲了論證一個有關於幾近「一無所有」的結論，德希達在過程中展現了
深厚而幾乎「無所不包」的哲學景致。台灣後現代詩論會「粗糙」，主要
是缺乏**論證過程**中的哲學厚度，而只是擷取簡化的結論做爲標籤，然後
在實際批評時，再找詩作對號入座。

　　台灣現代詩論述喜歡引用美國語言學派（L＝A＝N＝G＝U＝A＝G
＝E）作爲將語言簡化成遊戲的佐證。但語言學派的中堅人物伯恩斯坦
（Charles Bernstein）卻有這樣複雜的雙重視野：「以多重態度面對現存社
會的真實與虛假時，並非全然的否定或是全然的肯定。這就是爲什麼強
調／拒絕二元對立的狹意性反諷，不足以容納喜劇、悲情、客觀模式的
揉雜」（Bernstein 243）。而這樣的視野的心靈底層有極「嚴肅」的美學觀：
「假如沒有說服力，假如只是自我辯解或是自我鞭打或只是美學的裝
飾，而沒有促成互動、溝通、（對自己或是他人的）激發的話，我的藝術
將只是空洞的文字」（同上 240）。除了創作本體的嚴肅性外，伯恩斯坦
和上述德希達的論述一樣，即使在詩作上將「語言」逼近扭曲變形，伴
隨著創作的詩觀，仍然流露出豐富的哲學辯證。如此的詩學，假如引介
的批評家只是簽收一個簡單的結論或是外表形式的「模擬」，所謂詩論勢
必又很難避免「粗糙」的貼標籤活動。

因此，避免論述文字遊戲的詩作，是批評家存有的自救。假如能在「傳統詩行」看到更高層次的後現代詩（以上所提的艾許伯瑞的〈凸鏡自畫像〉就是最好的例子），才能真正踏入後現代詩美學的堂奧，也能體現到批評家更富於內涵的自我。假如批評家從「外表形式」中轉移焦點，他們會發現除了林燿德、陳黎、夏宇的詩作之外，其他一些詩人有更豐富的詩作，在更高點發出後現代美學的光芒。本書以後各章節將以不同層次的各類作品，循序漸進，為後現代詩美學展望新的航程。

以下各章節並非全然是「後現代詩」的論述。而是在後現代氛圍裡，省思當代詩如何調適腳步，如何在既有的基礎上（不論是傳統比較強調固定意義的詩作，或是在外表形式戲耍的作品），在美學的軌跡上再跨出一步。結構與空隙的調變、空隙與縫隙的牽連、意義的浮動、意象的流動性、諧擬、意象的嬉戲空間、意象不相稱的銜接、苦澀的笑聲、「既是亦不是」的辯證，都是在審視詩在後現代情境下所顯現的當代性。這些名目並非標籤，而是在已然熟悉的觀念或是新思維所體驗的觀察中，再延拓出雙重視野，甚至是多重面向的可能性。

在討論上述各個子題時，所選的詩例，並不表示該詩人寫的都是同一類風格的作品。一個詩人無不想打破自我的極限。作品的多樣性是詩人在詩路上嘗試留下的印痕。因此，當詩例和作者在某一個焦點呈現時，詩美學的考慮大於個別詩人的考慮。仔細加以區隔，這可能意味：一、若是論述中特別提到該詩人此項的特色，則這個詩例代表了時代性的後現代精神外，也是個人風格的具體而微。但是這樣的例子畢竟不多。[10]二、大部分的狀況是，有些好詩人在後現代的氛圍下，會在詩作中有意無意進入後現代的「詩想」。即使有些「傳統古典抒情」詩人，也可能在

---

[10] 正如上述，本書所著重的不是外表明顯的所謂「後現代形式」，而是潛在的後現代精神。若是前者，坊間幾乎所有的後現代論述都已經為某些特定詩人做好標籤，這些詩人也正如陳光興所說的，早已對號入座。

作品裡散發極豐富的當代性。以不同詩人不同的詩作為例（而非某詩人的專屬品），是用以說明後現代詩美學的繽紛雜杳。這些當代性或是後現代性「隱藏」在極傳統的詩行裡，批評家或是讀者要有銳利的閱讀能力，才能感受其中的妙處，以及體現後現代精神真正的堂奧。

最後，在後現代時代，並不一定所有詩人都一定要寫「有後現代詩氣氛」的詩。一些表象「無技巧而動人」的詩，仍然繼續書寫美學的新章，因為表象沒有技巧的技巧是極高的技巧，由於這些作品沒有「意識型態」或是「理論框架」的標籤可貼，有些批評家從來就視而不見。這些詩作為當代詩在時間裡所劃下的極深的刻痕，是人們心中難以磨滅的烙記。不因某個理論的風起，不因某個理論的雷電而閃失。

【參引書目】

Adorno, Theodor. *Aesthetic Theory.* Eds. Gretel Adorno and Rolf Tiedemann. Trans. Robert Hullot-Kentor. Minneapolis: University of Minnesota Press, 1984.

Ashbery, John. *Selected Poems.* New York: Pengiun Books, 1985.

Barth, John. "The Literature of Replenishment: Postmodernist Fiction," *Atlantic* 245 (1973)1: 65-71

Baudrillard, Jean. "The Precession of Simulacra," *Wallis* (1984): 253-281.

Bernstein, Charles. "Comedy and the Poetical Form,"*The Politics of Poetic Form: Poetry and Public Policy.* Ed. Charles Bernstein, New York: Roof Books, 1990, pp.235-244.

Chien, Cheng-chen. "The Double-Turn Images in Ashbery's 'Self-Portrait in a Convex Mirror' ",《國立中興大學文史學報》，第 28 期，1998 年 8 月，頁 173-193。

Derrida, Jacques. *Speech and Phenomena and Other Essays on Husserl's Theory of*

Signs. Evanston: Northwestern U.P., 1973.

Falck, Colin. *Myth, Truth, and Literature: Towards a True Post-Modernism.* Cambridge: Cambridge U.P., 1989.

Foster, Hal. Ed. *The Anti-Aesthetic: Essays on Postmodern Culture.* Port Townsend, Wash.: Bay Press.

Graff, Gerald. The Myth of the Postmodernist Breakthrough," *Triquarterly* 26 (1973):383-417.

Hassan, Ihab. *The Postmodern Turn: Essays in Postmodern Theory and Culture.* N.P.: Ohio State U.P., 1987.

Hutcheon, Linda. *The Politics of Postmodernism,* London and New York: Routledge, 1989.

Huyssen, Andreas. *After the Great Divide: Modernism, Mass Culture, Postmodernism.* Bloomington, Ind.: Indiana U.P., 1986.

Ingarden, Roman. *The Literary Work of Art: An Investigation On the Borderlines of Ontology, Logic, and the Theory of Literature.* Trans. George Grabowicz. Evanston: Northwestern U.P., 1973.

Iser, Wolfgang. *The Implied Reader : Patterns of Communication in Prose Fiction From Bunyan to Beckett.* John Hopkins U.P., 1974.

Jameson, Fredric. "Postmodernism and Consumer Society," *Postmodernism and Its Discontents.* Ed. E. Ann Kaplan. London: Verso, 1988, pp.13-29.

Kermode, Frank. *The Sence of an Ending.* London and New York: Oxford U.P., 1966-7.

Kroker, Arthur and Cook, David. *The Postmodern Scence: Excremental Culture And Hyper-Aesthetics.* Montreal: New World Perspectives, 1986.

Lyotard, Jean-Francois. *The Postmodern Condition: A Report in Knowledge. trans.* Geoff Bennington and Brain Massumi, Minneapolis, Minn: University of

Minnesota Press, 1984.

McHale, Brian. *Postmodernist Fiction.* London and New York: Methuen, 1987.

Montag, Warren. "What Is at Stake in the Debate on Postmodernism ?" *Postmodernism and Its Discontents.* Ed. E. Ann Kaplan. London: Verso, 1988, pp.88-103.

Newman, Charles. *The Post-Modern Aura: The Act of Fiction in an Age of Inflation.,* *Evanston.* Ill.:Northwestern U.P., 1985.

Russell, Charles. "The Context and the Concept," *Garvin* (1980): 181-193.

孟　樊,《台灣後現代詩的理論與實踐》,台北:揚智文化,2003 年。

奚　密,〈後現代的迷障〉,《現當代詩文錄》,台北:聯合文學,1998 年,頁 203-226。

張漢良編,《七十六年詩選》,台北:爾雅出版社,1988。

陳光興,〈台灣地區後現代狀況〉,《自立早報》1990 年 2 月 23 日。

陳芳明,〈後現代或後殖民──戰後台灣文學史的一個解釋〉,《後殖民台灣:文學史論及其周邊》,台北:麥田出版社,2002 年,頁 23-46。

陳義芝,〈台灣後現代詩學的建構〉,《解嚴以來台灣文學國際學術研討會論文集》,國立台灣師範大學國文系編,台北:萬卷樓,2000,頁 384-419。

廖咸浩,〈悲喜未若世紀末──九〇年代的台灣後現代詩〉,《兩岸後現代文學研討會論文集》,林水福編,台北:輔大外語學院,1998 年,頁 33-52。

廖咸浩,〈離散與聚焦之間──八十年代後現代詩與本土詩〉,《台灣現代詩史論》,台北:文訊雜誌社,1996 年,頁 437-450。

廖炳惠,〈台灣:後現代或後殖民〉,《書寫台灣──文學史後殖民與後現代》,台北:麥田出版社,2000 年,頁 85-100。

蔡源煌,《從浪漫主義到後現代主義》,台北:雅典出版社,1991 年。

鍾明德,《在後現代的雜音中》,台北:書林書店,1989 年。

羅　青,〈總序‧詩與後工業社會:「後現代狀況」出現了〉,《日出金色:四度空間五人集》,台北:文鏡,1986 年。

羅　青，《什麼是後現代主義》，台北：五四書店，1989 年。

選自：簡政珍《台灣現代詩美學》（台北：揚智，2004）

焦桐

中央大學中文系副教授

身體爭霸戰

——試論情色詩的話語策略

　　傳統的「情色詩」（Erotic Poems）是情詩滲入色慾或身體器官的描繪。那是一種再製經驗，一種和實際性行爲分離的想像架構。情色詩自古已有，在展開情色詩的討論之前，我先根據《新普林斯頓詩及詩學百科全書》所述，先簡略回顧一下二十世紀以前西方的情色詩發展：

　　歌德（Johann Wolfgang von Goethe, 1749-1832）將女性特質等同於創造性，並在《羅馬悲歌》（*Roman Elegies*）裡描述官能覺醒的快樂。布雷克（William Blake, 1757-1827）呼籲女人的性解放。彭斯（Robert Burns, 1759-1796）作猥褻的蘇格蘭田園民謠。柯立芝（Samuel Taylor Coleridge, 1772-1834）在《克里斯特貝爾》（*Christabel*）扮演女同性戀吸血鬼誘拐處女的故事。法國浪漫詩人以視爲禁忌的性作爲主題。高迪耶（Thophile Gautier, 1811-1872）稱頌孤獨的、自我完成的陰陽人（self-complete hermaphrodite）。波特萊爾（Charles Baudelaire, 1821-1867）從梅毒男人的淫威下解放遭鄙視的妓女，聲稱性是被上帝詛咒的折磨。維爾藍（Paul Verlaine, 1844-1896）使用活潑的街頭暗語詳細描寫女人性交的聲音和氣味。惠特曼（Walt Whitman, 1819-1892）打破美國詩的禁忌，一一指明身體的各部分並描繪情慾的起伏，品味情色之美（Preminger ＆ Brogan 708-709）。

　　本文所謂的情色詩，不一定是情詩，不一定描寫交媾或感官刺激，也指涉以性行爲、性器官爲表現手段的詩，目的可以是書寫性愛，也可以透過情色去書寫其它課題。例如陳黎的〈陰影之歌〉，呈現死亡與愛慾之間對話、辯証，他通過色慾，通過性器官，描寫人面對死亡時的恐懼和自虐：「死亡，我曾經進入你的臥室／瞥見你燦爛的裸體／你兩股間祕密迴盪的聲音／如蜂蜜滴落在我膽怯的性器／讓它勃起／勃起如陰影之塔」。作者將死亡擬人化，模糊性別，賦予死亡具備雙性的性徵，詩中雖然大量出現性器官，吟唱的卻是陰影下的末日之歌。

羅門的〈樹・鳥二重唱〉是另一種話語策略，此詩運用大自然的景物如樹、鳥、森林、天空作爲性的象徵符號，表面上是在歌詠大自然美景，骨子裡卻是歌詠性愛，歌詠女性身體：「鳥睡去／天空以雲彩釀造她的春日」；「樹醒來／又高高站起／以圓錐形向上伸展」，「直到雲深不知處／那隻鳥便在一聲驚叫中醒來／飛起滿目山水／將天空又渲染一次／又美麗一次」。詩裡的自然景觀和女體、性愛融合爲一，女體在這裡自然含有大地之母的觀念，是孕育一切、哺育一切的風景，所有的鳥、樹、森林都在裡面纏綿，詩人的用意在強調身體、性慾如同大自然景觀一般美好，值得讚頌、正視、享用。

然而情色詩通過身體、性慾的話語策略，目的何在？女性身體和男性身體的裸裎有何差異？情色詩在台灣的發展軌跡有什麼意涵？本文論述場域聚焦於台灣當代的情色詩，除了試圖處理上述問題，也考察兩性身體在其中所扮演的角色，及身體的裸裎意義、生產意義。

1.

雖然「色」跟「食」一樣，早就被孔老夫子當作天性看待，性愛作爲描寫對象也自古就有，然而自詡正統的文學作品卻一直躲躲閃閃，尤其性器官，常被作爲道德的指標，暴露得愈多的作者，其品格就被視爲愈接近禽獸。這種性壓抑的觀念，大致和社會秩序的觀念同步發展，身體與心靈於是產生衝突和困境。邊緣文學殊少道德禮教的包袱，一向就顯得比較解放、充滿激進的活力，近代民歌如《白雪遺音》、《墨憨齋歌》即不乏情色方面的刻畫。[1]

---

[1] 隨便舉例，《墨憨齋歌》第二首〈調情〉：「俏冤家扯奴在窗兒外。一口兒咬住奴粉香腮。雙手就解香羅帶。『哥哥等一等。只怕有人來。再一會無人也。褲帶兒隨你解。』」通過一根將解未解的褲帶，表現偷情的滋味，和解放的欲望。因爲褲帶之所繫，其實不僅肉體，也是傳統的道德禮教。

雖然如此，情色詩有什麼好談的？如果文本不是有性慾之外的意圖，情色詩會比春宮畫、器官秀或黃色電影有看頭嗎？我關注的毋寧是情色背後所隱含的政治性。

詩人書寫情色或性愛描繪，不見得是好色醒醺，自然也不見得比較淫蕩。反而常是一種道德、良知的覺醒，更是一種叛逆，對道德禮教的反抗。他們試圖通過情色詩，號召受到壓制的族群如同性戀、戀物癖、自戀癖……揭竿起義，反叛霸權話語，這是一種關乎身體的權力爭奪戰。對傅柯（Michel Foucault）而言，性事與新近的權力手段連結；權力不是通過性壓抑來操作，而是通過性的話語生產和擁有「性生理需求」的主體在操作，「性事機制（deployment of sexuality）存在的原因，不在於它自身的繁殖再生，而在於以一種日益細緻的方式增生擴散、革新、合併、創造、穿透身體，並以日益全面的方式控制人口」（1990：107）。白萩〈這有什麼不對〉一詩就抗拒身體之被價值觀念所雕琢，對道德／僞道德展開辯証：

> 天堂離我們很遠
>
> 遠在死亡之外的另一個死亡
>
> 我的種子衹是發育不良的種子
>
> 妳的田畝也不見得肥沃
>
> 我們需要的是做愛
>
> 循例播種而已

對詩人來講，性愛只是塵世生活的一部分，與天堂無涉；然則既是一種塵世的存在，就值得熱愛和敬重，當然也可以自自然然地書寫它，不必心存恐懼或罪惡；我們愉悅地面對身體和性慾，不必像基督徒那樣認爲色慾是人性的墮落，白萩爲了突破身體和心靈的困境，他斷言，「讓教堂的頌歌去喧囂／兒子幸好不是耶穌／用不著背負人類的十字」。

余光中的〈吐魯番〉描寫性交的過程，他不是在呈現一幅春宮畫，也不是暴露狂的器官秀；他的話語策略是在彰顯傳統文化的價值觀、美感，和意識形態。吐魯番原為地理上的名詞，位於中國新疆吐魯番盆地北部綠洲的中心，火焰山南麓。吐魯番盆地是中國最低的盆地，南部有4000 平方公里地區低於海平面，盆地中降水稀少，夏季氣溫高，自古就有「火州」之稱，歷年六～八月平均最高氣溫都在 38℃以上，一九七五年甚至出現過 49.6℃的最高溫記錄。

高溫、火焰的意象向來就常是文學用以象徵情慾的符碼，勞倫斯（D. H. Lawrence）的意見可作為典型代表，他再三將性等同於美，就像火焰跟火一樣，「什麼是性，我們不明白，但它必定是某種火，因為它總是傳送著溫暖和熾熱。當熾熱變成純粹的光輝，我們就感受到美（51）」。

余光中作情色詩鮮少直接指明身體器官，他在〈吐魯番〉中以地理入詩，以吐魯番的高溫象徵兩性交媾的熱度，以吐魯番的低海拔象徵女性性器官的深邃，吐魯番既是名詞，同時也兼具形容詞、動詞的任務，他說「席夢思吐魯番著我們」。

〈吐魯番〉呈現了傳統文化的意識形態，「原始林的瘴氣使我們迷惑／且交換體溫，磨擦燧石／企圖將一切生命連根拔起／企圖先酖死對手，然後自酖」，如此斷然的決心，這般性侶之間的交鋒，頗似中國道家文獻所載：在床上，男人和女人被視為對立陣營的戰將，性交被指為「作戰」，「勝利」屬於在性交中成功吸取對手元氣來補益自己的一方（Gulik 68）。

> 血這種液體是最容易煮開的
> 已經在彼此的酒精燈上
> 點火，且煽動紅海的澎湃
> 合上你的百睫窗，我也能嗅出
> 慾的焦味，而白煙微透

> 自所有開敞的汗孔
>
> 至少可以忘記地下的潮濕
>
> 用你的潮濕證明你是雌性的動物
>
> 至少可以忘記蛆的凌遲

以火與水描述男與女之性徵，也是傳統喻辭。中國古代房中書就常常將男人的性體驗比喻爲火，將女人的性體驗比喻爲水，「火易於突然燃燒起來，也易於被水熄滅；水要很長的時間才會被火燒熱，但冷卻也很慢。當然，這是男女性高潮前後體驗的實際差別的真實意象（Gulik 5）」。

到了〈雙人床〉，余光中比喻男女之間的戰事有所改變，一對性侶在雙人床上已經沒有了廝殺，也不再意圖戰勝對方；廝殺聲來自床外的世界，他們反而在亂世中互相取暖，彼此慰藉。他佈置戰爭爲背景，以性愛凸顯政治、戰爭的荒謬和虛無：

> 讓戰爭在雙人床外進行
>
> 躺在你長長的斜坡上
>
> 聽流彈，像一把呼嘯的螢火
>
> 在你的，我的頭頂竄過
>
> 竄過我的鬍鬚和你的頭髮
>
> 讓政變和革命在四周吶喊

性愛，是這首詩歌詠的對象，是可以漠視死亡存在的瘋狂行爲，當世間的「一切都不再可靠」，他仍要「捲入你四肢美麗的漩渦」。這首詩有兩個戰場，一個是在雙人床上的小戰場，正進行愛情的肉搏戰；一個是雙人床外的大戰場，充滿戰爭、流彈、政變、革命、死亡。兩個戰場的戰況都很激烈，卻有安全和危險之別——安全而甜美的小戰場，疊映了危險而醜陋的大戰場。說話者努力在描繪性侶間的小戰場，其實是一種掩護手段，掩護對亂世進行的控訴和譴責。讀這首詩不能忽略當時的政治

禁忌，雖然那是一個動盪不安的時代，高壓政治的嚴肅仍使詩人不能對時局大發議論，只能採取迂迴的辦法批判，只能躺在雙人床上相濡以沫。

既然身體被道德規範著，長期被禮教囚禁著，詩人在創作上就不免欲迎還拒，在心靈的邅思釋放和肉體的慾望間掙扎，交戰。情色詩往往是一種書寫策略，通過對身體器官、慾望、性愛的描述，達成詩的目的。

情色的本質牽涉暴露，暴露身體器官、內衣褲等私密性的禁忌，暴露的程度直接關係到被容忍的尺度。如休謨（T. E. Hulme）在〈日落〉[2]中描寫芭蕾舞女伶露出緋紅色的內衣，便不致於被斥責為淫穢。如果像夏宇的〈野獸派〉以特寫鏡頭直接暴露少女的乳房，可能就會讓衛道之士心律不整了——

> 20 歲的乳房像兩隻動物在長久的睡眠
> 之後醒來　露出粉色的鼻頭
> 試探著　打呵欠　找東西吃　仍舊
> 要繼續長大繼續
> 長大　長
> 大

「野獸派」作為一種畫派，強調表達個人的主觀感受和內在激情，以誇張的造型、強烈的色彩和簡潔粗獷的線條表現對象。被夏宇挪用來形容乳房，一對發育中的乳房，如同發育中的愛情，蠢動著生命的初春，帶著獸性的種種可能。

在現代詩裡，女性的身體是一種隱喻，常常被比喻為可口甘美的食物，供男人隨時享用；女性身體、情慾的裸露，具現為權力的操作。夏

---

[2] "The Sunset"，全詩僅五行，試譯如下：「一位芭蕾舞女伶，貪婪於喝采，／不情願離開舞台，／最後還炫燿一下，高高踮起腳尖，／顯露紅霞的緋紅內衣，／在貴賓席敵意的嘀咕中。」

宇這首〈野獸派〉是對傳統權力的逆向操作，女性乳房像兩隻獸，「在長久的睡眠之後醒來」，覺得飢餓，開始主動覓食，這對少女懷春的乳房代表女性自主意識的覺醒，身體自主，情慾自主。

傅柯在談到身體與權力時，強調不想在意識形態的層次上討論權力，並認為權力加諸在身體的作用更像唯物論（1980：58）。身體與性慾既成為控制、監督的對象，被監控的性慾會引發出對自己身體慾望的強化，這是性慾身體的叛逆。傅柯斷言，「在我們的中產階級、資本主義社會裡，權力否定了身體的現實，而偏袒靈魂、意識、觀念性。其實再也沒有比權力運作更具物質的、肉體的、個人的了」（1980：57-58）。

傅柯反對為了意識和意識形態而封閉身體的問題，也不贊成誇大了壓抑的觀念，甚或將權力機制化約為壓制，「如果權力的作用只是壓抑，如果它的運作只是通過檢查、排拒、封鎖、鎮壓，只是以龐大超我（Superego）的樣子負面地操作，那麼權力將是脆弱的東西。反之，如果權力是強化的，正如我們已經開始理解的，是因為它在慾望的層次上——也在知識的層次上發揮影響。權力絕非在防杜知識，權力生產知識（1980：58-59）」。渡也在〈美國化的乳房〉就表現身體的政治性：

> 今晚妳俯身拾取掉在地上的禮記時
> 妳的乳房穿過寬大無私的領口看我
> 而禮記抬頭望妳的乳房
> 那一刻
> 我趕快用五千年道統
> 抵抗妳身上兩百年的美國

通過一位英文系女生的小乳房，嘲諷五千年道統，並表現兩種文化的衝突和對立。詩人安排掉落地上的《禮記》仰望、窺視到「被奶罩釋放的乳房」，正是最講究禮的文化犯了「非禮」之罪，於是在靈肉的衝突矛盾

中，我們感受到「道統」的滑稽可笑。

情色書寫中比較含蓄的是上半身的暴露，這種暴露通常較少牽涉性慾。詩人帶領讀者的眼睛從上半身探索到下半身，性慾的熱度、情色的運動性都跟著加強。瘂弦〈深淵〉裡的描述已從上半身侵入下半身——

> 在三月裡我聽到櫻桃的吆喝。
>
> 很多舌頭，搖出了春天的墮落。而青蠅在啃她的臉，
>
> 旗袍又從某種小腿間擺蕩；且渴望人去讀她，
>
> 去進入她體內工作。

從上半身侵略到下半身，是一段突圍的過程。遭到道德壓抑、禮教束縛的性慾必須化妝出現，這首詩乃出之以繁複的意象，聲色俱陳，含蓄而浪漫地透露對身體的讚美，和勃然升起的慾望。詩人肯定性慾，聲稱除了死與性，「沒有什麼是一定的」，而生存是向她們「倒出整個夏季的慾望」。然則愉悅的背後是沈重，是戒慎和慌亂，情和色之間有了矛盾和交戰：「在夜晚床在各處深深陷落。一種走在碎玻璃上／害熱病的光底聲響。一種被逼迫的農具的盲亂的耕作。」當然，在禁忌的年代，肉體如此「展開黑夜的節慶」有其弦外之音，諸如對物質文明的反思，對現實環境的批判，對宗教的質疑……等等。

2.

聶魯達（Pablo Neruda）在《二十首情詩和一支絕望的歌》中對身體和性慾有很精采的著墨。以〈女人的身體〉（"Body of a Woman"）其中幾句為例——「我粗暴的農人的身體戮進你／從塵世的深處迸出兒女。／／我孤獨如隧道。鳥群逃逸，／夜晚以它欺壓的侵略淹沒了我。／為了生存我將你熔製為武器，／像弦上的箭，彈弓上的石頭。」這首詩的英譯很有意思，它以農夫的身體（peasant's body）喻陰莖（penis），除了取

其發音近似外，農夫從事的本來就是向大地挖掘、深耕的勞力工作，只有辛勤地「挖掘」，大地上才會生長出作物（兒女）。至於射精前弦箭和彈弓的比喻也很動人，如箭（bow）自然就是睪丸（balls）的象徵。

當情色的描繪焦點不再是「情」，不再是身體的上半部；而是「色」，是身體的下半部。當情色聚焦於下半身，性愛動作乃轉趨激烈。余光中的〈鶴嘴鋤〉直接以性愛動作入詩——

> 吾愛哎吾愛
>
> 地下水為什麼愈探愈深？
>
> 你的幽邃究竟
>
> 有什麼的珍藏
>
> 誘我這麼奮力地開礦？
>
> 肌腱勃勃然，汗油閃閃
>
> 鶴嘴鋤
>
> 在原始的夜裡一起一落

此詩的語言策略是含蓄的，以地下水比喻體液，以鶴嘴鋤比喻陰莖，以礦穴比喻陰道等等，以及從做愛的「洞穴」聯想到自己出生的「洞穴」，都給道德／偽道德留下出路，這裡面仍然是屬於愛情的，屬於異性戀的敘述，具有生殖意義的，所以其中才會暗示生命的輪迴。

相對於更年輕的詩人，余光中筆下的性愛動作顯然是溫和的。鍾玲在〈七夕的風暴〉裡所營造之境毋寧更具運動性：「今夜是七月初七／颱風肆虐這狹小的山谷／我們翻騰在小樓上／雨打屋瓦的急促／狂風捲葉的糾纏」。七夕號稱是中國的情人節，是牛郎、織女式的久別重逢，於是兩種「颱風」在屋內屋外同時進行，鍾玲通過對自然界的颱風，換喻成兩個軀體間翻騰著的風暴——

> 你潛伏的猜疑

　　我綻開的隱痛

　　行雷的閃光

　　電線裂口的火焰

　　激射而出

　　捲我入你的風暴圈

　　旋你入我的颱風眼

　　在憤怒的呼嘯中

　　我們觸及彼此的核心

　　透視雲封的自己

〈七夕的風暴〉以大自然現象的雷光、火焰、暴風圈、颱風眼作為性愛的象徵符號,這點和羅門〈樹·鳥二重唱〉的話語策略類似。一樣是風狂雨暴的性交,陳黎在《小宇宙》第 90 首更乾脆,直接以數目呈現兩性交戰的折損:「激烈的愛帶來的愉快的傷亡:／我流失了五箱葡萄柚的汗汁,／你折斷了二十一根頭髮。」

　　除了聚焦在下半身,身體、性愛也成了詩人嘲弄的對象。同樣是遊戲情色主題,同樣是強調文字的符號性[3],陳黎經常出之以戲仿,〈一首因愛睏在輸入時按錯鍵的情詩〉戲仿一封濫情、悱惻的情書,本來要寫成肥皂劇式的愛情誓言,卻因為使用注音輸入法選錯電腦按鍵,出現許多同音異義的別字,遂疊映了情慾的意象,使全詩色影幢幢——

　　親礙的,我發誓對你終貞

---

[3] 夏宇的詩隨處可見強調文字的符號性。通俗文化更是俯拾皆是,如豬頭皮作歌擅用戲仿(parody),隨手舉例,〈中華民國萬萬歲〉有一大堆「歲」的同音異義字,指涉中華民國稅目繁雜,這些詞語大部分缺乏意義,除了嘲諷「中華民國萬萬歲」這類的標語口號之空洞無聊、強調語言文字的符號性,也譏刺時事之紊亂、社會治安之敗壞、道德風氣之破碎。

> 我想念我們一起肚過的那些夜碗
>
> 那些充瞞喜悅、歡勒、揉情秘意的
>
> 牲華之夜
>
> 我想念我們一起淫詠過的那些濕歌
>
> 那些生雞勃勃的意象
>
> 在每一個蔓腸如今夜的夜裡
>
> 帶給我飢渴又充食的感覺

因為「愛眠」（想上床）時鍵錯的詩旨，促使語意換位，並模糊了情與色的分際，詩人似乎有意暗示：情詩與情色詩是沒有畛域的，隱藏在愛情表層下的，是蠢動著性慾的潛意識；又因為愛情的本質是飄浮的、鬆動的，真理反而輕易就從不慎的錯誤中解放出來。此外，錯別字在這裡擔負了詩語言的任務──消除閱讀慣性，延長、強化感知的過程。

3.

　　帕思（Octavio Paz）在〈接觸〉（"Touch"）一詩中歌詠身體，歌詠性愛，關鍵是一隻手，這隻手掀開了對方生命的簾幕，不但「讓你穿得更赤裸」，更「為你的軀體捏造另一個軀體」。

　　這是一隻男人的手，這隻手扮演主宰者的角色，我以為這隻男人的手代表詩人選擇暴露身體性別的態度。情色的描寫向來不是兩性對等，情慾發生時，女人的身體會被佔有，會被一種力量剝開。渡也的〈植物系〉類似帕思的〈接觸〉，同樣有一隻手，男人的手，主宰者的手，剝開女人，佔有女人：

> 我把妳的植物學英文本
>
> 拋到牆角
>
> 我要在床上解剖妳

　　　慢慢剝開表層

　　　從橫斷面

　　　縱切面

　　　仔細看妳

說話者喻念植物系的女人為植物,「不但無刺而且雪白/香而且甜/沒有病蟲害/既不屬草本/也非木本/夜裡能開花」。代表知識的「植物學英文本」被粗暴地「拋到牆角」,可見那隻手只對女體感興趣,只肯飽餐秀色而拒絕接受女人的知識。值得注意的是,赤裸在我們眼前的並非香甜可口的女體,而是權力——這力量是原始的,他相信女人無論如何高傲智慧,只要躺在床上便被男人征服,成為男人的玩物,用來取悅男人。將女性身體物化為玩弄、品嘗、觀賞的對象,正是權力操作的結果。

　　物化女性身體器官的極致,可以渡也另一首詩〈處女膜整型〉,說話者是一個妓女,她喻陰莖為鋼刀,喻處女膜為水梨:

　　　這美麗的薄膜

　　　我從婦科醫院買來

　　　一張兩千

　　　今夜就轉賣給你吧

　　　一張四千

　　　這世上最薄的一張

　　　證書

　　　能說出我一生的貞潔

這是一樁性交易,作為傳統貞潔象徵的處女膜,物化為一種商品。此詩最突出的地方是女體從被動角色轉為主動,表面上,說話者是尋芳客的玩物、點心,其實是她掌控了這樁買賣,「這輝煌的證書/我已用過五張/十年後如果你再來/我仍然是/你永遠的處女」,尋芳客信仰處女膜,

來消費代表貞潔的處女，被物化的處女膜卻是可以反覆再製的產品，它反過來消費了尋芳客。

　　雖然如此，情色書寫，女體一向是被動的，用來滿足男性的慾望。尤有甚者，詩人筆下鮮少讓男性的身體裸裎，暴露的總是女性的身體；男性是一個窺探者，男性的眼睛代表讀者的眼睛，用來觀看橫陳的女體。柏格（John Berger）在論述歐洲的裸體畫時指出，「最重要的主角不曾被畫進去。他是那幅畫前面的旁觀者，並且被設定為男人。畫中所有的東西都為他提出……就是因為他，畫中人才裸露。然而他，就定義而言，是一個陌生人——穿戴齊全的陌生人（54）」。渡也的〈隆乳〉以水梨喻動過整形手術的乳房，描寫女人為取悅男人所做的犧牲——

　　　從美容院買回來的
　　　這兩顆三千塊的水梨
　　　已裝滿了愛
　　　我把它們
　　　擺在床上
　　　當你每晚的點心

女方為愛坦胸露乳，接受身心的折磨；男方好整以暇，跟讀者一起觀看變成「水梨」的乳房。詩人以水梨比喻乳房，正是將食等同色，女人的一切努力終究只能是男人的玩物，那兩顆忍受過切割之痛的乳房既是「買」回來的，就註定成為消費品，裡面雖然裝滿了女方的「愛」，卻只能置諸黑夜的床上，只能是男方解饞的點心，甚至連正餐都談不上。

　　無獨有偶，蕭蕭的〈對視〉也以「梨」喻女體，以「百合」自然是象徵男性的射精——「筆直走進你梨色的簾門／種下一排百合／你在最裡最裡處，呼喚水／呼喚火」，表面上寫一對情侶的彼此對視，實際上用完整的性愛過程來模擬。

　　白萩的〈呈獻〉還是以水果喻女體,「暗中,妳自己剝開表皮／呈獻了甜美的果肉／無一絲畏懼和遺憾」、「我張口大嚼／像生來理所當然／在妳無言的委身中／觸及了愛的強韌」,詩中那具供男性食用的女體,也是可口的水果。從角色意義而言,這種水果和祭壇上的水果並無二致,它代表了一種傳統的女性委身,一種女性想要奉獻愛,並得到愛的回報的犧牲。

　　女體在詩中的角色是被動的,被宰制的,最常被當作止飢解饞的食物。以上這些甜美多汁的比喻暴露出貶抑女性、客體化女性的意識形態,甚至在女詩人筆下亦復如此。在詩中,女體未曾反客為主,被喻為榨汁機一類的角色,用來榨飲男體的精液;即使出自女詩人手筆,也鮮見女體成為主動、宰制的角色。鍾玲擅長以自然現象比喻官感,〈瀲灩〉一詩以風喻男性的氣息,牽引出女性性徵——

> 風的呼嘯
> 引動
> 我細銳的歌吟
> 由櫻桃肉的雲層
> 鑽入
> 水底的岩穴
> 浪捲起拍岸

女性的歌吟是被動的,被男性的風所引動,詩裡的歌聲、「櫻桃肉的雲層」、岩穴、拍岸的浪,自然都是女性性徵,同時也都是風景,被男性(風)誘引出來的風景。柏格針對性別關係,討論裸體畫將女性物化成男性性慾的對象,「男人在處置女人之前先檢視她們。結果是一個女人怎樣出現在男人面前,決定了她怎樣被處置。為了習慣這過程中的某些控制,女人必須容納、內化它。女人自我中作為檢視者(surveyor)的那個部分,

處置了被檢視的部分，以便向別人證明她自己是多麼樂於被處置。這種自我處置的例示構成了她的存在（presence）（46）」。

柏格更進一步將上述情形簡化，「男人行動，而女人呈現。男人注視女人。女人注意自己被注視。這不僅決定了大部分的男女關係，也決定了女人對自己的關係。女人內在的檢視者是男性：被檢視的是女性。於是她把自己變爲一個物體（object）——最特殊的視覺物體：一種風景（sight）（47）」。鍾玲在另一首詩〈卓文君〉很能作爲柏格的佐證，詩中橫陳的女體，成爲司馬相如膝上的古琴：

> 我就是橫陳
> 你膝上的琴
> 向夜色
> 張開我的挺秀
> 等候你手指的溫柔

對司馬相如來講，樂器自然是一種玩物，等待他那隻煽情的手，用來傾訴衷腸，用來挑逗情慾、撩撥春心，「只需輕輕一拂／無論觸及那一根弦／我都忍不住吟哦／忍不住顫／顫成清香陣陣的花蕊」。卓文君把自己變成一種風景，讓自己以樂器的形式呈現，等待司馬相如的行動，這種存在是女性內化了的自我處置，她也樂於被男人處置。可見無論是食物或玩物，女體在詩裡一直扮演著仰臥、被男人注視的角色，同時也物化成男人性慾的對象，等待著行動者——男體的進入。

夏宇筆下的赤裸女性卻不以被動的方式仰臥，等待男人品嘗，她在〈某些雙人舞〉中，以「恰恰」的節奏模擬性交動作：

> 他在上面冷淡的擺動恰恰恰
> 以延長所謂「時間」恰恰
> 我的震盪教徒

> 她甜蜜地說　她喜歡這個遊戲恰恰恰
>
> 她喜歡極了恰恰。

雖然性交的姿勢是男上女下，主動權顯然在下方的女性，男性高高在上，卻是極其認真、忘情地工作；女性在下冷靜地觀察著他，指揮著他，使男人看起來像一個向女人膜拜的教徒。

4.

如前所述，情慾是被權力滲透的，在「父權體制」下的過去，裸裎在讀者眼前的總是女性的身體，殊少暴露男性的身體。因此直接玩弄男性生殖器官的詩除了相對顯得前衛、帶著叛逆性格之外，更意味著論述話語的奪權。洛夫〈和你和我和蠟燭〉對陽具就頗有調侃的況味——

> 用我的鑰匙
>
> 開你的房門
>
> 用你的火
>
> 點我的蠟燭
>
> 蠟燭，摟著夜餵奶
>
> 夜胖了
>
> 而蠟燭在瘦下去
>
> 再瘦，也沒有我自你房中退出
>
> 那麼瘦

鑰匙插入鎖孔啓門，蠟燭點火燃燒，俱是中西詩中常用的性交意象，因此以鑰匙、蠟燭作男性生殖器符碼（code）便很容易解碼（decode）。洛夫喜用鑰匙作爲陽具性徵，這首詩雖未公然指明性器官，那根退出房門的已經消瘦了的蠟燭，明顯是在比喻洩精後自陰道徹退的陰莖。

　　查爾斯‧湯瑪森（Charles Thomson）在〈陰莖詩〉（"The Penis Poem"）中以陰莖自述，語帶幽默、嘲諷，直接而完全地暴露陰莖之爲物的特性——「我是一根陰莖，／那男子漢的圖騰。／我的根基是一個袋子／就是大家熟知的陰囊。／我不是肌肉不是骨頭／別叫我血管——／雖然大部分男人／用我來取代大腦」。

　　似乎裸露男體、男性生殖器的詩多不免如此充滿嘲諷，陳克華的〈肌肉頌〉是這樣開始的：

> 肱二頭肌。你愛我嗎？
> 比目魚肌。萬歲，萬歲，萬萬歲。
> 股四頭肌。人民是國家真正的主人。
> 大胸肌。我的家庭真可愛美滿安康又溫馨。
> 陰道收縮肌。用過請棄於字紙簍。
> 眼輪匝肌。祖國的山河是多麼壯麗。
> 腓腸肌。快樂嗎？很美滿。
> 上斜肌。正確的姿勢。

此詩以類解剖觀點，呈現身體（主要是男體）肌肉，這些肌肉好像通過健身房四周的鏡子來呈現。那些正在接受重量訓練的肌肉也許分屬於不同的身體，卻同樣在鏡子面前伸展、賣弄、發言，顯得非常嘈雜，每一種肌肉的表情又都各自戲仿各種廣告、流行語，和標語口號，直接諷刺、批判目標——謊言，一切崇高、道德、國家……的謊言。這種揭發謊言的權力正是通過身體達成的。

　　傅柯在辯證權力的關係時，指出身體權力的複雜現象，「我們要支配、察覺到自己的身體，唯有通過身體權力的投注（investment）效果：諸如體操、運動、肌肉鍛練、天體主義、讚頌身體美。這一切都經由孩童、軍人、健康的身體，堅決的、持續的、小心翼翼的權力操作方式，

導向對自己身體的慾望（1980：56）」。

5.

上述情色詩仍然負載「生產」的意義，和後現代大量「不事生產」的性愛有很大的區別。

九〇年代的台灣詩壇日漸以「性」（sexuality）傳遞任何理念或目的，但是這種「性」本身絕非獨立存在，它往往是某種象徵。

後現代所出現的文化新感性（new sensibility）除了直接挑戰理性主義藝術作品所揭櫫的內容、意義和秩序之外，新感性耽溺於形式與風格的快感裡，賦予藝術「性感」（erotics）的地位更甚於意義的詮釋（Best & Kellner 10）。九〇年代的台灣詩壇大量冒出情色詩，正呼應了社會進入後現代文化的現象。

這個時候，詩人的描寫漸趨大膽、露骨，性器官已不再是禁忌，而是可以作為書寫策略的工具，隨時暴露出來，顛覆性道德體系，顛覆主流；這個時候，性愛不再負載生殖的意義，純粹只是感官的愉悅。隨著性態度的解放，性愛活動不只存在於異性戀，手淫、同性戀、家人戀、動物戀、戀物癖、自戀癖……等被視為畸形的戀情將逐漸獲得寬容的對待。陳克華的〈「肛交」之必要〉就企圖顛覆異性戀——

> 我們從肛門初啟的夜之輝煌醒來
> 發覺肛門只是虛掩
> 子宮與大腸是相同的房間
> 只隔一層溫熱的牆
> 我們在愛慾的花朵開放間舞踊
> 肢體柔熟地舒捲並感覺
> 自己是全新的品種

詩人使用肉體直接去挑戰道德的禁區，以敗德反道德，以猥褻反高尚，以類解剖的觀點冷靜指出交媾不一定要在異性間進行，肛門與陰道同樣能產生愉悅、快感。這類的性，已經從傳統的撫觸，激進到抓破皮膚。在過去，像勞倫斯這樣「激進」的作家，猶嚴守性器官、排泄器官的分際，他說「性機能和排泄機能在人體裡如此緊密，但它們卻完全是兩碼子事。性是一種創造的流溢，排泄的流動則通向滅絕，非創造性」（70）。

　　九〇年代的陳克華開始顛覆性交的生產意義，或繁殖功能，逼迫讀者正視肉體，正視另類情慾，所以他繼續說：「勢必我們要在肛門上鎖前回家／床將直接埋入墓地／背德者又結束了他們欺瞞的榮耀一日」。這是一種意識形態的撞擊，企圖撞開道德的尺度，和謊言的範圍。

> 但是肛門只是虛掩
>
> 悲哀經常從門縫洩露一如
>
> 整夜斷斷續續發光的電燈泡
>
> 我們合抱又合抱不肯相信做愛的形式已被窮盡
>
> 肉體的歡樂已被摒棄

說話者通過對肛交的讚頌，這種另類情慾基本上是話語策略——邊緣話語對主流話語的抗拒，企圖掙脫霸權話語的束縛。話語就是權力，在傅柯的觀念中，所有話語都必須通過權力而產生，權力必須通過話語來鞏固（1990：101）。長期以來，主流話語限制了異性戀、生殖意義才是理性、道德的規範，逾越了這規範，就會冒著被邊緣化、被拒斥的危險。詩中的肛交是說話者創造出來的慾望與快感，目的是再造一種身體權力，一種新感官經驗的身體。這不是單純的性解放，傅柯相信，新身體和新快感的發展，具有顛覆常態化主體認同、意識形態的可能，反擊性事機制不應聚焦在性慾上，而是身體和快感（1990：157）。

　　一個人云亦云者不可能成為一個詩人，布羅沙（Nicole Brossard）認

為在語言中採取不同儀式（rituals），不同方式（approaches），不同立場（postures）來滿足表達、溝通或挑戰語言自身的內在慾求，希望透過戲耍語言來揭示現實中的潛在向度。「我的作品最常出現關於身體的辭彙，身體經常伴隨書寫和文本出現。」她說，身體之所以讓她神往，主要是由於「它的能量循環，以及透過感官所提供的聯想網絡。經由這個網絡，我們創造自己的心靈情境」（73）。

陳克華驚世駭俗的「欠砍頭詩」，故意引頸伸向泛道德、泛政治的斷頭臺，似乎凡是充滿叛逆的頭顱就只欠一砍。其實這些詩都帶著憤怒的表情，睥睨世俗，睥睨謊話。當我們生活以共的城市被偽道德、假道學包圍，困坐圍城裡，突圍而出的策略是不道德，只有誠實地不道德才是真正的良知與道德。換言之，陳克華企圖以背德的斷頭台，砍下偽道德、假道學的頭顱；他在〈婚禮留言〉的前兩節這樣質疑婚姻的謊言——

> 我的至愛
> 今日我從你手中接過你贈與的指環
> 所值不貲
> 我將因此賦予
> 你合法使用我的屍的權利
>
> 你將餵食我以中餐西餐日本料理
> 韓國泡菜港式點心法國晚餐
> 當然，還有你的陰莖和精液
> 你的腳趾和體毛，
> 你的性病和菜花，愛人啊

這首詩已經完全顛覆傳統的語言策略，婚禮不再是朦朧含蓄的誓言，而是一種交易，「屍」、「陰莖和精液」、「體毛」……等向來被視為禁忌、淫

穢的名詞裸裎在婚禮上，令許多人不安。蕭蕭憂心這種「官能享受之追求」無異「三千年前叢林蠻荒」，「『賦比興』的作法中，重『賦』而輕『比興』，率直而不含蓄的談判手段，沖潰了三千年的堤防（22）」。

　　這裡的權力操作是通過經濟（所值不貲的指環）來控制的。為了回應身體的叛逆，說話者的女人不再逆來順受地壓抑自己，不再以柔順溫婉的方式呈現自己；她通過話語來揭露經濟之剝削身體，通過性器官、性病的暴露來彰顯身體的叛逆。尤有甚者，婚姻與性病竟如此關係密切，這種語言策略，更是憤怒、慾望的新語言。愛，現在變成了性病的密友，似乎已經是一種末世的警告。

＊

　　檢視台灣現代詩的情色書寫，是一部對身體權力的爭奪史。起初，詩人對身體、性慾權力的爭奪是謹慎而含蓄的，九〇年代的陳克華漸漸不耐煩這種委婉甚至軟弱的權力形式，而採取較激進的話語策略。

　　傳統情色詩中的性愛意象基本上還是男性定位，雖然在那個年代，詩人們也踰越了社會的道德規範，稍稍動搖了道貌岸然的文化現象，但畢竟還是男性異性戀中心的論述（王浩威　31）；出現在台灣九〇年代的情色詩，則宣告一個新的情色世紀的來臨。

【引用書目】

Best, Steven. & Douglas Kellner, *Postmodern Theory: Critical Interrogations,* London: Macmillan, 1991.

Berger, John. *Ways of Seeing*. London: British Broadcasting Corporation and Penguin Books, 1977.

Brossard, Nicole. "Poetic Politics." in Charles Bernstein. ed. *The Politics of Poetic Form: Poetry and Public Policy,* New York: Roof, 1990: 73-86.

Foucault, Michel. "Body/Power." in *Power / Knowledge: Selected Interviews & Other Writings 1972-1977.* Colin Gordon. ed. New York: Pantheon Books, 1980: 55-62.

——. *The History of Sexuality Volume 1: An Introduction.* Robert Hurley. trans. New York: Vintage Books, 1990.

Gulik, R.H. Van. *Erotic Colour Prints of the Ming Period.* Tokyo: Privately Published, 1951.

Lawrence, D. H. *Sex, Literature, and Censorship.* Harry T. Moore, ed, New York: The Viking Press, 1971.

Polkinhorn, Harry. ed, "Visual Poetry: An International Anthology". In *Visible Language.* 27.4（1993）: 394-493.

Preminger, Alex, and T.V.F. Brogan, eds. *The New Princeton Encyclopedia of Poetry and Poetics,* New Jersey: Princeton UP, 1993.

王浩威〈肉身菩薩：九〇年代台灣現代詩的性和宗教，《台灣詩學季刊》第 11 期（1995）: 22-33。

蕭　蕭〈現代詩的情色美學與性愛描寫〉,《台灣詩學季刊》第 9 期（1994）: 10-23。

選自：林水福、林燿德編《蕾絲與鞭子的交歡——當代台灣情色文學論》（台北：時報文化，1997）；焦桐《台灣文學的街頭運動（一九七七～世紀末）》（台北：時報文化，1998）

陳義芝

《聯合報·聯合副刊》主任

台灣女性詩學的建立

一、從台灣女性詩説起

「女性詩」意謂能反思女性劣勢處境，預報女性抗爭焦慮，映現女性自覺的女詩人作品。換言之，是指含攝女性主義思想的詩。

台灣女性詩的出現，早在女權運動興起前，最明顯的例證，是蓉子寫於六〇年代初期的〈亂夢〉，詩中的敘述者爲一已婚的年輕女子，她惶然慨嘆社會結構中普遍存在的女性經驗：婚後生活就像投過石子的破碎水面，女性若對此狀況沈默，迎來的將是一條幽寂的灰路；女子年輕時是「金色羨慕」的焦點，年老則是「風雪掩蓋的冬天」，生命意象變成「一無聲的空白」、「一孤立在曠野裡的橋」、「一擱淺了的小舟」，揮之不去「迷失在水天間的那種沮喪」。殘缺、謊言和醜惡明明是真相，社會卻不讓她們看清楚；女子一方面要受家庭勞役折磨，「早晨的沁涼爲廚房烘焦」，剩下夜晚的「一些亂夢」，另方面則有來自於男性對待的夢魘，在男人眼中「尚沒有一枚草莓的價值」。具有性愛聯想、男性隱喻的「可怕的蒼白的雨」令她「疲憊而不能憩息」，在密織的恐懼與不滿中，她終於發出掙脫桎梏的沈重告白：

> 久久地被困於沼澤地的泥濘
> 哦，我將如何？
> 我將如何涉過
> 這沈默得如此的深潭！（《千曲之聲》39-41）

此詩成於一九六〇年，十二年後西蒙・波娃（Simone de Beauvoir, 1908-1986）的《第二性》（*The Second Sex*）中譯本才在台灣出版[1]，開始啓迪台灣的婦運工作者，影響台灣婦運的發展。至於女性主義文學批評，要

---

[1] 《第二性》中譯本由歐陽子等人翻譯，只譯出這部巨著後半，一九七二年由晨鐘出版社首次出版，一九九二年改由志文出版社分三卷印行。

到八〇年代中期，大約《中外文學》推出「女性主義文學專號」時才日漸受到注意，包括宋美瑋、劉毓秀、何春蕤、王德威、張小虹、廖炳惠、李元貞、蔡源煌……都曾對女性主義文學這一課題做過討論（孟樊 287）。九〇年代，女性主義文學批評更形熱烈，但大都以小說為文本；晚近十年，以詩為例證加以論述的學者有鍾玲、李元貞、孟樊、奚密、廖咸浩、林綠、陳義芝、胡錦媛、何金蘭、裴元領等，或為專著，或為單篇，引用西方女性主義理論，不僅為女性心靈奧祕揭開新的窗景，更為新詩的詮釋打通了新的對話通道。

二、台灣女性詩學述評

上述女性詩學評論家，男女各半，可見這一研究領域已取得兩性共識，具有學術的恆定認知，而非單一性別用作社會改造的策略工具。

針對個別作家論述的如廖咸浩談夏宇的詩，林綠談蓉子的詩，何金蘭談淡瑩的詩，裴元領談江文瑜的詩；屬於綜論性質的如鍾玲、李元貞、孟樊、陳義芝、胡錦媛的論文。以下略作述評。

（一）鍾玲的女性詩學

台灣女性詩學的發展，奠基於鍾玲《現代中國謬思》這本書。

一九八九年六月，鍾玲出版《現代中國繆司——台灣女詩人作品析論》，詳介五〇年代以迄八〇年代五十二位台灣女詩人的風格表現、與時代發展相對應的精神成長，其中 7-25 頁、84-89 頁、297-301 頁，都討論一九八七年以前女詩人作品呈現的女性主義思想。

連同一九八九年八月，鍾玲在《中外文學》發表的〈試探女性文體與文化傳統之關係〉[2]、一九九二年十二月在「當代台灣女性文學研討會」

---

[2] 收入一九九三年孟樊主編的《當代台灣文學評論大系・新詩批評》，頁 187-213。

宣讀的論文〈台灣女詩人作品中的女性主義思想〉[3]、一九九四年六月發表於《中外文學》的〈詩的荒野地帶〉，可以看出鍾玲的理論架構，主要來自伊蘭‧蕭華特（Elaine Showalter）在〈荒野中的女性批評〉（"Feminist Criticism in the Wilderness"）標示的四個探索課題：（1）女性作家對女性的身體因素及生理因素有何反思。（2）女性作家對父權社會「壓迫者的語言」有何反應。（3）女性作家對傳統的心理分析理論有何反應。（4）女性作家對錯綜複雜的文化傳統有無以女性為中心的觀點。

在第一個課題裡，鍾玲舉翔翎描寫墮胎的〈流失〉、李政乃描寫生產艱難的〈初產〉、利玉芳描寫與女性生理有關的〈孕〉和〈水稻不稔症〉，以及朵思稱頌皺紋之美、鍾玲探討女性性經驗美感的詩，說明女詩人尋求身體主控權，表現女性對自身經驗之探求，對自我身體之發掘與發現，力圖抵制把女性身體物化之傳統。

鍾玲強調月經出血、月經痛、懷孕、流產、哺乳等切身體驗對女詩人作品的風格與內涵有極深的影響。但她將男詩人謝昭華（1962-）誤為女詩人，三度申論（1993a：188, 198, 209），是一明顯錯認，而此錯認同樣出現在孟樊的論文敘述裡（288），可見女性詩例之不多見，新生代詩人的作品儘管已引起注意，身分卻不為人知。

第二個課題談到語言，鍾玲不斷地探索何謂女性文體。針對古典婉約的抒情傳統，指出現代女詩人三種反「主流」的語風：（1）極端豪放雄偉的風格。（2）激情告解式的文體。（3）陰冷或戲謔的風格。凸顯囚禁意象，或者根本就瓦解意義、不設主題、縱容讀者臆想——呈幻象夢魅式的詩，是鍾玲心目中的女性文體特色（1989：299, 353, 396）。

鍾玲也分析瑪麗‧艾爾曼（Mary Ellmann）所謂不顧一切的、膽大的、諷諭的口氣、個性魯莽者那種善變脾氣、閃爍不定的、狂亂滔滔不絕的、

以及精簡的風格,即是女性的風格特徵。她說,這一語風之所以不適於檢驗台灣文壇,乃因爲「文學傳統因素」使然,在中文古典中,早有陰性文體出現,當代女詩人可以光明正大地承繼、占用、轉化那模式,不必從底層去削切男性的語言模式。鍾玲並舉示夏宇〈今年最後一首情詩〉,看它如何嘲弄女詩人故有的纏綿語調及輪迴觀念(1993b:199-200)。

夏宇的〈今年最後一首情詩〉,收在《備忘錄》裡,詩中的「我」在垃圾場看到一具頭蓋骨,她相信那是她轉世重逢的愛人:

> 那順著思考以及憂愁的曲度
> 分裂的　那慣於蹙眉的
> 形狀姣好的頭顱;
> 蹙眉之後
> 緩緩一笑
> 居然重逢
> 以這麼赤裸簡單的方式
> 在晴天的垃圾場(1986:175-76)

那具頭顱不在玫瑰花園裡,是在垃圾場裡,夏宇甚至形容那具頭顱是「一個毀壞的音樂鬧鐘」,非哀曲式的感應完全顛覆了男性文化主導下對女性纏綿吐屬的期待。在〈下午茶〉一詩中夏宇用上「手淫」、「小便」、「交媾」、「鼠蹊」等語彙,鍾玲認爲這也擺明了向男性語言挑戰(1993a:190)。

第三個課題有關心理分析,鍾玲用的是佛洛伊德(Sigmund Freud)的戀父情節說。佛洛伊德主張性本能是人類精神活動核心,男孩擺脫戀母情節(Oedipus complex)的動力來自「閹割恐懼」;而女孩最先認同的對象是母親,嗣後才轉移至父親身上,由於沒有閹割恐懼,因此很難從伊蕾克特拉情結(Electra complex)中掙脫,一生常存妒恨與缺憾心理。

鍾玲舉的例子是美國女詩人席維亞‧普拉絲（Sylvia Plath, 1932-1963）的〈爹地〉（"Daddy"）和安妮‧莎克斯敦（Anne Sexton）的〈父親們之死〉（"The Death of the Fathers"），都觸及對父親的占有慾及愛恨情節。

　　普拉絲的〈爹地〉，張芬齡作過細膩的分析，父親被描寫成法西斯主義者：「每一個女人都崇拜法西斯主義者，／長靴踩在臉上，野蠻／野蠻如你一般獸性的心」。有戀父情結的女孩把自己相對比擬成遭迫害的猶太人，詩中的「你」指的是父親：「膠著於鐵蒺藜的陷阱裡。／我，我，我，我，／我幾乎說不出話來／我以爲每個德國人都是你。／……當我是猶太人般地斥退我／一個被送往達浩，奧胥維茲，巴森的猶太人」（張芬齡214-224）。

　　鍾玲反駁佛洛伊德的學說，她認爲侷限在這一陽具說的陰影下實在太狹窄了，不如容格（C. G. Jung）的種族潛意識理論、社會制約角色帶給女性的痛苦，以及女性生理有別於男性而產生的心理，來得重要（1993a：197）。

　　第四個課題是社會文化因素。鍾玲舉白雨的〈下班後〉，說明傳統社會派給女性「女主內」的角色，羅任玲〈我在果菜市場遇見白雪公主〉呈現家務事對女性的影響，張芳慈的〈花市〉想像殘花是被遺棄的女性，馮青的〈港邊惜別〉反思征戰議題中女性的感受，夏宇的〈頹廢末帝國Ⅱ給秋瑾〉處理性別問題，〈姜嫄〉突出遠古母系社會女性的生殖情態（1993a：200-206）。

　　〈我在果菜市場遇見白雪公主〉的童話形式，是羅任玲最突出的表現手法：

　　　　那是今天早晨的事了。我在果菜市場遇見白雪公主，她看來
　　　　蒼老而憂鬱，並忙著和一隻青蘋果討價還價。
　　　　「可是，妳不是中了毒……」
　　　　誰說的？她扭轉臃腫的腰身。

「小時候童話書裡說的！」我大聲回答。

小時候？我早就不相信童話了。

她搬著粗胖的指頭，繼續和一隻桃子殺價。

「可是，妳被白馬王子吻醒，後來……」我仍不甘心。

後來？妳說白馬王子？

他投資股票去了，輸掉三千萬。

「可是，書上說你們從此過著幸福，快樂的……」我囁嚅著。

我說過，那只是童話。

不過……我確實演過白雪公主的。

她提著蘋果桃子，彷彿陷入深度沈思。（1990：84-85）

被王子吻醒後的白雪公主，必定要在現實中蒼老，變得腰身臃腫，在菜市場討價還價，接受白馬王子不再是王子的命運。鍾玲也以這類神話與童話模式，印證台灣女性詩人的作品，強調桑朵拉‧紀爾伯特（Sandra Gilbert）所說：當女作家著意自己的女性身分時，她們常常會採用一些令人縈懷的神話或童話模式，依仗某些情節，表現當前的處境。童話因此成了女性反抗的工具，包裝女性與現實妥協的一種方式（1993b：202）。

（二）李元貞的女性詩學

一九七七年參與台灣「新女性運動」，一九八二年創辦《婦女新知雜誌》，推動婦運的李元貞，本身也從事詩創作，著有詩集《女人詩眼》，以強烈的女性意識揭露女性生命底層的紋理，進而嘲諷男人，〈月事〉、〈男人〉、〈徬徨〉、〈打蟑螂〉等篇是她詩集裡的代表作。她常以雙乳作武器[4]，

---

4 例如「女人雙乳仍然一字排開」（143），「用雙乳酬謝生動的笛音／……天真開始變化／雙乳一樣感動」（234-235）。

寫女體、子宮，更以港口作女性意象[5]，探索性與自由，鑑照寂寞中燃燒
著的女體火焰。

李元貞的女性主義詩論述，起始於八〇年代末，最早的一篇是談台
灣現代女詩人的自我觀。[6]此文將女詩人的自我認同（或曰自我追求）分
三種類型，展現清晰的女性鏡像：

在「擁抱愛情」方面：第一代女詩人追逐愛情的危險音色，耽溺愛
情、渴求愛情，以胡品清為代表；第二代女詩人表現女性對愛情的執著
至死不休（如林泠、敻虹），或充滿等待愛情、錯過愛情的哀怨（如席慕
蓉），雖有詩人對女性全盲於愛情加以犀利的諷刺（如陳秀喜），但女性
面對狩獵者畢竟有逃不出網羅的宿命。能揭露愛情荒涼現實，傳達女性
擁抱愛情的堅強，或者取笑愛情從而開啓女性對愛心嘲諷控訴之路的
詩，要等到第三代女詩人馮青、夏宇，和第四代女詩人羅任玲等人出現
才見分曉。[7]

在「承擔母性」方面：李元貞舉陳秀喜的詩讚頌女性如大樹護生嫩
葉般的母性光輝，相對照的是男性的自我功利性；舉杜潘芳格的詩「到
半夜，兒子才如被我胸脯吸住般回來」，以言女性與母性兩種自我的結
合，並稱因此開拓了母性感受的女性肉體感；又舉敻虹的〈媽媽〉，詮釋
母女的關係、世代承續的深情。李元貞最精彩的詮釋是用羅英的〈子宮〉
說明如何抵抗男性中心社會對女性兼母性身體的曖昧態度，更借翔翎的

---

[5] 例如〈徬徨〉：「面對你／我的港口漲潮／洶湧地要把觀音掩沒」。

[6] 發表於一九八九年三月號《中外文學》，後收入《女人詩眼》。

[7] 李元貞採用張默的世代劃分法。據《剪成碧玉葉層層》，第一代女詩人指張秀
亞、蓉子、林泠、李政乃、胡品清、陳秀喜、彭捷；第二代女詩人包括敻虹、藍
菱、羅英、劉延湘、朵思、淡瑩、鍾玲、張香華、古月、席慕蓉；第三代女詩人
有翔翎、朱陵、沈花末、萬志為、夏宇、葉翠蘋、馮青、王鎧珠、梁翠梅（張默
1980〈序〉：2）。以今觀之，除各世代的代表詩人已有新的認定，時隔二十年，
第四代女詩人如羅任玲、顏艾琳……的詩齡也都超過十年，在詩壇占有一席之地。

〈流失〉論析女性自我與母性自我之間的掙扎。

在「主體的掙扎」方面：李元貞認為台灣現代女詩人筆下未必有追求女性自由的企圖，但確實有不少作品發出質疑與不滿之聲，表露了渴慕自由的「主體掙扎」現象，蓉子的〈我的妝鏡是一隻弓背的貓〉就是一首有代表性的詩；陳秀喜的〈棘鎖〉則描繪了婚姻制度拘囚女性「拚命地努力盡忠於家／捏造著孝媳的花朵／捏造著妻的花朵／捏造著母者的花朵」的殘酷現象；利玉芳的〈貓〉鉤沉出女性人格與情慾隱藏已久的聲音。

李元貞肯定女詩人以詩裸現蒙塵許久的女性現實狀態，她說：

> 「主體自由」的追求所造成的「主體掙扎」的現象，不但觸及了現代社會女性人權與男性尚未完全平等的現實，而且表現出女詩人在追求自由的孤寂與不安的道路上，那種艱苦摸索前進的壯士情懷，令人十分崇敬。(1995：250-269)

李元貞發表於《中外文學》的論文〈看誰寫詩？〉，論台灣現代女詩人詩中的女性身分，可以看作是〈台灣現代女詩人的自我觀〉的姊妹作。所謂「女性身分」指女人與女人的集體認同，目的是要改變父權社會的認知結構。李元貞舉美國當代女詩人芮曲（Adrienne Rich）的詩對照台灣的女詩人未受女性身分召喚，未能開創出新的詩境，反而在國家認同上有較深刻的探索（1997：51-52）。如果以李元貞〈台灣女詩人眼中的「國家」〉的觀點來看，更坐實了台灣女詩人直到九〇年代後期，大多數仍在父權社會殖民下思想。李元貞說：「國家在人類歷史上出現時，就是以父權權力系統將女人排斥在外，女人只負擔生育的角色，作為養育國家的基石」。最讓她感慨的是一向強調女性悲運的陳秀喜也「只領會到國家被另一國家統治的殖民意義」，而未領會「父權社會要女人畫眉、塗唇、穿耳洞，也有女人身體被父權體制殖民的意義」（1995：291-292）。

於是，女性為誰寫詩的身分政治乃成為李元貞強烈關心的議題，她一再呼籲：身分認同需要社會共同建構，女詩人要寫出更精采的女性詩，必須有更多的「女性讀者」支持她們創新的思想、創新的產品。她以一九九六年冬天民進黨為悼念遇害的彭婉如舉行大遊行時，印在傳單上的〈只剩女人有情〉為例，說劉毓秀這首控訴台灣女性竟是歷史詛咒受難者的詩[8]，堪稱「性政治」的絕妙好詩（1997：70）。〈只剩女人有情〉前三節如下：

> 三十五朵血的鮮花
> 開在妳的身上
> 開在我的身上
> 婉如，痛——
>
> 百年前歷史的詛咒
> 刻在妳的身上
> 刻在我的身上
> 婉如，恨——
>
> 鳥已不語
> 花已不香
> 男已無義
> 婉如，只剩啊——
> 女人有情

一九九九年李元貞最新的一篇女性詩學論文，批評男性主導下的詩壇，

---

[8] 劉毓秀詩中的「百年前歷史的詛咒」，指一八九五年清朝割讓台灣時，宰相李鴻章曾為詩咒棄台灣，說台灣「男無情，女無義，鳥不語，花不香」。

對女詩人的鼓勵與詩評充斥性別化的言詞[9]，具體表現在：（1）以性別化
諛詞或母親形象讚美女詩人。（2）以理論大包或語言的瑣碎分析簡化作
品的含意。李元貞認為男詩人常用空洞而普泛適用的讚詞評介女詩人的
詩，並不真能體會女詩人身處社會第二性的感受，因此對她們的詩旨橫
加漠視。她檢視許多女詩人的詩集序評，點名葉珊、鍾鼎文、高上秦（高
信疆）、羅門、蕭蕭、張默、李魁賢、趙天儀、林亨泰、陳明台、陳千武、
史紫忱、洛夫、沈奇、林燿德、羅智成、余光中等人都有分析之盲點與
缺失。結論是：「文學史必須重新認真對待女詩人」（1999a：19-42）。

此文附錄「女詩人與詩集出版數」、「詩選集女詩人所佔比例」、「年
度詩選女詩人所佔比例」三種圖表，亦能顯示男女詩人的權力配置版圖。
但如欲使這份資料更為精確，猶需將兩性寫詩人口一併列入計算，相對
的比例才是科學的數據。

（三）孟樊的女性詩學

孟樊的〈女性主義詩學〉一文長兩萬六千餘言，寫於一九九二年，
談「女性主義的崛起」、「性政治的詩學」、「陽具批評的批評」、「女性閱
讀詩學」及「女性中心批評的女性書寫」。此文從詩選的編纂與詩史的詮
釋兩方面看台灣詩壇的性別政治，更從「陽具批評」在詩評界的嚴重充
斥，呼籲女詩人的作品應該「從一種有權力威嚴和有占有慾的語言，改
換成一種帶有感情和關懷的語言」（303），重新進行評估。這兩點都極精
確地指出建構台灣女性詩學應努力的方向，前文提及李元貞〈台灣現代
女詩人的詩壇顯影〉中加深闡發的部份觀點即同於此。

在「女性閱讀詩學」這一節，孟樊歸納女性閱讀的標的（objects）
有三：（1）檢視作品中的女性意象和女性的僵化定型。（2）檢視男性批

---

[9] 這篇題名〈台灣現代女詩人的詩壇顯影〉的論文，部份觀點承續、發揚了孟樊
一九九二年發表的〈當代台灣女性主義詩學〉一文的觀點。

評中對女性作品的誤讀。（3）探討「女性作為符號」的底蘊。這樣的閱讀標的為的是勾勒出詩中的女性形象。台灣的女性形象在男性詩人筆下，多樣而不統一，例如：（1）溫婉、保守與受呵護。（2）童稚、可愛、感性但缺乏腦筋。（3）消極、被動且缺乏獨立性。（4）善變、現實、狡猾與情緒化。（5）哀怨、可憐而值得同情。（6）辛勤、慈愛、令人仰望。（7）自覺、自主與獨立（307-310）。

上述形象相互衝突、歧異很大，很難下結論；不同詩中的角色倫理關係，有的是夫妻，有的是情人，有的是母子，更難在同一視點下比較，像第（6）、（7）點，顯然不是專屬女性典型的個性特質。

談到女性書寫的特點有那些？孟樊提示卡普蘭（Cora Kaplan）的提喻法（以部分比喻全體）、換喻法（以鄰近在一起的事物作替代的比喻）。又提示洪姆（Maggie Humm）〈女性文學批評〉所謂「採用分散斷裂的句型以及動植物意象」。第三個特點是費爾斯基（Rita Felski）主張的運用自傳式「告白體」。第四個特點是以意識流作為表達手段（317-320）。

孟樊的論述引發人思考到底有沒有女性書寫，女性書寫究竟能不能獨立成學？按女性書寫最令人羨慕的成就在以小事小物，自由抒發個體的生活細節，卻能以流動的感情、迂迴曖昧的語法、隱喻的策略，表達父權壓抑下她們極欲抒吐的訊息。孟樊援用的西方女性主義觀點與鍾玲一般，只具參考性、啟發性，未必是可驗證的事實，因此他自己往往隨即加以批判。他特別贊同動植物意象屬女詩人最愛之說，其實也值得商榷。「詩人感物，聯類不窮」原是創作通則，詩經以降多識於鳥獸草木之名的傳統，著眼於男詩人作品，何嘗遭質疑過？現代詩篇固遍植動植物意象，楊牧更曾以〈盈盈草木疏〉為題，創作十四首。[10]

孟樊說：「女性主義批評最終一定是指向文化批判，否則這個文學中

---

[10] 收入《楊牧詩集II》，台北：洪範書局。

的『她者』始終無法獲得應有的重視，難以在文學史中立足」。女性主義批評不單單指向文學課題，更是改造婦女社會地位的意識形態綱領。能指出這一點，是孟樊關切女性詩學的深刻之處。

（四）陳義芝的女性詩學

陳義芝於一九九五至一九九九年間，以二十七位台灣戰後世代女詩人[11]的作品爲例，析論台灣女詩人的性別意識。[12]陳義芝多採用心理分析學，他相信嘉德娜（Judith Kegan Gardiner）所說：「佛洛伊德去世後的幾十年裡，心理分析學發展了新的觀點，豐富了文學批評」。使用心理分析理論，正是藉藝術眼睛操控的科學手術刀，剖析女性，辨明台灣的女性詩學究竟有何建構（123-124）。他的重要論點有五：

（1）以容格心理學的核心理論「雌雄同體」說，申論女詩人作品中「永恆的男人」（Animus）的烙印，說明女詩人對「自身」的思考、夢寐的形象、「傷春」的情結，以及在自覺過程中潛意識原型可能對真實生活造成的干擾。所謂阿尼姆斯（Animus）是從嵌在女人身上有機體系初源處遺傳來的因素，是所有祖先對雄性經歷所留下的一種印痕。阿尼姆斯是女性潛隱的生命部分，以父親、白馬王子、浪子、智慧老人等形象顯影，關乎女性的自覺自願、對知識及真理的追求。女詩人透過隱喻的語言把這類原型「翻譯」在她們的詩中，其中所呈現的魔術般複雜的心理關係，有助於我們認知女性在「文化劇本」中的角色。

（2）從「依違於男性律動間」、「遐思空間與密語帷幕」、「延宕的前

---

[11] 指一九四五年後出生的女詩人。

[12] 重要篇目如〈永恆的男人〉、〈從半裸到全開〉、〈變聲的焦慮〉、〈各人住在各人的衣服裡〉，曾在不同的學術研討會上宣讀，並發表於《中外文學》、《台灣詩學季刊》。一九九九年結集，書名《從半裸到全開——台灣戰後世代女詩人的性別意識》，由台北學生書局出版。

戲」、「身體器官象徵」、「試探為偽裝」、「肉體狂歡節」六種心理或行為
現象，試探女性經由情色而觸發的創造生機，發現女詩人有許多精采的
詩，證明女詩人在情色文學方面的勤耕不遜於男詩人。陳義芝指出戲耍
的嘉年華（carnivalesque）風格已成形，未來可拓展的空間在更強力地攻
擊主婦的枷鎖，包括試管受孕、女性就業等與女性家庭地位、陳年法規
有關的問題。批判色情行業對女性的剝削、將身體器官做性的美化以取
悅男人的機制，也是可以深入表現的。

（3）從女詩人作品中看女性如何找回自我。從傳統的女性標籤、十
字架的背負、走出婚姻與兒女的牢籠……發現女性變聲的焦慮日益明
確，男女性別概念也急劇變化，男人在走向女人，女人也在走向男人，
新的兩性融合的局面已經出現。

（4）從服裝這一種自成系統的語言，找尋女詩人到底「說」了什麼？
在時裝的明顯變化、圓形服飾配件的追求與陷落中，呈現不同的女性主
體思考。

（5）從旅行心理看女性的樂園追尋與迷惘。

陳義芝論述最特別的一點是，每當他發覺台灣女詩人在該領域提不
出適當的文本時，他往往自己從事陰性書寫，用自己的詩作輔助說明，
例如用〈自畫像〉表現女性的自體交合（88-89）；用〈住在衣服裡的女
人〉證明一首詩可以全由衣飾構思起興、比擬生情而具性暗示
（106-107）。

（五）其他人的女性詩學

（1）關於陰性氣質、女性書寫

廖咸浩將理言中心論（logocentrism）與女性主義相結合[13]，評析夏宇

---

[13] 此處借用簡政珍教授語，見《當代台灣女性文學論》，頁 272。

的詩反理言中心（對傳統意義的無所謂）的態度與反父權文化的意義。要談夏宇的「反叛」，必須先指明夏宇詩的「陰性氣質」。廖咸浩說，夏宇的陰性氣質一者表現在後結構書寫的特色上，「也就是在理念的層面上，對諸如身體的物質性、語言的權宜性、符徵（signifier）的感官性、主體的不確定性、換喻的中樞性、本源的延異性、意義的隨機性等，進行討論」（255）。另一者表現在檢視人類社會中所有被輕視、被壓抑、被逼害的人與事，所謂後殖民的特色上。廖咸浩當年以非線性邏輯作為女性書寫特色，立刻引來簡政珍的質疑，說這種表現原屬詩的意象思維，即是詩的「本質」，也就無所謂男性與女性的差異（273-274）。

法國女性主義學者西蘇（Helene Cixous）的「陰性書寫」觀念，胡錦媛在〈主體、女性書寫與陰性書寫〉一文，多所舉例說明。大凡能打破父權價值觀，跳脫本質論的陷阱，瓦解男女性別二元對立的多重聲音，即為陰性書寫。陰性書寫的判定標準是「文本性」（textuality），而非性本質（sexuality）（288），這一點是確定的，不像女性書寫的「文本性」始終未定，反而依據「性本質」較無爭議。但若僅止於「性本質」的判定，「女性書寫」一詞實無強調之必要。

（2）關於女性主義精神

旅美學者奚密研究現代詩，著有成績[14]，她雖無女性詩學專論，但借〈後現代迷障〉一文反思孟樊〈台灣後現代詩的理論與實際〉[15]，從而指出夏宇最深刻的後現代表現，實根植於相當激進的女性主義精神上。奚密解詩強調詩中的主體意義，她讀夏宇的詩發覺「尖刻的批判男性中心社會對女人的恐懼和誤解，以及女性之耽於感傷和逃避」，說夏宇並不滿足於傳統二元價值階級的顛倒以免又墮入新的二元論，她說夏宇一再被

---

[14] 奚密著有《現當代詩人錄》，聯合文學出版。

[15] 見孟樊著《當代台灣新詩理論》第九章。

評者引用的〈姜嫄〉：

> 其意不只有揄揚母系社會。它一方面重寫構成人類歷史的「男人
> 的故事」（這裡的男人是周朝始祖后稷），將《詩經》神話中「童
> 貞生子」的姜嫄從父權社會對女性既是「性」（對性的慾望和需要）
> 也是「人性」（自我延續的本能願望）的壓抑裡解放出來；另一方
> 面，也質疑、摒棄自然與文明（如語言和政治體系）、獸性與人性
> 的二元論。

林綠評蓉子，以「女性意識」與「女性自覺」為這位一般以為婉約、閨
秀的前代女詩人定位，說蓉子建立了一個完整的女性自我，在「女性主
義尚未流行之際，當真是頗為前衛」（113）。林綠從蓉子作品裡探勘女性
經驗、女性困境，其所關涉的女性主義精神與西蒙・波娃《第二性》的
概念相通。這樣的概念永遠啟迪後人，已成為性別思維的基礎意識。

何金蘭〈屈服抑或抗拒？〉論淡瑩的詩，指出「屈服／抗拒」是〈髮
上歲月〉的意涵結構，詩的結尾展示詩人向歲月抗拒後的全面勝利
（8-9）。雖未提示女性主義精神，而此精神卻呼之欲出。

（3）關於意象與語言的開拓

一九九六年底台灣詩壇突然出現的新人江文瑜，「飢渴著一條女性主
義的詩流，夾帶不同的符號與標點，悠幽飄起」（江文瑜 13）。江文瑜諧
音換義，押韻如頌歌的語句，考驗大家對詩的認知、對骯髒的價值判斷、
對羞恥的心理反射。對於何謂含蓄、何謂精緻、閱讀張力從何而來，江
文瑜也大力解構、重新建構。

一九九八年冬天，江文瑜將寫成的三十首詩集成《男人的乳頭》一
書，書後所附裴元領〈鏡像政變〉一文對江文瑜的書寫策略有精要分析：

> 以提喻為先鋒，用諧音製造歧義，來挑逗、歪斜、晃動自戀的男

> 性霸權，這也許是江文瑜主要的書寫策略。所以乳頭、精液、B. B.
> Call、A4 信紙、立可白修正液乃至三字經皆可入詩，白帶、口水、
> 胸罩、名片、香蕉、芭樂、便秘亦無礙為文。（166）

一九九九年江文瑜以這本詩集贏得第八屆陳秀喜詩獎，李元貞作〈詩與性別的鏡像政變〉，對江文瑜「化女人的被動（被罵）為主動顛覆父權三字經，以字義網絡聯結、置換的力道，使國罵變成女人自己可享用的意義資源」，「多方面探索身體、性別與書寫及文化和語言的糾纏分合的關係」，「開拓出身體意象與社會事件扣聯一致的書寫」，大加讚賞（1999b：35）。

我們可以說，江文瑜以出人意表的符徵及多層次豐富的符旨，為世紀末的台灣女性詩培出新苗，女性詩學相應地有了新的礦脈。

三、台灣女性主義詩文本舉隅

（一）表現普遍存在的女性經驗

蕭華特在《她們的文學：英國女性小說家從布朗特至萊辛》批評吳爾夫（Virginia Woolf）的文章無法向讀者傳遞任何直接經驗，因吳爾夫置身上流階級，缺乏優秀女性主義作家必須具備的負面經驗。蕭華特相信「文本應該反映作者經驗，而且讀者感到經驗之真確性愈高，文本之價值亦愈珍貴」。根據這一準則，有力之女性主義作品應是能完整地表達社會結構中個人經驗之作品。女性不該被封閉在生育、管家等生活空間；反映不合理的生存機制，為的是解除女性遭受到的普遍壓迫。[16]

---

[16] 蕭華特之言轉引自托里・莫伊（Toril Moi）《性別／文本政治》（*Sexual/ textual Politics*）中譯本，駱駝出版社，頁 3。

　　語言明淨、曾自印兩本詩集的女詩人白雨[17]，在《一場雪》中就有一首〈主婦日記〉，描述女性奔忙於買菜、煮飯、洗衣、灑掃等事務，還要修電燈、修水龍頭，照顧生病的小孩，日復一日，原詩共十八行：

> 每天把五個人的口糧搬上五樓
> 不知能否算一種薛西佛斯？
> 無底的冰箱和胃袋是難厭之饕
> 吸墨的衣襪則如野草日日沐春風
> 還有兆億塵粒以等比級數在繁殖
> 一雙螳臂該撐到那一層極限？
> 不周山原來像矮於身高的屋頂
> 稍一閃神便折斷天柱缺了地維
> 瞧瞧電燈才復明水龍頭又滴漏不停
> 可不是老三剛退燒老二就鬧牙疼
> 那美麗的五色石只好畫夜趕煉
> 三分的人生早已註定了等於
> 一個永不止息的循環小數
> 零點三三三三三三……
> 迨更深三小終告排成端正的品字
> 這才探首長吸一口室外的空氣
> 恰巧瞥見無寐的姮娥也憑窗
> 她跟我說寧願作伐桂的吳剛 （1989：57）

這首詩的女性主義特質就難表達社會結構普遍存在的女性經驗。那矮於身高的蝸居，是兩性不平等的舊世界，縱使天柱折、地維斷，不論發生

---

[17] 白雨，本名蘇白宇，一九四九年生。一九七五年於《藍星》詩刊發表詩，一九八三年結集《待宵草》，一九八九年結集《一場雪》，皆自印本。

多大的家庭困境，都需女性力挺。「一雙螳臂該撐到那一層極限？」只能似女媧一樣，晝夜煉石，陷入永遠循環的家務角色裡。她的人生都分給了別人，她何嘗有自我？結尾三行，探首望月與嫦娥對話：此身長願作男人。感傷的語調、「宿命」的苦楚與杳渺的憧憬，在「女性中心觀點」統合下，發出動人的強波。

（二）表現女性的真實形象

精神分析女性主義學者克瑞絲緹娃（Julia Kristeva）認為女性主義有三個進程：（1）女性要求平等進入象徵秩序。（2）女性強調差異，反對男性之象徵秩序，頌揚女性特徵。（3）女性反對男性及女性之形而上學二分法（康正果 130）。性別身分之探究，是要建立創作女性的新生活、新形象。它與男女結合、主客合一、消滅現實原則的烏托邦理想相近。

夏宇的〈頹廢末帝國 II 給秋瑾〉經常被詩學論文取為例證，用來研究雌雄同體或扮裝：

> 不無互相毀滅可能的華爾滋
> 如你的革命
>
> 我發現我以男裝出現
> 如你
>
> 舞至極低
> 極低的無限
>
> 即將傾倒
> 一個潰爛的王朝

　　但我只不過是雌雄同體

　　在幽暗的沙龍裡

　　釋放著華美

　　高亢的男性（1991：59-60）

秋瑾在生物性別上歸屬女性，偶以男裝出現奔走革命，夏宇自比秋瑾，
在華爾滋中進行她的革命，她要傾倒的潰爛王朝係男人所建，她在幽暗
的沙龍裡「釋放著華美高亢的男性」，那華美與高亢轉為女性的本質、真
實的形象。

　　女詩人李癸雲（1971-）的〈她鄉〉[18]以雙線文本的形式把當今都會
女子與古代平埔族母系社會女性的情慾態度與歸宿，做了一次對照性的
探勘，擺脫父權國族思想，映現了純「女性身分」的角色追求。在詩人
筆下，不論是「戰利品全掛在我的雙乳，深淺不一的齒痕，美麗的紋身」
的現代都會女子，或是「束髮盛妝下山，良田該配播良種」的古代「番
婦」，她們的命運是相同的（1999：37）。

（三）表現獨特的女性力量

　　《閣樓中的瘋婦》是吉爾伯特（Sandra Gilbert）和古芭（Susan Gubar）
的名著，她們認為女性文本的重要策略就是顛覆男性為她們設定的從屬
角色，推翻父權制文學對天使與怪物的兩極化態度，她們相信有獨特的
女性力量是藉由瘋狂的黑暗的替身投射出來。這些重要替身包括巫婆、
怪物、瘋女人，女性作家認同這些替身的毀滅力以衝擊男性主宰的家庭、
政治氣壓（莫伊：54-56）。像羅任玲的〈菊〉呈現的驚悚舉動，就顯示

---

[18] 獲一九九九年台北文學獎新詩評審獎，刊見一九九九年五月十八日聯合報第三
十七版《聯合副刊》。

了女性無聲的焦慮與憤怒。那像秋菊一樣困居的女子,「少了甜蜜的嘴,飛翔的翅」,她覺得「眼,似乎也嫌多餘」,如此認定後,「她拿起蒔花的剪,刺穿雙瞳」(1990:129)。羅任玲的〈核爆巫婆〉是女性作家的另一類化身:

> 在暗夜裡起床。點燈
>
> 繞地球一周
>
> 把恐懼寄給不乖的小孩
>
> 慢慢啃
>
> 油嫩的小指頭
>
> 明天山姆叔叔會流淚
>
> 啊。慢慢啃
>
> 光滑的小臂膀
>
> 契夫伯伯總是愛說謊
>
> 沒有人看到
>
> 啊。沒有人看到
>
> 我肥沃蓬鬆的大圓裙
>
> 夜太暗了吧也許
>
> 霧太濃了吧也許
>
> 等明天
>
> 明天
>
> 我就蓬鬆著頭髮出來
>
> 啊哈哈
>
> 啊哈哈
>
> 啃盡全世界的
>
> 小指頭(34-35)

慢慢啃，慢慢漱，誰不乖就啃誰，頂著蓬鬆的頭髮，穿著蓬鬆圓裙的巫婆，具有核爆的威力。透過核爆巫婆的形象，女性卸除了受壓抑的憤怒、被捆綁的禮儀，來去自如，開懷大笑，換來君臨天下的「威儀」。

（四）表現快樂的性

女性身體作為女性寫作場域之主張，曾經多位女性主義者（例如西蘇）關注。法國女性主義思想家路思・伊里加瑞（Luce Irigaray）聲稱男性的快樂是陽具侵占模式，是單一的，女性由於性器官由陰唇、陰道、陰蒂、子宮頸、子宮、乳房等多項組成，其快樂因而是多樣化、無窮盡的（莫伊 135-136）。開發女性的情慾即是開發女性創造的天地。

老一輩女詩人處理性的意象，發出苦悶、疼痛、悲哀的控訴聲，如陳秀喜〈灶〉：

灶的肚中
被塞進堅硬的薪木
灶忍受燃燒的苦悶
耐住裂傷的痛苦
灶的悲哀
沒人知曉（185-186）

薪木是男性，灶是女性，薪木燃燒烈火，灶要忍住裂傷之痛，這是從前女性有性無歡的寫照。而今不然，中堅代女詩人化被動為主動，充分享受擁抱、觸摸的樂趣，如李元貞〈給 LO 十首〉第三首：

龍從雲中來
雨和雪齊下
叢林燃燒
飛禽走獸傾逃

大母開懷

雙乳噴泉（1995：94-95）

雲雨激狂，精液（雨、雪）和乳汁噴灑。這其中毫無遮羞與否的思維。
情慾表現到了新生代女詩人顏艾琳、江文瑜筆下，更是入木三分，從前
人視為色情影像的詩，現在被認為是兩性身體最新的對話錄。因為公開、
因為快樂，因此沒有暴露的扭怩不安。男人必須重新認識女人，女人也
必須重新認識自己。「經典之作」如顏艾琳的〈淫時之月〉：

> 骯髒而淫穢的桔月升起了
> 在吸滿了太陽的精光氣色之後
> 她以淺淺的下弦
>
> 微笑地，
> 舔著雲朵
> 舔著勃起的高樓
> 舔著矗立的山勢；
>
> 以她挑逗的唇勾
> 撩起所有陽物的鄉愁。（38）

江文瑜的〈立可白修正液〉：

> 我打開立可白
> 她橫躺——
> 堅挺的乳頭滲出灃沛的乳汁
> 或是，尖硬的陰唇
> 泌流黏狀的潤滑液——

> 正準備塗抹在攤開的男體
>
> 修正那一身陽性的弧線——（55）

我認為這是真正的女性聲音。女性的語言特色不是什麼斷裂的句法、意識流的表現，也不在自創怪字以吸引注意，而是結合女性生理、心理，見諸情慾文本中既風騷於外又純潔於內、既老練於性趣又無知於「禮俗」的表達。像顏艾琳〈淫時之月〉的起手式，不待他人評斷就先作出反諷宣告，「吸」、「舔」、「撩」更是摧毀男性霸權的三招劍訣。再看江文瑜，在兩性對待上也採取「逆向」思考，建構新的供輸情勢，女性不再是受方，而是給出的一方，用自己的體液占有對方的一方。

四、結 論

　　女詩人創作女性詩已成一種普遍風潮，表現形式日益創新，內涵不斷開拓，晚近於青年文學獎，或於年度詩選中，隨處都可以翻讀到精采之作。[19]連帶地使男詩人也有陰性書寫的傾向。

　　有關女詩人作品的詮釋，不論出諸女性或男性評論家之手，都能聯結到女性主義關切的家庭、文化、政治等社會因素，回歸到兩性發展的歷史脈絡，在與歷史事實同樣的客觀現實上加以評析。女性詩學論述引進的批評術語，新的思維方法，帶給讀者的閱讀樂趣，無不為人津津樂道。突出詩的社會意義，建構出活潑健康不從屬的台灣「女性身分」，此二者皆屬文化革命性的大業。如果我們相信文學是社會面相的「換喻」，

---

[19] 如一九九九年第二屆全國大專學生文學獎新詩第貳獎作品黃宣穎的〈姊姊的房間〉，描寫像室友又像同志愛侶的女性私情，或如前舉台北文學獎得獎作李癸雲的〈她鄉〉。若以爾雅出版社總經銷的年度詩選為例，一九九七年零雨的〈結婚紀念日〉（166-168）、一九九八年杜潘芳格的〈蜥蜴〉及朵思的〈沸點〉，都含有深刻訊息。

要研究台灣的詩文本與政經社會複雜的網路有何互文、組構的關係，解嚴前不能不注目政治詩，解嚴後則不能不懂女性詩。

【引用書目】

白　雨。《一場雪》。台北：自印本，1989。

江文瑜。《男人的乳頭》。台北：元尊文化公司，1998。

李元貞。《女人詩眼》。台北：台北縣立文化中心，1995。

———。〈為誰寫詩？——論台灣現代女詩人詩中的女性身分〉，《中外文學》第
　　　26 卷第 2 期，1997。頁 49-74。

———。〈台灣現代女詩人的詩壇顯彰〉，《中國女性書寫國際學術研討會論文初
　　　稿本》。台北：淡江大學中文系，1999a。頁 1-48。

———。〈詩與性別的鏡像政變〉，《台灣日報副刊》第 35 版，1999.05.07，1999b。

李癸雲。〈她鄉〉。《聯合報副刊》第 37 版，1999.05.18。

何金蘭。〈屈服抑或抗拒？——剖析淡瑩《髮上歲月》一詩〉，中國女性書寫國際
　　　學術研討會論文抽印本。台北：淡江大學中文系，1999。頁 1-10。

林　綠。〈女性意識與女性自覺——論蓉子的詩〉。《永恆的青鳥》。蕭蕭主編。台
　　　北：文史哲出版社，1995。頁 111-126。

孟　樊。《當代台灣新詩理論》。台北：揚智文化公司，1998。

波　娃（Beauvoir, Simone de）。《第二性》。歐陽子、楊美惠、楊翠屏譯。台北：
　　　志文出版社，1992a。

夏　宇。《備忘錄》。台北：自印本，1996。

———。《腹語術》。台北：現代詩季刊社，1991。

奚　密。《現當代詩文錄》。台北：聯合文學出版社，1998。

康正果。《女權主義與文學》。北京：新華書店，1994。

張芬齡。《現代詩啓示錄》。台北：書林出版公司，1992。

陳秀喜。《陳秀喜全集‧詩集一》。新竹：新竹市立文化中心，1997。

陳義芝。《從半裸到全開——台灣戰後世代女詩人的性別意識》。台北：學生書局，
　　　1999。

莫　依（Moi, Toril）。《性別／文本政治：女性主義文學理論》（*Sexual/ Textual Politics:*
　　　Feminist Literary Theory）。陳潔詩譯。台北：駱駝出版社，1995。

楊　牧。《楊牧詩集II》。台北：洪範書店，1995。

蓉　子。《千曲之聲》。台北：文史哲出版社，1995。

裴元領。〈鏡像政變〉。《男人的乳頭》。江文瑜著。台北：元尊文化公司，1998。
　　　頁 235-272。

廖咸浩。〈物質主義的叛變：從文學史、女性化、後現代之脈絡看夏宇的「陰性
　　　詩」〉。《當代台灣女性文學論》。鄭明娳主編。台北：時報出版公司，1993。

鍾　玲。《現代中國繆司——台灣女詩人作品析論》。台北：聯經出版公司，1989。

———。〈台灣女詩人作品中的女性主義思想〉。《當代台灣女性文學論》。鄭明娳
　　　主編。台北：時報文化公司，1993a。頁 183-212。

———。〈試探女性文體與文化傳統之關係〉。《當代台灣文學評論大系‧新詩批
　　　評》。孟樊主編。台北：正中書局，1993b。頁 187-213。

簡政珍。〈講評意見〉。《當代台灣女性文學論》。鄭明娳主編。台北：時報出版公
　　　司，1993。頁 272-276。

顏艾琳。《骨皮肉》。台北：時報文化公司，1997。

羅任玲。《密碼》。台北：曼陀羅創意工作室，1990。

顧燕翎。《女性主義理論與流派》。台北：女書文化公司，1996。

選自：《中外文學》第 28 卷第 4 期（1999.09）

陳大為

台北大學中文系副教授

台灣都市詩的發展歷程

一、緒 論：萌芽期（1930-1949）

　　台灣都市詩的研究與討論，大多以六○年代以後的作品爲主，雖然早在三○年代就可以讀到日據時代的詩人守愚（1905-1959）在〈人力車夫的叫喊〉（1930）刻劃了人力車夫面對現代化交通工具的挫敗感、楊華（1906-1936）在〈女工悲曲〉（1935）描寫紡織廠女工的生活辛酸、楊熾昌（1908-1994）以〈毀壞的城市〉（1936）控訴台南市都市化的現象。《日據下台灣新文學選‧詩選集》（1979）的主編認爲日據時代的詩人「一般是農業社會的詩人，他們詩的題材大都集中在田園景物，連愛情和一般感情的表達都是田園風的。但此外，很多詩人把各種職業的工作行爲和社會事件寫成詩，也有不少表現都市和工人生活的詩」[1]。其實他只說對了前面一半：他們大都是抱持著田園／農村意識的現實主義詩人，所以面對新興都市文明的衝擊時，最關切的主題仍舊是藍領階層的生活境況。

　　以〈人力車夫的叫喊〉爲例，它強烈表達出農業社會的人力面對工業時代的機械動力時，令人不忍的挫敗感和生存意識：「也只有輕看了自己的生命，／和機械去拚個你活我死，／也只有廉價了自己的勞動力，／零星地掙來一錢五厘；」[2]從人力車伕與汽車之間的困獸之鬥，詩人感受到一個「容不得些兒抵禦」的資本主義時代（或今日所謂的「資本主義現代性」）即將來臨，傳統行業的勞動人口終將失去存在的價值和空間。但此詩對都市文明或資本主義經濟卻沒有進一步描述；詩人努力經營的重點，是貫徹全詩的那一股卑微卻不輕言放棄的生存意識，它被視爲都市化進程中，小老百姓最後且多餘的掙扎，這是相當典型的一種都市主題書寫方式。

---

[1] 李南衡主編《日據下台灣新文學選‧詩選集》（台北：明潭，1979），頁431。

[2] 《日據下台灣新文學選‧詩選集》，頁153。

從意象選擇和切入角度上來看,〈毀壞的城市〉較屬於俯視都市文明的批判式書寫:「風裝死而靜下的清晨／我肉體上滿是血的創傷在發燒／……／灰色腦漿夢著痴呆國度的空地／濡濕於彩虹般的光脈」[3]。表面上看來充斥著都市人生存的痛苦和壓力,但文字後面卻是空洞的,全詩止於最表層的刻板印象(甚至只算是某種想像)。楊熾昌對現代都市文明的了解不深,主要是因為台南的都市化才剛剛開始,許多硬體設施和社會制度的驟然改變,直接衝擊了詩人的思考,自然成為文化批評的依據或焦點,使其抨擊流於表面。

若以《日據下台灣新文學選‧詩選集》作為抽樣分析,真正描寫都市文明對農業社會形成的衝擊與變遷的「都市詩」實在沒幾首,倒是描述工人生活的社會寫實詩篇充斥全書,信手拈來就有克夫的〈失業的年代〉(1931)、〈爆竹的爆發〉(1931)、守愚的〈長工歌〉(1931)、〈車夫〉(1931)、〈洗衣婦〉(1932)、〈我做夢〉(1932)等多首。

日據時代的都市詩沒有形成令人矚目的規模,主要是因為台灣都市化的程度尚不足以激發出相對的創作慾望和條件,日據詩人的焦點依舊環繞在農村生活和時代變遷的籠統感受,這個階段只能算是台灣都市詩的「萌芽期」。都市詩的創作質量跟社會現代化／都市化的進度,有極為密切的關聯。況且在太平洋戰爭爆發之後,台灣本島受到戰火的波及,現實主義詩人的焦點立即被烽火吸引過去,都市詩的創作進入凍眠期。

光復後的台灣,在六〇年代正式邁向工業化與現代化的發展階段,台北和高雄等都會地區的人口暴增,現代都市的生活形態儼然成形,並產生諸多的負面影響,自然刺激了詩人把矛頭指向現代都市的流弊。本文鎖定五〇年代為討論的起點,因為當時出現一些具有影響力的都市詩,對整個台灣都市詩史的研究,有不容忽略的討論價值。從一九五〇到二〇〇〇年,半個世紀,足以完整鳥瞰當代台灣都市詩的發展脈絡。

---

[3] 收入馬悅然等編《二十世紀台灣詩選》(台北:麥田,2001),頁 96-97。

二、第一紀元：天空之城（1950-1958）

　　自從日本人在台北建立了總督府，台北即取代清朝時期的台南府，成為都市化最急速的城市。一九〇五年的台北市人口只有七萬四千人，到一九三五年已暴增至二十七萬四千人，三十年間增長到三‧七倍（在同一時期，台南市人口從五萬增加到十一萬）[4]。國民黨入主台灣之後，台北市吸引了大量的農村人口，一九六一年全市人口為九十二萬人，十年後倍增到一百八十萬人，一九七六年即突破兩百萬[5]。居住人口暴增的背後牽動了產業結構和傳統家庭結構變化，也加速各項都市硬體的建設。從一九四九到一九六〇年，十二年間台北都市景觀和生活內容的巨大變遷，自然成為詩人寫作的重要題材。

　　然而，更耐人尋味的是「原子世紀」的觀念對台灣詩壇的隱性衝擊。一九六一年一月出版的《六十年代詩選》，主編在吳望堯個人簡介的第一行說：「我們所期待的『原子詩人』莫非就是吳望堯？」[6]，「原子詩人」的稱謂，除了象徵著吳望堯（1932-）為當代詩壇帶來的爆炸性想像，還有另一重意義，它宣告一個新紀元的降臨：「從第一枚原子彈的製成到第一枚火箭的擊中月球，科學已帶我們走進一個新的恐龍時代；一種核分裂的焦慮和星際間的無盡狂想，一種作為靈長類之一的人類的渺小感、絕滅感和敗北感，一種時空無限的大寂寞和大煩憂，迫使我們原有的舊想像世界宣告破產。而新想像世界的應運而生，當屬極自然之事。明乎此，詩人吳望堯的詩隨太空船與人造衛星以俱來，也就不必視為怪誕了」[7]。換言之，「原子詩人」是五〇年代的精神產物；吳望堯的代表

[4]　蔡勇美等編《台灣的都市社會》（台北：巨流圖書，1997），表 2-3，頁 49。
[5]　《台灣的都市社會》，表 3-11，頁 99。
[6]　瘂弦、張默主編《六十年代詩選》（高雄：大業書店，1961），頁 68。
[7]　《六十年代詩選》，頁 68。這部在六十年代最初期（一九六一年）出版的《六十年代詩選》，主要是「表示一種新的、革命的超傳統的現代意義」（〈緒言〉，頁

詩作，即是詩人正面迎擊全新的宇宙想像和科技文明時，迸發出如原子爆炸的光亮。不過，類似的「原子詩」在《六十年代詩選》當中，僅此一家。這個現象／現實，似乎跟主編的介紹有衝突。

事實上，原子詩的概念早在五〇年代初期就出現了。本土詩人吳瀛濤（1916-1971）的第一本詩集《生活詩集》（1953）[8]，有一篇壓卷的〈詩論——論原子時代（Atom Age）的詩〉，他覺得兼具創建與毀滅力量的原子，「可能變成廿世紀劃時代的一種極其光耀的人類的動力……，原子是這時代的詩的新的象徵，是這時代最純粹最崇高最有力的詩精神之總稱，詩人需要認清它，詩人要開始寫出原子時代的新詩——原子詩（Atom Poetry）」[9]。對陌生的原子科技文明的憧憬和憂慮，直接投映在吳瀛濤的長篇組詩〈神話（三部作）〉裡頭：「誰知我作原子之夢／而作的卻不是爆炸的凶夢／……／原子科學的進展／將使人類劃開動力的新世紀／／夢裡　像永恆直昇的太陽／何等的光榮　何等的燦爛／它的精彩已奪了我的整個心靈／然誰又知美夢裡卻有危懼的憂念」[10]。就其稍嫌粗糙的語言表現而言，不算一首成功的詩，但其中流露出詩人對前衛的科技文明的追尋與迷戀，卻能夠印證《六十年代詩選》有關原子時代的說法。此詩的第二節，吳瀛濤用上許多科技名詞，第三節更用上大量地質學知識，

VI），這種急於斷代，急於揭開一個新紀元的精神，相當符合本段引文中的時代感受。或許詩人們（主編們）真的感覺到一個嶄新的世界，正應運而生。

[8] 吳瀛濤自一九四四年旅居香港期間，開始發表中文詩作，光復後回台持續發表中、日文詩作。據此推斷，第一本詩集收錄的應該是一九四四至一九五三年間的作品。但集中沒有標示作品的定稿或發表時間，只能從語言的成熟度和謀篇能力加以判讀。這本詩集以十幾行的短詩居多，納入本文討論範圍的〈神話（三部作）〉，是唯一長達兩百行的三部曲組詩，排在全書之末，緊接其後的是相輔相成的〈詩論——論原子時代（Atom Age）的詩〉，明顯有壓卷的意味，當屬較晚寫定的詩作，估計在一九五〇至一九五三年間。

[9] 吳瀛濤《生活詩集》（台北：台灣英文，1953），頁 110。

[10] 《生活詩集》，頁 98-100。

把太陽系和地球的形成從頭描述一遍，其中還出現：「中柱是直徑六四〇〇公里大液融的鐵球，／內殼是厚三二〇〇公里的灰綠色鐵與含有珪酸鹽的岩石」[11]，這種比較像地質資料而不算詩句的陳述文字，讓人感到十分婉惜，吳瀛濤本來可以開創一個全新的原子詩紀元，但他太急於表現新知識，忽略了素材如何在敘述中轉化、昇華成詩歌語言。或許吳瀛濤後來體認到這類詩的創作難度，不得不放棄類似的實驗性大製作。

吳瀛濤在五〇年代出版了兩本詩集，除了〈神話〉一詩明顯有原子意識和宇宙意象，其餘詩作大都以抒情為主，缺乏他在詩論中強調的原子精神。不過，他對科技文明的矛盾心理，很自然地延伸到都市詩裡去：「都市　這是一幅多彩的油畫　一曲豪華的樂章／且是現代產業的基地　今日文化的中心／甚至是罪惡的窩巢　冒險的樂園／／啊　都市　這畫幅的明暗　這樂章的抑揚／儘管如此　我仍為都市的讚美者／以都市的繁華比美於田園的純樸」[12]。從這些表面化的敘述可以看出，吳瀛濤對都市文明的了解不深，能夠入詩的素材也不多；儘管他對都市文明抱持肯定的態度，甚至讚美它，但他們論調過於主觀，缺乏辯證。

五〇年代都市詩最值得討論的還是吳望堯。他從在一九四九年開始寫詩，十年間寫下近六百首質量均稱的詩作，十分驚人。第一本詩集《靈魂之歌》（1953）幾乎全是抒情詩篇，只有一首〈咖啡館〉屬於都市詩。第二本詩集《地平線》（1958）才出現多首令人眼睛為之一亮的都市詩。

二十歲出頭的年輕詩人面對一個年輕的台北市，在沒有相關文學理論或社會學研究的支援、沒有可供參考的都市詩典範、沒有豐富生活經驗的情況下，唯有單憑一己的想像和直覺，去書寫眼前的城市。吳望堯在〈地平線〉寫下現代都市文明的曙光：「粉碎的昨日，鋼鐵的微粒／鑄

---

[11] 《生活詩集》，頁 103。

[12] 吳瀛濤〈都市，這是一幅油畫〉，《瀛濤詩集》（台北：展望詩社，1958），頁 29。

發光的世界於東方的圓弧／圓周上的城市矗立起來了／於是，我看見十二個巨人／在東方的地平線上／嘩笑著，跨進廿一世紀的邊緣」[13]。這種對現代都市文明充滿希望和憧憬的感受，忠實反映了年輕詩人對新興都市的期待，而且他的鏡頭幾乎是從大氣層最高處來鳥瞰地球，台灣就在球體的東方圓弧之處。「鳥瞰」是吳望堯讓想像力狂飆的起點。他的都市書寫有兩種策略，一是透過宏觀的鳥瞰視野進行概念式、幻想式的書寫，一是對都市情境或事物進行微觀的勾勒。

他在〈城市〉裡展開了將都市形象「人體化／軀體化」的想像工程：

> 紅綠燈壓縮著，血管向四處伸展
> 流動的血球，往來著向全身的
> 佈滿在每個角落的微血管，擴散
> 以營養供給龐大的肌肉組織。
>
> 何處是你的心臟？（它有眾多的心臟嗎？）
> 矗立的大廈、影院、劇場、馬戲班，
> 血球瘋狂地擠入，湧出，似包圍病菌，
> 被它所吞噬，又厭惡地吐出！[14]

人體器臟與都市硬體或場景的角色在此相融為一，這套大膽、生動而且準確的譬喻系統，清楚指出都市的運作機制與生活動線。本詩的空前創意，開啟了無限寬闊的都市想像，於是他在〈都市組曲‧大廈〉中，對於那些如春筍奮起的大樓，也忍不住作出類似的「軀體化」描寫：「龐大的怪物，巨人／驕傲地站立在城市的中央／鋼的骨骼，水泥的肌膚／花岡石般堅硬的，冷冷的牙床／可吞沒黃金的落日／而排列得整齊的一百隻透明的

---

[13] 巴雷〔吳望堯〕《巴雷詩集》（台北：天衛文化，2000），頁47。這部自選集收錄吳望堯出版過的全部詩集，除各酌予省略若干篇，所有代表性詩作皆收入集中。
[14] 《巴雷詩集》，頁77。

眼／是阿葛斯的再生？……」[15]。這種超現實的視覺印象，將都市文明的整體感覺具體化，甚至使之成爲某種象徵性的符號，強烈主導讀者的都市觀感。都市這具「不死的身軀」和它背後隱藏的想像力，不但在吳望堯其餘都市詩中繼續奔馳，軀體化的書寫策略在數十年後被新一代的詩人發揚光大，形塑成另一個都市詩紀元的新地標。

吳望堯的靈視並沒有停留在宏觀敘述的高空，當他展開微觀的都市掃瞄，便出現〈都市組曲・電線〉這樣細膩、精準的景象：

> 這些紛亂的線索，給城市帶來所有的靈感
> 使城市放射出許多驕傲的光輝
> ……
> 然後像隻大蛛網整個盤踞在城市的上空
> 和你家的天花板、牆壁客廳、以至廁所
> 像神經密佈城市的每一寸皮膚
> 使它聰明，使它敏感，使它有許多驕傲
> 使它覺得是一個城市[16]

此詩不但顯露他對都市文明抱持正面的肯定，也表現出他過人的洞悉力。在此，他明白指出：能源，即是都市文明最核心的元素，沒有電，所有美好的現代事物統統失效。這首詩不但觀點精確，而且情感忠實，沒有形成刻板的反都市視野或邏輯。

但他對都市人的謀生（或存在）的感受還不夠深刻，像〈夜都市的走廊上〉一詩，只能捕捉到一些看似寓意深遠，其實還停留在抽象的、概念推演層面的都市影象：「青色的霓虹蛇管／霧的城市，磷質的火燄／盤旋在古典城樓的簷角上的／是夢的陰影，無限止地伸長……」[17]。在〈都

---

[15] 《巴雷詩集》，頁 245。

[16] 《巴雷詩集》，頁 249。

[17] 《巴雷詩集》，頁 86。

市組曲·銀行〉裡，他的表現方式是透過「紅墨水，藍墨水，吸墨紙，鋼筆，尺／算盤與算盤的咒罵，計算機們數字的接力賽／賬簿上有許多阿拉伯數字，許多許多——〇」[18]來陳述資本主義世界的本質，但也僅止於事物表層的寓意。吳望堯掌握得比較好的，是〈咖啡館〉（1953）。全長六段的短詩可拆解成兩部分，第一段描寫消費空間裡的孤獨心境：

> 清晨我到這裡來飲一杯咖啡，
>
> 黃昏我再悄悄地來喝一杯威士忌；
>
> 我總帶著自己孤獨而削瘦的影子，
>
> 藏在一個角落裡默默坐上半天[19]

吳望堯塑造了「孤獨而削瘦」的都市人典型形象，將主體安置在清晨和黃昏的咖啡館內的一個角落，先用咖啡來提神，再以酒來酣醉，咖啡館遂成為心靈真正的歸屬（家園），包裹並消化掉都市人所有的生活情趣。短短四行，卻有效營造出一種了無生趣的存在情況。後面五段則羅列了一大串音樂家的名字和音樂如何撫慰心靈的孤獨。吳望堯在第一段很生動地將孤獨的情境勾勒出來，但後繼無力，無法深化都市人的孤獨。可是這個——我總帶著自己孤獨而削瘦的影子——的意象，卻啟發了幾年後羅門發表的名詩〈流浪人〉（1966），他將都市人的存在境狀，描寫得更孤獨、更茫然、更虛無，而且創造出寬闊的詮釋空間。

　　從文學史的「後見之明」去重讀《地平線》時期的詩作，最突出的是「宇宙詩」，或許它是吳望堯被譽為「原子詩人」的主因。可惜他（跟吳瀛濤一樣）沒有意識到將宇宙意象援用到都市詩裡去，都市和宇宙始終是兩個各自獨立的兩大主題，誰也無法預測到二十幾年後陳克華、林燿德、林群盛，會將宇宙和都市二合為一，開創了台灣都市詩的全新紀

---

[18] 《巴雷詩集》，頁 246。

[19] 《巴雷詩集》，頁 40。

元。不過，很有趣的是：在五〇年代的吳望堯筆下，居然提早出現許多未來的科幻意象。

吳望堯的宇宙想像建立在相當豐富的天文與地質學知識基礎上，譬如：「玄武岩和花岡岩的半凝體被拋出了地球」[20]、「這空間的橫斷面，宇宙之動脈／以一千億顆星的組合，十萬光年的直徑」[21]、「（這時我走進宇宙的墳場，我的質量已小於零）／／我驚矚這孤懸於太空的立體，渾圓的雕刻，／人類百萬年前吼叫的獸鳴之聲波徘徊在這裡，」[22]，以及考古方面的知識：「而在我心的原始森林中／一群怒吼的恐龍正爬過黑色的土壤」[23]。至於〈巴雷詩抄（一）〉裡的想像空間，更是繁複迷人：

> 我相信非洲黑人的大皮鼓中有你的熱情之節奏
>
> 你心靈的冰磧層溶化了嗎？
>
> 陸相岩掩蓋的卡羅系大爬蟲的化石遂復活
>
> 使我的心顫抖　分裂　遊離
>
> ……
>
> 我的憂悒是那些無脊椎動物[24]

大量上古動物、植物、礦物的學名的運用，讓吳望堯的詩充滿「異世界」的色彩，他當時的構想是將這些名詞和事物融入詩中，或作為視覺意象，或成為效果強烈的譬喻系統。

一九七八年發表的《未來組曲》十一首[25]，便是結合科幻與都市的實

---

[20]　〈月球之誕生〉，《巴雷詩集》，頁65。

[21]　〈銀河〉，《巴雷詩集》，頁68。

[22]　〈宇宙的墳場〉，《巴雷詩集》，頁92-93。

[23]　〈眼的錯覺〉，《巴雷詩集》，頁56。

[24]　《巴雷詩集》，頁95。

[25]　其中一首發表於一九五七年，三首註明一九七八年發表，四首可判讀為一九七七～一九七八年的系列創作。但一九七八年可視為組曲的最後「定型」年分。

驗品，但在台灣都市詩史的發展脈絡上，是較晚期的作品，在此暫不討論。但從跟他同輩卻較晚投入都市詩創作的羅門，到隔了一個世代的陳克華、林燿德等人，所受的啓發或異曲同工的想像[26]。吳望堯一些不經意的想像，卻替未來的都市詩埋下許多珍貴的原始想像與原創意象。

站在吳望堯開拓的台灣都市詩地平線上，可以看出都市詩人與都市文明的對峙尚未開始。也許是當時的年輕詩人吳望堯並沒有感受到太多負面的生活壓力，所以對都市人的生存問題無法進行較深入的探討，然而他的軀體化書寫，以及宇宙詩／科幻詩的意象運用，在文學史對都市詩的回溯過程中，已成爲某種被後來者開發的原型。

綜而觀之，五〇年代的都市詩創作並不熱絡，吳瀛濤在五〇年代中期發表了十餘首都市詩（如〈深夜的酒吧間〉、〈是於都市的什麼角落〉、〈都市的一角關住一群病獸〉、〈黑面具的夜〉等等）大都是十行內的短詩，由於篇幅太短，以致影響了挖掘的深度；這種印象式批評的社會主義都市詩，無法成爲重要的地景。唯有〈詩論——論原子時代的詩〉一文，真誠且熱情地陳述了原子時代的精神，絕對是一座重要的灘頭堡。至於同期詩人零星的都市詩創作，在策略和意象操作上都太保守，無法跟吳望堯相提並論。

五〇年代，是「原子詩人吳望堯」以相對龐大的質量和科幻式的詩歌美學，獨佔鰲頭的時代。但他筆下的都市缺乏真實的血肉，宛如一座藉由強大想像力和創作技巧構築而成的「天空之城」，一座近乎虛擬的文本都市。所以這個充滿原創性、想像力、大膽實驗、不持成見的都市詩創作期，可視爲台灣都市詩的「第一紀元」。

---

[26] 吳望堯自一九六〇年後便到越南經商，封筆十二年，直到一九七三年才重返台灣詩壇。一九八〇年，他舉家移民宏都拉斯，再度封筆。吳望堯在《地平線》裡的宇宙詩，以及《未來組曲》（1978）系列的都市／科幻詩，對分別在一九七七和七八年開始創作的林燿德和陳克華，應該有某程度的「啓發」作用；對一九八六年才開始創作的林群盛，就很難判斷了。

三、第二紀元：罪惡的鋼鐵文明（1958-1980）

　　五〇年代末期，余光中、瘂弦、黃用、吳瀛濤、羅門等人發表了一些批評社會現象的都市詩，雖是零星創作，仍可看出「台灣五、六〇年代詩人筆下的都市概念，很明顯地，則是做爲一個文明象徵的地點」[27]

　　一九五八年十月九日，余光中（1928-）赴美進修，在芝加哥——摩天大樓的故鄉——見識到現代都市文明最雄偉的景象之一，它與曼哈頓都堪稱世界都市文明的象徵。從發展中的落後經濟體（五〇年代的台灣）到摩天大樓林立的芝加哥，登時感覺到摩天大樓群的巨大壓迫，以及台灣國力之渺小。相信余光中受到的現代都市文明的衝擊，一定很強烈。對他這麼一個遠渡重洋而來的台灣學子而言，那種感受就好比一隻來自亞熱帶的，難以消化的「金甲蟲」，落入芝加哥這隻「新大陸的大蜘蛛」雄踞的網中[28]。這首寫於十月二十五日的都市詩〈芝加哥〉（1958），除了上述「大蜘蛛 vs.金甲蟲」的生猛意象，余光中還寫下一些日後在都市詩裡反覆出現的經典意象：

> 文明的獸群，摩天大樓們壓我
> 以立體的冷淡，以陰險的幾何圖形
> 壓我，以數字後面的許多零[29]

雖然「文明的獸群＝摩天大樓」的意象不見得是首創，但這裡詩句源自余光中真實的個人感受，「立體的冷淡」、「陰險的幾何圖形」在那個年代應該都是「新鮮」的意象，在往後的四十幾年都一直被沿用。

　　這首詩後來發表在十一月號的《文星雜誌》，十一月十四日，余光中在寫給瘂弦的信中提到：「芝加哥繁華而雜亂，黑人常常鬧事，我在城住

---

[27] 林燿德《重組的星空》（台北：業強，1991），頁 189。
[28] 余光中《余光中詩選》（台北：洪範書店，1981），頁 100。
[29] 《余光中詩選》，頁 100-101。

了一天一夜，參觀了藝術館，看見許多名畫的真面目，並見羅丹之雕刻」。
十二月十六日，未曾踏足新大陸的瘂弦（1932-），也寫了一首〈芝加哥〉
（1959），發表在翌年二月號的《文星雜誌》[30]。在這之前，瘂弦先後寫
過多首以歐洲都市——羅馬、倫敦、佛羅稜斯——為題的詩作，在這些
詩裡瘂弦並沒有針對都市文明進行正面的抨擊。他對現代都市的「憎
惡」，極可能受到美國詩人桑德堡（Carl Sandburg, 1878-1967）的成名作〈芝
加哥〉（1916）之影響，甚至徵引了原詩的兩句詩「鐵肩的都市／他們告
訴我你是淫邪的」[31]。這兩句詩最大的玄機是：「他們告訴我」。瘂弦對芝
加哥的了解，「部分」由桑德堡的「告知」得來；然而更大的寫作動機和
資訊來源，來自余光中那封信的「告知」，轉述他只花了「一天一夜」來
了解的芝加哥。於是瘂弦便寫下這些「通用」於任何大都市的想像詩句：

> 芝加哥我們將用按鈕戀愛，乘機器鳥踏青
> 自廣告牌上採雛菊，在鐵路橋下
> 鋪設淒涼的文化[32]

除了這首毫無地誌學意義，跟現實中的芝加哥無關的〈芝加哥〉，瘂弦也
用相同的想像／書寫策略發表過〈羅馬〉、〈倫敦〉、〈佛羅稜斯〉等十餘
首異國詩抄。雖然這些純想像的作品被詩評家用「另類的角度」加以肯
定[33]，但就都市詩發展史的研究視野而言，只能作為次要的參考資料。不

---

[30] 關於兩首詩的發表情況，以及余光中的信函內容，皆轉引自：劉正忠〈軍旅詩
人的疏離心態——以五、六十年代的洛夫、商禽、瘂弦為主〉《台灣文學學報》
第 2 期（2001/02），頁 138。

[31] 瘂弦《瘂弦詩集》（台北：洪範書店，1981），頁 121。

[32] 《瘂弦詩集》，頁 121。

[33] 余光中在談到瘂弦的異域精神時，指出兩個重點：（一）異國風光的描寫，在
「今日的詩壇上頗為流行，但大半皆係斷片浮泛的寫景，一如抄自地理教科書」
的書寫風格；（二）「瘂弦對異國有一種真誠的神往，因而他的作品往往能攫住該
地的精神」。可見瘂弦創作這系列詩作，乃風氣使然。詳見余光中〈詩話瘂弦〉，

過，這首詩的引文卻影響了羅門對都市的觀感[34]。余光中的詩和信函好比一支母帶，進口台灣之後，不同程度地拷貝在瘂弦和羅門詩中。

余光中和瘂弦這兩位重量級詩人，在〈芝加哥〉展現了跟吳望堯截然不同的都市觀，加上日後羅門、李魁賢等人的跟進，形成一股強大的反都市勢力，故一九五八年為視為第一紀元和第二紀元的分水嶺，正式掀開長達數十年的「詩人與都市的對峙」。

從余光中和瘂弦對都市文明的罪惡化／魔鬼化的負面書寫，可以發現一個都市詩雛型在形成，最大的繼承人就是羅門（1928-）。羅門的師承很廣，一方面吸收了吳望堯、蓉子等詩人的意象和技巧，一方面透過不完整的存在主義世界觀，去探討都市的存在問題。羅門對都市文明的解讀和書寫絕非草草急就，他非常認真地把都市詩修築在存在主義哲學的基礎上面。羅門一向強調詩作的現代感與真實的生命活動之間，存在著不容分割的聯繫，所以他的創作視野與思考範圍，自然緊扣著現代人的生存議題，從本體思考到現象批判，全籠罩在存在主義式的美學架構底下，逐形成一套「（羅氏）存在主義式的都市詩理論」[35]。

「此在」（Dasein），即是羅門都市詩的終極關懷對象。強烈的道德批判意識，讓他義不容辭地選擇了現代都市作為首要的書寫場域，跟這個被龐雜的資訊和思潮衝擊下的都市生存景象，展開對話，進行追擊。於是我們在台灣詩史的六〇～七〇年代，讀到一位火力強大的「攻擊型都市詩人」，以及奠定「城市詩國的發言人」地位的諸多名篇：〈都市之死〉

收入蕭蕭編《詩儒的創造：瘂弦詩作評論集》（台北：文史哲，1994），頁 11。
[34] 羅門在〈現代人的悲劇精神與現代詩人〉（1963）一文中，首次引用作「鐵的都市，他們告訴我，你是淫邪的」；其後，又在〈都市你要到那裡去〉（1986）一詩，再度引用（改編）成「都市！你是淫邪的！」。詳閱：陳大為《存在的斷層掃瞄：羅門都市詩論》（台北：文史哲，1998），頁 132-133。
[35] 關於羅門的理論建構及相關問題之批評和討論，詳閱：《存在的斷層掃瞄：羅門都市詩論》第二章，頁 9-43。

（1961）、〈流浪人〉（1966）、〈紐約〉（1967）、〈窗〉（1972）、〈咖啡廳〉（1976）。其中野心最龐大、架構最雄偉的，莫過於〈都市之死〉[36]。

為了充分激蕩出「都市之死」的氛圍，羅門運用了兩個宏大卻相互衝突的母題——「宗教」和「慾望」——來分解現代都市文明，全詩在黑暗、幻滅、頹敗和絕望中展開：

> 建築物的層次　托住人們的仰視
> 食物店的陳列　紋刻人們的胃壁
> 櫥窗閃著季節伶俐的眼色
> 人們用紙幣選購歲月的容貌
> 在這裡　腳步是不運載靈魂的
> 在這裡　神父以聖經遮目睡去
> 　　　凡是禁地都成為市集
> 　　　凡是眼睛都成為藍空裡的鷹目[37]

宗教在他強大的憂患意識中不斷龜裂，而慾望鯨吞著都市，也鯨吞著都市人的惶恐。羅門感受到這股「正不勝邪」的勢力消長，遂指出「都市之死」。「死亡」在這裡意指被慾望割裂的「性靈之死」，一種較肉體之死，更為徹底且可怕的，屬於內在的根本之死亡。每一雙眼睛都為本身的慾望在狩獵如藍空裡的鷹目，全都聚集在道德的禁地；那些無力挽回都市人德行的頹場，神父唯有以聖經遮目睡去。同樣目睹了都市文明對純樸人性的踐踏，羅門心中熊熊燃起了拯救天下蒼生的意識，然而「上帝已死」，他也只能絕望地捶擊著都市這具行屍。高度魔鬼化的都市內涵，不斷釋放出羅門對都市文明的恐懼與憂患，以及一股源自內心焦慮的道德

---

[36] 我在《存在的斷層掃瞄》的「第三章·第一節：『雄渾』：都市的氣象」（頁49-58），曾用雄渾理論（the sublime）解讀過這首詩，在此略述大概。
[37] 羅門《羅門詩選》（台北：洪範書店，1984），頁51-52。

批判勇氣。「宗教」與「慾望」兩大母題在詩歌文本之中，有十分繁複且完整的詮釋；它亦成爲往後三十餘年間，羅門都市詩創作的一個重要原型。羅門這一手大氣磅礴、雄渾剛烈的敘述筆法，讓〈都市之死〉成爲六〇年代台灣都市詩的傑作之一。

另一首比〈都市之死〉更上層樓的是五年後發表的短詩〈流浪人〉：

> 被海的遼闊整得好累的一條船在港裡
> 他用燈拴自己的影子在咖啡桌的旁邊
> 那是他隨身帶的一種動物
> 除了牠　安娜近得比什麼都遠
> ⋯⋯
> 明天　當第一扇百葉窗
> 將太陽拉成一把梯子
> 他不知往上走　還是往下走[38]

孤獨是最經典的都市人存在境況，所以全詩沒有第二個人（從另一個角度而言，這間咖啡廳裡的每一個人，都是「一個」人），安娜只是被自己擬人化的影子，甚至沒有交談。羅門將寂靜的空間氣氛，跟都市人內心的苦悶、孤寂結合成一體，再抽出影子作爲孤寂更立體／具體的象徵，然後正式經營此詩的主題。在抽象和具象的符碼置換當中，羅門不會忘記添加一味茫然、虛無的生命情調，讓苦悶和孤寂發酵成更深刻的存在境況，由「一個人」提升成「一個時代」的整體象徵。於是羅門完成一個荒謬的存在邏輯：冷酷的都市文明將都市人放逐在暗角（咖啡廳），都市人的生存狀況（以及詩人對此一空間／主題的思考）卻反過來豐富了暗角的意涵。此詩雖不聞煙硝，但批評的彈頭卻穩穩擊中靶心。不僅影子的暗喻運用得當，「將陽光拉成一把梯子」的意象轉換，非常精準且巧

---

[38] 《羅門詩選》，頁 93-94。

妙地勾勒出「光明後面的虛幻」和「未來的迷茫」。不管從思考的深度，或詩歌語言和技巧表現等層面來看，此詩堪稱第二紀元的巔峰之作。

宏觀視野的現象抨擊，和內在生存境況的微觀敘述，是羅門在六〇、七〇年代雙管齊下的書寫路線。都市文明不但淪為羅門火力全開的攻擊對象，難能可貴的是：在輝煌的戰果背後，他發展出一套架構完整的都市詩戰略。羅門一面進行都市文明的解讀和書寫，一面修築那套存在主義式的都市詩理論。如果沒有這套理論，羅門的創作成就勢必遜色不少。

此後，羅門一直把都市當成罪惡的淵藪，揹上原罪式的形象，為了讓他的批評放諸四海皆準，於是他以台北市為藍本，建構了一座「無地點感」（placeless）的，符號化／概念化的文本都市，甚至將它形塑成一個存在主義式的「方形的黏滯空間」；如此一來，方能讓都市人的存在情況更加具體化（活存在重重的框形和黏滯感裡）。羅門喜歡採取宏觀的大眾代言人視野，一副替天行道的姿態，來圍剿在他眼中一無是處的現代都市文明。所以《羅門創作大系·（卷二）都市詩》[39]收錄的三十九首都市詩，從道德規範淪喪、物慾橫流的〈都市之死〉（1961）、〈進入週末的眼睛〉（1968）和〈咖啡廳〉（1976）、生活步調令人窒息的〈都市的旋律〉（1976）、充滿孤寂與疏離的〈傘〉（1983）、刻劃流行文化與消費心理的〈「麥當勞」午餐時間〉（1985）、強調深層異化的〈玻璃大廈的異化〉（1986）、控訴生存空間被擠壓的〈都市心電圖〉（1990），到敘說傳統文化流失的〈都市的變奏曲〉（1992），全是都市亂象的批評。羅門似乎要確保映入讀者眼簾的盡是：建築空間的壓迫、機械化的生活步驟、物質文明對人性的扭曲、自由意識的消失、空洞虛無的存在境況。

羅門甚至將都市人的心靈及道德的淪喪，縮寫／簡化成「物慾」和「性慾」兩個母題，並嚴厲指責物質文明大量製造物慾與性慾，以致都市人被高度消費性的物質文明矇蔽了心靈，所有的思想行為都環繞在慾

---

[39] 羅門《羅門創作大系·（卷二）都市詩》（台北：文史哲，1995）。

望的滿足上。都市文明儼然成為惡的化身。這種思考模式局限了羅門的都市（詩）視野，以致後期的創作無法產生突破性的發展。他在九○年代多次發表標榜「後現代」卻名實不符的詩作（如〈長在「後現代」背後的一顆黑痣〉（1991）、〈據說後現代是一隻狐狸〉（1993）等），以及企圖站在最前衛的現代主義位置，去整合後現代主義的論述。太過根深柢固的存在主義思維，使他往往產生理論上的誤讀與自相矛盾，「就純粹的後現代主義者而言，恐怕無法接受『骨子裡是現代主義卻戴著後現代主義的外殼』這樣的論調」[40]。

羅門在台灣都市詩發展史上的主要貢獻，是在現代主義／存在主義美學基礎上，開創出一套包含「第三自然」、「現代人的悲劇觀」等美學思考在內的「存在主義式的都市詩理論」，據此，他對現代都市文明展開的多層次批評，形成第二紀元最恢弘的文學地景。

在都市詩創作數量上，僅次於羅門的是李魁賢（1937-），他在《南港詩抄》（1966）裡的許多都市詩，在書寫策略和技巧運用方面，跟羅門頗有交集之處。不過他的在地化、社會問題式的視野，卻跟羅門那種本質化、現象掃瞄式的靈視有很大不同。李魁賢在六○年代發表的都市詩比羅門多，《南港詩抄》可說是六○年代非常重要的一部都市詩集。

六○年代人口暴增的大台北地區，都市詩的創作量也逐年暴增，形成一個詩與都市的全面宣戰。從事化學工業的李魁賢，在六○年代中期發表了等多首根植在現實土壤上的都市詩。工業區的工作經歷，讓李魁賢比當代任何一位詩人都了解在台北工業化過程中，藍領階層所面對的壓力與處境，於是他不斷在詩裡反省現代化的意義與價值。他的都市詩主要從兩個層面切入：一是藍領階層的工作／生活境況的微觀描繪，如〈工廠生活〉（1964）、〈值夜班的工程師〉（1964）、〈黃昏素描〉（1964）、

---

[40] 陳俊榮〈羅門的後現代論〉，收入彰師大國文系編《台灣前行代詩家論：第六屆現代詩學研討會論文集》（台北：萬卷樓，2003），頁165。

〈鐵工廠所見〉(1965)、〈值夜工人手記〉(1965)等;其次,是對台北社會現代化和工業化的宏觀敘述,如〈都市的網〉(1964)、〈長巷〉(1964)、〈工業時代〉(1965)、〈銀座〉(1965)、〈扭扭之夜〉(1964)。

　　李魁賢的〈工廠生活〉充滿戲謔和嘲諷的語調:「二百大氣壓使我永遠胖不起來/攝氏數百度的高溫/又蒸去了我軀體上百分之幾的水分/我變成了遊魂該多好」[41]。此詩寫得實在而準確,可惜意象和敘述手法缺乏創意,太拘泥於現況的寫實。從社會主義現實主義的角度來討論《南港詩抄》,比較能夠讀出一些反映普羅大眾的生存境況、刻劃資本主義對工人階級的壓迫。顯然李魁賢下筆爲詩,是爲了記錄他的社會經驗,而不是爲了創造某種形象或典範。這部詩集的價值在於它見證了那個都市文明初啓的年代,而不是開創了一個都市詩的時代或地景。

　　李魁賢也寫過一首〈咖啡店〉(1962),也用上「自己影子」的意象:

　　溺於咖啡
　　把自己模糊的影子
　　交給不知何時將來到的明日

　　世紀的病容
　　映在泛不起漣漪的杯底
　　沒有什麼感　沒有什麼
　　濃得化不開的不語[42]

以吳望堯在五〇年代詩壇的重要性,我們有理由假設李魁賢讀過他在一九五八年以前發表的〈咖啡館〉,他接收了「影子」意象卻迴避了「孤獨」的氛圍,形塑出生活中的不確定感(「交給不知何時將來到的明日」),可

---

[41] 李魁賢《李魁賢詩集・第五冊》(台北:文建會,2001),頁 106。這本重新編排出版的選集,完整收錄《南港詩抄》和《赤裸的薔薇》。
[42] 《李魁賢詩集・第五冊》,頁 121。

惜這首詩的後半首失去焦點，沒有構成思考的深度。咖啡店的空間意涵，留待四年後羅門的〈流浪人〉來完成。

在下一本詩集《赤裸的薔薇》（1976），李魁賢持續都市詩的創作，他的都市形象也經過流行的「獸化」處理，譬如〈不會唱歌的鳥〉（1969）一詩描繪了都市人對硬體建築的感受：「起先只是好奇／看鋼鐵矗立了基礎／接著大廈完成了／白天　窗口張著森冷的狼牙／夜裡　窗口舞著邪魔的銳爪」[43]；〈地下道〉（1970）則在描述很負面的上班情境：「每次被餵入自動屠牛機器裡／然後成為香腸的一段被擠出／／在廢氣污染的天空下／被擠出的眼睛總是先看到／迷你裙　公共電話亭　警察局／然後是巍峨的銀行」[44]。這種寫法在六○年代以後，成為一種制式的書寫。

擁有最深刻的工業化生活體驗的李魁賢，由於缺乏理論的支援，故無法深化他的敘述，自然不能形成創作和論述的雙重夾擊，所以在整體的聲勢上不及羅門。其次，高度寫實性萎縮了詩的想像空間，彷彿只在記錄都市生活底層的苦難，以及傾頹的倫理價值觀。羅門也處理相同的素材和主題，兩者最大的差別在於抨擊的氣勢和理念的貫徹。雖然李魁賢在抨擊力道和文明省思的表現不盡理想，但他整體構成的（台北）都市詩圖景，卻比羅門等人的詩作多了幾分血肉。

六○年代發表都市詩的詩人還真不少，比較突出的詩篇有：蓉子〈都市生活〉（1961）、〈我們的城不再飛花〉（1964）、〈裂帛樣的市街〉（1964）、〈室窗閉塞〉（1964）、黃用〈喪樂〉（1962）、桓夫〈陋巷〉（1962）、張健〈文明〉（1964）、王憲陽〈北門〉（1966）、林綠〈都市組曲〉（1968）、郭楓〈凌晨的街〉（1970）、〈城〉（1971）、〈異鄉人〉（1971），這些都市詩都在努力刻劃新興的都市文明對市民生活產生的巨大壓力。除了少數幾首鎖定某些商圈進行社會學式的掃瞄和批評之外，大多是感受性、概

---

[43] 《李魁賢詩集・第五冊》，頁 31。
[44] 《李魁賢詩集・第五冊》，頁 47。

念性的陳述。以蓉子（1928-）收錄在《蓉子詩抄》（1965）裡的一輯七首《憂鬱的都市組曲》為例，從〈我們的城不再飛花〉到〈裂帛樣的市街〉，全是來自生活的真實感受——憂鬱。長年生活在台北的蓉子，「總覺得都市是侷促不寧，擾攘而喧嘩，冷酷復虛浮……人性的至美往往被湮沒無存」[45]，儘管她筆下的台北生活出現諸如：「自晨迄暮／煤煙的雨　市聲的雷／齒輪與齒輪的齟齬／機器與機器的傾軋」[46]的剛烈詩句，但最基本的抒情筆調卻讓詩人停留在較籠統的感受層面，無法深入都市文明的核心部分。大體而言，「當時，都市被視為一個龐大完整的結構體，賦予它種種形上意涵的是詩人內在的焦慮，都市被創作主體重新變形，包括將都市主體化、擬人化的描述」[47]。

此外，比較特別的是葉維廉（1937-）的都市詩。自從六〇年代赴美之後，他陸續發表好些較抒情的都市詩，如〈聖‧法蘭西斯哥〉（1963）、〈曼哈頓〉（1966）、〈京都〉（1970）、〈麋鹿和孩童的奈良〉（1970）、〈殘冬四月獨遊多倫多愁思十二韻〉（1978）等，常將個人的異地情懷融合在都市地景當中，偶爾批評幾句。如果那是一座古城，他便努力捕捉、還原它古雅的歷史美感：

> 節慶的散步
> 在油紙傘間
> 在彩布傘間
> 你的麋鹿和孩童的遊戲
> 把人們砸磨了太久的骨骼
> 鬆開[48]

---

[45] 蓉子《蓉子詩抄‧詩序》（台北：藍星詩社，1965），頁 4。

[46] 蓉子〈我們的城不再飛花〉，《蓉子詩抄》，頁 81。

[47] 林燿德〈都市：文學變遷的新座標〉，《重組的星空》，頁 194-195。

[48] 葉維廉〈麋鹿和孩童的奈良〉，《松鳥的傳說》（台北：四季，1982），頁 105-106。

他在〈巴黎詩抄〉的楔子裡如此描述都市的生活景觀:「五步一樓十步一閣都是宏麗的令人駐足驚嘆的歌德式的教堂,……每隔十來間店舖就有書店一間,……而其間你隨時看見形形式式包羅世界名茶的飯店,常常都坐滿肯花時間盡情享受的食客,不管是羅浮宮花園的樹下,或是路旁的咖啡廳總是擠坐著文人、畫家、學生……」[49],如天堂一般的描繪,令人不禁納悶:究竟是詩人的見識太表面,還是巴黎歷經數百年政治和文藝思潮的錘鍊,形成一種融合了宗教意涵、古典藝術的美感、自由的人文精神,異於純粹現代化都市的生活步調與文化特質,讓葉維廉情不自禁地去歌頌它?同樣的飲食場景如果落進羅門手裡,必然成爲物慾母題的犧牲品。從奈良到巴黎,葉維廉的「異域見聞」跟瘂弦的「異域想像」完全相反,究竟有沒有一種放諸天下皆準的都市詩理論呢?

每一座都市皆有本身的歷史和文化特質,逐漸累積成一種獨特的市民性格,以及都市觀;在都市化程度越成熟的國際大都市,越能培養出多層次的都市觀(正負面都有)和在地認同。長年定居台北的都市詩人,很容易被這座太年輕的都市形塑出衝動(攻擊性較高)的書寫性格。可見都市的生活內涵與文化特質,會直接影響詩人的書寫態度和方向,然後在詩人之間再相互影響。

從一九五八年到一九八○年爲止,長達二十二年間的「第二紀元」都市詩創作,充斥著由「大廈/獸群」、「幾何」、「鋼筋水泥」、「巨大的網絡」、「數字」等上游意象所組成「城邦暴力團」;並從中衍生出「撕裂的天空」、「壓迫感」、「蒼白的臉孔」、「空洞的眼神」、「虛無的日子」、「灰暗」、「疲憊」、「血管」等,統稱爲「受害配件」的下游意象。一個惡貫滿盈的鋼鐵文明,被同仇敵愾的現代詩人正文化,同時也逐漸僵化。這個僵局有待八○年代初期的另一批新銳詩人來革新。

---

[49] 葉維廉《葉維廉自選集》(台北:黎明文化,1975),頁 179-180。

四、第三紀元：末日的科幻城邦

一九八一年十月，陳克華（1961-）以一首八百行長詩〈星球紀事〉獲得第四屆中國時報敘事詩甄選獎，正式開啓了台灣科幻詩的新紀元。此後，台灣詩壇投入科幻詩創作的聲勢，遠比吳望堯孤軍作戰的時代來得驚人；而且這首詩的宇宙觀、思想縱深、意象運用、敘事手法等方面，都大幅超越三、四年前吳望堯陸續發表的《未來組曲》[50]。這首得獎後經常被評論者提及的台灣科幻詩的「開山鉅作」，林燿德對它有極高的評價：「陳克華以前衛的視野開拓了現代詩的新牧場，這種視野背後的心靈，生存在高度都市化的經濟環境和歐美通俗文化大量滲入的文化氛圍中，已極爲接近李維史陀（Claude Levi-Strauss）以人類學家身分提出的『西方工業文化心靈』；他徬徨在科技文明與人文價值之間，對於文明的盲目發展充滿了悲觀，對於人類集體自我毀滅的傾向也充滿了宿命式的無力感……。陳克華幾乎踰越了詩人的身分而成爲一個未來學的預言家，其實他正準確地掌握到現代人類佈滿焦慮的『集體潛意識』（collective unconscious），並勇敢地追溯其根源」[51]。林燿德眼中看到的不止是科幻，而是其背後的「西方工業文化心靈」，以及科幻物件如何與都市文明結合的「技術」（這也算是一種都市詩的「語言科技」），林燿德的科幻詩也深受此詩的影響。

雖然陳克華對此詩被定義爲「科幻詩」深表不以爲然：「科幻不過是層外衣，不過是我採取了一個文明滅亡後餘生者的故事，不過是詩裡頭

---

[50] 《未來組曲》是吳望堯「重出江湖」的作品，不但創造力下滑、而且結構較鬆散，實爲多首短詩的重新組合。所謂的「未來」其實是當下對未來的一些眺望。即使如〈時光隧道〉、〈光子旅行〉、〈空葬〉、〈人造雨〉，多半是當年最前端的科技，以及對外太空文明的某種揣想和發現（譬如聽說有人在澳洲發現飛碟，有感而成詩）。

[51] 林燿德〈看騎鯨少年射虎摘星〉，《一九四九以後》（台北：爾雅，1986），頁227。

大量採用了些科技辭典裡頭才翻得到的名詞」[52]，但那些「科技辭典裡頭才翻得到的名詞」，卻成為林燿德詩集《銀碗盛雪》（1987）裡的科幻詩，在美學譜系上的始祖（也可能包含吳望堯的《未來組曲》）；此外，林群盛詩集《超時空時計資料節錄集Ⅰ：聖紀暨琴座奧義傳說》（1988）裡的科幻詩，應當受到〈星球紀事〉很大的啓發與鼓舞。

毫無異議的，都市文明絕對可視為當代人類文明最極致的表現，而科幻文明則是人類對「下個紀元的都市文明」的大膽預測，是一幅「未來都市的藍圖」。其次，科幻詩那種由無比恢弘的建築形象、虛實交錯的敘述語調、沒有表情的專業術語所構組而成的「末日圖景」，對新一代都市詩（人）的影響十分深遠。台灣的都市詩與科幻詩，明顯存在著不可分割的血液關係。〈星球紀事〉發表的一九八一年，可當作都市詩「第三紀元」──末日的科幻城邦──的元年。

兩年後，陳克華再度以長篇組詩〈建築〉（1983）榮獲第六屆中國時報文學獎新詩評審獎，讓都市詩以更龐大的體積和氣勢，躍上當時台灣最重要的新詩獎舞台。這首詩的野心和敘述架構大得驚人，而且陳克華用微觀的鏡頭，鎖定現代都市最核心、最基礎的單元──建築──來解讀都市文明較深層的精神與訊息。陳克華對都市空間的經營，仍然籠罩在科幻詩的氛圍底下，空間既是那麼具體、真實、明確（基隆路三段、信義路五段），但文本中的人物和敘述的語言卻又十分虛幻、朦朧、詩化。詩分三大章，每章再分四小節。第一章「光廈」寫的盡是建設中的都市建築，名之為光廈，因為它是象徵文明曙光的大廈群。為了配合「光廈」的寓意，此章的敘述充滿希望（和它背後的反諷）：

> 有人在談論，拿粗短的拇指比著遠遠的拇指山
> 他說有一棟建築正掙扎著要站起來

---

[52] 陳克華〈長詩之路（序）〉，《星球紀事》（台北：時報文化，1987），頁 6-7。

> 他的高度，不，我想
>
> 是他的誠摯的相信，先已打動我了……[53]

> 我也必須依附一個巨大的信心
>
> 從前崇拜陽具
>
> 現在崇拜建築[54]

這些反話很努力地描繪出一幅令人期待的都市文明，可是第二章「斜塔」卻在回顧（例舉）曾經被古人期待過的古代建築，對當時的人而言，那些已成廢墟的建築何嘗不是一座一座往昔的光廈？當「考古學家們聲稱／出土了足以容納全人類的龐大墓穴／一座五千層的金字塔」[55]，現代人該如何想像眼前那些「即將」引以為傲的建築？我們的現代文明有沒有可能永垂不朽呢？第三章「空中花園」虛擬了一幅未來的都市圖景：在〈B大樓〉裡，「一隻剛學會手淫的猩猩正操作電腦／規劃著他光明的未來」[56]，「而混泥土已非最年輕的岩層／我們經過了太多相似的、鋼鐵構築的城市／如今都被巨大的蕈類所佔據」[57]。在高度科幻本質的敘述裡，可以看到人類都市文明的末章，而進化中的猩猩正努力——重蹈人類的覆轍——建構牠們的新興（猩猩？）都市文明，然後一切再次變成廢墟。陳克華將時間前後推移，現代－古代－未來的時空輪轉，在恢弘的文明圖景中，流露著強烈的「末日感」。三者相互比較，充分印證了，也預告了都市文明的脆弱。這種「末日城邦」的書寫概念，是前所未有的。就意象運用而言，它的確充滿開創性。在〈光廈〉一節，陳克華如此描述

---

[53] 《星球紀事》，頁 152。

[54] 《星球紀事》，頁 154。

[55] 《星球紀事》，頁 163。

[56] 《星球紀事》，頁 172。

[57] 《星球紀事》，頁 175。

乘坐電梯的感覺：

> 流動著，我緊閉雙眼
> 感覺像一灘黏滯的阿米巴
> 相互溶合與分裂，沿黝深的甬道
> 緩緩流過每一個編了號碼的門口——呵[58]

「黏滯」是第二紀元詩人們愛用的舊意象，但「阿米巴」卻是新世代的詩學符號，而且阿米巴的形體意象使得敘述主體在甬道裡的遊走，變得更加科幻、更加虛無和空洞。陳克華的敘述並沒有急於宣判建築的死刑，他摒棄了羅門世代那種理念先行的「反都市」書寫模式，一切交給讀者的視感去自行感受和判斷。這就是兩代詩人最大的差異。

如果〈星球紀事〉是第三紀元的序曲號角，那〈建築〉則是第一座正式落成的「建元地標」。挾著驚人的創造力，陳克華陸續發表了〈吳興街誌異〉（1984）、〈興寧街誌異〉（1984）、〈早晨車過田間〉（1984）、〈河豚的悲劇〉（1984）、〈施工中〉（1984）、〈南京街誌異〉（1985）、〈在晚餐後的電視上〉（1986）、〈室內設計〉（1986）等多首，深度與創意俱足的都市詩，成功建立一種非常獨特的都市詩風格，並結集成《星球紀事》（1987）和《我撿到一顆頭顱》（1988）二書。除了科幻場景，陳克華對都市現象展開一連串繁複且弔詭的思考（而不是直接批評），〈施工中〉即鎖定八〇年代如火如荼的房屋建設工程，對「這高速公路由南到北唯一的天然景觀」[59]，以及大多數都市人為了「成家立業」而拚命賺錢購屋的迷思，進行一番嘲諷式的演練，因為不管他走到哪裡「總是同樣的一個名字，阻止了我／通過：施工中」[60]。陳克華一不做二不休，把「施

---

[58] 《星球紀事》，頁 156。

[59] 陳克華《我撿到一顆頭顱》（台北：漢光，1988），頁 134。

[60] 《我撿到一顆頭顱》，頁 134。

工中」擬人化成為「施先生」。終日忙著「種房子」的施先生一再把「我」阻擋下來，給「我」刺激，也給「我」教育：

> 施先生總是反覆告訴我太陽與鋼鐵
>
> 以及他所堅信的，人性的模式
>
> 人生的真實：
>
> 當我也分期付款搬進其中一棟
>
> 成家立業。娶妻生子。[61]

一個成家立業娶妻生子的年代，究竟是萌生自人性深處最真實的渴望，還是房地產業者營造出來的商務陷阱？陳克華在此處理了慾望的產生與循環，廣告創造憧憬的力量，則交給〈在晚餐後的電視上〉：「我在電視上看見一位很年輕的父親／分期付款買了一幢住宅在遠遠的山坡地上／早晨他微笑著醒在被褥微皺的床上，夢境安穩，／目光飽滿」[62]。平和溫馨的語氣，敘述了房屋廣告的催眠力量，不斷透過美好幸福的虛擬影像，引誘年輕的父親「貸款」購屋。慢慢地，貸款購屋便成為「不許違拗的成人命運」。可見都市文明的生存壓力不僅僅來自工作本身，最大的壓力來源是——炫耀性、競爭性消費。從小坪數公寓到山坡地住宅，表面上幸福指數的躍升，背地裡卻是賺錢壓力的躍升。廣告滋養了慾望，慾望主導著命運，就是陳克華從房地產蓬勃發展的現象中，洞察的「真實」。

進入九〇年代，陳克華持續發表了多首深具震撼力的都市詩：〈公寓神話〉（1991）、〈車站留言〉（1992）、〈布景〉（1996）、〈地下鐵〉（1998）。但他全然放棄了科幻的敘述基調，僅以最貼近生活的視角和口吻，去重新發現我們習以為常（甚至麻痺）的周遭事物。他依舊不直接措詞抨擊，只讓事物在輕快、漠然的敘述中，露出本來面目。

---

[61] 《我撿到一顆頭顱》，頁 135。

[62] 《我撿到一顆頭顱》，頁 144。

　　從上述幾首詩的分析比較，可以看出陳克華跟羅門在書寫策略上最大的不同，在於羅門慣用鳥瞰式的敘述，動輒左右開弓；陳克華選擇穿透現象表層，深入其中，再進行舒緩、細膩的顯微，或層層遞進的思辯、分析，找出真正的原因。他的思考邏輯比較嚴謹、清晰。都市建築在許多前輩詩人筆下，或成為承載寓意的主意象，或淪為都市文明的道具與布景；唯有陳克華將它視為議題，激發思考，產生辯證。羅門喜歡透過「大現象」來捕捉事物的本質，尤其八〇年代後期以降的詩作，經常處理得太過刻板、概念化，或流於表面；譬如用雄性觀點來鋪敘性慾沉淪的〈都市你要到那裡去〉（1986）就停留在印象式批評的層面，並沒有成功挖掘出問題的核心；又如〈「世紀末」病在都市裡〉（1991）一詩，根本就是空洞名詞在流轉；〈帶著世紀末跑的麥可傑克遜〉（1993）卻暴露了對流行音樂的不了解，所謂的靈視擱淺在最表層的群眾官能反應上面。

　　總的來說，「陳克華的詩作以探索和描繪現代科技文明條件下危機四伏的人類生存情境，表現現代人充滿不安和挫折感的心靈世界為主。他的部分詩作並不迴避觸目可見的社會客觀現實的直接反映，……然而更多的筆觸卻是描繪現代人在碩大無朋的鋼鐵、水泥叢林和螢幕海洋面前遭受心靈異化的情景」[63]。不管從哪個角度來看，陳克華確實完成了台灣都市詩發展史的世代劃分。即使在編年史上，羅門那幾首相當成功的名著：〈傘〉（1983）、〈「麥當勞」午餐時間〉（1985）、〈玻璃大廈的異化〉（1986），都發表在陳克華的〈建築〉（1983）之後；但就羅門這幾首詩所服膺的美學理念和技巧而言，屬於第二紀元的延續，在此不予討論。

　　真正讓第三紀元發光的詩人，除了陳克華，還有林燿德和林群盛。他倆的崛起，對八〇年代中期的台灣詩壇而言，也是一個不小的衝擊。

　　林燿德（1962-1995）在第一本個人詩集《銀碗盛雪》（1987），收錄了多首成功震驚詩壇的科幻詩，以及好幾首頗見創意的都市詩：陳述都

---

[63] 朱雙一《戰後台灣新世代文學論》（台北：揚智文化，2002），頁 427。

市文明及概念的〈都市‧一九八四〉（1984）、將所有事物和現象數據化
／數位化的〈一或零〉（1984）、描寫人工智慧凌駕人類智慧並反爲主宰
的〈電腦 YT3000 的宣言〉（1985）、批評資本主義社會生存價值觀的〈紙
的迷城〉（1985）、刻劃都市人從視野、行動到心靈的空間危機的〈上班
族的天空〉（1985）。從〈一或零〉可以看出林燿德的敘述模式：「台製的
仿 APPLE II 旁／我的思緒融入迴走的電路／在這個數字至上的時代／
除了ＩＣ缺貨／我們終將對一切真實無動於衷」[64]。他深信人類已經跨入
由電腦主宰一切的嶄新世界，許多舊事物（以及詩裡的舊意象）會淡出
時代的舞台，前衛的思緒都會被數位化，甚至「一場戰爭的全數屍首／
一個國家的失業人口／壓縮在扁平的磁碟中／變得中性／冷漠／以絕對
抽象的符號和程式」[65]。在他看來，這種冷硬、抽離了情感和音韻感的扁
平敘述，正是嶄新的都市詩語言，也較接近都市文明的本質。〈文明幾何〉
（1984）是一首複雜的長詩，第一節「人的幾何意義」很冷酷地描述了
都市人的存在價值與形態：「我們像移動的砝碼般／上下電梯／在都市雜
錯的線條和光束中／成爲一顆移動的點／無寬幅／無大小」[66]。

　　林燿德繼承了陳克華的科幻視野，再挾帶大量天文及物理學詞彙，
讓詩的語言肌理更冷峻更剛強，造就一首接一首雷霆萬鈞的科幻長詩和
都市詩，對台灣詩壇進行地毯式大轟炸。林燿德的早期詩作（譬如上述
提及的幾首）確實表現出開山立派的架勢，無論在意象轉換或題旨的呈
現方面，都有別於第二紀元的都市詩。

　　〈上邪注〉（1985）是這本詩集當中，最具創意的實驗。這首詩將原
作的「情誓」發展爲世界末日前夕的性愛交歡場面，在「冬雷震震夏雨
雪」一節，男女交歡的體位被比喻成南北半球的恢弘地理景觀：

---

[64] 林燿德《銀碗盛雪》（台北：洪範書店，1987），頁 125。
[65] 《銀碗盛雪》，頁 125-126。
[66] 《銀碗盛雪》，頁 210。

> 我們相擁融成地球的縮型
>
> 北半球的妳寂寂領受死灰如雨降臨的夏夜
>
> 南半球的我默默冥想毀滅雷鳴的冬日[67]

天文異象即是內心的情慾活動，也是毀滅中的現實影像；內在情慾與外在末日情節的雙軌並進，在此詩對「末日意識」有精闢的演練，在「核爆同時／請容妳我完成最後的交媾／在時間被腐蝕的結構間」[68]，最後一切都隨感覺「共同滅絕」。這種充滿創造力的思維，確實令人耳目一新。

可惜林燿德太急於展露他的詩才，在很短的時間內大量創作，像〈南極記〉（1983）、〈瑪儂傳〉（1984）、〈聖獸考〉（1985）、〈北極變〉（1985）、〈悲愴說〉（1985）等頗具潛力的題材，均是匠氣太顯，沒有達到應有的水準，只見贅筆如「我的舌，已遺落／……／它被割下，鋪設在通向聖塔的梯口，這是／在千里外一個被回教強姦的綠洲上發生的黑色喜劇」[69]之類的；又見重金屬搖滾般的冗長敘述：「在我左端　妳倒置的脣微微開敞那薄薄的雙瓣浮貼著／晶盈的唾液妳的長髮鬆散地垂落不經意地輕輕拂拭砂灘」[70]，這些沒有實質意義的敗筆，俯拾皆是。又如：〈U235〉（1984）太刻意的圖象化手法，破壞了語言的節奏；大量運用星際場景並結合神話情節的〈木星早晨〉（1985），雖然顯露出強大的創新意圖和遼闊的時空想像，可惜語言詩質和節奏感的失控，浪費了一個好素材。

這時期，林燿德的創作焦點同時朝向古早與未來發展。這種嘗試，可視為吳望堯創意的後繼延伸，當然，他比吳望堯走得更遠，更大膽，三十年來的好萊塢科幻電影（如《星際大戰》、《星際奇航》）替新世代詩人開闢了無限的參考空間。〈木星早晨〉、〈超時空練習曲〉（1985）、〈光

---

[67] 《銀碗盛雪》，頁 34。

[68] 《銀碗盛雪》，頁 34。

[69] 〈聖獸考〉，《銀碗盛雪》，頁 43。

[70] 〈瑪儂傳〉，《銀碗盛雪》，頁 53。

年外的對望〉（1984）裡的超時空想像，其實沒有什麼值得大驚小怪。

龐大不等於雄渾，失去節制的龐大自然向臃腫與累贅靠攏。可惜一貫強調結構、講究佈局的林燿德，在眾多評論家的吹捧之下，失去節制，任由沉甸的意象和冗長的敘述擊潰了書寫的節奏和體積不大的創意，他的科幻詩毛病浸透到《都市終端機》（1988）及以後的都市詩裡。《都市終端機》是林燿德在思考層次和語言技巧的一次倒退，尤其「卷三‧終端機文化」，彷彿回到第二紀元，繼承了羅門世代的都市書寫。從詩作的定稿／發表日期來看，這本詩集是《銀碗盛雪》精選後的餘孽，遠不及《銀碗》的氣勢和格局。唯一值得討論的，只有〈終端機〉（1985）。他為了表現電腦文明對都市人生活的侵襲，遂將人體「電腦化」：

> 加班之後我漫步在午夜的街頭
> 那些程式仍然狠狠地焊插在下意識裡
> 拔也拔不去
> 開始懷疑自己體內裝盛的不是血肉
> 而是一排排的積體電路[71]

林燿德總算悄悄恢復了水準，非常精確且生動地將電腦意象融入都市人的精神和肉身，同時挖掘出生存壓力的主要來源。既然坐在螢幕前工作的上班族都成了電腦終端機，那下班後便成為「帶著喪失電源的記憶體／成為一部斷線的終端機」[72]，殘酷地道出新一代都市人的宿命。

林燿德的大氣魄和大手筆在《都市之甍》（1989）猛然甦醒過來，但他的創意還在夢境深處。這本詩集全部十四首長詩和組詩皆完成於一九八八年，換言之，它是林燿德自己的「年度長詩精選」。林燿德急於超越陳克華在科幻與都市詩方面的成果，所以他另闢險徑，花了很大的力氣

---

[71] 林燿德《都市終端機》（台北：書林，1988），頁 167。

[72] 《都市終端機》，頁 167。

寫下所謂的跨文類（小說體）詩作〈聖器〉（1988），以及舊作〈上邪注〉（1985）的重金屬搖滾版——〈上邪變〉（1988）。〈聖器〉根本就是都市小說的分行體，林燿德鉅細靡遺地描寫黎醫生與小安的同志性愛，動作、對白、情節樣樣俱全，卻忘了最基本的語言詩意，結果成就了一篇既冗長又乏味的「分行體‧都市異色小說」。〈上邪變〉無限擴充了〈上邪注〉隱埋的情慾，林燿德「注」入過多劣質的情色意象的矽膠，讓已經飽和的「上邪」發生不可挽救的病「變」。以量取勝的策略雖然品管欠佳，但偶有佳作，如政治意涵十分豐富的〈銅像〉以及〈路牌〉的前半首。

另一個值得注意的現象是：林燿德對都市文明的書寫越來越灰暗，「末日意識」在此集高漲，尤其〈廢墟〉（1988）、〈夢之薨〉（1988）、〈焱炎〉（1988）三首長詩，充斥著「傾斜覆滅」、「核爆」、「闇黑」、「劫餘者」、「輓歌」、「荒城」、「海洋寂滅」、「殘垣」、「死灰飛捲」、「宇宙空寂」等末日意象，視覺和感覺裡的情境都異常荒涼。詩的內容，也同樣荒涼。

眾多評論家在討論林燿德詩作時，都忍不住「套用」尚未熟練的後現代主義觀點，來詮釋他的種種建樹。我們可以輕易地從各種後現代主義文論中，找到諸如：「不確定性」、「零碎化」、「非經典化」、「無深度性」、「反諷」、「種類混雜」、「狂歡」等術語；風靡整個八〇年代台灣詩壇的後現代主義，幾乎成為前衛的指標，只要在詩中套用上述理念，必能吸引評論者狩獵的目光。努力將自己的現代詩「後現代『化』」，遂成為林燿德和部分同輩詩人當時最重要的創作「策略」。

於是林燿德製造了很多符合後現代主義的政治詩和都市詩，站在後現代詩創作的最前端，在內容、題旨、操作手法上，都可以獲得理論的印證。可是那些投機性很高的作品根本經不起時間的考驗。所有前衛的觀念都會退流行，如今，後現代已經是上個世紀的陳年舊事了，當我們重新檢驗林燿德的（後）都市詩時，便發現他在語言的音韻感和精練度、謀篇與敘述的技巧、意象的創造和節制等，現代詩最核心的創作要素，

都沒有令人滿意的表現。[73]

整體而言，林燿德以雷霆萬鈞的噸位與陣仗，壯大了都市詩在八○年代中、晚期的聲勢，並強化了末日意象／意識，但他始終沒有突破「陳克華障礙」。在次數不多的創意背面，比詩作本身更爲突出的，恐怕是林燿德成就都市詩霸業的野心，以及無所不在的影響的焦慮。

比林燿德稍晚一年崛起的林群盛（1969-）是一個異數[74]。從一九八六年到一九八八年，林群盛自稱寫了一萬二千首詩[75]，真正一新眾人耳目的，是他獨創的「日本卡漫式」科幻詩，它跟吳望堯那種剛硬、堆砌的科幻詩截然不同。一種童心未泯的宇宙觀，加上柔軟的科幻意象，以及毫不雕琢的書寫語言，所組構而成的「超時空」、「異次元」全新科幻詩風，在台灣詩壇是前所未見的。尤其幾首較具代表性的作品：以星際大戰爲背景的〈戰爭美學〉（1986）、唯美虛幻的〈那人說他口袋裡有一個銀河系〉（1986）、被定義爲 PTV 的〈哈雷傳說〉（1986）、另類都市詩〈那棟大廈啊……〉（1987）、完全以電腦語言書寫的〈沈默〉（1987）。如果我們仔細觀察林群盛處女詩集《超時空時計資料節錄集 I：聖紀豎琴座奧義傳說》（1988）的詞庫，便能發現許多新鮮的名詞：「宇宙」、「銀河系」、「光年」、「億年」、「能量」、「宇宙艦」、「三葉蟲」、「恐龍」、「獨角獸」、「冰河」。他把科幻世界的事物跟考古學的生物合併使用，立時更新了台灣現代詩的閱讀印象。當年多位詩評家對他的出現感到措手不及，

---

[73] 要降低林燿德後現代詩的詩歌價值，以及他未能完成的後現代詩理論之建構工程，會是一場以寡敵眾的大辯論，無法在此詳細討論，將來有機會另撰文評述。

[74] 林燿德在台灣學界和詩壇的整體評價遠較林群盛來得高，後者的詩一般認爲較缺乏思考的深度。但我卻以爲兩者各有優劣，不能排名；主要是林燿德的粗製濫造的劣作與複製品實在太多，嚴重稀釋了他的創作品質。用「異數」來定位林群盛，主要迴避二林的正面比較，改從創意的角度來肯定他的嘗試。

[75] 從林群盛正式結集的近百首詩的質地來推斷，其他一萬餘首詩，應當只是隨手寫就的習作，沒有結集成冊的必要。

也急於下定論，尤其〈那棟大廈啊……〉和〈沈默〉兩首都市詩的評論最高。但比較具備都市空間背景的詩作——〈出生大廈〉(1989)、〈麵包店與恐龍〉(1989)、〈早安〉(1989)、〈龍襲〉(1990)、〈龍市〉(1993)、〈貓雨〉(1991)——主要結集在那本怎麼看都像日本少女漫畫的詩集《超時空時計資料節錄集Ⅱ：星舞絃獨角獸神話憶》(1995) 裡頭。

科幻詩彷彿就是林群盛生活中的一環，運用得非常自在，而且自然。陳克華的〈建築·B大樓〉和〈建築·渴市〉，曾將都市建築物「軀體化」：「我只有緊貼住這棟鋼筋建築的，冰冷的胸膛／粗礪的骨骸，窒息的體味」[76]、「落鎖的工廠……／像摘除了腦葉的獸／有高漲的性慾／和癱瘓的四肢」[77]。對學醫的陳克華而言，將建築「獸化／軀體化」是一種自然動作，矗立在那套熟悉的敘述語氣裡的「獸體」，對讀者想像力的衝擊不大，一來那只是很小的敘述片段，二來是詩人本身的語言使然。在吳望堯詩中，也運用過軀體化的策略，但他的敘述語言並沒有配合都市圖景的異化，而產生驚訝或感歎的情緒變化。這點差異影響了閱讀效果。

林群盛在〈那棟大廈啊……〉用一雙因驚嘆而放大的瞳孔，去發現一棟連自己都覺得不可思議的大廈（彷彿發現一架宇宙戰艦）。大廈是唯一的敘述對象，全部想像力集中在一個位置，先天上就比較具有吸引力：

> 我疑懼的緩緩走近欄杆，驚駭的看到了一顆、一顆心——一顆超乎想像的、幾乎和大廈一般的巨大的心臟被放置在這棟中空的大廈，平靜的跳動著；從心上蔓延的兩根粗大的血管分歧出數萬根微血管繚繞糾結在大廈的內壁……啊，那似乎在沉睡中的，充塞整座大廈的心脈不正和我的心跳同頻且共鳴著麼？[78]

[76] 《星球紀事》，頁171。

[77] 《星球紀事》，頁173。

[78] 林群盛《超時空時計資料節錄集Ⅰ：聖紀豎琴座奧義傳說》(台北：自印，1988)，頁63。

林群盛同樣運用軀體化技巧，不同的是：他將大廈徹底「器臟化」，進入其中，感受它的脈搏、進行各種生命機能的描述和隱喻工程。一棟通體透明的大廈於是被巧妙、準確地轉化成巨大的人體。林群盛將大廈器臟化之餘，還不忘加上一隻他心愛的獨角獸，來揭開──「那棟完全由玻璃窗構築成的大廈必定禁錮著些什麼吧？」[79]──謎底：悲傷與孤寂。雖然「悲傷」、「孤寂」，連同「疏離」、「冷漠」、「窒息」、「疲憊」，都是了無新意的台灣都市詩「世襲符號」，屬於生存本質的一種典型境況。林群盛將此抽象的感覺，轉換成「血管裡流動的液體」竄流過大廈的心臟和血脈，「悲傷」與「孤寂」遂獲得嶄新的形象和生命。無論從宏觀或微觀的角度來檢視這首都市詩，它的美學表現跟第二紀元截然不同，反而有點先上承再超越第一紀元的味道，它是第三紀元的另一座重要地標。

兩年後林群盛為〈那棟大廈啊……〉寫了一首續集〈出生大廈〉。就創意和震撼力而言，續集通常不及原作（林燿德的〈上邪注〉和〈上邪變〉即是），不過從此詩以降，卻能夠清楚林群盛的「兒戲」策略。他是唯一可以把都市詩寫得那麼柔軟的詩人，常常用一種兒童的視野和語氣，去解讀眼前的世界，再配上他那些來自神話和考古的「吉祥物」（獨角獸、三葉蟲、恐龍），原本烏煙瘴氣的塵世在他筆下都變得一塵不染；其他詩人可能會猛烈抨擊的亂象，在他口中卻化成一顆另類口味的軟糖，都市儼然變成他的遊樂場。光看篇名，〈麵包店與恐龍〉就令人一陣錯愕！更錯愕的是林群盛一副若無其事地敘述：

> 麵包店裡
> 有些事值得記憶
> 例如一隻誤入的恐龍
> 女店員毫不吃驚『歡迎光臨。

[79] 《聖紀暨琴座奧義傳說》，頁63。

請勿在麵包上留下爪痕，謝謝』[80]

形同卡通的畫面，恐龍龐大且突兀的意象，更有效地嘲諷了便利店職員們公式化的問好。又如〈貓雨〉，對寂寞有極爲生動的擬貓化的描述：「寂寞伸出貓的爪子／刮磨著城市的每尾窗子／／被刮破的窗在夜的海洋裡／輕輕綻成清脆的漣漪／／在夢中睡去的人全站在閃爍的玻璃屑前／撫著肩上貓的爪痕」[81]。沒有陳腔濫調的敘述與描繪，寂寞變得很輕，很具體，而且清晰。舉重若輕，是此詩過人之處。

從林群盛最終結集出版的詩作質量，跟他出道時宣稱的一萬二千首（以上）的創作量相比較，最後值得結集成冊的佳作比例似乎很低。但透過他那十幾首獨具一格的另類都市詩，我們看到他用富於童趣的超時空視野，以及非常柔軟的語言技巧，從側面繞過結構嚴謹、大氣磅礴的「陳克華障礙」，也替第三紀元矗立了另一類風景。可惜他的都市詩佳作太少，非但遠不及陳克華的恢弘、遼闊的建築群；在整體形象上，也不幸隱沒在林燿德理論與創作並駕的天際線底下。但林群盛以柔克剛的書寫策略，不失爲都市詩第三紀元的一道創作幽徑。

同一時期都市詩質量較佳的還有林彧（1957-）。社會生活經驗相對豐富的林彧，他對都市生活的觀察較林燿德和林群盛來得細膩，尤其擅長於刻劃都市人的孤獨心境，以及上班族的謀生意識。雖然〈名片〉、〈B大樓〉都是屢次入選各種詩選的名篇，不過那種寓意強烈的書寫方式實在談不上什麼創意，反而是〈擦肩〉對「孤獨」的詮釋，比起羅門〈流浪人〉不遑多讓。〈流浪人〉刻劃了寂靜無聲的孤獨與茫然，〈擦肩〉卻用喧囂來突顯一顆孤獨的心靈：

---

[80] 林群盛《超時空時計資料節錄集 II：星舞絃獨角獸神話憶》（台北：自印，1995），無頁碼。此書整本皆無頁碼。

[81] 《星舞絃獨角獸神話憶》，無頁碼。

> 他喜歡走到人群之中，
>
> 只為了想聽那布料互相摩擦的聲音，
>
> 細細碎碎的，
>
> 總令人有種互相接觸的輕微喜悅。[82]

林彧對孤獨的心理有異常犀利的了解，從衣服的摩擦聲我們聽到「他」內心壓抑不住的渴望，何等迂迴，何等細膩的勾勒！「喜悅」二字，很諷刺地告訴我們——久旱的孤獨已獲得龐沛的滋潤。而且帶著輕微的顫抖。如果這分渴望成長為更大的渴望，會出現什麼樣的情況呢？「他倒很想聽聽肌肉與肌肉，／胛骨對胛骨，／心臟貼心臟的聲音——／然而，／坦誠的聲音須要袒裎相對，／他敢嗎？／誰願意呢？／他只好把衣服裹得更緊，」[83]。原來渴望背後還有信任，在相對疏離的都市人際關係裡，誰敢向他人敞開自己心靈世界？互相傾訴的雙方果真沒有保留最私密的事情？在這個終日與陌生人相處的都市化社會，「心臟貼心臟」是非常冒險的事。〈擦肩〉對都市人孤獨心靈的詮釋，實在傳神。

　　林彧的都市詩美學可說是第二紀元的延續，較可貴之處在於他能夠進一步深化羅門等前輩詩人筆下的都市現象。他在〈卡拉 OK〉（1984）很巧妙地避開肢體動作和喧囂場景的正面描繪，改從側面切入歡唱者的消費心靈：「每個人都為自己舉杯，／每個人都為別人展喉，／……／那只是一個狹小的舞台，／我看見你沉醉無憂的神采。」[84]當其他詩人都鎖定歡唱者的疲累和自我麻醉，林彧卻看到不一樣的東西，洞悉了更深邃的消費心理——唱卡拉 OK 是為了開闢一個與現實世界不同的舞台，尋找自己的價值，獲得他人的肯定。所以才有「沉醉無憂的神采」。

　　林彧在許多都市生活的事物上，表現了令人驚訝的洞悉力。若從宏

---

[82] 林彧《快筆速寫》（台北：自立晚報社，1985），頁 110。

[83] 《快筆速寫》，頁 110-111。

[84] 林彧《單身日記》（台北：希代，1986），頁 44-45。

觀的都市詩發展史角度來檢視，他卻沒有在整體書寫策略、語言技巧、意象形塑、思辯形式上，跟第二紀元的詩風產生明顯的區隔，故無法作為第三紀元的代表性詩人[85]。至於其餘年輕詩人的敘述風格和思辨形式，就更模糊了。好比侯吉諒（1958-）在《城市心情》裡的〈卡拉 OK 六首〉，無論敘述技巧和思維模式，非但跟第二紀元沒有任何性質上的差別，也沒有深化舊有的素材；他在《星戰紀事》裡的〈公車站牌〉、〈書報攤〉等多首都市詩，也僅止於詠物加抒情，談不上思考的深度。杜十三、侯吉諒、王志堃、譚石等人的都市詩，同樣沒有突破性的表現。

從一九八一到一九九五，陳克華、林燿德、林群盛等人所建立的都市詩帝國，是當代台灣詩壇最壯觀的風景之一。可惜林群盛自九五年以後「隱姓埋名」，轉向網路詩的創作；林燿德不幸殞歿於九六年，留下未竟的大業；陳克華自九五年出版《欠砍頭詩》之後，都市詩已經不再是創作重點，只在文學獎的舞台上偶有力作出現[86]。都市詩的第四紀元，有待下一世代的年輕詩人掀開序幕。

五、第四紀元：隱匿或無邊之城（1995-）

一九八八年十二月，張漢良發表〈都市詩言談——台灣的例子〉[87]，企圖為台灣都市詩重新定位。他透過余光中和吳晟等前行代詩人的作品，深入辯證台灣詩人的田園心理對「被譴責的都市（正文）」的產生，

---

[85] 如果將林燿自本文的論述史觀裡抽離，就詩論詩，他的整體創作水平之高，不在陳克華之下。

[86] 一九九八年獲聯合報文學獎新詩第二名的〈地下鐵〉，就是一首探討都市生活與資訊網絡的力作。

[87] 張漢良〈都市詩言談——台灣的例子〉，收入孟樊編《當代台灣批評大系（卷四）·新詩批評》（台北：正中書局，1993），頁155-186。我曾在〈定義與超越——台灣都市詩的理論建構〉一文中，討論過〈都市詩言談〉的詮釋和觀點問題，近期內會以〈定義與超越〉為基礎，重新撰文爬梳台灣都市詩的理論建構。

有其決定性的影響，進而從寫作動機的層面，為台灣都市重新斷代，並完成重新界定的工作。簡而言之，從前那些由外力——田園心理——激盪而生的「反都市詩」，不再視為都市詩；唯有不假外力，僅由都市體制內部的因素與都市人的自覺，相互催發、自然生成的，才是真正的都市詩。在此，都市（詩）人與都市完全進入天人合一的境界，他們才是都市文明「內生」的新世代，「都市便是他們的自然，他們的軀體」[88]。換言之，那是一種沒有疆界的都市書寫，無處不是都市，好比無邊的佛法，無邊無際的都市把書寫者籠罩在文本之中，他們創造了都市，同時又成為都市最基本的運作零件。這是一座「無邊之城」。

這個「互為主體與互為正文」（以下簡稱「雙互」）的都市詩美學基礎，也是一個很前衛的斷代憑藉。張漢良借用幾位新世代詩人的詩作跟前行代詩人行比較分析。很可惜，學者的都市理論太前衛，「雙互」理論與當代詩人的實踐／實驗之間，明顯存在著思考層次的落差，張漢良這套形同空談的理論，有效的辯證依據至少還要再等十幾年[89]。在整個第三紀元裡面，台灣都市詩的書寫者與被書寫者（都市）之間，物我的分際絕對清楚依舊保持高度的敵對姿態，詩人展現的是越來越激烈的批評策略。即使到了九○年代中期，情況也沒有改變。

九○年代後期較大的改變是從電腦術語開始。崛起於九○年代後期的網路世代詩人，對第三紀元時期常用的「積體電路」、「終端機」等老意象和舊詞彙漸失興趣，完全進入網路世代的他們不再強調電腦的存

---

[88] 《當代台灣批評大系（卷四）‧新詩批評》，頁 176。

[89] 從另個角度而言，張漢良在發表這篇詩論的時候，所例舉的證物（詩作）都很脆弱，也有過度詮釋的問題。不過，「雙互」理論中的部分看法，可以進化／轉換成一種不刻意強調都市的存在，但行文中卻可以解讀出當前都市文明境況的都市詩類型。基於斷代上的需求，我們不妨將它定位為：一種主要表現出網路世代的都市生活境況與特質的詩作，都市僅僅作為一個隱形的事物／事件背景，但它無所不在。

在，它已經是相當生活化的工具，甚至連科幻技巧都失去魅力。這時候詩人的都市意識完全內化，成爲渾然天成的事物背景，連林燿德等人當年用來象徵高科技的電腦意象，也淪爲生活中平凡的事物。最新一代的網路詩人改以數位化的生活內容或思維模式，爲重要的創作主題。

　　崛起於網路的鯨向海（1976-），在第一本詩集《通緝犯》（2002）收錄了許多可供討論的，網路世代的生活寫真與思考樣本。〈狐仙〉（2000）和〈彼此的病症和痛〉（2000）深入地勾勒出網路世代的微妙的情慾起伏和空洞的思維模式，都市消融在言行的背景裡頭，成爲生活襯底的音樂。他的部分詩作正朝向「數位都市」的方向邁進，電腦和網路科技隱匿在情節或敘述背面，譬如〈這封信請轉交妖怪〉（2000）：

> 早晨收到三封信
> 有人送我雙鯉魚
> 有人向我下戰帖
> 呸呸
> 有人
> 居然寫了祭文
>
> 我的朋友啊，這一別
> 一點也不好玩
> 那易水深處猶有未能釋懷的冰寒
> ……
> 你說，我怎麼敢讓你回去呢
> 你這會到處做暗號的劉子驥[90]

這首詩完全不交代三封信乃電子郵件，就開始在電腦螢幕前自言自語，

---

[90] 鯨向海《通緝犯》（台北：木馬文化，2002），頁120。

甚至呸了起來。不交代，因為不需要，一起床便去收看電子郵件早已成為網路世代的日常習慣，我們甚至可以稱之為某種都市行為。「妖怪」、「雙鯉魚」、「戰帖」、「祭文」，四個名詞九個字，卻是非常豐富的內涵：妖怪是暱稱（暱稱在網路上屬於一種習慣，一種隱匿身分的文化現象），接下來有一封普通的書信、一封其他網路詩友向個人網頁版主（或網路新聞台台長）下的挑戰書、一封友人搞怪的祭文，九個字便足以展開一個百無聊賴又百無禁忌的網路世界。再接下去就是作者的回信內容了。

　　另一首〈狐仙〉（2000）則將流行時尚的訊息大量融入都市生活的情節當中：

> 手機一響，你全都忘記了
> 你名牌背包上的英文字
> 魔咒般鎮壓著我的修行
> 你親吻哈日女子
> ＣＫ內褲裡高舉著法式勃起[91]

鯨向海並沒有像前行代詩人一樣，以高亢的道德批判意識來抨擊物慾橫流的現象。他透過一隻狐仙的虛擬視野，把不同層次的流行符號壓縮在單一情節內，忠實刻劃了時下青少年的生活境況——品牌文化已經成為消費社會的一個生活要素，高度物質化的生活是不能（也不必）講究任何生命意義或人生目標，更不必費神譴責，那不符合網路世代的都市文學創作觀念。這種全球化資本主義的滲透現象，以及流行文化對傳統價值觀的影響，連狐仙也瞠目結舌：「我不知道／不知道自己身在哪裡」。[92]

　　除了隱匿的都市，我們還讀到一種不同以往的真實，算不上內容，但可以稱之為生活態度的真實。網路詩人 Elea〔羊男〕的〈汽車旅館・

---

[91] 《通緝犯》，頁 102。

[92] 《通緝犯》，頁 102。

保險套在檯燈附近〉（1997）就用一種親身經歷的、若無其事的語氣來逼
近真實的（性）生活：「充滿橡膠氣味的愛情／撕開，穿套／這裡頭既沒
有什麼道理／也談不上任何意義」[93]；我們可以想像這種題材落在羅門手
裡會是何等光景。這些都離第三紀元不遠，只是題材和自身體驗的距離
越來越近，越來越鉅細靡遺，越來越逼真。

　　迂迴曲折，或含蓄得近乎晦澀的情慾書寫方式，早已成為過去；網
路世代的敘事行為變得更直接，更貼近生活中的真實。林婉瑜（1977-）
的〈抗憂鬱劑〉（2000）直搗醫生神聖的形象，用透明又大膽的詰問，指
出權威背面的淫威，以及憂鬱症的本源。她的語氣竟是如此赤裸、不留
情面，而且咄咄逼人地揭發醫生「內部正在發生的戰爭」[94]，一場道德與
慾望的病態戰爭：

> 你也犯錯嗎？
> 你有一雙探進護士裙的手？
> 你逃稅嗎？
> 你想像病人的身體，一邊手淫？
> 你比較想和男人做愛嗎？
> 你為自己下處方？[95]

這些類似日本色情影片的情境速描，見不得人的病態行為，或許根本不
會在我們的閱讀過程中造成正面的衝擊，因為這些原屬變態的思想行
為，在我們高度汙染的閱聽經驗裡，已成為當今社會的常態。醫生的心
靈內戰，只是林婉瑜的第一層靶心。此詩的穿透力，令人側目。

　　甘子建（1979-）的〈手機物語〉（1999）很能夠說明手機世代的人際

---

[93] 《晨曦詩刊》第三期（1997），頁 40。

[94] 林婉瑜《索愛練習》（台北：爾雅，2001），頁 107。

[95] 《索愛練習》，頁 108。

關係，以及使用者對手機的仰賴程度：「號碼是你尚未脫落的數字臍帶，緊緊黏住了世界的空虛／比起母親的心音；有時，鈴聲更能安撫你失眠的腦神經／……／終於，你開始被一隻暖色系手機給／豢養」[96]。許多必須被批判的敗德或頹廢行為，在都市生活中被正當化和正常化，消弭了人與都市之間的對立。最後，人與物之間的豢養關係，變得混沌不清。

　　網路世代的都市生活寫真令人對他們（以及國家前途？）感到憂心，這種自然呈現或自然流露的創作方式，其實是一種對都市流行文化批評的內化。網路世代的思維並沒有退化，只是策略不同。Den 的〈電視機〉（1999）就比第二、三紀元詩人對電視的省思更敏銳，他關心的是大眾傳媒對訊息真相的把玩與操弄：「那些被決定的現實通過符號轉譯／……／……視野分割的不適當與不確定性／……／沒有親吻被懷疑過，沒有一次性愛曾經搞錯對象／即使證據只存在於被剪去的那格膠卷裡」[97]，這番犀利的諷喻，有效吸收了社會學和傳播學的學理分析，對問題有較深入的探討。他們不再大刀闊斧地抨擊宏觀的都市現象，反而鎖定一些切身的事物，穿透現象直指核心。這就是成形中的第四紀元都市詩景觀。

　　網路世代的都市詩呈現跟前三個世代不同的社會價值觀、生活內容、面對事物的心態，以及書寫的策略。這是一個重要的斷代依據。輪廓分明的都市形象逐漸消隱在敘述當中，獸化或軀體化的策略只殘留在前行代和中生代詩人筆下，成為第二及第三紀的思維特徵或詩學殘影。

　　這個成形中的都市詩的第四紀元，尚未產生代表性詩人，或者任何劃時代的文學地景；在這個新詩垂危的時代，沒有誰敢保證上述幾位年輕詩人能夠持續他們的創造力。隱匿無蹤的都市詩究竟會成為「無邊之城」，或者「數位都市」？還是徹底消失，不再需要（也無從）去討論它？如果每一首詩都成了都市詩，當然沒有分類和討論的必要。充滿可能和

---

[96] 代橘主編《九九年詩路年度詩選》（台北：台明文化，2000），頁 47。

[97] 《九九年詩路年度詩選》，頁 20-21。

未知的第四紀元，會不會成為台灣都市詩創作的終點？除了朝向這座無邊無形的隱匿之城，都市詩還有沒有其他的發展方向？

六、結 論：另一個譜系，或第五紀元

　　自三〇年代以來，台灣的都市詩創作一直以現代都市／資本主義文明的本質性書寫為大宗，尤其五〇年代末以降的都市詩，大都企圖在現象批判中，挖掘出一套放諸天下皆準的都市文化核心問題，這種具有深層結構迷思的都市文化論述，往往將自身居住的城市「去背景」，以閱讀印象中的國際大都市為參考藍圖，在想像裡擴充現實都市生活的感受，企圖營構一個「唯物」與「唯惡」的大都市圖象。既便是文本中的台北，都經過負面想像的昇級，幾乎讀不到美好的一面，甚至它早已失去台北的都市基因，可以視為任何一座都市。

　　這種符號化、概念化的文本都市已然成為台灣都市詩發展史的主流，偶有構成系列的「台北都市詩」[98]，都因為抒情性過高，或焦點不夠集中，無法有效刻劃出台北都市的文化特質和問題探索。至於台北文學獎、台北公車詩、台北捷運詩的徵文得獎作品，也沒有累積出一個台北都市圖象。即使其他都市的相關創作也未成氣候。

　　我曾在研究中發現：當台灣詩人意識到自己在寫一首都市詩的時候，往往會把敘事的焦點和策略調整到主流的都市詩模式，進行不同程度的文化批判。只有在隨筆寫來的小詩裡，才會不慎流露出詩人與都市美好的互動。前行代詩人辛鬱（1933-）在〈師大路上〉（1990）就有很感性的一段：「我常常放慢步子／暢心的看那些年輕的臉／閱讀它們的歡欣與憂怨／／然後我停在／那座不夠氣派的自強鐘前／想心事」[99]。這段隨

---

[98] 例如陳謙（1968-）的《台北盆地》（台北：鴻泰，1995）和《台北的憂鬱》（台北：河童，1997）。

[99] 辛鬱《因海之死》（台北：尚書，1990），頁212-213。

筆式的街道書寫，沒有文化批判的狼煙，卻忠實地記述了一名都市人的日常生活心境。周夢蝶（1921）的百行長詩〈除夜衡陽路雨中候車久不至〉（1986），替除夕夜冷雨中的衡陽路，形塑出細膩、綿密、情緒飽滿、街道表情不斷變化的空間質感。這是在台灣都市詩史的大敘述以外，最動人的聲音[100]。通常，這類詩作很具體的寫一個小空間，尤其某一條具名的街道，只有在這個時刻，詩人才會重新發現在這個空間裡，不經意地承載下來的生活內涵或歷史意義。都市人與都市之間的情感，在主流的都市敘述中常常被刻意隱匿或消音，因為它不符合都市的原罪概念。

　　香港都市詩的創作方向，很值得參考。梁秉鈞（1948-）的《游離的詩》（1995）和鍾國強（1961-）的《城市浮游》（2002）都是很成熟[101]的都市詩集。以鍾國強為例，他透過不同的時代和事件、不同的街景和人物、不同的心境，重現一個懷舊感十分濃厚的香港都市圖象。這些的空間記憶大都跟自己的成長經驗有一定的關係，是詩人和都市互動的記錄。換言之，香港詩人在創作中發掘這座都市的身世，然後再透過自己的書寫行為去形塑香港的精神樣貌，和珍貴的空間記憶。香港書寫著香港詩人，詩人同時書寫著香港。不過，這種情況跟張漢良的雙互理論有一些差距。張漢良並不要求詩人創造出一座具體的，可以跟現實對應的文本都市，他只講究創作的因素與過程。香港詩人的創作取向，卻累積出具有真實的空間感、歷史感和個人情感，同時又具備獨特性和辨別性的「香港都市詩」。更簡單的說法是：我們可以在文本中讀到香港，和它的身世。

　　這是另一個都市詩創作的譜系，屬於香港的。如果地誌書寫的策略和概念，成為台灣都市詩人的重要選項，那麼台灣都市詩的「第五紀元」

---

[100] 相關論述，詳見：陳大為《亞洲中文現代詩的都市書寫 1980-1999》（台北：萬卷樓，2001），「第四節・意義鏈結的向度：生活隨筆與文人情懷」，頁67-75。

[101] 成熟，同時指他們看待／消費一座都市的態度，以及都市詩的書寫策略。

將會有一番迥然不同的光景。

選自:《中國學術年刊》第 25 期(2004.03);陳大為《亞洲閱讀:都市文學與文化(1950-2004)》(台北:萬卷樓,2004)。此為增訂版。

鍾怡雯

元智大學中語系副教授

記憶的舌頭

——美食在散文的出沒方式

小 序

　　美食的定義雖然因人而異，大致上不離色、香、味、形等基本條件。書寫美食的散文自然也圍繞著這幾個要素鋪敘繁衍。一道菜之所以令人難忘，有時候並不完全取決於物質性的組合，情境往往能夠提升食物的美味。同樣的，一篇好的飲食散文，也不應該僅止於記錄原料的構成、佳餚的製作方式，以及描述美食如何讓感官經驗令人難忘的高潮，雖然這些都可能是構成飲食散文的要素。最好的飲食散文應該具現庖丁解牛時「技進於道」的美感層次。

　　所謂「技」，指的是表層的語言符號之運用。書寫美食的散文，不離烹飪的技巧，或是嗅香、察色、看形、品味等所有和「食」相關的動作描寫，乃至考究器皿和用餐環境等等；一篇成功的飲食散文應該由這些表層的語言符號轉化，建構起意義，進入莊子所謂「道」的美學層次，否則極易淪為一篇介紹美食的平面文字，恐怕勾引食慾的效果還不及一張美食圖片。換言之，如果所有和美食相關的符號都是符徵（signify），它必定要有相應的符旨（signifier），不應該僅停留在飲食符號的表層。因此飲食散文除了具備挑逗食慾的魅力，應該還有意在言外的特色。美食在散文中應該是一種書寫策略，一種媒介，它驅使舌頭召喚記憶，最終必須超越技術和感官的層面，生產／延伸出更豐富／歧異的意義。

　　在一般書寫飲食的散文中，美食往往是文章的焦點。可是當它成為絕對／唯一的焦點，往往便淪為表層的符號，停留在「技」的層面。美食是飲食散文的主角，因此它在散文「出」現之後，以其「沒」的方式──隱沒／淡出／轉化的方式和方向之不同，決定了文章的層次。

　　這篇論文將處理現代散文中對美食的書寫，就其「出／沒」的方式，進而探求作者在美食書寫上所展現的──止於「技」，或進於「道」的美感層次。

（一）舌頭的見聞

唐魯孫寫過爲數不少的飲食文章，可謂此類散文的大宗。因爲是滿洲貴族的後裔，特殊的生長背景提供他豐富的美食經驗，他筆下的五花八門的菜色，幾乎涵蓋了中國各地的美食。豐富的美食經驗和深厚的辨味功力，他擁有很好的條件，可以寫出最勾引食慾的散文。可惜的是他的許多篇章似乎志在記錄／介紹佳餚美食，食物的美味到了他的筆下，似乎減色不少。譬如〈常州菜餅〉寫中國餅類中他認爲最好的一種，可是從這篇散文中，我們卻無法感受到常州菜餅如何好吃，只知道這種菜餅「以季節來說是朝霞沆瀣，四季咸宜，盤香翡翠，對於老人更能促進食慾，膏潤臟腑。在南方麵點中常州菜餅的確稱得上是逸品」（1979：237）。讀者於是只「知」其味，卻無法「感受」到它何以稱得上是南方麵點中的逸品。關於菜餅（麵食）的週邊知識，譬如菜餅的種類、中國各地的菜餅特色，乃至於製作過程等，卻佔了許多篇幅。這些圍繞著菜餅的單調陳述，使這篇散文輕易淹沒在其他極盡挑逗味蕾的美食散文之中。

〈吃棗子、做棗糕〉敘述和棗子相關的記憶，從棗子的種類到棗泥、棗糕的製作過程，從材料的挑選到鉅細靡遺的烹煮細節，詳盡一如食譜。讀者確實因此「瞭解」棗糕作功之講究費時，但是這同時也削弱了散文的感染力，原來在飲食散文中那點珍貴的回憶的滋味，便被稀釋了。或許是唐魯孫嘗過的美食太多，以至於即使稀世奇珍，也不能喚起他的味蕾歡呼。當他以旁觀者的態度，置身「味」外地陳述美食時，讀者亦置身文章之外，無法感受美食的滋味，只剩食物的符號在其中載浮載沉。

同樣的情況出現在《雅舍談吃》。這本飲食散文的序有這麼一段話：「偶因懷鄉，談美味以寄興，聊爲快意，過屠門而大嚼」（1986：4），懷鄉而寄興，因此當散文彌漫著鄉愁的滋味時，它確實增添了飲食的香味；

然而當飲食散文是因「聊為快意」而作，它便成為一個老饕的飲食經驗談。這本飲食散文的目錄羅列了五十幾樣美食，其中有因菜名而令讀者充滿想像和期待者，譬如〈西施舌〉。然而當謎底揭開，讀者的想像和期待也同時破滅。作者只白描「西施舌屬於貝類，像鯉而小，似蛤而長，並不是蚌。產淺海泥沙中，故一名沙蛤。其殼約長十五公分，作長橢圓形，水管特長而色白，常伸出殼外，其狀如舌，故名西施舌」（11-12），這樣的白描類似觀察報告，而形容西施舌的味道只有「含在口中有滑嫩柔軟的感覺，嘗試之下果然名不虛傳」（13）。這樣的美食「報導」，充其量不過在讀者的腦海增加了一種食物的名字。〈干貝〉、〈栗子〉、〈烏魚錢〉等都和〈西施舌〉的寫法類似，同樣的佳餚如佛跳牆和魚翅，到了林文月的筆下，卻呈現迴異的閱讀效果（詳第二節）。

或許我們可以這樣說，當飲食散文的作者把食物當成對象在處理，而無法用舌頭和珍饈相遇時那樣忘我的態度，去說服讀者感受到他所享受的美味時，飲食散文也就失去了它的魅力。口腹之慾的幸福誠如伽達瑪（Hans-Georg Gadamer）所說的遊戲（play）概念，是一種讓享受美食者專注於食物而忘卻進食的行為，因此飲食散文也應該讓讀者透過文字進入對美味的想像之中，而非停留在文字表層，考據食物的來源，羅列資料，或者列舉掌故，成為一篇「介紹」飲食的散文或雜文。因此唐魯孫和梁實秋筆下所寫的螃蟹、臘八粥、鮑魚、甜點等諸多美食，經常隨著在閱讀的結束而迅速的隱沒／淡出讀者的視域。

（二）舌頭的記憶

原料須加工之後方成美饌，相同的菜色到了不同的廚師手上，它會呈現不同的口感。飲食如果在散文中是原料，那麼飲食散文就是作者加工之後呈現於讀者的菜餚。（作者）烹調功夫的高下，決定了（散文）佳餚的美味／精彩與否。因此同樣是寫米線，它在唐魯孫的筆下是一種單

一的敘述，作者交代它的來源，並用很大的篇幅來敘述米線的傳說，至於它的滋味，讀者大約知道是「甘肥適口熱氣騰騰的美味」（1982：247）。可是在趙繼康的筆下，米線卻帶著歷史的情感和懷舊的滋味：

> 受盡「文革」千古浩劫和磨難的老百姓，嬉笑顏開地吃上了「小鍋米線」，既是家破人亡或焦慮經年身心疲憊的少許生活安慰，也是具體感受到鬆馳了階級鬥爭那根繃得過緊的絃。（1994：14）

米線本來是雲南的一種地方食物，但是經過了歷史的浩劫，它成了一種集體記憶。一碗加上酸菜和「甜咬頭」（類似大蒜頭）的米線，那混合著酸、甜、辣的小吃，是安定生活的滋味。米線在四人幫瓦解之後的再現，不但是後毛澤東政權的一種象徵，也是即將對外開放旅遊業的先兆。它意味著階級鬥爭已經成為歷史，老百姓隱約看到了生活的曙光。

　　或許我們可以這麼說，美食是一種感官的享受，是物質性的；可是當它以文學（散文）的方式出現，它必須「轉化」原來的物質性，依附抽象的表現方式而存在，因此任何食物都必須經由符徵演繹到符旨的過程，才可能轉化，才可能生產意義。所以同樣是寫魚翅，林文月是藉以懷人，梁實秋則以魚翅為焦點，把他對魚翅的「知識」逐一陳列——包括不同地方的魚翅特色、作法和價格等；而唐魯孫則是介紹北平不同飯館的魚翅之別。

　　林文月在〈潮州魚翅〉中不厭其煩地詳述她烹煮魚翅的細節，從選翅、發翅到烹煮的心得和秘訣，其繁瑣細碎，步步為營而又耗時耗力的做法，她自稱為「藝術之經營」（1999：7）。既是藝術之經營，則必得吸取前人的經驗，同時亦需有自己的發明，此所以烹飪和藝術相似之處。因此《飲膳札記》十九篇之數，上承〈古詩十九首〉，而所書之內容大異。〈潮州魚翅〉的烹調方法既前有所承，亦有主廚者的獨特慧心，因此閱讀〈潮州魚翅〉就宛如品嘗一碗做工費時，滋味極美的「潮州魚翅」。那

碗潮州魚翅的滋味，實添加了懷人憶舊的滋味。

《飲膳札記》共有十九篇，目錄和《雅舍談吃》一樣，乍看之下都是菜餚。作者宣稱本爲免遺忘其製作過程而寫，記事爲次；然而在讀者的閱讀經驗中，這些伴隨菜餚而生，對人事的記憶才是彌足珍貴的，正如書中附錄林文月對《杜鎮艷陽下》一書的評語：

> 梅耶寫食譜，其實未必是機械式單調的筆法。筆尖不小心常會開溜，去回憶好的母親或是幼時在家幫傭的一個廚子。食譜的滋味，遂往往味在舌尖而意在言外了。（164）

這「筆尖不小心常會開溜」，「味在舌尖而意在言外」，才是飲食散文的價值所在。因此《飲膳札記》慣常見到對親人和長輩的記憶，譬如寫魚翅而有老師臺靜農對魚翅「柔軟之中又保留一點咬勁」的標準；父親鍾愛這道美食，食畢不留一絲餘羹；以及記述師長於宴飲之際的歡樂氣氛，真正達到了「飲食，所以合歡」的境界。是以在〈紅燒蹄參〉中，一個燒糊的紅燒蹄膀，竟在酒興與談興正濃的聚會裡，成了記憶中最美好的一味，反而其他精心燒製的佳餚，在時日漸久之後，都逐漸被遺忘了。因而紅燒蹄膀不但成了歡樂的象徵，吃時「往時朋友們談笑爭食油亮蹄膀的皮而嘖嘖欸賞的情景，也每常歷歷如在眼前」（23-24）。如今有的老師已逝世，有的深居簡出，不再參與飲宴之事，令那道菜餚產生一股悲欣交集的滋味。

「佛跳牆」是一道匯集眾多山珍海味的葷食，這也是融合最多人事回憶的菜色。林文月孩提時聽母親傳述外祖父的往事，無意間聽到這個令人好奇的菜名，知道寫畢《台灣通史》的外祖父曾居住於大稻埕，常與騷人墨客飲宴於其間，最愛的佳餚即「佛跳牆」，而後家裡一位資深的師傅「吉師」亦擅長此道，常於假日全家相聚於北投洗溫泉時，烹煮這道菜。難怪林文月覺得雖然日後在別的場合吃過同樣的菜，「但似乎皆不

及少女時代與家人同嘗過的吉師的手藝高妙」（27），於是嘗試動手製作，整個詳細的烹調記錄實是回憶的過程。

林文月的敘事節奏淡定舒緩，烹煮的細節交代幾近求完美，譬如這樣的段落：

> 將瓷甕放置入蒸鍋中央部位，徐徐注入清水；水無需太多，多則往往令甕浮動不穩，故以淹過甕肚約五、六分高之量為宜。甕本身之重量，加上蒸鍋之內已注入相當多的水，至此全體總量更為沉重，所以不妨將蒸鍋事先安置於爐上，省免搬運之勞。爐火先須旺，等水開沸之後，可以轉弱，維持蒸鍋內之水繼續滾騰即可。這時候，鋁製的鍋蓋可能因水氣不斷沖頂而浮震擾耳，可用一小而有重量之物（例如磨刀石）平置於鍋蓋之上鎮壓之，既可防止擾耳之聲，又有助於減少水氣過分外散。（29-30）

這段文字是烹煮之前的預備動作，簡單的說，是「所需的水量約至甕肚五、六分高」，但是林文月演繹這個動作，卻用了二百多字交代需要留意的事項，詳述「必得如此」的道理和緣由，如此不厭其詳的提示和記錄，其實是在召喚記憶中那鍋已經不可能再出現的佛跳牆，就好像平時拘謹而不苟言笑的舅舅吃到她作的芋泥，不免也想起母親和姐姐，而變得親和起來；一枚晶瑩剔透的水晶滷蛋，可以令人想起一個教授露出幾近頑童的表情，都是記憶的力量在作用，它使一道食物上升到精神的層次了。《飲膳札記》原來的初稿是作者於宴客時所做的筆記，記錄菜單、宴客的日期和客人的名字，原來只為實用的目的，她在〈跋〉裡這麼說：

> 但是重覽那些陳舊了的記錄文字，於一道道菜餚之間，令我憶起往日姐上灶前的割烹經驗，而那些隨意寫下的名字，許多年後再看，竟也有一些人事變化，則又不免引發深沉的感慨與感傷！（147）。

由此可見烹飪和記憶之不能分割，林文月於飲食的部分詳盡而於人事往往只是蜻蜓點水，那寥寥幾筆卻是文章的精魄，文章遂有了記憶的深度和時間的鑿痕，增添王勃〈滕王閣序〉所謂「勝地不常，盛筵難再。蘭亭已矣，梓澤丘墟，臨別贈言，幸承恩于偉餞……一言均賦，四韻俱成」，那種宴終人散的唏噓！

相較於林文月那種盛筵難再的感慨，徐世怡則是透過飲食書寫回顧一個現代女性的成長，她認為「飲食文化是一群人在時空環境中，慢慢釀出花朵。打開生命的大鍋，回憶的味道總會裊裊溢出」（1998：30）。因此《流浪者的廚房》記錄的對象有食物，也有人物，是一個「飄泊者」為安慰自己的臟腑而烹調時，不經意挖掘出和食物不可或忘的成長記憶。「飄泊者」的意義有二：二十世紀末，越來越多的旅行者在旅路上度日，他們離家的理由雖然不同，想家時總不免想嘗一嘗家鄉的食物以緩鄉愁──這是在空間上的飄泊者。其次，是指那些想藉食物重溫舊夢，所謂時間上的飄泊者。這本散文集有很多食物是徐世怡留學比利時的記憶，許多時候做菜並不是為了吃，只是想化解鄉愁：

> 廚房裡裡外外忙忙碌碌的切啊剁啊，被解到愁的根本不是那些管
> 「吃」的器官，比較實際的是，廚房裡裡外外的勞動已讓人無暇
> 去孵愁鬱的蛋。器官們根本不懂事，它們只知道餓，只知道吃。(17)

這裡徐世怡把精神和感官一分為二，飢餓的器官被餵飽了，可是精神上還是餓的，因此做菜變成是一種永無止盡的追尋，鄉愁是延宕的符旨，既然無法被把握，就無法去化解。所以她對烹飪的態度很隨興，也很任性，既不講究材料，也不重視正統口味，為的是烹飪過程中，那種從忘鄉晉升到忘我的快樂。

因此流浪者／飄泊者沉浸於烹飪遊戲的快樂，並不在乎烹飪的「技」如何。她專注於烹飪自身，如果按照詮釋學所說的，一切遊戲活動都是

一種被遊戲的過程（alles Spielen ist ein Gespieltwerden），那麼烹飪的魅力，烹飪所表現的迷惑力，對於徐世怡來說，正在於它超越烹飪者而成為主宰，她並不在意求烹飪的結果如何成功，而是充分玩味烹飪，就像庖丁解牛時忘了牛的存在，而進入一種藝術的忘我境界，也即伽達瑪所說的遊戲狀態。

學會包水餃和做包子之後，徐世怡形容自己「像瘋了一樣迷上這種『展現手指功夫』的手工藝」（28），因為那是表現拿捏手工的遊戲。包水餃要達到餃子可以壯麗地站立才算好玩，因此要有點幾何學的直覺的功夫，她認為那是一種「手工幾何」：「包水餃過程中的每一個捏合就是在創造點面的接合點，這整張軟軟的麵皮被我的手指拉塑出包容性的幾何函數」（29）。她其實是想藉包餃子時，再浸潤於兒時「爸爸揉麵粉，小孩在旁玩」的時光。父親認真揉麵粉的樣子，空氣中那股充滿麵粉發酵的香味，就是「幸福」的味道。因此廚房往事永遠離不開人間煙火，食物必須沾染人的氣息，才能讓人記憶。水餃的意義對徐世怡而言是十分繁複的，那也讓她想起二姐，二姐包的水餃，以及她慘淡的青春期。作者用了一大段文字挖掘記憶中的水餃天鵝：

> 她就是可以把水餃包得挺傲有角。和別人的水餃比起來，她的水餃隊伍簡直是一排巍巍站立的天鵝湖芭蕾舞群。水餃從腰窩孤度拔起挺胸的曲線，我幾乎要懷疑那些驕傲的水餃已經長出脊椎骨了。軟軟的一張圓皮被拉成連續的幾何平面，薄薄的皮裡包著結實的肉餡，伶俐的彎皮角度下藏著不破皮的韌度，二姐捏出的水餃就是與我們這等泛泛之輩有很大的不同。她的每隻天鵝都挺胸揚頸，整齊白淨，那麼整齊的角度活像訓練多年的古典芭蕾舞團。（52）

作者把二姐所包的餃子比喻成優雅美麗的天鵝，整個敘述視角都扣緊天

鵝的意象而鋪陳，水餃挺立的姿態是天鵝湖芭蕾舞群，從天鵝而轉到天鵝湖芭蕾舞群，水餃的比喻換了兩次，為的是更形象化水餃栩栩如生的形狀，繼而以擬人化的修辭「驕傲」加強讀者對水餃的敘述，也強調二姐所捏的水餃和她的有多麼不同。那挺胸揚頸，整齊白淨的天鵝實有雙重意義：第一重是指二姐就像她所捏的水餃天鵝，當時已亭亭玉立，而自己則是暗中崇拜她的醜小鴨；第二重意義指涉那些美麗的天鵝是「童」話，只適合存在「故」事裡。因此二十年後，當已有兩個小孩的二姐茫然的搖頭，表示早已忘了怎麼包水餃時，徐世怡不由得惋歎「人會長大，天鵝也會老、會死；時光的湖水往前流，還有誰是甚麼都記得呢？」(56)

徐世怡的飲食散文和林文月最大的不同之處在於，林文月幾乎通篇敘述菜餚的製作方式，對人事往往輕輕幾筆掠過；徐世怡則是著重依附食物而生的事件，食物是草蛇灰線，帶出五味雜陳的記憶。譬如吃飯這件事，在徐世怡的童年記憶中，是小孩「吃飯看電視」，而爸爸「吃飯配報紙」。至於蛋糕食譜，則令她想起留學時，那個富裕而憂鬱的台灣女孩。那女孩的憂鬱來自於對未來的迷茫，她順著父母的意思去留學，但對未來十分徬徨，到比利時既不是為了唸書，也不是工作，更不想嫁人，她年輕又漂亮，穿最好的衣服，「但她駝著背的身體卻包住一種對甚麼都提不起勁來的老味」(40)，就像少女做的蛋糕「鬆鬆軟軟」的，而少女是「散散茫茫」的，是一個失血的生命。因此她從少女那裡拿了蛋糕食譜，卻經過大力改良，似乎潛意識裡抗拒像少女那樣，只有等待的生命模式。

梁實秋所寫的〈芙蓉雞片〉一文，懷念的是北平的東興樓館子，當年一起在此歡聚的友人，以及父親的教誨。幼時隨父親到東興樓，他因不耐上菜稍慢，而以牙箸敲盤碗，這樣的一件小事，卻有著許多人情世故在內：

> 我用牙箸在盤碗的沿上輕輕叮噹兩響，先君急止我曰：「千萬不可敲盤碗作響，這是外鄉客粗魯的表現。你可以高聲喊人，但是敲

盤碗表示你要掀桌子。在這裡，若是被櫃上聽到，就會立刻有人
出面賠不是，而且那位當值的跑堂就要捲鋪蓋，真個的捲鋪蓋，
有人把門簾高高掀起，讓你親見那個跑堂扛著鋪蓋兒從你門前急
馳而過。不過這是表演性質，等一下他會從後門又轉回來的。
（1986：92-93）

不過是敲盤碗這樣的小動作，這在歷史悠久，重視飲食文化的飯館，卻
可以詮釋成是要「掀桌子」。這意味著吃飯不僅是攝食的生理活動和物質
活動，也是心理和精神活動，正所謂吃飯皇帝大，當用餐的情趣受到破
壞，譬如菜上慢了令客人不耐，飯館要求當值的跑堂捲鋪蓋，是表示極
為重視客人必須在愉悅的情緒下用餐，為平撫客人的不滿而做的假動
作。但這偶然的疏忽並不致於要讓人失掉工作，所以是「表演性質」，讓
他兜個圈又從後門轉回來，只要達到提醒的作用即可，從這裡我們也看
到人情之厚，一個有飲食文化的民族處事之迂迴。

《雅舍談吃》多次提起父母。譬如寫〈鍋燒雞〉一文，雖是記一種
下酒的菜餚，在梁實秋的記憶裡，它勾起的是一個六歲男童的醉酒記憶：

第一個房間是我隨侍先君經常佔用的一間，窗戶外面有一棵不知
名的大樹遮掩，樹葉很大，風也蕭蕭，無風也蕭蕭，很有情調。
我第一次吃醉酒就是在這個房間裡。幾盃花雕下肚後還索酒吃，
先君不許，我站在凳子上陷舀起一大杓湯潑將過去，潑濺在先君
的兩截衫上，隨後我即暈倒，醒來發現已在家裡。這一件事我記
憶甚清，時年六歲。（78）

這段文字的可觀之處，在於它體現了飲食文化中重視宴飲環境的傳統。
六朝時阮籍等七賢聚飲嘯歌的竹林，李白「舉杯邀明月，對影成三人」
的「花間」；良辰、美景、賞心、樂事四具美的王勃會飲之滕王閣；歐陽
修筆下環山臨泉，翼然而立的醉翁亭，是集天工、人工，內、外、大、

小於一體的絕妙環境。袁宏道對宴飲環境有所謂「醉花」、「醉雪」、「醉樓」、「醉水」、「醉月」、「醉山」之說，而梁實秋筆下那棵濃密的大樹，亦製造了一個非常詩意的用餐情境，那樣的情調也許讓一個小孩模模糊糊的感受到美的薰陶，加上大量酒精的作用，於是便演出一場那樣澆一大杓湯到父親身上的醉酒鬧劇。或是在酒席吃到不對味的涼拌海參時，特別想念父親那獨特的配方，於是〈海參〉一文中那一段涼拌海參的敘述，實為懷念父親之思。

於〈筍〉一文詳述各種筍的掌故之餘，不能忘記的是母親的冬筍炒肉絲：「我從小最愛吃的一道菜，就是冬筍炒肉絲，加一點韭黃木耳，臨起鍋澆一杓紹興酒，認為那是無上妙品——但是一定要我母親親自掌杓」（126）。這樣由母親掌廚的冬筍炒肉絲，除了是廚藝之巧外，尚有母愛的味道。或是吃遍天下的炸丸子，卻最不能忘記七十多年前，母親特別為嘴饞的小孩叫來的那碟同和館的小炸丸子。也許那碟炸丸子並不特別，而是時間的距離和對母親的記憶，使食物變得可口。無論是鍋燒雞、海參、冬筍炒肉絲或是炸丸子，這些「食物」皆因攀附著親人的記憶，轉化成再也難現的「美食」。

在唐魯孫為數眾多的飲食散文中，最令人印象深刻的是〈北平、上海、臺灣的包子〉。除了圍繞著包子的焦點敘述之外，他把敘事延伸到「人」的層次，在記述北平「河間包子」時，描寫一個做包子的師傅，人物的形象頗能和包子的外形縮連：

> 筆者當年每天中午在潤明樓吃飯，憑欄下顧，就看見一個胖子在一座白布蓬裡一邊包一邊蒸，忙得井井有條，胖子胖得眉眼都擠在一起，永遠笑咪咪的，跟當今影劇雙棲藝人葛小寶彷彿兄弟一樣，兩隻手揉麵活似兩隻大肉包子在那裡翻動，尤其到了夏天，他穿一件夏布小坎肩，胖嘟嘟的身材渾身哆哩哆嗦，時常引得路人駐足而觀，他做的包子別具一格，既沒滷汁更沒湯水，餡子鬆

散可是柔潤，同時保證不摻味之素，他的緊鄰就是爆肚王，叫一
碗水爆肚配合著河間包子吃，凡是吃過的主兒準能回味出當年那
分滋味吧！（1979：248）

這個包子師傅福態的外貌十分有喜劇感，很能搭配包子的形象，作者說
他「兩隻手揉麵活似兩隻大肉包子在那裡翻動」，幹起活來渾身都抖動，
這樣的「肉」感很容易讓人把他和「肉包子」貫聯在一起，當作者憶當
年的時候，立刻勾勒出那副令人難忘的市井圖──包子師傅和路人、包
子加上水爆肚，形成兩條糾纏的記憶線路，那不只是味覺的，同時也是
鄉愁的。

（三）舌頭的革命

美食的定義因而人異，相較於中國飲食文化從質地、聞香、形制、
器具、味覺、口感、節奏、環境、情趣等美學標準去品評食物[1]，中國少
數民族的飲食顯然要直接而粗獷，和中國美食形成中心／邊緣文化的強
烈對比。趙繼康在〈花的菜餚〉裡敘述昆明的地方美食──這個「花城」
由於一年四季如春，鮮花盛綻，因此昆明人不僅喜歡種花、賞花，並且
也酷愛吃花，那種「愛花愛得恨不能一口吞進肚子裡」的情感，既是一
種原始的慾念，也是一種浪漫的舉動，同時在昆明的居民看來，也是一
種養身之道。作者在文中列出十幾道花餚，從其色、味、療效、烹煮之
道，以及相關的掌故等不同的角度撩撥起讀者的想像，譬如「鮮黃色的
金雀花，一朵朵看起來很像小鳥閉合著的小嘴，只需開水燙一下，用來
炒雞蛋，盛出來的盤子金光燦爛」（1994：52）。

---

[1] 中國飲食文化，形式多變，內蘊豐富深厚。趙榮光歸納整理中國的飲食文化，
認為其審美思想主要有十個特色，稱之為「十美風格」，詳見〈十美風格──中
國古代飲食文化〉，《聯合文學》第 141 期（1996.07）：79-86。

　　艷麗的仙人掌花下油鍋炸了之後，像小魚乾一樣焦黃，是一道當地人的下酒菜，或是南瓜花的雄花拌土豆和麵粉炸出來的「南瓜花酥」，乃至清熱解毒的苦茨花，如果說飲食是嗅香、察色、看形、品味和領悟神韻的綜合過程，那麼花的菜餚在先天上就佔了優勢，因此這篇文章混合著知識和情趣的敘事方式，較諸一般飲食散文多了色彩的美感。譬如寫攀枝花，先是指出它的實用價值──它結的子帶著長長的絨毛，可以用來填充枕頭；繼而從實用的層次寫到惹火的外貌──那開滿鮮紅花朵的花樹，挺立在荒山上，沒有一片綠葉，簡直就像著火。然而熱鬧的花期十分短暫，被風一吹，很快就掉落了。因此雲南西雙版納的傣族，形容青年小伙子和青年女子的初戀，就像攀枝花一樣，風一吹就落，愛得雖然熱烈，卻無法天長地久。作者從花的實用價值、外貌延伸到浪漫的掌故，繼而從浪漫轉入實用的層次──落地的花再沒有觀賞的價值，於是它成為老饕的美食。雖然如此，火紅的花炒肉片，仍然是色彩美得令人驚艷，而滋味香甜。作者對它的滋味並沒有多所著墨，著重的是它迂迴曲折的生命歷程。

　　趙繼康筆下少數民族的美食，帶著神祕的美感和野趣，和林文月、唐魯孫、梁實秋所描寫的漢族文化迥然相異。由於在邊遠地區，調味料取得不易，因此美食取決於原料，漢人飲食文化中所謂的山珍──熊掌，在邊陲地區由於沒有調味料，找不到火腿、香菇、蝦米及木耳等素材，實等同於一塊肥油。反而是烹調方式簡單的野味，才符合美食的要求，譬如蜂蛹、竹蛆和蟬，在少數民族的美食標準中，雖是高級魚翅、燕窩或海參也不換的山珍。得來不易的蜂蛹，少數民族視之為山神的禮物；或是長在竹子裡的蛆蟲，它以竹子裡層的竹衣為食，長大長肥的過程從未接觸過陽光雨露和塵土，農民取得這種美食，認為是一種莫大的好運，通常留著自己享用，不輕易出售。作者這麼形容它的特色：

　　　在兩個竹節之中，蠕動著的潔白的竹蛆，至少有一磅半到兩磅。

> 剖開竹筍，倒出來足足有兩大碗。珍珠一樣潔白的竹蛆，甚至連
> 洗都不用洗，往油鍋中一倒，油炸至半焦黃，盛在盤子裡，也很
> 像印度或西班牙小種的花生米，略加鹽和胡椒，挾進嘴裡真是入
> 口即酥化，而且帶點竹子的清香味，比較起炸蜂蛹來，似乎更香
> 更脆更美味。(1994：144)

這裡我們可以思考文明／原始之間的分際。這樣的吃法顛覆了文明那套
繁複的烹調美學，只使用單一原料烹製，幾乎不用增香上色，甚至省卻
清洗的步驟，一切的味覺美感都依靠原料的質地，本來佳餚之成，是原
料和烹調兩個環節的融合。但是在邊遠地區，因為烹調技術不發達，酌
料不足，只有靠原料取勝，而這樣的原料美味與否，實是主觀的感受。
可是趙繼康那經過文明的烹調方式馴養過的舌頭，竟被這樣的原始美味
所革命，認同了少數民族的美食標準。或者像是紅河地區的哈尼族，在
六月六日火把節那日，必得獵取一百件動物，煮一鍋「百肉湯」。所謂的
百肉，在哈尼族人看來，是指「會動的都是肉」，因此舉凡螞蟻、青蛙、
田鼠、山雞都是肉，總而言之，見鳥獵鳥，見魚獵魚，甚至蝴蝶、蜜蜂
也都是肉湯的材料。這樣的食物無法用文明飲食的美學去審視，其天方
夜譚式的奇聞，已經超越舌頭的層次，進入了文學的想像空間。

　　文學和烹飪的相似之處，是它們同樣沒有規則可循，它是一種想像
力和創造力的發揮，同樣的菜色經過不同舌頭的改造，它會沾染上個人
獨特的味道。徐世怡在〈回鍋的回憶〉敘述她開始做菜的經過，其實是
以如假包換的辦家家酒那種心態來買菜、切菜和下鍋。她認為自己來自
不太重視口味的家庭，沒見識過太多上等珍饈，因此對材料並不苛求。
由於沒有口味上的包袱，她喜歡革命——別人的水餃都是包著粉絲、香
菇、肉末、蔥末，她卻喜歡不按牌理出牌的方式，廚房裡有甚麼料就放
甚麼，連馬玲薯、綠碗豆、紅蘿蔔，甚至剩菜都可以變成餃子餡。

在比利時留學期間，她從一位台灣太太那兒學會了做春捲，卻因為討厭花生粉而捨棄這項材料，用咖哩料取而代之。同樣是春捲，在不同的手藝改造之下，它有了烹飪者的個性，或可稱之為「徐氏春捲」。蛋糕食譜也一樣，必得要經過她大力的改良。她的烹調觀念就像序裡說的：

> 人生是一場自己掌廚的宴席，要甜、要酸、要甘、要油、要淡，自己能選擇，也要能調理。做壞了，有機會下次再試；做得好吃，也是一場腸胃盡歡的喜緣。(1998：18)

這段文字其實已經從飲食的書寫提升到對人生的思考了，掌廚的人決定味道的輕重，就像獨立自主的個體對自己的生命了然於心，失誤不必在意；成功了，則當是人生／腸胃的福氣。或許這種飲食的修行，就是其形上學意義吧！

小 結

美食在散文中的作用，除了作為「飲食散文」的要素之外，它應該是一種書寫策略，旨在勾引食慾，或是召喚記憶的符徵。作者以食物為餌來垂釣記憶，而記憶也往往藉由唇舌來到筆下。如果凡是書寫食物的散文都能歸入飲食散文的範疇，審視其成敗的關鍵，則是食物在散文中是否經過轉化。本文第一節所論及的散文是停留在「技」的層次，或是食物作為符號而未引伸／建構更深一層的意義，或是作者偶因一時興起之作，實為第二、第三節的反證；第二、三節作為演繹記憶和食物之間的互動關係，實是一體，而分兩個層次。作者伸出記憶的舌頭，重新品嚐了難以忘懷的佳餚，再次回味了隱藏在美食背面的陳年舊事。人事，替這些散文添加了動人的元素。

【參考書目】

林文月・1999・《飲膳札記》・台北：洪範。

唐魯孫・1979・《故園情》・台北：時報。

────・1982a・《什綿拼盤》・台北：大地。

────・1982b・《大雜燴》・台北：大地。

────・1990・《中國吃》・台北：大地。

────・1994a・《唐魯孫談吃》・台北：大地。

────・1994b・《天下味》・台北：大地。

徐世怡・1998・《流浪者的廚房》・台北：大塊文化。

梁實秋・1986・《雅舍談吃》・台北：九歌。

趙榮光・1996/08・〈十美風格──中國古代飲食文化〉《聯合文學》・頁 79-86。

趙繼康・1998・《喫遍天下》・台北：大地。

選自：焦桐、林水福編《趕赴繁花盛放的饗宴──飲食文學國際研討會論文集》（台北：時報，1999）；鍾怡雯《無盡的追尋：當代散文的詮釋與批評》（台北：聯合文學，2004）

吳明益

東華大學中文系助理教授

對話的歷程

——台灣散文體自然導向文學的演化概述

一、越界與回顧：關於自然書寫相關用詞的再思考與說明

　　台灣使用一專有名詞來稱呼融合自然科學與文學，或關心生態環境的寫作，始於王家祥、陳健一、劉克襄等人，但從荒野文學、自然主義文學、生態文學到自然寫作，用詞並不一致。我在二〇〇四年出版（為二〇〇二年完成的博士論文）的《台灣自然書寫研究》首章，曾梳理過相關的用詞，最後認為可以「自然書寫」（nature writing）一詞來「暫時性」做為相關書寫的總稱。至於我為什麼要將之前台灣通譯為「自然寫作」的「nature writing」一詞改譯為「自然書寫」？這是因為「寫作」一詞在中文使用上常是「動詞」，但「書寫」卻可以作名詞使用，另外，「書寫」也可視為「抒寫」的諧音，隱喻了這類型書寫者仍在寫作過程中賦予情感託寄、呈現自己與自然互動觀點的意味，同時「書寫」一詞也較為中性，避開了文本「文學性」如何判斷的艱難議題。

　　當時我為台灣「現代自然書寫」（modern nature writing）所下的暫時性界義是：（1）、在這些作品中，「自然」不再只扮演文學中襯托、背景的位置，而成為被書寫的主位。（2）、作者「涉入」現場，注視、觀察、記錄、探究與發現等「非虛構」（nonfiction）的經驗，成為作者創作過程中的必要歷程。（3）、自然知識符碼的運用，與客觀上的知性理解成為主要肌理，這包含了對生物學、其它生態相關學科、自然史、環境倫理學等知識的掌握。（4）、書寫者常對自然有相當程度的「尊重」與「理解」，既非流於傷逝悲秋的感性情緒，也避免將人類的道德觀、價值觀、美學歸諸於其它生物上，而能呈現某種超越「人類中心主義」（anthropocentrism）的情懷。（5）、從形式上看，自然寫作常是一種個人敘述（personal narrative）的文類，常見以日誌

（journal）、遊記（journey）、年記（almanac）、報導（report）等形式呈現，但容許獨特的觀察與敘述模式。從非「科學報告」式的敘述語彙中，書寫者個人的書寫風格與文學質素也就因此流露。

但這些年來我自我反省，發現該書當時所設定的「暫時限制性定義」，主要是想先將焦點放在這類書寫中的「非虛構散文」（nonfiction prose essay of nature writing）上，因此在論述台灣自然書寫時缺了詩、缺了小說（因當時限定在研究散文體的部分）、缺了原住民文學，甚至缺了科學家所寫的文本。在經過第一階段的研究後，我認為相關名詞的定義應該進行修正，以生態批評（ecocriticism）的角度，對台灣書寫自然的文本進行「超越自然書寫」的研究。[1]

然而在研究上研究範圍的擴大，似乎也應該將當時認為適用的名詞及其定義做一番調整，才能更周延地含括進這些議題。楊銘塗教授在〈台灣自然導向文學與本土荒野保護〉（2003）中，提到了美國學者墨菲（Patrick Murphy）的說法，代表的就是研究自然相關書寫學者對過去偏重非虛構散文研究的修正意見。墨菲在 Farther Afield in the Study of Nature-Oriented Literature 一書中，為了擴大自然書寫的定義，使用了「自然導向文學」（Nature-Oriented Literature）一詞來包含涉及自然的書寫，將其再分列為「自然書寫」（nature writing）、「自然文學」（nature literature）、「環境書寫」（environmental writing）、「環境文學」（environmental literature）四個領域。[2]過去我曾認為這分法或有不恰

---

[1] 安邦斯特（Karla Armbruster）與華列士（Kathleen R. Wallace）曾編《超越自然書寫》（Beyond Nature Writing: Expanding the Boundaries of Ecocriticism, 2001），提及應該將自然書寫拓展到虛構文學與相關領域。此外，廣義的生態批評並不限於文學，它包含了各種藝術（繪畫、電影），甚至是建築、哲學等多元議題。

[2] 在該書中墨菲做了一個表格，來說明此四類書寫的一些內容，其中自然書

當之處，最主要的是當時我認為環境（或環保）問題是自然問題的一部分，兩詞在中文中並不容易說清楚差異性，文學與非文學也很難判斷，但這兩個「議題模糊」的焦點並不代表研究時能永遠避開。墨菲將「書寫」與「文學」分列，或許正是為了切割不同層次文字表現的文本而設限的（將強調作者非虛構經驗的文本，與富虛構、想像性的文本分開）。

易言之，當我們的研究要擴充到「虛構」文本（如動物小說、科學小說）時，定義與用詞似乎也需要隨之調整。依墨菲的做法，將虛構文本稱為「○○文學」，將通常強調記錄性、知識性，與自身非虛構經驗的散文體文本稱「○○書寫」，那麼當我們的研究「超越自然書寫」時，就不會被過去研究者的定義所躓礙，將自然書寫的研究擴充到所謂「自然導向文學」的研究，將想像力、虛構性的文本加入，讓研究得以再次遠行。[3]當然讀者必須了解，虛構與非虛構，文學與

寫具有「修辭性與敘述式」、「通常是非虛構」、「常是個人化的」、「第一人稱敘述」的形式特質。它包括自然史散文、漫步與冥想、野地生活、旅行與冒險活動、農耕與牧地生活、自然哲思等內容。自然文學則是虛構、想像或富情節性的小說，常建立在個人經驗、歷史事件或自傳性的表述上，並會呈現多元觀點。在詩的方面包括自然詩、自然觀察、牧歌、農耕與牧地生活輓歌、與動物互動等內容；小說則包括狩獵採集故事、動物故事與寓言、地方主義、野地生活、旅行與冒險活動、農耕與牧地生活、科學小說與奇幻小說等。環境書寫常具有爭議性與倫理學上的討論，通常也強調非虛構性，內容則包括環境剝削、社區激進主義、野地保護、農耕與牧地的可持續性、環境倫理等。環境文學則是具有虛構與想像性，情節轉化自主題，會呈現自我意識與倫理價值。在詩的方面包括觀察與危機、農耕價值、另類生活模式等主題，小說則包括環境危機與解決、野地保護、文化保護、烏托邦及反烏托邦、奇幻小說等內容與類型。（Murphy, Patrick, 2000:11）這個分類包括的範疇很廣，有些概念則重疊，但確實解決了原先嚴格定義自然書寫的困境。

[3] 過去我在《以書寫解放自然》中也曾嘗試說明文學性文本與科學性文本的

非文學之間的界線並不是涇渭分明的,這種研究上的分法並不存在於創作者的創作行為之間,而其間的分別也不是批評者評價時採用的一種等級畫分。

為了先將議題的焦點集中,當時這篇文章的主要討論文本落在一般被認為是文學作家所書寫的文本上,且先不以墨菲的擴張定義為討論範疇,而以西方自然書寫研究中較典型性的散文體為討論對象,即本文一開始提到的,我在《以》書中為「台灣現代自然書寫」所下的界義,如果用墨菲所提分類來看,則大部分應屬於自然書寫與環境書寫者兩種類型,或者可以說是「散文體的自然導向文學」。因此,在這篇文章裡,生態詩與動物小說、科學小說暫不納入討論範圍,原住民文學則因其具有發展與內在的獨特性,也暫不納入討論。[1]

關係,可參考該書中我所繪製的一個示意圖。(2004:17)基本上「自然史」、「自然科學」、「圖鑑、工具書」等出版是廣義自然書寫的一型,可成為狹義自然書寫的基礎材料。而文學性的自然書寫則由此基礎材料汲取專業知識,再以文學手法表現。當然,此處所稱的「自然文學」,與中國文學傳統中的山水文學、田園文學仍有內涵上的不同。由於篇幅所限,此處簡略說明,我將另寫一篇文章來釐清相關名詞定義的使用,並對墨菲的說法提出反省,再重構更適合於研究台灣自然導向文學的分類框架。

[1] 細部理由請參考《以》第一章。這兩年我已著手研究台灣小說中的環境意識,以及生態詩的相關議題,包括發表了〈一種照管土地的態度:《笠山農場》中人們與其所墾殖土地的關係〉(「亞太文學論壇」會議論文,收錄於《走出殖民陰影論文集》,高雄:台灣筆會,頁 89-111),以及〈詩歌與生態〉(收錄於《閱讀現代詩:內在形式與外在關聯》,台中:東海大學,2006 年 6 月,頁 168-184),〈且讓我們蹚水過河—形構台灣河流書寫/文學的可能性〉(已獲《東華人文學報》審核通過,尚未刊登),此外,尚有國科會計畫「寄望詩情居所的未來—以生態批評的角度詮釋宋澤萊《打牛湳村》到《廢墟台灣》中的環境意識」正在進行,讀者或可參照這些文章。

二、複雜的源頭與生態性的斷代觀察

緣於工商業社會的發達，再加上政治力量對自然環境的剝削態度，台灣的環境在六○年代已現病癥。到七○年代，西方生態觀、環境運動的浪潮也拍向太平洋的此岸，這些多層次的因素喚起了八○年代初，台灣現代自然書寫與環境書寫的萌發。以文學為觀察基域，我們可以發現這些作品的根柢大致來自幾個源頭。

傳統中國的山水田園文學，以及其中常負載的道、佛、禪思想，仍然影響著一批當代的作者。遊記則是另一個來自中國的漫長傳統，明末至民初渡台遊記中的描寫（如郁永河《裨海紀遊》等），至今仍是許多自然作者理解台灣百年前風貌的重要根據。其次，西方的自然科學研究也帶來了新的視界，十七世紀至十九世紀至各地蒐羅陌生物種的專業與業餘的博物學者，伴隨著政治力的潮汐來到生態學上獨具意義的福爾摩沙。這批包含傳教士、醫生，官方人員，專業學者（如福鈞 Robert Fortune, 1812-1880，郇和 Robert Swinhoe, 1836-1877、柯靈烏 Cuthbert Collingwood, 1826-1908）的博物學者們，開始以自然史的角度去鑑別這個島嶼上的生態，進行原住民風俗考察，並留下記錄式的報告。日據時代另一批日籍學者（如森丑之助、鹿野忠雄等），則以更細密的方式踏查，雖然這些報告多少帶著殖民者的眼光，但卻生產出台灣第一批自然科學研究的重要史料。

和西方自然書寫從田園書寫到自然科學的啟蒙，轉向土地倫理思索的發展進程不同，台灣自然導向文學幾個系統幾乎同時發軔：一九八二年劉克襄的《旅次札記》是從科學觀點出發的自然書寫代表、一九八三年陳冠學的《田園之秋》則是糅合博物誌的簡樸生活書寫（可歸入環境書寫的範疇），韓韓、馬以工的《我們只有一個地球》則是從生態學角度思考的環境書寫的先鋒浪潮。彷彿數百年孕育的自然寫

作類型同時遷徙至這個島嶼，受此間複雜的文化組構所影響，特化成如今的面貌。劉克襄在一九九六年的〈台灣的自然寫作初論〉曾將自然書寫分為三種型態，一是具報導性質的「環保文章」，二是「承襲傳統天人合一，反應遁世思想；或避離城市文明，陳述反現實社會體制的想法」的「隱逸文學」。另外還有一型作品具有這樣的特色：「不以新聞性的生態報導內容出現。更多時候，它被知悉時，都是以傳統文學裡的散文、雜文形式表現。比較特殊的是，它挾帶著更多自然生態的元素、符號和思維出現了。」劉克襄這篇文章，大致替台灣當代自然書寫的面貌定了調。日後的論述者雖然在細部有些調整，但其實都不離這三種基型。

當台灣面對工業化與資本主義社會的負面價值時，首先受到注意的是挑起問題點的環境議題報導。具有抗衡意味的，實踐簡樸生活的田園文學，也因與傳統的田園山水文學神似而受到討論。另一種融鑄自然觀察，兼具知性與感性書寫的自然書寫系統，卻經歷較長時間的沉潛後，才呈現其中的深刻價值。我不以為前兩者是台灣自然書寫的「初期型態」，而視其為不同的書寫策略。

在某種事物長期發展的過程，按照其發生變化，來劃分階段，藉以凸顯出每個階段的特點，是認識事物發展規律的必要過程，在此我將採取兩個理由選擇時間的切分點。第一是考慮影響整個社會的事件，以及在整個台灣環境史上具有指標意義的事件。第二是出現某種新型態的自然與環境相關書寫，且此一種書寫有延續的可能，或有後繼的追隨者。易言之，是以「自然書寫／環境書寫史」的眼光看判斷該作品是否具代表性。因此，或許有部分作品現今來看並不出色，或以文學史的角度來看成就不高，但仍應在史的敘事中據有一席。

劃分時區的理由是在論述上有一較清晰的脈絡，事實上，文類的變動與演化往往是緩進的，偶有革命性的發展也常有蘊釀期。因此時

區的劃分並非硬性地定在某個時間點上，而是一種提示作用——當我們回顧台灣自然／環境書寫的歷程時，它在大約這個時間點的前後，出現了新的風貌。

在每個時區之下，我會提出代表性的作品，至於更細部的解讀，請參考我其他的論述。必須說明的是，整個關於當代自然／環境書寫流變的概述，恰可視為一個書寫者與自然的對話歷程。

（一）、聽到土地的呼聲（1980-1985）

由於報導文學的揭露與學者專家、文化界人士的呼籲，一九八〇年三月一日及十月二十二日，行政院長孫運璿兩度指示保護淡水紅樹林。這是政府首次聽到知識份子代土地傳出的呼聲，給予善意的回應。隔年，彰化花壇鄉一百一十六位農民集體向地方法院提出告訴，控告該鄉八家窯業磚瓦工廠排放有毒煙害，造成稻作歉收。這是台灣地區第一宗集體反污染訴訟事件。最具象徵意義的是——由農民勝訴。在過去，污染者與被污染者之間的「法律鬥爭」，被污染者從未獲得法律上判定是「被害」的一方。

而這種訊息的傳遞則有賴有效的管道。七〇年代，台灣媒體的報導語言已脫離過去制式化、公式化的方式，逐步轉型為深度化、解釋化，以及新聞化的報導體。由於報導的篇幅拉長，文字發揮的空間擴大，在滲入更多文字技巧後，「報導文學」才有實踐的可能。一九七八年，時報文學獎增設第一屆的報導文學獎，由於該獎在台灣文學獎項中深具代表性，促使一批優秀的作者投入，因此報導語言與文學質素相互影響，出現了一批新型態的作品。一批作者取得了發言的位置，成為土地呼聲的代言者。

有的作者不只想扮演傳遞土地呼救聲的中介者，而選擇不斷在這塊土地上旅行、觀察，進行以了解為前提的深度反省，不但要停止傷

害自然，還應該了解自然。

另一批作者也未走向高聲呼籲的道路，他們對城市文化、工業文化對母土的戕害感到痛心也感到失望，於是回歸田園實踐簡樸生活，並將這種低度消費的生活書寫出來，告知世人還有另一條道路可走。

這三種書寫型態，呈現出這個時期台灣自然書寫的三種對應姿態。

1、「混合著悲憤及無力兩種情緒的複雜心情」
——環境議題報導的出現

如果說卡森女士（Rachel L. Carson, 1907-1964）的《寂靜的春天》（*Silent Spring*, 1962）是美國環境運動在某個階段的點火者，馬以工、韓韓的《我們只有一個地球》（1983）也恰恰扮演了類似的角色。但兩者在書寫的策略上並不一致，本身即為海洋生態學者的卡森女士以學理的方式來證明 DDT 對人類的危害（雖然其中或有謬誤），而《我》則是以一種柔性的報導來引導輿論（尤其以韓韓女士的作品為然）。《我》一書使得台灣的庶民環境意識被這種柔性的誘導開始引燃，從而許多問題都因此得以被凸顯。從這個角度來看，本書具有「一個階段開始了」的啟蒙意義。

《我》書由於恰好與報導文學蓬勃的時間點相合（刊登的時間是一九八一年），而當時新聞界正在學習的西方深度報導模式，基本上便是強調報導者應挖掘社會上「不公義」的新聞事件。在《我》書出版的同年，心岱也出版了《大地反撲》（1983）。這兩本台灣環境議題報導的早期佳作，書名恰好暗示了這類型書寫的核心要旨。面對一味追求經濟發展而造成環境崩毀的台灣土地，正如韓韓在目睹九孔養殖對海岸線破壞時說：「我們升起混合著悲憤及無力兩種情緒的複雜心情」。（韓韓、馬以工，1983:64）在這些作品的筆下，正是充滿「大地

反撲」的悲憤，與「我們只有一個地球」的無奈，這也是環境議題報導的一貫基調。由於面對的是財團、官僚體制，甚至是國家單位，悲憤的行文者當然無力反抗，而只能藉由書寫來喚起大眾的注意。因此，在國外有學者將這類型的書寫稱爲「資源保護論的戰鬥書」（conservationist battle book）。（Richard A. Lillard, 1985:35-44）

這型環境書寫的發生正當台灣經濟的高峰期，對土地開發漫無標準地開發，公害污染事件層出不窮。但從另一個角度看，也可能正是報導者勇於報導，於是才讓過去不曾浮上檯面的環境破壞，持續暴露出來。

由於不像西方先經歷了自然科學的探索期，才出現這類環境保護論的作品。台灣初期這類作品往往依據訪談資料，現場見聞與書面資料來進行綜合性彙整的環境議題報導，較少有報導者即是生態學、生物學上的專業人士，或具有自然觀察的經驗與能力。另一方面，報導的「新聞性」和「時效性」，也使得環境議題報導缺乏對事件長期浸潤思考，作者本身並未進行長期的生態觀察，因此或流於表面陳述，及感傷情緒的抒發。

2、「除了我們注意到它，天地仍未醒來」
──自然書寫／文學的先行者

一九八二年，孤獨的旅行者劉克襄則開始他的踏查之旅。從澎湖測天島到大肚溪、大甲溪流域，劉克襄的《旅次札記》更像一本新型態的「遊記」（在國外很多自然書寫的經典作品，都以「journey」作爲書名）。就像繆爾翻越內華達山、波威爾走在大峽谷一樣，這種遊記與其說在描寫風光，不如說是在進行著一種動態自然觀察。

作者在這部作品中已採取了一種融合自然史、觀察記錄、感性表達的敘述策略，但由於與馬以工等人面對的是同樣的時代，其中也不

乏控訴環境污染（如布拉哥號擱淺）的議題。但基本上，本書更重視鳥類生態、以及重訪曾經踏過同樣路途的博物學者的足跡。直到一九八五年劉克襄再出版《隨鳥走天涯》之前，這種書寫風格尚無追隨者。我以為原因有二：一是生態觀察的能力需要長時間培養，並無法輕易就緒。在那個生態觀察尚未蔚為風氣的時代，自然追隨者少。第二，當要把觀察的所得書寫出來時，單純的記錄書寫雖繁瑣但不困難，但要成為一篇「文章」卻不是那麼容易。劉克襄的詩人本質卻使他能結合兩者而不相扞格。

　　《旅次札記》的〈划船看鷹〉中曾有這樣一段敘述，我以為可引為這部台灣自然書寫史上極重要的啟蒙作品的隱喻：「我回頭看上來的路時，一隻鷹已從峽谷的森林展翅出巡，朝仍然灰黑的湖心撲去。除了我們注意到牠，天地萬物仍未醒來。」（1982:60）

3、「掙脫羈繫著我那麼長久的機栝」
──簡樸生活的實踐

　　陳冠學、粟耘、孟東籬、區紀復的作品，有繼承自中國田園文學中對自然美之歌頌與寫景抒志的部分，但也有著本質上的不同。他們不僅為了心靈解脫的啟悟，而選擇僻居的田園生活。這種田園生活不是離群獨居，而是受過高等教育的知識份子選擇類似農耕或自給自足的生活方式。他們亦肯定其他生命有靈性及內具價值，像梭羅一樣展現部分「抗衡文化」，批判現代文明的負面價值，並自願過簡樸生活，選擇「另一條道路」（alternative）。他們不是農民，較近於具環境意識的現代隱者。

　　《田園之秋》（1983-1985）是這系統類型裡在文學中被評價最高的作品。陳冠學在這部作品中以日誌（journal）的形式，呈現了一部「詩農」的田園記事。但日誌為虛，與其說作者是以農民的眼光看待

萬物,不如說是一個詩人去發現一般農民無法在田園勞動中曉悟的美感。書中涉及的生態知識並非傾向自然科學性的,而是傾向生活性的,而作者認為一切萬物皆為造物主為「人」而造,「花是為人開,鳥是為人叫」。葉石濤先生將其與法布爾的《昆蟲記》比擬並不準確,因為作者並非為了理解這些生物的生活方式而進行觀察記錄,他只是想記下生活感悟,或視為田園生活回憶的重要的一環而已。書中另一特色是作者傳述了他對「小國寡民」、「無政府」的理想,以及對都市文明的質疑。

包括粟耘《空山雲影》(1984)、孟東籬《濱海茅屋札記》(1985),這類型作品在土地倫理的概念上與思維皆未完全走出中國傳統田園文學的範疇,至多是因其面對現代工業社會的負面價值,而產生了不同的對應。作者有時以生態知識為根柢,但在觀察較著重趣味性或自我的哲思,而非生態性的探究。

這類型作品的核心要旨借用一句陳冠學的話,就是「掙脫羈繫著那麼久的機栝」(1994:104)這機栝指的正是高度經濟發展、工業化所造出的都市文明。「反文明」的抽象概念下,致使這個系統的書寫,常與老莊哲學有近似的旨趣。

(二)、逐步演化出多樣性 (1986-1995)

一九八五年一月,台中縣大里鄉及太平鄉鄉民,成立了第一個民間對抗公害的「吾愛吾村公害防衛會」。同月,南投鹿谷當地學校老師發動成立「清水溪魚蝦榮生會」。隔年,鹿港反杜邦運動開始,他們發行刊物,採取長期抗爭,並且對鄉親進行「自我教育」。這兩個重要的環境事件突顯出的現象是,環境議題的主導力量,由知識份子為主的時代,已轉化為一般民眾的主動參與。一九八七年政府宣布解嚴,台灣地區在社會、媒體、文化、教育各方面,才真正逐漸進入了

自由開放的時代。

一九八六年初版了一本陳煌所編的自然書寫的選集《我們不能再沉默》。就如書名所提，所收錄的文章除了陳冠學與劉克襄以外的篇章，幾乎都有著「資源保護論」的調性。部分文章（如蕭蕭、奚淞），則嫌流於濫情，這恰可看出真正投入觀察的寫作者與純粹是對該議題感興趣的文學家，在寫作時的異質性。基本上這部選本呈現的是上一個時期自然／環境的書寫面貌，其實仍是以《我們只有一個地球》為本的反污染、反破壞的立場。相對的，生態知識的元素則稍嫌貧乏。但經過上一個時期聲嘶力竭地呼籲，自然書寫其實較像一片開放的野地，已蓄勢呈現紛繁的多樣性。

1、「一個河口海灣忠實的守望者」
──生態資料的深度爬梳

一九八六年另一本重要的著作，則是洪素麗的《守望的魚》。

基本上《守望的魚》描寫了許多非本土生物，甚至不是自己觀察過的生物，部分文章平鋪直述其他科學家研究的成果，讀來較乏文學想像，也缺乏科學家撰寫自然書寫時的深入。[5]但書中出現了如〈早春岸鳥〉這種糅合了觀察、生態知識，與感性筆觸的佳構。知性材料經過洪素麗綿密的柔性筆鋒潤澤後，感性發抒往往透顯出一種深度的魅力。此外，過去環境議題報導者也常以女性書寫者為主，她們過度抒情而近乎濫情的筆法被揚棄，取而代之的是冷靜觀察後的乾淨的書寫風格，反而更能呈現出自然運作時的和諧與詩意。除了「悲憤」、「不安」與「控訴」之外，洪素麗更強調「守望」。而在西方「賞鳥」一

---

[5] 北極相關文章在本書中不是作者觀察所得，而是借助資料彙整：「我翻遍了能找到的有關北極的資料，我的疑問得到些許的解答；整理出如上的文章出來後，也約略知道了候鳥的一些秘密了。」（A，洪素麗，1986:60）

詞,正是「watch birds」。Watch 翻譯為「賞」實為不當,這個詞實具有觀察、守望、守護的複義性。

一九八九年的《海、風、雨》仍有許多依參考資料想像鋪排而成的「非學術性的鳥生活的描述」(洪素麗,1989:96),但本書以海岸、風林、雨林等生態環境為描寫起點,頗具有藉書寫呈現出繁複生態的企圖。書中描述國外的賞鳥經驗(如加拿大鳥島),對本地的生態旅遊發展也有啟發作用。

一九九二年的《綠色本命山》是洪素麗自然書寫的成熟之作,擺脫了倚靠資料「不在場」的窘境,洪素麗在玉山的自然體驗,透過科學性資料、知識與作者的感性文筆交融,是上個世紀自然書寫中最具典範性的作品之一。

2、「不斷從各種不同角度出擊,讓這個社會無法逃避」
──環境議題報導的延續

與馬以工、韓韓、心岱相同,楊憲宏的報導也充滿著悲憤,但相較之下,少了不安,且具有強烈議論性的行文風格。基本上《走過傷心地》(1986)與《受傷的土地》(1987)以及之後類似題材的書寫,都是面對「日積月累的公害見證」(楊憲宏,1987:1)。只是時代不同,面對的環境問題也不同。

楊憲宏基本上是持著一個旁觀記錄者的態度,他的文筆較馬以工、韓韓、心岱等人樸實,表述時有較好的感情約制。這其實是楊憲宏本人的自我期許:「幾年來,在公害地走踏的經驗,我充其量只當個見證人,我只是一個寫手,把我看到的告訴人們,告訴那些我不認識的眾人……」(1989:10)他面對報導對象時投入的時間較長,能針對問題點提出看法與議論,這些書寫雖沒有為報導書寫再闢新境,但相較之下也算是前一時期的深化。尤其部分文章開始對報導行為有了

自我反省。此外，馬以工在這一時期仍出版了《一步也不讓》（1987），但未如《我們只有一個地球》那般受注目。林美挪的報導，則與楊憲宏重複性較高，並未再開新境。

3、「好像完成了一部台灣史詩！」
——自然史的鑽研

　　經過前一時期的孤獨旅行與觀察，劉克襄在《消失中的亞熱帶》（1986）中對其它類型的自然書寫作了一番反省，而後投入自然史資料的梳理。在經過長時間的野外觀察後，作者回過頭來進行另一種自然史縱深的探究。雖說在學院中已不乏這些研究，劉克襄的《台灣鳥類研究開拓史》（1989）可能更象徵著作者的自我要求——一個觀察者基本能力的歷練，才可能走上博物學者的道路。劉克襄自言完成這部書後，覺得好像完成了一部台灣史詩，（劉克襄，1989:20）事實上可能只完成了史的部分，這部書並不算「史」與「詩」結合的範例。接下來的《後山探險》（1992）與《深入陌生地》（1993）等作品也不脫這樣的困境。

　　吳永華的書寫也是「史」的，而不是「詩」的。從《群鳥飛躍到蘭陽》（1993）、《守著蘭陽守著鳥》（1994）開始，吳永華的筆觸其實從來沒有跨出「史」的範疇，以條目分明的方式來從事生態記錄。最終吳永華走向一個素民的自然史治學者，反而在鑽研日據時代自然史與區域自然史上做出了貢獻，為自然史的研究開拓了「後山書寫」的領域。東部不再只是簡樸生活者實踐的「農場」，從吳永華的筆下，讀者發現了一個充滿歷史感的自然空間。值得注意的是，這種由業餘觀察者、研究者所撰寫的自然／環境史，對知識的普及有極大的貢獻，在九〇年代之後，逐漸由專業學者執筆，形成很重要的書寫類型。

　　楊南郡的古道書寫就是從《與子偕行》（與徐如林合著，1993）

那種介於散文、報導與研究報告之間的文體，逐步傾向具專業性的研究報告。包括《尋訪月亮的腳印》（1996）、《台灣百年前的足跡》（1996）到近年對日據時代博物學者的傳記譯作、研究，楊南郡的自然史梳理，已成爲學院內與學院外一般大眾能共享的自然史學佳構。行文雖時而真情流感，但在文學上的價值，並不及環境史學上的成就。

4、「一個跟我永遠說再見的美麗舊景」
──荒野價值的再發現

因具有記者的身分，徐仁修選擇長時間與荒野相處，同時也遠赴國外向其它原住民學習「與大自然和諧相處之道」。（1991:127）徐仁修的書寫在自然書寫史上的意義是，他是早期嘗試結合攝影進行一種「影文」同步呈現生物生活史的自然作者。一九八四年三月，他就曾在大安溪口北側的木麻黃樹林，雇工建觀察台，與鷺鷥同住兩個多月進行攝影。他的鏡頭裡總是呈現出荒野「美」的特質，而這個美的擷取卻又從他身歷險境，攀爬深山，甚至是等待數月的辛苦換取來的。可以說，從徐仁修的作品裡，讀者開始初步理解了「土地美學」（land aesthetic）裡同時具有的美與險惡的成份。其次是他的作品常在傷逝這些美的景物與生物的消失，這或許是他日後成立荒野保護協會的肇因。

與之前「資源保育論」式的環境議題報導不同，徐仁修所抓住的美感，所傷逝的生命常常是一般人「看不見」的。不像紅樹林、海岸線那麼顯明，在他筆下消失的是一莖九華的蘭花、是長臂金龜、是水雉……。這意味著，台灣的自然書寫者已從近身的關注對象，深入到一般人極少接觸的荒野境域。易言之，這些生命是否存在，在「利益」爲考量的關係上更疏遠，就更必須有適當相對應的環境倫理觀來支持（如動物權，或生物中心主義）作者的「呼籲」。

這樣的書寫風格，徐仁修持續到一九九三年出版的包括海外探險的系列著作，這段時間他深入雨林、東南亞叢林探險，樹立台灣探險文學的典範。但要到下一個階段，他書寫中的環境倫理觀才逐漸清晰。

5、「自主性的文化不能欠缺來自后土的根本祝福」
——環境倫理的深層思考

儘管陳煌、王家祥都提及過「土地倫理」，但我認為陳玉峰才是真正建立了某種型態環境倫理的台灣自然書寫者。

陳玉峰教授是一位專業的學者，《台灣綠色傳奇》（1991）、《土地的苦戀》（1994）中，對生態環境遠勝一般業餘觀察者的理解，加上他獨樹一格的語法，成就日後他寫作的特定風格。陳玉峰在《台灣綠色傳奇》就提出「台灣的綠色資源也是穩定人心的無形動力，它是台灣子民的精神寄託象徵之一，也是形成台灣文化的歷史成分」這樣的說法，已提出將自然視為人文世界的根本成分的看法。（1991:64-5）但陳玉峰這種建立新環境倫理的意圖，還必須要延續到下一時期的書寫，才有較明顯的呈現。

雖然與環境議題報導同樣著眼於「環境議題」，陳玉峰的作品更重視議題的解決方案與反省，而不單單只是「報導」。另一方面，他對台灣森林產業的針砭，皆是建立在其長期的研究之上，是故往往能確實剖出問題的核心，同時讓讀者有閱讀上的信賴感，擺脫了過去面對環境議題時單以道德呼籲的窘境。

6、「自然本身是一種宗教，也是一門哲學」
——城市與荒野相容的可能性

王家祥的《文明荒野》（1990），提出在都市中留存野地，思考都市文明與自然生活並存的可能性。這部書在自然書寫史上的意義是，

當多數人不可能且不願意過「簡樸生活」時，人要如何在都市文明中與荒野共處？這是王家祥所信奉的自然與學習到的哲學，他日後因此投入高雄柴山公園的實踐，為狹密又高度都市化的台灣，提供一種從都市本質改善起的方向。

與徐仁修的荒野實踐場域不同，王家祥的自然觀察通常較限於城市，或城市邊緣的荒野地帶。王家祥也不像徐仁修常投身進行一整年，或數年間的長程專業觀察，而比較像一個游離於城市荒野之間的修行者。是故王家祥出現的最大意義是，把自觀察者筆下「遙遠」的場景重新拉回都市人可及之處的「城市荒野」。

《自然禱告者》（1992）除了提出野鳥自然公園的呼籲外，在文字與觀念上則皆不見進展，可以說王家祥的自然書寫直到一九九七年的《四季的聲音》都如出一轍。他創作中較有特色也較成功的反而是一系列糅合原住民神話、民間傳說與歷史的小說，這部分的作品也深具環境意識，可以視為廣義自然文學的一種類型。

7、社區環境意識的深化

《柴山主義》（1993）這本集體創作的書呈現出一種新的「社區意識」。這是由知識份子帶領，社區居民參與，共同保護環境、討論新觀念、並積極實踐的環境運動。書中探討了自然公園的概念、演講記實、以及對柴山自然環境的描寫及評論性的文章。等於是由複數的視角，多面相地觀察了柴山以及自身所處的環境。

這部書在整個自然書寫史上的意義是，過去環境議題淺碟式的報導模式，轉為確實長期互動且深化為地方文化脈絡的集體書寫。不再是由外來的知識份子為弱勢民眾發聲，而是當地居民自動地想創造一個合理的生活環境。其中陳玉峰所撰寫的〈他們愛柴山的心情我知道〉，提出生態學者對柴山價值的觀察，具有很高的參考價值。

除了這七種型態（其中第二型是第一階段第一型的延續，第四、六兩型，二、五兩型彼此之間亦有相關），陳冠學的《訪草》、粟耘的一系列作品，仍不脫前期色彩，或者說與前作在本質上幾乎完全沒有差別。此外，陳煌的《人鳥之間》（1988, 1989）曾獲得文學界的高度評價。以文學性而言，《人》以童話般的譬喻與擬人化創造出想像空間，確然傑出，但我有幾個理由認為這部作品當初被過度評價，且應重新考慮這部書在台灣自然書寫史中，在文學技巧上，與環境倫理觀的開拓意義。首先是有數個句式，在對照《沙郡年記》的早期譯本《砂地郡曆志》後，發現高度的相似性。其次，作者對生態知識的吸取顯然不甚積極，生態描述的真實性也啟人疑竇。因此，我認為過去研究者所賦予這本書在自然書寫史上的「典範」地位是值得商榷的。[6]

（三）、建立新倫理的摸索（1995-2000）

九〇年代以後，環境的保護意識基本上已成為整個社會皆能接受的「正面價值」。這時政府在推動任何有關環境的重大建設時（如美濃水庫、核四），已不再像過去採獨斷速裁的方式，或與民間處於絕對對立的立場。不過政府仍是這些重大工程的推動者，只是從以往的行政獨裁，轉為較柔性的政策說服者，而民間也蓄積了較充足的力量與行政機器對抗。

這個時期的焦點不在環境運動，而是逐漸興起的「生態旅遊」風氣。十八、九世紀博物學者的旅行，觀察者的觀察旅程，或可稱為素樸的生態旅行。但在一九八三年西方提出生態旅遊（ecotourism）這樣的名詞時，除了指涉「一種負責任的旅行，顧及保育，並維護地方住民的福利」外，其實也說明了「生態旅遊」涉及了商業行為。而根據

---

[6] 請參考《與書寫解放自然》第五章的相關論述。

施密斯（Valence Smith）的說法，生態旅遊應包含了「人種之旅」、「文化之旅」、「歷史之旅」、「環保之旅」、「休憩之旅」（1993:83）。

生態旅遊的形成與自然導覽手冊的普遍化有密切相關，台灣直到一九九〇年以後，綜合實用性與資訊性的導覽手冊才逐漸出現，故也直接刺激了生態旅遊的蓬勃。雖然過去並非沒有圖鑑出版，但以往這些出版品的出版者通常是農委會、國家公園等政府單位，或不易在書市中購買到，而版面與版本的設計也不利一般民眾的攜帶與閱讀。劉克襄在〈九〇年代台灣生態旅遊指南的趨勢〉中將自然導覽的發展分為三個時期，第一時期由一九九〇年至一九九四年左右，第二時期則以一九九五年為主，晚期則是從一九九七年開始。（劉克襄，2000）而第二時期即是生態旅遊深化的開始。

由於人與自然的互動模式在生態旅遊後產生了質變，過去以「依靠土地生活」的認識方式，現在變成「嗜好與閒暇活動」的認識方式。我認為，這個時期的出現，更應該重新思考人與自然的環境倫理關係，否則勢將把人與自然的關係帶入另一層次消費自然的文化。過去以不顧自然的崩毀而強調發展所造成的傷害，今後可能會轉變為將自然視為消費對象的另一種「消費者與被消費者」的宰制。

1、「幾近科學記錄的敘述，反而離文學的本質較遠了」
——區域生態圈觀察的書寫

一九九五年的「小綠山系列」是劉克襄作品的另一個轉折，這部在質與量上皆堪稱巨構的長期觀察書寫，為作者所謂「區域自然志」的書寫樹立典範。由於書中所觀察的對象廣博，已不再是之前單一物種的觀察模式，因此我將其觀察模式稱之為「區域生態圈觀察」。

書中展現了作者多年的自然觀察，逐步累積出自身博識的能量，更重要的是這部作品展示了一種不是到險山異地尋找珍奇生物，而是

親切的觀察模式,與王家祥都市荒野的理念相近。但這部作品也同時顯露了作者爲科學語言與文學表述之間權衡時的焦慮。

此外,這種型態的書寫顯示出一種新的環境倫理觀點,那就是人與自然的親密程度,是在人的主動性上。而在「家中的窗口就能觀察」的模式,則隱隱存有自然能重回都市的期待。

2、「大地與季節的馴良,各種植物皆在法則之中」
──女性自然書寫的再深化

與前一時期洪素麗強調冷靜的觀察不同,凌拂、陳月霞的筆觸含情,且文字極度感性。但這感性並非是回到韓韓時代的濫情,反倒是在投入自然觀察後,展現出女性的細膩觀點與柔性文風。

凌拂的《食野之苹》(1995)充滿了想像力的延伸與女性作者特有的細緻筆觸,作者的比喻、聯想往往源於中國文學的植物書寫重要傳統──《詩經》上頭。這使得這部作品別具風味。加上作者所繪插圖的視覺互補,與植物知識的旁注,讀者既能感受到足堪反覆詠吟的文字魅力,也能獲得知識上的滿足感,是一部具有特色的作品,書中的手繪也有很高的專業水準與風格化的呈現。

陳月霞的《大地有情:台灣植物的四季》(1995)與《童話植物──台灣植物的四季》則是攝影與文字結合的書寫。基本上陳月霞的文字並非非常出色,但微距取景的攝影風格頗見特色。

具有國家公園解說員身份的杜虹,在作品中含有更豐富的自然元素,更能將知性材料與感性發抒拿捏至一個平衡點。在這些女性作者的筆下,可以讀到一種舒緩,循著某種規律運行的自然。

3、「牠的眼神裡沒有挑釁、沒有侵略、沒有狡猂粗暴」
──從求生走向護生

　　廖鴻基的早期作品（如《討海人》）呈顯了一種原始的、搏鬥式的、人與自然間的相處模式。那種看似敵對、血淋淋的鬥爭中其實已具有某種「自然律」的啓悟。讓我想起海恩斯（John Haines，b.1924）在阿拉斯加生活的回憶，透顯著自然運行、鬥爭與美感的詩意文字。這些作品廖鴻基的角色是討海人，是在大自然裡的求生者，因此就像農民尊重土地、獵人尊重山一樣，對海存有一種類宗教性的情感。

　　《鯨生鯨世》（1997）是廖鴻基在角色轉換（從漁夫轉爲鯨豚保護者）後的代表作，這部書不僅具有某種象徵意涵，也是台灣自然書寫少見將影像元素與文字元素高度結合的精緻作品。廖鴻基從一個靠海求生的漁民，轉變爲保護海洋生靈的角色。從這個階段開始，廖鴻基筆下的「自然律」似乎改變了，所描寫的情狀不再是血肉迸發，非生即死的鬥爭，反而有一種與自然爲友的愜意。這種角色的轉變也似乎暗示著，人與自然的對立或和諧的轉換，人有主動性的決定權。

　　除上述各類型外，上個階段中提到的，具有社區意識的環境資源保護者的著作仍持續出現：《南台灣綠色革命》（1996）、《被喚醒的河流》（2000）、《留下一片森林》（2001）等。這些作品很難以文學價值衡量，它們主要扮演的角色，是與各地域環境變化共振的一種呈現方式，我稱之爲環境變化過程中的「民間觀點」、「民間記錄」，是焦點並不放在文學表達的環境書寫。

　　第三階段的作者，除了洪素麗以外多半還在持續書寫。陳玉峰的「隔代教育」與台灣式的土地倫理，在《展讀大坑天書》（1997）做了初步實踐。在這部作品中，自然觀察、感性抒發、學術性研究，倫理上的討論交錯其中，我認爲是陳玉峰近期最具代表性的作品。徐仁修的觀察記錄或有新作，或重新出版，造成一股風潮。尤其創立的「荒野保護協會」已成爲國內會員最多的保育團體，形成有別於社區意識的實踐模式，對自然知識的普及化有相當的貢獻。而徐仁修這時期的

作品雖然並無明顯的，但較具代表性的應是《思源埡口歲時記》，作者以四季為軸，描寫了思源埡口四時變動的風貌。

（四）、專業化、細膩化、分眾化的傾向已形成（2001-）

相對於九〇後出現的自然書寫者，劉克襄、徐仁修這些早在七〇年代晚期就出現的台灣自然書寫前行者都曾提過，在他們那個時代要進行業餘性的自然觀察相對困難得多。最主要的原因是，二十年前台灣自然科學的「通俗著作」並不蓬勃，圖鑑尤其缺乏，而且重要圖鑑的作者多半是日本學者。易言之，當時自然科學知識在社會上的普及性與話題性皆不足。時至今日，自然科學的普及讀物已是台灣書市上極重要的出版品，許多重要的出版社都開闢了相關書系。這個現象又可以觀察兩個重點，一是台灣近十年來手冊式、固定導覽路線的圖鑑大量出現，這些在西方被稱為「導覽圖鑑」（field guide book）的出版物，使野外觀察的便利性，與一般民眾的閱讀接受度皆大幅提升，對推動生態觀光或一般生態團體的會員招募均有正面助益。其次，圖鑑的類型與題材都走向精緻化與細膩化。圖鑑的精緻化包括內容的準確性，與引導一般讀者成為業餘愛好者的書寫技巧。細膩化則又有兩個現象出現：一、本地作者所創作的手繪圖鑑漸漸出現，這意味著高成本的出版在台灣已不成問題[7]，圖鑑出版要求的是「特殊性」。二、業餘觀察者「分眾化」、「深入化」的趨勢已逐漸形成。比方說在過去鞘翅目下的天牛科昆蟲通常只是《昆蟲圖鑑》中的幾頁而已，現在顯然

---

[7] 一般來說，手繪圖鑑要比攝影圖鑑來得費時費工，因為手繪就需要大量的生態攝影照片輔助。此外，出版社的版權費付出，手繪圖一般也要比攝影圖來得更昂貴，一張顏色、細部均準確的手繪圖，版權費往往極高。最近台灣的手繪圖鑑，個人認為最精緻且具有代表性的為資深賞鳥人蔡錦文所繪著的《雁鴨》（2005，台北：商周）。

市場已經需要更準確、完整的天牛專屬圖鑑，於是《台灣天牛圖鑑》（周文一，2004，台北：貓頭鷹）才有了出版空間。又比方說像《鳥羽》（祁偉廉，2006，台北：商周）這樣以展示各種鳥類羽毛的圖鑑，則是在各類型「鳥類圖鑑」接近完備之後，才會出現需求的特殊圖鑑類型。當然，相較於日本或歐洲尚有「哺乳類足跡圖鑑」、「鳥類鳴聲大鑑」之類更細膩的圖鑑，台灣的圖鑑出版還有發展空間，我們也可以從市場的角度說概略性的圖鑑已達出版飽合，因此必須轉向策書這類圖鑑的出版。但無論如何，這已可看出近十年來台灣自然科學最基礎的普及讀物—圖鑑，與二十年前貧乏的出版質、量已大不相同。

其次，西方生態學的研究促成了環境倫理思考的逐漸深刻化，經翻譯或生態團體的介紹後影響了社會觀感。科學家自從逐步揭露人類與自然環境深刻的依存關係後，環境倫理學家從「人類中心主義」[8]、資源保育論（resource conservation），到「反人類中心主義」（anti-anthropocentrism）的荒野保存（wilderness preservation）、深層生態學（deep ecology）、動物解放（animal liberation）、動物權利（animal rights）論，演化爲生物中心主義（biocentrism）、生態中心主義（eco-centrism），乃至於土地倫理（land ethics）等等概念，已將人類與生物、無生物共同生存的「環境倫理觀」（environmental ethics）的討論推衍至相當繁複的思考層次。而文學創作本身就是一種「思考」

---

[8] 基本上關於「人類中心主義」的命題即相當複雜。根據許多不同條件下所說的人類中心主義意義並不同。可參考諾頓（Bryan G. Norton）"Environmental Ethics and Weak Anthropocentrism" 一文。（收於 Richard G. Botzler 所編的 *Environmental Ethics* 一書，1998）。本文對人類中心主義的定義爲「規範性的人類中心主義」（normative anthropocentrism）。意即主張人類在道德上僅考慮人類的利益，因此，對人類有利是唯一的道德考量。且人類在價值上優於其它萬物，且僅有人類具有內在價值與道德判斷。本文提及人類中心主義，概指此義。

與「想像」，生態觀與環境倫理觀的演化，對自然書寫者觸及相關議題的深度，起了相當程度的推動作用，書寫者的行文深度當然也就大不相同。

第三，七〇年代後期台灣自然書寫初發之際，台灣的環境議題還未形成一種社會議題，甚至可以說，當時的自然書寫也是觸發環境議題成為公共議題的重要推動力量之一。但時至今日（二〇〇六），我們可以從許多政策與社會活動看到環境議題在台灣的「顯題化」。比方說四月台灣將全面實施垃圾分類，今年更在雲林斗六舉行了第一次音樂與「反湖山水庫運動」結合的「保護八色鳥棲地演唱會」，我舉這兩個分別由官方、民間推動的活動，是為了說明了台灣社會中的環境意識大致已趨向認同維護健康生態環境為正面價值（甚至是一種正面的「道德價值」），而不像二十年前一概被污名化為「反經濟發展」的「異端」活動。我認為當環境運動已轉為正面價值時，書寫者「呼口號」的寫作方式便不太容易引起共鳴（因為議題不再具有話題性），勢必要朝向更深刻的內涵書寫，引領讀者進行不同層次的思考。因此，文學、哲學、自然科學更深刻地在書寫中結合，為文學性自然書寫無形中設定了一個更高標準的門檻。文學作家在嘗試書寫自然的同時，勢必要以不同於過去「感性書寫」的模式出發。

緣於這些出版現象、自然科學研究、社會環境變化的「趨向性」，我想試以幾部二〇〇〇年後的文本，來說明這些趨向性與創作間的相互關係。

1、「他是一位將科學藝術化的實踐家」
——專業性但普及化的自然書寫

除了圖鑑出版的大幅增長，與過去台灣科普著作多為翻譯的狀況不同，在近幾年間，台灣本地科普著作的出版亦已漸漸增多且優質。

二〇〇三年，台大動物所碩士黃美秀的《黑熊手記》（台北：商周）
出版，這本被稱為「台灣第一部本土生態研究札記」的著作，記錄了
作者在深山追蹤台灣黑熊超過一年半時間的生活，在那個過程中與研
究團體合作捕捉、繫放了十五隻台灣黑熊。最重要的是，該書與一般
艱澀的專業讀物不同，它用極具故事性的流暢文筆表達出來。由於其
文字的故事性與感染力，明尼蘇達大學教授大衛・賈塞利斯教授因此
稱這本書「為黑熊創造值得尊敬的聲音」。而台大昆蟲系名譽教授朱
耀沂博士最近除了出版《台灣昆蟲學史話》這部巨作，也寫了一系列
給一般讀者閱讀的昆蟲生態相關作品[9]，這些著作不再冷僻艱深，而
往往是在介紹生態的同時，也潛藏了一些更成熟的環境倫理觀，這些
倫理觀來自對科學的了解，而不是純粹的「溫情主義」，而且對一般
讀者而言，這類型著作的影響力往往比冷冰冰的學術論著更大。二〇
〇六年，資深的植物學家、昆蟲學家李淳陽改寫自己一生的昆蟲觀察
出版了《李淳陽昆蟲記》，這不但是一本通俗的生態觀察記錄，在昆
蟲學上的成就也受學界肯定。

　　過去台灣自然書寫者雖然有相當的成績出現，但在文學界的評價
與生物界的評價並不一致：被文學界高度評價的自然書寫者，未必在
自然科學界也受到同樣的高度評價，另一方面，台灣自然書寫者出身
自然學科的作者相當有限，生物學家能寫出一部既專業，又能為一般
讀者接受的著作是相當不容易的事。這些由知名生物學者、科學家執
筆的著作，將是未來研究台灣自然導向文學必須面對的重要課題，因
為在西方經典的自然書寫作品，多半都是在生物或生態學界赫赫有名
的學者。如法布爾（Jean-Henri Fabre, 1823-1915）是昆蟲學大師、李奧

---

[9] 如其於二〇〇五年在玉山社出版的《昆蟲聊天室》、《昆蟲雜貨店》、
《黑道昆蟲記〔上〕》、《黑道昆蟲記〔下〕》、《午茶昆蟲學》等一
系列作品，都是既專業又能為一般讀者接受的著作。

波（Aldo Leopold, 1887-1943）被稱爲環境倫理學之父、卡森女士（Rachel L. Carson, 1907-1964）則是海洋生物學家，威爾森（Edward O. Wilson, 1929-）則是螞蟻專家。這些著作在文學性的表述上也非常精彩，部分的作品甚至超過散文作家的文字水準，而被視爲文學經典。台灣由專家執筆科普讀物的趨勢已經形成，未來當會漸漸出現更多典範性的著作，正如《昆蟲知己李淳陽》一書裡引到《李淳陽記事》影片裡的一段話，這些作者都是「將科學藝術化的實踐家」。（莊展鵬，2005：306）

2、「我是為了我自己而來」
——更具説服力的簡樸生活

　　生態觀的成熟，則使得陳冠學、孟東籬一類簡樸生活文學有了再深化的趨向。這些作者除了積極性地展示簡樸生活的可行性，甚至帶進科學研究的觀念來引導簡樸生活的行爲，並讓這種生活在社會上產生正面積極的意義。比方說生態團體推動或展現「綠建築」、「綠生活」（泛指節能、低耗的生活型態），已成爲一種既有理念又有做法的新姿態，這遠比鼓勵人們放棄都市生活隱居要有效且合理得多。

　　上個世紀八〇年代陳、孟等人的簡樸生活文學，曾展示了一種「自願貧窮式」的生活型態，而打動了無數讀者。在他們的行文中，不但沒有「怨貧」、「苦貧」的懊惱，反而表達出心靈上的自適與安慰。雖然在基本態度上，二〇〇四年阿寶出版的《女農討山誌》看來與陳、孟兩人差不多，但在做法上卻有很大差異。阿寶不但承繼了這類型書寫的「思考姿態」，更進一步以實際行動對抗台灣環境的惡化。她以女性的身分獨立「討山」，對舉債、農事學習、收穫、出售……等等過程進行詳實的記錄，進而探討台灣高海拔山區的開發問題。阿寶認爲：「一生中要有一段日子，流汗低頭向土地索食，生命的過程才算完整。」（2004：29）除開某種「理想」的深化，在《女》書中阿寶

也記錄鳥種，而最令我印象深刻的是作者寫出她耕種過程中不斷嘗試尋找比較不讓吃果樹的昆蟲痛苦死亡的「對抗」方式，讀來令人動容。應該說，阿寶不只有「理念」，還有「知識」，這種寫作姿態使得簡樸生活文學找到一條新路，這條新路不只是感性抒發，而是理性思辯再加上知識輔助後對環境的理解；不是一種「閒適」的姿態，而是面對環境崩壞的積極建議。

3、「有時候我走入森林，感覺好像踏入某種故事的疆界」 ——觀察也可以抒情

第三種嘗試是自然書寫經過較制式、枯燥的記錄性文字後，再次出現強化自然書寫文學性的作品。在觀察西方自然書寫經典作品的經驗中，我發現即便是科學著作多半都具有相當高度的文學性，若作者本身非自然科學家或博物學家，則更會一面積極接觸自然知識，一面則用自身的文學專長處理、消化議題，形塑出獨特的寫作姿態。如迪勒女士（Annie Dillard, 1945-）以詩人的姿態寫作《汀克溪畔的朝聖者》（*Pilgrim at Tinker Creek*, 1975），或台灣最近譯出的《現世》（*For the Time Being*, 2000）[10]，作者既在書寫中展示了專業自然生態知識與深入、廣博的人文、歷史閱讀，並且在寫作時不採孤立的散篇集結成書，而是將一部書的各篇結合成一部整體作品，呈現出嚴謹的結構性，彷彿一本書就像一個完整的生態圈。這種寫作模式作者必須對一個議題或一個區域進行較深度的觀察與了解，我認為在台灣過去只有劉克襄

---

[10] 這部作品的寫法是全書分為七個章，每章都有十個相同的小標題，讀者因此可以循標題將七章同標題的文字一併閱讀，或循原本的章節順序閱讀。最特別的是每個小標題似乎都隱涵了其它標題的內容。這部作品比較不像過去學者認定的自然書寫，但書中 Annie Dillard 仍展示了她豐富的生態知識，與其宗教（或說超越宗教）的思考連貫起來，形成非常獨特的散文風格。

有較高的完成度。筆者於二○○四年出版的《蝶道》，也是嘗試以這樣的概念進行創作。很尷尬的是這個類型迫使我必須「自我論述」，我一向認為批評者不宜自評，因此在這裡僅舉出一個客觀觀察點來指出這種書寫傾向，而不作評價。該書在獲得當年中國時報年度好書時，被認為可同時列於自然科學與文學類型評審，說明了這類型書寫的態度即是要進一步融合兩者的界線，以提舉出一種介於科學態度與文學想像的結合姿態。其融合的方式不是在一篇文章中呈現，而是以一系列的觀察互相呼應，因為自然界的現象通常不是「單一現象」，而是更複雜的「互見」，因此在寫法上，刻意從科學聯想到人文、歷史、自身經驗，甚至在概念上也有「跨篇聯結」的現象。

此外，台灣自然書寫最重要的作者劉克襄在近幾年的書寫，在我看來也有重回文學（或人文）本位的傾向，《迷路一天，在小鎮》（2002）、《大山下，遠離台三線》（2003）、《北台灣漫遊──不知名山徑指南》（2005），都呈現一種自然與人文並存的觀察姿態，已不再是「荒野至上」的激烈批判，呈現出溫厚、深刻的文學品質。我認為這種「人文姿態的自然導覽者」的書寫模式，也是非常值得注意的環境書寫新型態。

三、小 結：一個掠影、鳥瞰的觀察

在《以》書第三章「西方自然書寫史概述」中，我提及了佛特烈所繪製的「自然書寫的歷時觀點圖解」（diachronic view of nature writing）。或許我們也可以在此將之前所提及的「前史」，與當代台灣自然導向文學的書寫史聯繫起來，繪成下圖[11]：

---

[11] 此圖我在修改此文時已重繪，因此此圖已不限於呈現散文體的自然／環境書寫。

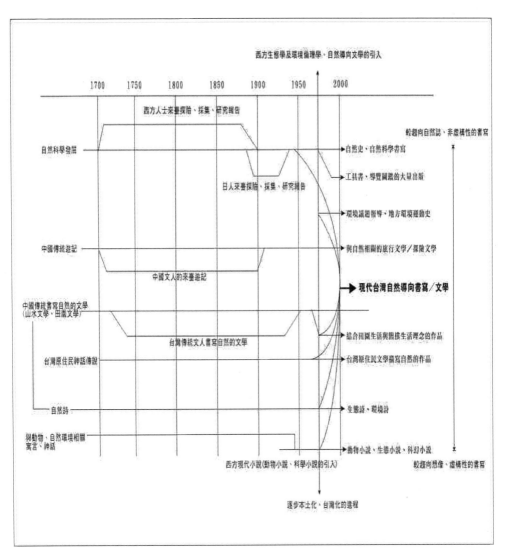

西方生態學及環境倫理學、自然導向文學的引入

| 1700 | 1750 | 1800 | 1850 | 1900 | 1950 | 2000 |

西方人士來臺探險、採集、研究報告

較趨向自然誌、非虛構性的書寫

自然科學發展 → 自然史、自然科學書寫

→ 工具書、導覽圖鑑的大量出版

日人來臺探險、採集、研究報告

→ 環境議題報導、地方環境運動史

中國傳統遊記 → 與自然相關的旅行文學／探險文學

中國文人的來臺遊記

→ **現代台灣自然導向書寫／文學**

中國傳統書寫自然的文學
(山水文學、田園文學)

台灣傳統文人書寫自然的文學

→ 結合田園生活與簡樸生活理念的作品

台灣原住民神話傳說 → 台灣原住民文學描寫自然的作品

自然詩 → 生態詩、環境詩

與動物、自然環境相關寓言、神話

→ 動物小說、生態小說、科幻小說

西方現代小說(動物小說、科學小說的引入)

較趨向想像、虛構性的書寫

逐步本土化、台灣化的進程

　　回顧已提及的自然書寫「前史」，傳統書寫自然的文學在一九八
〇年代以後因環境崩壞、西方思潮傳入等等因素而發生轉變，產生了
結合田園生活與簡樸生活理念的作品。而環境議題報導即是與現代媒

體發生密切關聯的書寫型態，對環境議題做出了反應。傳統的遊記，因環境的變遷而形成結合旅行與自然觀察的書寫，台灣也出現如徐仁修這種類似西方探險文學的典型（旅行文學且獨立發展出另一番風貌）。而透過十八、十九世紀西方與日本博物學家在本地的研究，除了有後繼研究者持續進行外，當代的寫作者接受了西方自然科學知識，並將其與生態學、自然史等化為本身的知識根柢，以文學語言創造出一種有別於傳統書寫自然的次文類。而由於自然科學研究已累積到一定能量，加上書市的推波助瀾，工具書與導覽手冊的出版蔚為風尚，直接推動了生態旅遊的蓬勃。這些基本類型，便組構成當代台灣自然／環境書寫前二十年發展的概貌。而在新世紀的開始，知識性自然讀物出版的蓬勃，以知識與實踐來展現另一種生活可能性的作品，以及強調抒情性與科學性結合的自然文學，又讓台灣自然／環境書寫轉向更細膩成熟的呈現。

　　當然，正如我在前文所說過的，本文只概述了其中散文體的部分，尚未將這幅圖譜的全貌作出完整的呈現，因此，這不過是一篇掠影式、鳥瞰式的文章。不過，從這篇鳥瞰式的粗淺文章中，或許讀者已發現到自然導向文學其實隱含著兩種典型書寫者看待自然的姿態。美國當代最知名的螞蟻專家，同時也是社會生物學家、自然書寫者的威爾森（E. O. Wilson）曾在《生物圈的未來》（*The Future of Life*）中，寫了一封信給梭羅。他對梭羅表達了敬意，也告知未真正成為博物學家的梭羅，現今的生態問題，不但要仔細傾聽心靈的聲音，還要借助所有可能的工具，理性地採取行動。他說或許在梭羅眼中，我們現在未必變得更智慧，因為對梭羅而言「野鴿子的晨間哀歌，青蛙劃破黎明水面的咯咯聲，就是挽救這片大地的真正理由。」而扮演現代生態專家的威爾森，則認為自己的角色是「要清楚掌握事實、它所隱含的意義，以及如何運用事實以達成最佳效果。」（2002:26）

　　前者是過去我們認爲文學家書寫自然的角色，後者則是科學家書寫自然的角色。但威爾森接著說，世上「共有兩種事實」，「你和我和其他願意接受這項大自然管理的人們，將兩者兼具。」這句話點出了現代自然書寫者追求的典範目標——兩者兼具：既傾聽野鴿子的聲音，也嘗試理性理解野鴿子的聲音。畢竟，現代文明所製造出來的問題，許多部分不是感性心靈所能解決的，更多科學所造成的問題，要靠科學解決。而我認爲，台灣自然書寫的創作者與研究者，或許都該朝這樣的方向走去。

【引用書目】

Armbruster, Karla & Wallace, Kathleen R.(ed.) 2001. "Introduction: Why Go Beyond Nature Writing, and Where To?", *Beyond Nature Writing: Expanding the Boundaries of Ecocriticism*, Charlottesville: U.P. of Virginia, pp.1-28

Finch, Robert & Elder, John (ed.) 2002. *Nature Writing: The Tradition in English*, 1st edition, W. W. Norton & Company

Lillard, Richard A. 1985. "The Nature Book in Action" in *Teaching Environmental Literature*, Frederick O. Waage ed., MLA, pp.35-44

Murphy, Patrick. 2000. *Farther Afield in the Study of Nature-Oriented Literature*. Charlottesville and London: University Press of Virginia

Norton, Bryan G. 1998."Environmental Ethics and Weak Anthropocentrism", *Environmental Ethics: Divergence and Convergence*, Richard G. Botzler and Susan J. Armstrong ed., 2nd edition, Boston: Mc Graw-Hill, pp.313 -315

Stewart, Frank. 1995. *A Natural History of Nature Writing*, Washington D.C.: Island Press.

Scheese, Don. 1996. *Nature Writing: The Pastoral Impulse in America*, New York: Twayne Publishers.

Wilson, Edward O. 2002。《生態圈的未來》，楊玉齡譯，台北：天下遠見，譯自 *The Future of Life.*

吳明益（2004）。《以書寫解放自然——台灣現代自然書寫的探索》，初版，台北：大安

吳明益（2004）。《蝶道》，初版，台北：二魚文化

阿　寶（2004）。《女農討山誌》，初版，台北：張老師

洪素麗（1989）。《海、風、雨》，初版，台北：聯經

徐仁修（1991）。《不要跟我說再見 台灣》，再版，台北：錦繡

莊展鵬（2005）。《昆蟲知己李淳陽》，初版，台北：遠流

陳玉峰（1991）。《台灣綠色傳奇》，初版，台北：張老師

陳冠學（1994）。《田園之秋》，重排版，台北：草根

黃美秀（2002）。《黑熊手記》，初版，台北：商周

楊銘塗（2003）。〈台灣自然導向文學與本土荒野保護〉，《世界文學——城市鄉土生態文學》夏季號，台北：麥田，2003 年 9 月，頁 8-28

楊憲宏（1987）。《受傷的土地》，再版，台北：圓神

楊憲宏（1989）。《公害政治學》，初版，台北：合志文化

韓韓・馬以工合著（1986）。《我們只有一個地球》，11 版，台北：九歌

劉克襄（1982）。《旅次札記》（又名《天空最後的英雄》），初版，台北：時報

劉克襄（1989）。《台灣鳥類研究開拓史（1840-1912）》，初版，台北：聯經

劉克襄（1996）。〈台灣的自然寫作初論〉，《聯合報》34 版，1996.01.04-05

劉克襄（2000）。〈90 年代台灣生態旅遊指南的趨勢〉，《淡江大學國際生態論述會議論文集》，2000 年 10 月，台北：淡江大學主辦，頁 182-196

作者按：本篇論文主要是以《以書寫解放自然》（2004）第六章爲主體，但收錄時因我近幾年對生態批評的想法已和論文寫作當時的想法不盡相同，因此加入了一些在這幾年論述中逐步思考的修正觀點，將會以一系列論述完整呈現。此外，此篇論文原稿完成時間爲 2002 年，因此原文只討論至 2000 年，故本文最後一段加入近幾年的觀察，此部分的完整版爲〈理解自然的新道路──試談台灣自然導向文學的演化〉，刊登於《華文文學學報雙月刊》上（汕頭大學，第三期，2006 年 6 月）。此外，因生態批評其實相當廣泛，這只是一篇自然導向文學的「局部」論述，過去或有學者因片面閱讀該書的單章論述而有誤讀的情況，請引用者特別注意本文提到「暫不討論」的部分及修正的部分。

胡錦媛

政治大學英文系副教授

台灣當代旅行文學

在〈論民初的遊記〉一文中,作家余光中開宗明義指陳說:「山水遊記的成就,清人不如明人,民國初年的作家更不如清。……在觀光成為『事業』的現代,照理遊記應該眼界一寬,佳作更多才對。實際卻不然」。至於其原因,余光中接著說明是因為「在工業時代生活的節奏也快了,忙人怎能領略悠閒山水」,因為「現代人的文筆不如古人」,又因為「再美的風景,再熱鬧的街市,都可以交給照相機去記錄,不必像古人那樣要寫進文章畫進圖畫裡去,所以今人就更懶得寫什麼遊記了」(65-66)。

余光中認為「今人就更懶得寫什麼遊記了」的看法卻顯然與當代的現象不符。自九〇年代以來,經濟力的提昇、全球化的願景、對異國的想像與緊張沉重的生活壓力,使旅行爆炸性地成為台灣全民生活的「必要」,一種持續進行的集體儀式。旅行所激發出來的敘述欲望與全民書寫能量在旅行寫作中找到了最鍾情的消耗空間。

報紙副刊提供旅行寫作的空間,推展旅行寫作不遺餘力:聯合副刊製作「旅遊小品」與「旅途中的古典音樂」專輯;時報人間副刊接連不斷的「綠色旅行」、「旅行寫作」、「風景明信片」、「我的旅行筆記」與「世界的盡頭」等專輯不但是長期持續的有心之作,自一九九六年起連續舉辦三屆的「華航旅行文學獎」更試圖為台灣的旅行文學建立里程碑[1]。而出版成書的旅遊作品少說也有數百本,在書店的旅遊專櫃上擺著,令人目眩神迷!

除了平面的出版品以外,在形式上具有「及時性」、「非線性」與「讀者互動性」等特質的網路也創造無限巨量的旅行寫作空間,與琳瑯滿目的旅遊書籍結合,共同形成台灣當代巨大超強的符號體系。旅行文學成

---

[1] 前後三屆「華航旅行文學獎」作品集結成三書:《國境在遠方》、《魔鬼・上帝・印第安》與《在夢想的地圖上》。長榮航空公司所舉辦的旅行文學獎亦集結成《縱橫天下:長榮環宇文學獎作品集》一書。

爲台灣當代發展得最爲迅速廣泛的文類，有評論家甚至宣稱旅行文學爲台灣當代的「時代文學」。

對於余光中所謂「現代（中文）遊記不佳」這樣的一個大問題，資深的文化記者沈怡頗有同感。她直接宣稱：「國內的所謂旅行創作……比起二十年餘前鍾梅音女士的《海天遊踪》，不見突出，多數見絀。……好的旅行文學還未出現」，她試圖探討原因：「是這個群體來不及放下『實用』、『效率』，仔細端詳開闊的外界？是這個族裔不習慣紀律傳承之外的思維，交流方式不是放言縱論，就是竹林七賢式的清談？或者，只是作者小覷了讀者，號稱嘔心瀝血之作其實還沒進入大腦皮質層反射」。

在「台灣當代旅行文學興盛」與「現代（中文）遊記不佳」這兩個脈絡之下，本文試圖探討台灣當代旅行文學，擬從旅行的本質以及旅行寫作做爲文學的一個「文類」（genre）的角度，以「旅行經濟學」、「三毛現象」、「女性旅行」、「與他者相遇」、「認識自我」與「旅行的文類，文類的旅行」六點來著手切入，期盼能掌握到問題的核心，一窺究竟。

旅行經濟學

根據法國 Louis de Jaucourt 的研究，「旅行」（voyage）一字可以分三個範疇來加以瞭解：（一）就文法而言，旅行是指將一個人從某地運送到夠遠的另一地。每個人都必須至少有過一次偉大的旅行；在啓程之前，個人必須將爲遠行所準備的糧食貯存到自己的墓穴中。（二）就貿易而言，旅行是指搬運傭工的一來一去。搬運的物品包括家具、小麥、雜糧與其他雜物。（三）就教育而言，古聖先哲曾判定說「人生沒有比旅行更好的學習」。在旅行中，一個人學到許多生命的繁複變化，並不斷在世界這本大書中發現新的課題；空氣的改變以及旅行中的運動對於身體與心

靈都有所助益（476）[2]。

　　旅行的第一義「每個人都必須至少有過一次偉大的旅行；在啓程之前，個人必須將爲遠行所準備的糧食貯存到自己的墓穴中」，強烈暗示旅行的必不可冤與旅行的死亡威脅。旅行的第二義與第三義則指出旅行是通往財富、智慧與健康之路。近代旅行記號學的研究也證明旅行含有經濟與意識形態的動機：人們旅行收集「（異國）文化經驗」，增加其在家鄉社區中的社會價值（Culler, 153-167）。旅行在本質上就具有「獲得」的誘因，否則無法引發人們的動機。小至逃離在地單調貧乏的生活、到異國追尋新知識、新事物，大至帝國主義與殖民主義對他國的侵蝕掠奪[3]，旅行在在充滿「獲得」的可能性。

　　總結起來，旅行可說是介於有「失」亦有「得」的經濟領域。旅行以經濟結構爲模式，旅行者在一往一返中進行政治、經濟或文化資產的交換。

　　旅行的「得」與「失」所帶來的改變，在根本上是建立在藉以衡量「得」與「失」的秤頭上。而這個秤頭就是「家」（希臘文爲 oikos，源自於「經濟」[economy]一字）（Van Den Abbeele xvi-xix）。換句話說，旅行的觀念得以成立是因爲「家」先驗性的存在。家的存在使得旅行者得以踏上旅途，衡量他／她的旅程遠近；家等待旅行者結束行程歸來，使旅行有別於「流浪」（wanderings）、「流放」（exile）、「流離」（diaspora）與「移居遷徙」（migration）。換句話說，旅行者必須使用來回票，搭乘

---

[2] Louis de Jaucourt, "Voyage," 476. Quoted in Abbeele, ii.

[3] 近代旅行／旅行寫作與帝國主義／殖民主義的關係密不可分。穆斯葛夫（Brian Musgrove）即指出：「事實上，將旅行寫作建構於後殖民主義的框架之外是不可能的。在當今的許多例子中，旅行被視爲是帝國主義大敘述的一個次文類；在其他例子中，無論就語言或事實層面而言，旅行都是使殖民探險得以克竟其功的關鍵作用」（32）。

返鄉的舟車歸來，才能為他／她的行程劃上一個（暫時的）句點，而其活動才能被稱為「旅行」。對於這一點，卡巴尼（Rana Kabbani）抱持著相同的看法，她說：「旅行文本的獨特之處在於其所維持的圓形結構。文本敘事者愈深入未知的領域，原本遠離自我的旅行者就愈深邃地回返自我。……旅行文本引領讀者回到那象徵『家』的依色佳（Ithaca），那原本引發離開慾望的家終究也呼應回返的需求」（113）⁴。

　　旅行的「得」與「失」固然有賴「家」做為衡量的準則，其所帶來的改變也同樣及於「家」本身，旅行者與在地的家之間的互動產生了變數。研究旅行敘事的學者范登阿比利（Georges Van Den Abbeele）即指出：「回歸點即出發點。兩者之間既相同重複，卻又在相同重複中產生差異。旅行本身便為這種『迂迴』（detour）所建構」（xix）。例如在美國作家馬克吐溫（Samuel L. Clemens）所寫的旅行小說《哈克冒險記》（Adventures of Huckleberry Finn, 1884）中，哈克為逃脫父親與友伴湯姆的掌控而離開聖彼得堡，最後哈克雖然回到他所原欲逃離的聖彼得堡（「菲爾普斯農莊」

---

⁴ 證諸於卡爾維諾（Italo Calvino）《看不見的城市》（Invisible Cities），這個圓形結構深植於旅行敘事者馬可波羅的意識中：

破曉之際，馬可波羅說：「陛下，我已經告訴您我所知道的所有城市了。」
「還有一座城市是你從未提到的。」
馬可波羅低下了頭。
「威尼斯，」大汗說。
馬可波羅笑了起來。「您認為我一直在向您報告的是其它什麼事物嗎？」
皇帝絲毫不為所動。「可是，我從未聽你提到那個名字。」
馬可波羅於是說：「每次當我描述某個城市時，我其實是在說一些關於威尼斯的事情。」
「當我問你其他城市時，我想要聽的是關於這些城市的事。當我問你威尼斯時，我要聽關於威尼斯的事。」
「為了要與其他城市的性質有所區分，我必須談論暗藏於其後的第一個城市。對我而言，這個城市就是威尼斯。」（86）

實即另一個「聖彼得堡」），但是他乘著小木筏，沿著密西西比河追尋自由的努力與經驗使他再度回到虛矯的文明社會時，得以抗拒莎莉伯母（代表「家」）要馴服、收編他的企圖。回到家後的旅行者哈克解釋說這是因為「我以前去過那兒」。

回歸點與出發點因為旅行行為而產生的「差異」，可以說就是旅行的本質與真義所在。正如羅伯森（George Robertson）所說：「返家無論如何是個辯證性的活動。我們返回的家從未是我們當初所離開的那個家，隨我們回家的行李終將永遠改變它——行李中所聚集的記憶、影像、品味與物件將銘記其回歸的所在」（4-5），而書寫記載旅行活動的旅行敘事也「總已是空間與差異的敘事」（2）。如果回歸點與出發點完全相同重複，可以說就沒有旅行。在這種觀照之下，我們不難瞭解何以許多西方旅行文學的經典名作都深深銘刻著回歸點與出發點的差異。

例如在康拉德（Joseph Conrad）所著的《黑暗之心》（Heart of Darkness, 1899）中，敘事者馬羅（Marlow）並未將他剛果之行的旅行故事結束於主角克爾茲（Kurtz）的死亡。馬羅回到家鄉，成為一個「更具認知」（more knowing）的人。他前去拜訪克爾茲的未婚妻，並對她撒了一個謊，而這個謊是源自於他對文明與野蠻、理性與瘋狂、語言與沈默所做的最後結論，是他的「家鄉—剛果」差異的總結。例如在佛斯特（E. M. Forster）所著的《印度之旅》（A Passage to India, 1924）中，印度籍的男主角阿濟斯醫生（Dr. Aziz）與英國籍的男主角費爾汀先生（Mr. Cyril Fielding）必須在完成馬落巴洞穴之旅後，各自返鄉再重逢，評估洞穴之旅所帶給他們的改變。又例如在吳爾芙（Virginia Woolf）逾越空間與歷史的變性想像之作《歐蘭朵：一本傳記》（Orlando: A Biography, 1928）中，歐蘭朵在異國土耳其完成變性之旅後，返回英國家鄉；變為女身後的歐蘭朵被剝奪原所擁有的城堡財產，發現自己以前身為男性時所未曾察覺的性別歧視，她於是以不同的全新眼光看待家鄉的一切，並且完成了以前身為男

性時所未能完成的詩作——〈橡樹:一首詩〉。

比較之下,我們就能夠很清楚地發現,台灣當代旅行寫作者對於回歸點與出發點在相同重複中的差異,並未懷抱高度的自覺。也許是因為他/她們太過於專注描繪異地的山水景物與人物風俗,他/她們的旅行行為大都終止於離開旅遊地或回到中正機場、回到家的地理位置的那刻。在那一刻之後,旅行成為空白的一頁;「家」並不包含在他/她們整個旅程的行程表中。回家之後,如何處理旅行過程中產生的差異以及「差異」與「家」互動所必定帶來的種種情況,更不在台灣當代旅行寫作者的意識範圍之內。楊澤所認知的「旅行差異」(「當你旅行回來,回到原來的城市,你強烈感受到的是,一種自我與他人,內與外的差異:當你極力想與人分享旅行的所聞所得——也就是你在旅程中所積累的內在差異」)(17)很遺憾地並未在台灣當代旅行寫作得到迴響。

以藍祖蔚〈地平線匐匍前進〉一文為例。在該文中,旅行敘事者在經歷「出發」、「威尼斯」、「坎城」與「柏林」之後,以「歸航」總結全文:「最後,你發覺自己最眷戀的,最熟悉的還是台北,不必變更任何的網路設定,不必擔心卡榫接頭的規格,放下行李,把電腦往桌上一擺,接上電話線,才剛告別的影展往事立刻就又在電腦螢幕上現身,幫你回味、撿拾、拼湊忘了帶回台北的汗水和眼淚」(157)。電腦把旅行敘事者帶回旅行目的地,卻沒有幫旅行敘事者把異國城市與台北做「差異/互動」的連結。而必然地,習慣性地,旅行敘事者如此結束整個旅程:「台北真好!你在霧氣氤氳的浴室裡泡澡,總是習慣用同樣的句子,畫下旅途的終結句點」(158)。

在張惠菁〈日本行走帖〉中,旅行敘事者發現「旅程也往往在結束後才剛要開始」(80)。為什麼?唯一的原因是:「返抵家門,把累積的髒衣服都洗了乾淨,並且回到日常的作息裡,這個時候關於整個旅途的記憶才正要開始沉澱。然後把照片都洗了出來,然後整理著途中作的筆記,

那混沌一般的記憶才終於逐漸成形」（81）。藉著照片影像與筆記文字，旅行敘事者在「寫作現場」回憶那「曾經經歷、已然離去」的「旅行現場」，而「結束後才剛要開始」的旅程其實也僅止於回憶，止於在書桌前整理「此曾在」的旅行回憶[5]。

　　少數對旅行敏感自覺的作家，雖然在回到家後仍然意猶未盡，念念不忘邂逅過的山水人情，而把他／她的旅行寫作內容延伸到回家以後的感受，但是往往也只侷限於抒情的層次，並未在實質層面以「旅行差異」對本土的社會文化予以深度反省，例如在孫瑋芒〈我愛旅行〉一文中，旅行荷蘭的美感經驗使他「回台北後，……用以抵抗日常生活的無聊瑣碎，都市叢林的粗暴無文」（28）。而必然地，在孫瑋芒另一篇旅行寫作〈批麟上黃山〉中，回到家後的旅行敘事者即使仍然感到山靈的召喚，但是在再度啟程另一個旅行之前，他也只能將明山秀水貯存在記憶中，寫入他的旅遊文本中：「坐纜車下黃山的第三個晚上，我已回到台北的家，復歸斗室。自閉在有冷氣的書房，踩著平坦的地板，不再需要登梯涉險，不再受山風谷雨，我懷疑著：這就是我的生活嗎？……是黃山偉岸的峯影，在記憶裡緩緩升起」（239-240）。

　　就此點而言，師瓊瑜《離家出走》是台灣當代旅行寫作中較為獨特的一本文集。除了「離家出走」的書名以外，書內的結構也顯示作者具

---

[5] 另一個相似的例子可見於杜蘊慈《地圖上的藍眼睛》：「當我抵達暫居的美國小城公寓，在空無一物的房間裡放了張書桌、一套廉價個人電腦，開始每天打字寫作六小時，我壓根沒想到，等在前面的是多麼驚心動魄的工作。我隨著寫作進度重回孤寂的旅程、遙遠的土地。光線、溫度、風雨、氣息、臉頰、語音。我再次觀看、再次聽聞、再次碰觸、再次感覺。兩個月裡，我重走了五個月的旅程。寫完最近一章，心情比當初踏進家門時更複雜深刻；我明白，這才是真正的結束，真正的道別」（345）。〈日本行走帖〉以旅行寫作為旅程的開始，《地圖上的藍眼睛》則以旅行寫作為旅程的結束。兩者都以寫作為依歸，令人質疑：「旅行差異」沒有在現實生活層面起作用嗎？「旅行差異」與「家」沒有互動嗎？

有旅行經濟學的認知：全書共分三站旅程——「愛爾蘭」、「柬埔寨」與「台灣」。在離家出走的最後一站「台灣」站中，師瓊瑜寫她的「回家」是處在認同的危機之中：「爸爸，在雲南老家的孃孃、叔叔親戚們，覺得你像台灣人，還是大陸人？我在不同的國家裡流浪，國家與國家的界線一個個在我的腳下泯滅，但是我卻愈來愈恍惚自己是誰了」（237）。回家後的台灣女兒把她在異國所目睹的殺伐悲劇和台灣社會的種種亂象加以比較，發現到自己的改變：「親愛的老爸，這次回到台灣，我不像以往又跟你叨絮旅行中的見聞，坐在椅子上，我老半天說不出話來」（238）。週遊各國的經歷使她在回到家後又對「家」產生困惑。她必然還要再度離家出走：「馬武窟溪的女兒後來為何不回家了？是因為家太小、世界太大？是因為家裡爭端太多，她想出去透透氣，是因為外頭的世界更能讓她看清楚家裡的種種情況，還是只因為家不再能給她提供足夠的安全感，或者她本來就認為天下為公，人們應該四處為家」（239）。

三毛現象

在師瓊瑜以略帶悲愴的筆調寫她的離家出走的三十三年之前，台灣現代文學中有陳映真以更哀傷淒美的奔放筆調，恣意地哭喊「我不要回家」：

> ——我不回家。我沒有家呀。我用指頭刮著淚。我不回家，我要走，要流浪。我要坐著一列長長的、豪華的列車，駛出這麼狹小、這麼悶人的小島，在下雪的荒脊的曠野上飛馳，駛向遙遠的地方，向一望無際的銀色世界，向滿是星星的夜空，向聖誕老人的雪橇，沒有目的地奔馳著……
> 我翻過身，枕頭上的淚痕涼涼地貼在臉上，帳子外面的蚊子們又嗡嗡地哼起來了。

　　——我不要回家，我沒有家呀！

　　　　～〈故鄉〉（1960）

陳映真筆下這種在六〇年代企圖掙脫窒悶桎梏的閉鎖感，逃家逃到遙遠不知名的他鄉，尋求自由解放的願望，在七〇年代的三毛旅行寫作中得到了迴響。

　　青少年時期的三毛無法適應台灣僵硬的教育制度，拒絕上學，反抗父母師長的關切，歷經一段自閉的歲月。《三毛傳》的作者說：「自閉強化了她對自我的體認，使她對生存孤獨的感覺變得強烈，而突破自我藩籬的願望也因之而強烈。於是流浪、流浪、流浪遠方，於是有了一場傳奇的人生」（53）[6]。三毛由自閉到流浪遠方其實並不是一個成功的轉化，流浪遠方對於三毛是逃避多於心靈世界的拓展。三毛早期寫的《橄欖樹》很能代表她一生「追求幻影」、「創造悲劇美」[7]的旅行與寫作生涯：「不要問我從哪裡來，我的故鄉在遠方，為什麼流浪？流浪遠方，流浪……」。

　　但也就是三毛這種「為了夢中的橄欖樹、為了天空飛翔的小鳥、為了山間輕流的小溪、為了寬闊的草原」的夢幻流浪心態風靡了數以百萬計的台灣讀者。她所寫的一系列「三毛流浪記」：《撒哈拉的故事》、《稻草人手記》、《哭泣的駱駝》、《溫柔的夜》與《雨季不再來》等書對於生活在尚未開放觀光，仍然備受政治戒嚴與家庭威權束縛的年輕人產生難以抗拒的魅力。讀者對三毛作品中旅遊異國的嚮往與對三毛個人的崇拜持續了約十五年之久，在台灣文壇造成「三毛現象」。

　　台灣當代的旅行文學當然不是由三毛開創或集其大成，文采華美的遊記如鍾梅音《海天遊踪》、余光中《隔水呼渡》、葉維廉《歐羅巴的蘆笛》、陳長華《照亮塞納河的燈》與梁丹丰《天方夜譚之旅》等都各有其

---

[6] 陸士清、楊幼力、孫永超。《三毛傳》。

[7] 張系國。〈我的故鄉在遠方——張系國談《撒哈拉的故事》〉。

可觀之處，但是卻沒有任何一位作家像三毛一樣廣受歡迎，被普遍閱讀。其中一個重要的原因是在於三毛的寫作方式。

三毛的旅行寫作以第一人稱的「我」敘事，充滿感情地寫生活瑣事、花草樹木與人事變遷，使讀者感到親切，覺得遙遠陌生的撒哈拉沙漠並不如原先所預想的那般怪異可畏，而得以透過想像，認同三毛所創造的撒哈拉世界，正如張系國所說：「三毛最感人的一面便在於把故事中的『我』，提升到一種程度——代表讀者，導引讀者跟隨她進入神話，這可以說是一種獻祭或救贖的過程，透過作品閱讀的善男信女得到一種滿足」。

此外，三毛突破遊記的傳統記實書寫方式[8]，將人物、情節予以「戲劇化」，成就一種傳奇浪漫的色彩，但卻又因第一人稱「我」的敘事角度，使讀者認為她的旅行寫作所記載的真人真事是寫實的。台灣當代一般旅行寫作大都失之於平實刻板，即使旅遊本身是豐富的，但卻缺乏適切的技巧表達。就這一點而言，三毛的旅行寫作是值得參考的。

女性旅行

在人類歷史上，旅行行為除了因種族、階級、宗教與文化等差異而有所不同之外，更是極度「性別區分的」（gendered）。當男性為了個人的、教育的、科學的、外交的、經濟的種種目的在外旅行探險，完成驚天動地的功業，寫就可歌可泣的鉅著時，女性卻滯留在「家」這個定點織布、打掃、等待、寫信給在外遨遊的男性。

對於這種經由旅行行為而突顯出來的男／女、動／靜、外／內的二元對立，巴特（Roland Barthes）在《戀人絮語》（A Lover's Discourse: Fragments）中如此描述：

---

[8] 請參閱陳平原。《中國小說敘事模式的轉變》。頁 196-203。

> 傾訴「缺席」的言談，歷史性地由女性持續傳承下去：女性常坐
> 不動，男性則外出狩獵、遨遊四海；女性忠實（她在等待），男性
> 則多變（他揚帆出航、他輕舟巡遊）。女性使（男性的）缺席形成，
> 她並且添枝加葉，因為她有的是閒暇；她邊紡織邊淺唱低吟；紡
> 織小曲裡透露出「在場」的寂靜不變（紡輪發出單調的哼嗯聲）
> 與對「缺席」的悵然若失（遙遠的、旅行的、波濤洶湧的、騎馬
> 前行的節拍）。（13-14）

在家中缺席的是男性，在旅行中缺席的則是女性。不論是裹著小腳的中國女性或是穿鋼架束腹的西方女性，她們都受到社會與文化的重重束縛，鮮少得以外出旅行。女性的缺席，反襯出旅行的世界是一個男性追尋新奇殊異事物（the foreign）的領域。表現於文學上，記述尤里西斯（Ulysses）旅行的荷馬史詩《奧德賽》（Odyssey）成為西方文學的原型；女作家所寫的文學作品則從未形成旅行文學或冒險犯難的歹徒浪子小說（picaresque novel）傳統。

和在家等待尤里西斯二十年守節不渝的潘內樂琵（Penelope）一樣，女性被拒絕於旅途之外。她們轉而向私人個別的感情世界發展，正如蕭瓦特（Elaine Showalter）所指出：「女性無法參與公眾生活，只好被迫培養她們的感情，她們因而過分重視羅曼史……感情佔領她們的世界，以填滿她們經驗的虛空」（9）。

到二十世紀，女性在經過男女平權思想的啟蒙與婦女運動的洗禮，並取得經濟獨立自主權後，藉著交通工具的便捷，逐漸走出家庭，外出旅行。當此之時，當潘內樂琵不再一昧在家等候丈夫，當她也外出旅行時，她手中拿的是什麼地圖？當她或別人也把她的旅行經驗記載下來時，她採用什麼言談、敘事方式？換句話說，「女性旅行」（Odyssey ou Feminin）文學與男性旅行文學有何不同？是什麼使得女性旅行文學作品

自成一格？這些是閱讀女性旅行文學首先面臨到的問題。米爾斯（Sara Mills）針對這個問題解析說：「差異並不在於男性文本與女性文本之間單純的文本區別，而在於一連串加諸於『生產』與『接受』的言論壓力。這是女性作家必須以極其不同於男性作家的方式去處理的……就因為這些言談架構的壓力，在女性的文本中存有導致差異的『協商』」（5-6）。

米爾斯所謂的「協商」在師瓊瑜《離家出走》中成為修辭匱乏的問題。在敘述她的旅行觀察時，師瓊瑜意識到自己身為女性旅行者在發言時缺少適當恰切的修辭語彙：「彷彿將它說得有點『薛西弗斯』的神話味道，或者拜倫的浪漫主義色彩的追尋。其實，都不是，我只是還找不到一個女性這般的典型來向你說明」（8）。

師瓊瑜固然不以三毛為台灣女性旅行寫作典範，但是對於因典範欠缺而衍生的修辭語彙缺乏問題，卻沒有進一步加以追索探討。沒有修辭語彙，就無法發展情感的敘述與思想的論述，就無法準確掌握一己獨特的旅行經驗。師瓊瑜對於典範與修辭匱乏問題的棄置不究，可以說是一種沒有協商的協商，一種欠缺主體意識的「傳統女性的」（female）態度。

在梁琴霞《航海日記》中，「協商」是在作者不自覺中進行的。綽號「小威」的梁琴霞無疑是個女性，但在〈海洋是女人〉中，她寫道：「正擁我入懷的地中海是鄭愁予詩中耐等待的情婦，深情款款，永遠亮一盞青燈，忠實等待。也許正因為地中海是情婦吧！她竟讓我對海產生異樣情愫。也許不光是地中海，所有的海都是耐等待的，一如海中島嶼與海上燈塔，持久耐心等待經年在海上漂泊的人歸來」（121-122）。在〈小沙彌的話〉中，她寫道：「一天忙碌五回，很想對全世界說，老子我不幹了，轉身要走……」（368）。其他以男性身份／修辭發言的例子在全書多得不勝枚舉。

對於這一點，書評者王祥芸認為梁琴霞的敘事口吻、情調以及她對大自然的開發、探險能力，印證了「女性的異裝癖」：「作者在寫作的當

時就『不反對』部分不夠細心的讀者可能誤會她的性別……在偌大的文藝想像空間裡，異性情調的確是其中一項相當過癮的事」。這樣簡化的推論顯然忽略了作者在男性主導的文化脈絡中所不自覺做的「協商」。

首先，讀者可以很清楚地知道作者的實證性別。〈隱約浮出〉、〈如果我是男生〉、〈船長爸爸〉、〈海中之鷹〉、〈女人女人〉、〈入境隨俗〉、〈沙盤推演〉、〈我的世界〉、〈學做人〉與〈思念父母〉等多篇日記顯示作者的女性身份不容置疑，作者也完全沒有絲毫誤導讀者錯認她的性別的企圖。其次，作者之所以在敘事中變異性別，不時以男性的身份／修辭發言，最主要是因為缺乏女性的修辭。當「寂寥與等待對婦人是好的」（鄭愁予〈情婦〉）這樣的詩句與其所指涉的涵義在台灣幾乎人人耳熟能詳時，一位要描寫耐等待的海洋的作者很容易就自然會用上它——除此之外，在梁琴霞的中國文學經驗中，有以女性立場來描述「等待」情境的詩句或隱喻嗎？同樣的，當福爾摩莎號的男主人船長稱福爾摩莎號為「好女孩」時，做為乘客與廚師的作者能不學舌、不有樣學樣般地如此稱呼嗎（頁 103、172、214、221、222、226）？

《航海日記》的作者對於自己在敘事中的變裝換性並未自覺或予以辯解，但是對於福爾摩莎號上的人事與日記敘事卻有欲蓋彌彰的「協商」。福爾摩莎號於一九九三年四月從南中國海出發時，秀氣的台灣女性梁琴霞與五名男性準備共同單帆航行全球；到一九九三年十一月十一日時，已有四名男性離船。在這半年多期間，作者鉅細靡遺地記載海上危險刺激、卻也單調無聊的生活點滴，但是卻根本不提這四名男性的姓名、相貌、年齡、言談與行為舉止。為什麼？對於如何認識俄籍船長、如何在語言溝通不良的情況下，放心地和沒有深交的異性共同環球航行，作者也沒有交代。自一九九三年十一月十一日到一九九四年八月十八日為止，兩百八十一天的日子裡，作者和男船長一天二十四小時朝夕相處在與世隔絕的同一空間中，除了偶爾的爭吵以外，作者對於船長的憐惜與

敬佩，難道沒有在那樣獨特的時空中進一步發展？在「夢到船長俄羅斯的姑媽來台灣，嚴厲地責備我不該上船」（48）之後，作者為什麼不再做夢？不願解析她的夢？感情豐富、思維細密的作者對於曾經共同誓言「永遠是好朋友」的船長的去處，為什麼只簡短地以一小段來交代？

我們當然不必相信日記是作者真實生活的忠實記錄，也不必相信呈現在讀者面前的日記是沒有經過剪裁、增補的編輯過程的原始日記；日記和其他作品一樣，都是創作建構的「文本」（text）。《航海日記》中突顯出來的一頁頁、沒有交代內容的空白，令我們相信作者在「生產」與「接受」的言談壓力之下，有過一連串的自我「協商」。

不管是師瓊瑜式或是梁秀霞式，「協商」可以說是目前現階段台灣當代女性旅行寫作的一個特點。也許是因為女性旅行者在旅行時、在從事旅行寫作時，都因為重視個人精神層面的感受，而忘了從個人的感受裡跳脫出來，忽略了從文化與社會結構的觀點去省思「性別」這個重要的認知範疇在旅行中的轉變流動。——多麼期盼，在不久的將來，我們終於將讀到許多精采深刻的台灣女性旅行文學！

《航海日記》記錄作者與船長橫渡印度洋、大西洋與太平洋的環球壯舉；在五百多天期間，福爾摩莎號帆船曾經遭遇觸礁流錨、油槽斷裂、水箱損壞與颱風巨浪侵襲等種種危難。在極度困苦絕望的時刻裡，作者常將哥倫布、魯賓遜與梅爾維爾（《白鯨記》作者）等人引為知己，傾訴衷曲，例如在〈與哥倫布對話〉中，她說：「哥倫布！五百年前當你面對浩瀚大西洋時的心情，是否願意說給我聽？別人不懂，我會懂。因為我知道你也只是凡人，也會害怕，不是嗎？」（162）。作者追隨前人的航海行蹤，但是並沒有一般女性旅行者常有的「遲到的焦慮」（the anxiety of belatedness）[9]。這主要是因為她知道，當她在重複前人的行蹤時，她同時

---

[9] 既然絕大多數征服「處女地」的旅行者都是男性，受到文化與社會條件限制而

也在繪製一張新的旅行地圖:「一艘台灣製造的船,揚著中華民國國旗,由台灣出發繞地球一圈再回到台灣,這在以前是不可能,未來的十幾二十年,我也懷疑;可是眼前正有一群人,要讓這個可能成為事實。……有一天我要正在寫歷史」(77)[10]。

在揚帆航海的日子裡,作者有享受大自然的歡愉時刻:「月色一樣滿洋。我想再沒有人能像我一樣如此幸運,擁抱生命,擁抱海洋!」(121)。但是更多的時候,作者的思緒與眼界受制於陸地的記憶:「海上的日子,竟有大半時間是受陸地牽絆」(185-186)。回到在海上無時不刻想念的家(陸地)後,作者卻又開始「思念海洋」(403)。她的靈魂不能安靜,「還在海洋上的某個經度、某個緯度漂流」(402);在舒適溫暖的家裡,她不斷憂慮:「那些潛移默化、孕育自然海洋的感覺與特質,從著陸島嶼陸地的那一刻起,已經每天一點一滴地磨鈍、消失,目睹自己毫無能力挽回,我很慌張」(408)。的確,旅行的自由無拘與家的穩當安全終究都只是錯

遲到的女性旅行者自然會萌生遲到的焦慮。在《流浪者;或女性的困難》(The Wanderer; Or, Female Difficulties)一書中,Frances Burney 稱其女主角為「女魯賓遜」(female Robinson Crusoe),就呈現了女性旅行者的尷尬處境。Walter Bagehot 在評論 Lady Mary Wolter Montagu 的《書信與作品》(Letters and Works)更明白地指出:「第二位旅行者總是害怕早已捷足先登的第一位旅行者。他(她)害怕批評——『這是很好的,但是我們以前早對它全盤有所了解。第一位(旅行者)早就在第一百零三頁談過它了』」(221)。在二〇〇〇年,登上帕米爾高原的台灣女性杜蘊慈也瞭解自己是遲到的,錯過了「探險的黃金時代」:「一百年前赫文斯定及斯坦因都是費了好大勁才爬上來的……我還真是羨慕斯坦因,當年帕米爾雖說是中俄英三國交界,他卻是來去如入無人之境;『Great Game』,那可真是探險的黃金時代!」(306)。

[10] 當然,作者創造了這個歷史。在全書接近完結時,她說:「如果福爾摩莎號真的以最大圓周,完成繞地球一圈,唯一的事實是,『一艘中華民國製造的帆船,揚著中華民國的國旗繞地球一圈。』這二十五個字永遠存在。而我高興的是我曾參與而且努力」(378-379)。

覺，都不是絕對的。──《航海日記》一書有別於其他台灣當代旅行寫作之處的一個原因就在於它證明了這一點。

女性的旅行與女性的旅行寫作在台灣當代並未受到應有的重視，其中一個原因在於：性別議題從未正式進入旅行論述中。台灣這幾年形成「環境出埃及記」，每年旅遊人口持續激增。在自助旅遊人口中，女性所佔的比率高達七、八成；相對於這個「旅行極端女性化」[11]的現象，女性的旅行經驗卻從未被探討過，形成「女性旅行經驗零探討」的現象。這兩種現象的對比毋寧是十分耐人尋味的。

在台灣當代現有的旅行論述中，女性旅行的經驗、記憶與意義是等同於男性的，也就是說，它並不單獨存在、並未被個別對待。文化評論家南方朔說：「人們『觀望』城市，旅遊風景，它不發現什麼，但卻印證了許多：它印證了我們在書本上得知的對某地方的記號，印證了人們的想像、渴望或恐懼……這就是旅遊的最基本點出發，一切的經驗都發自第一個經驗，也必拉回到第一個經驗」。但是對於在生活／言論／空間中受到壓抑、遷移與行動能力遠落後於男性的女性而言，旅行行為本身已是一個突破，而她也必得在「發自」與「拉回」的兩個「第一個經驗」之間找尋「差異」，來詮釋這個「突破」，整理「突破」後的自我。

當莊裕安引用義大利作家卡爾維諾（Italo Calvino）來說明旅行是個「負數」時，很可能也沒有考慮到這個負數是否是「性別化的」：「卡爾維諾式的旅行，已不止是『去聖』，而是『負數』……在你沒去過巴黎前，你不確定自己是否認識巴黎，你心目中有一套虛構的景象。然後你真去了巴黎，無非使你『更不認識巴黎』，你所獲得的只是『戳破』，戳破你對巴黎既往的想像。所以，你去過巴黎後，你對巴黎的認知便是一個『負

[11] 褚士瑩。《旅人隨身書：女性自助旅遊手冊》。頁 241。參見胡錦媛。〈把女人變不見的書──評《旅人隨身書：女性自助旅遊自助手冊》〉。

數』」。早已總是第二性／負數的女性如何面對旅行這個負數，她的「更不認識」巴黎（旅遊地）是否和男性不同？她如何化負數為「正數」？──這些都是值得我們深思的問題。

女性的旅行是負數或正數也許和旅行的地點、國度有所關連。例如台灣女性到高度開發的西方國家去「朝聖」，是會在西方的強勢文化中，不自覺地強化自己的國家／性別雙重弱勢地位，或是因為朝聖過強勢文化，回到家鄉原居地後，在特定的情況下成為相對強勢者？或者，當身處邊緣地位的女性旅行到世界邊緣地區的弱勢國度時，她是否在當地轉而成為強勢者，成為「旅行帝國主義者」？而這種弱勢轉強勢、邊緣與中心互換的經驗是否促使她反省強／弱國家、男／女兩性間的階層權力關係本質？

負數或正數，朝聖或去聖，邊緣或中心──這些女性旅行經驗在台灣的旅行寫作或旅行論述中都仍然是相對空白的一頁。台灣女性「離家出走」的旅行經驗，無論是飽滿豐富或是挫折困頓，都亟需要被記載與討論，這不但是呼應台灣婦運第三波「身體（行動）自主」的訴求，更是對女性沉默已久的內在聲音進行交代。

與他者相遇

在英國作家佛斯特所著的《印度之旅》中，剛抵達印度的英國女性阿黛拉（Miss Adela Quested）一再宣稱她厭倦觀光行程，她要看「真正的印度」（the real India）。對於「如何才能看到真正的印度」這個問題，已經在印度當地生活數年的英國人費爾汀先生回答：「試著去看看印度人」（26）[12]。──認識他者（the other），與他者相遇，是認識異國異文

---

[12] 在經驗過「馬落巴洞穴」、「法庭審判」與「解除婚約」等創傷之後，阿黛拉與費爾汀一起檢討她／他們失敗的印度之旅，發現原因便在於對待「他者」的態度：

化的不二法門[13]。

　　爲什麼必須「與他者相遇」？當代精神分析大師拉岡（Jacques Lacan）以鏡像爲喻，說明人對「自我」（the self）的認知，必得透過「非自我」的人或物的借鏡反射方得以形成。透過他者的對照，「差異」與「匱乏」（lack）產生，而自我主體便不是「我思故我在」的固定「存有」（being），而是不斷與他者互動的「變有」（becoming）。移動到異地異國的旅行行爲，無疑爲自我與他者的相遇提供一個空間。

　　在台灣當代旅行文學中，「與他者相遇」的記錄是什麼？[14]「與他者

「他答道：『……妳對阿濟斯或一般印度人沒有真正的感情』。她同意。『我們第一次見面時，妳想要看的是印度，而非印度人。當時我就想：啊，這樣子無法把我們帶到一個遠景。印度人知道他們是否受人喜歡——他們在這方面不會受騙。單只有公正無法滿足他們，而這也就是爲什麼大英殖民帝國是建立在沙泥上的原因』」（259-260）。

[13] 在張惠菁〈日本行走帖〉中，旅行敘事者瞭解自己對日本的印象已經過度「旅遊符號化」，她擔心旅行會「在開始之前就已結束」（71）：「出發前，日本就已經住在我腦中。那個我在幼時曾隨母親參加趕鴨子般的旅行團，成長後透過電視上的日劇、小書店的漫畫與媒體上對這個隔海鄰國的報導，不斷添枝加葉地長著細節的印象中的日本，透過旅行導覽手冊的提點，在我出發前就已經膨大到佔滿整個腦容量的空間」（72）。和阿黛拉一樣，她問著這樣的問題：「我還能在親履其地的旅程中怎樣去認識這個過度熟知的日本呢？」（72）。只不過，〈日本行走帖〉全文並沒有回應這個問題，而「與他者相遇」也不在旅行敘事者的意識中，沒有成爲一個可能的選擇。

[14] 拉岡鏡像理論所定義的「他者」包括個人以外之物。高宣揚將之歸納爲三種：「人在其成長中所接觸到的『他者』有三種：以象徵形式而直接表現出來的各種符號和信號；以特定身分出現的有形體的個人；以佔有特定時空結構的物理形體」（225）。鍾怡雯〈蟒林・文明的爬行〉中的蟒蛇來自異國異文化，也是個他者，令旅行者在回到台北的家後「不時有貼地爬行的慾望，蛇妖的魔力無遠弗屆」（59）。但是這條蟒蛇無法以語言在律法象徵次序（the Symbolic）層面與人溝通，終究被旅行者吃下肚。

相遇」使旅行內容發生什麼變化[15]？湯世鑄〈魔鬼・上帝・印第安——記伊瓜蘇瀑布之旅〉一文敘述到阿根廷觀看伊瓜蘇瀑布的路途上遇見一位印第安人，旅行者與萍水相逢的這位他者相互溝通，進而心領神會，使旅行產生意義：「文中的印第安人當然不知道他對一個『老外』已發揮了人文啓蒙的作用，如果沒有他，伊瓜蘇會讓我驚嘆，但絕不會使我震撼」（43）。在林志豪〈異地眾生〉中，「旅遊資料殊少提及」的「他者」成爲旅行內容的主題：「我不時詰問自己這趟旅行究竟想尋求什麼，對旅遊指南的作者和攝影師滿是怨懟。著名的風景或古蹟早就經由文字、影像在腦海中建築出完整的模型，等實地一見，不過是印證存在的事物果然存在而已。真正造成文化衝擊的，卻是隨處可見的乞者」（19）。旅行者凝視這群貧窮傷殘的印度他者，想像自己，發現自己的侷限，無法解決問題，最後終於只能說：「旅行者從不肯徹底，他總是保留退路，總是有家可回」（25）。但是，回家後的旅行者發現是「每個錯身而過的人影，在記憶裡逐漸黯淡的臉龐……心懷溫柔的陌生人」使他「一次次離去，歸來」（27）。

前述兩篇「與他者相遇」之作在台灣當代旅行文學中，屬於少數。

---

[15] 根據法國哲學家德勒茲（Gilles Deleuze）的看法，「與他者相遇」的最高境界是跨越自我與他者之間的疆界，自我進而「成爲他者」（becoming-other）。德勒茲（Gilles Deleuze）解釋，「成爲他者」並不是「成爲『他者本身』」（being-other）（A Thousand Plateaus: Capitalism and Schizophrenia, 238）；「『成爲』（becoming）不是『成爲他者』的詞語，而是『與他者相遇』（encounter the other）」（Dialogues, 6-7）。鍾文音《情人的城市——我和莒哈絲、卡蜜兒、西蒙波娃的巴黎對話》滿記著旅行者追隨「她者」（莒哈絲、卡蜜兒、西蒙波娃）身前足跡的過程。旅行者受「她者」影響至深，以致於「成爲她者」：「我來巴黎是爲了妳……我沉默，我成了妳」（32）；「這一切的注定就是妳的召喚。我成了每個妳，也成了筆中的妳」（42）。但是，旅行者的「她者」既已過世，無法與旅行者親自互動、相遇，旅行者如何「與她者相遇」？而《情人的城市》書中那些寫給莒哈絲、卡蜜兒、西蒙波娃的信件無異於旅行者與自我的「對話」。

有些旅行者受制於語言障礙，無法與他者互動。例如李國安〈你看！那是一座沒有火氣的城市〉便有這樣的遺憾：「京都的生命情調應該是屬於含蓄與靜謐。傳統的洗禮讓她沉穩內斂，自然的涵融讓她吐納平和，人的素養讓她行舉有節，傳統、自然、人文，三者輻軸交織，構成一個毫無火氣的空間。礙於語言的隔閡，我只能安靜地看著京都事、京都物和京都人」（219）。有些旅行者則直言，過度發展的旅遊工業使參與者發展出制約反應，例如蔡文芳〈心靈的地圖〉說：「我如同一般的旅行者，先閱讀有關的背景資料，關於歷史、地理、文化、環境、交通……，抵達之後，逗留在博物館，讚嘆大師們的藝術心血，仰望那些偉大的建築、頹圮的神殿、市民聚集的廣場、部分開放的皇宮、精緻的庭園，不忘留下多采多姿的照片，品嘗異國食物，學兩句招呼用語。還有更不朽的，那些造物主的傑作，大刀闊斧的風景、美麗的海灣，……但是對於這一切而言，我只是個過客，注定除了照片和購自商店裡的紀念品之外，無法在我的心靈上留下更深刻的印象，大概就只是確定了或是推翻了書本中對該地的描述——這樣的程度而已」（245-246）[16]。感覺自己「只是個過客」，對於「那些人，沒有特殊的情感」（246），抱持這般態度，自我如何可能與他者相遇？

而在台灣當代旅行文學的多數之作中，缺席的人物除了他者以外，還有自我。例如林銓居〈旅行的地圖——拉賈斯坦之夢旅〉細細列舉印度水晶之城、赤燄之城與黃金之城的文物典故、興衰傳奇，企圖標示「城市中那水晶色的智慧與永恆的創意，赤燄般的愛情與忠貞，無常卻令人目眩神迷的富貴煙雲」（63）成一張旅行地圖。但是，這張「只存在於我

---

[16] 針對「語言隔閡」與「觀光制約反應」這兩點，南方朔提出他的看法：「旅行有更多機會要自己面對難題，因而旅行者不但更有見識，更有語言能力，以及面對行程中各種疑難雜症的不會畏懼。……旅行只會出現在語言能力更強，世界觀更增，更無懼於各種瑣碎事務的一代人身上」（1998:12）。

們下垂眼簾的陰影裡」的抽象地圖卻具體遮蔽了旅行者的身影。大量的資料取代了旅行者的情感抒發與心靈活動。在這張旅行地圖中，做為旅行主體的旅行者是模糊不清的。又例如鮑利黎〈芳草天涯〉以「非人稱」（impersonal）的泯滅主詞行文，介紹美國舊金山，亟似一篇筆調抒情的觀光導覽手冊。──旅行者到那裡去了？

認識自我

在前述的「旅行經濟學」中，本文指出「旅行以經濟結構為模式，旅行者在一往一返中進行政治、經濟或文化資產的交換」。現在本文需要進一步探討的是：在「一往一返」的「交換」中，旅行者「自我」的位置在那裡？對於這個課題，台灣當代旅行文學呈現出一種曖昧的止步姿態。

認識自我的重要性是不言而喻的，南方朔就以反證式的「鏡像」理論說過：「旅遊同時也是個鏡像，在照出自己的時候才可能映照出其他」。也就是說，不認識自我，就無法認識他者，無法認識「天空飛翔的小鳥／山間輕流的小溪／寬闊的草原」（三毛〈橄欖樹〉），更遑論去瞭解「為什麼流浪」。但是，台灣當代的旅行者似乎極不願意對自己的內心進行深度的探險旅遊，只在輕叩「自我」的大門後，就轉身逃離而去。《航海日記》的作者是一個典型的範例，她說：「船長的北極之路，源自祖父留下的一本一九二三年老書，小苗在心中孕育滋長了二十五年才開花結果。……我呢？我的種子在那兒？」（345）。如果她能認真地對自己的旅行「種籽」予以挖掘、剖析，必然有助於瞭解她的自我，瞭解個人在台灣特定的歷史時空與社會背景之下的行為模式（如何認識旅行？為什麼離家旅行？為什麼回家？），而她的行為模式可以透過書寫，成為社會的共同記憶與文化資產。

對於《航向愛琴海》的作者陳少聰而言,「返回自我」是心靈遠航的終極目的。在全書中,她兩度引用卡繆在《卡繆札記》的話:

> 如果修養能使我們得以去了解
> 最內在的意識活動——永恆的意識,
> 則我們旅行就是為了修養此道的……
> 旅行彷彿一種更偉大深沉的學問,
> 領我們返回自我。[17]

可是,「自我」是什麼?為什麼對自我的追尋必須離開「本土」(the familiar)、遠赴「異國」(the foreign)的「旅行」來完成?很可惜,作者都沒有進一步加以探討。作者只是一再談到在希臘的異國旅遊中,對所見所聞感到「似曾相識」:「原來這石獅的意象一個多月以前曾在我的夢中出現過,雖然夢中的意象未必與現實盡然相同,但分明也是石頭,也是獅子,分明也曾佇立山邊,仰頸眺望……為什麼身為中國人的我,下意識的夢境中會出現西方古遠以前的意象呢?」(128)[18]。佛洛伊德(Sigmund Freud)對於夢與旅行之間的關係、熟悉的本土與陌生的異國之間的關係深感興趣,他的研究指出:陌生的異國其實就是原本熟悉的本土,因為旅行者會在陌生的異國不斷重逢自己原來被壓抑的各種慾望與罪咎;這是旅行者原來所未意料到的,「似曾相識」的感覺因此為旅行者帶來驚悚(uncanniness)(217-252)。的確,如果旅行者願意面對在異國重逢的各種壓抑,更積極深入認識自我,也許深刻的旅行文學可以被期待?

評論家劉維公認為「旅遊使自我不斷遭遇他者,認識他者,與認同

---

[17] 陳少聰。《航海愛琴海》。頁 203。參見頁 129。
[18] 同註 17,參見頁 32-33、149-150。

他者；但在另一方面，則不斷被他者詢問自己是誰，來自何方，又即將前往何處。在旅遊中，自我與他者既是統合又是衝突的」。他期許「旅遊者對自我與他者關係」發展敏銳的觀察，「並積極思考二者的互動關係」（17）。台灣當代旅行者在繞著地球跑過後，是否透過書寫，對自我與他者有更深的認識？

旅行的文類，文類的旅行

在《見證與他者世界：歐洲異國旅行寫作, 400-1600》（The Witness and the Other World: Exotic European Travel Writing, 400-1600）一書中，坎貝兒（Mary B. Campbell）這樣評論出版於一二九八年的《馬可波羅遊記》：「即使在處理可能導向形上領域的議題時，馬可波羅的目光仍然聚焦在公共的、外在的、表面的事物：他注意的是宗教儀式（而不是宗教內涵）、戰爭的勝負（而不是戰爭的意識型態）、國家的行為（而不是國家的神話）……讀者沒有必要緊緊地跟隨旅行者的腳步：他所試圖提供給讀者的不是替代式的經驗，而是頗為粗糙的資訊」（91, 97）。這種「資訊」式的旅行寫作是一個文化、國家與寫作主體早期剛開始接觸異文化世界時的現象。自一九七九年才開放觀光的台灣如何記載自己與他者的相遇？認為「好的旅行文學還未出現」的沈怡說：「是這個民族不懂得旅行？答案彷彿立刻可以跳出，又掙扎在隱隱作痛的民族自尊之間。年輕的旅行文學創作者褚士瑩歸因於『大家對世界不夠熟悉，所以針對本地讀者而寫的旅行文學，花了更多符語、更大篇幅在解釋世界』」。

當旅行寫作者普遍忙於「解釋世界」時，旅行文學呈現什麼樣貌？在〈帶著文學的靈魂去旅行〉一文中，文化工作者徐淑卿就指出台灣當代旅行文學「最大的問題可能在於類型不夠多樣，純粹描繪異國景物、民情的隨想小品太過滿溢，對旅行者心態的深度探勘以及『旅行』意義的挖掘，卻相對不足」。

就文學的「文類」類型而言，台灣當代旅行文學幾乎千篇一律都是（短篇或長篇的）「記實」散文[19]。這個現象的形成很可能是因為旅行文學獎設定旅行文學作品必須出之於「親身的實證經驗」的要求為當代中文旅行寫作定型，窄化了寫作範疇。[20]

另一個更主要的原因是絕大多數的作者都（誤）認為「旅行寫作必須出自作者親身的實證經驗」[21]。以這個定義為前提，旅行寫作的人物、情節、動作與敘事觀點都受到莫大的侷限，難以乘著想像的翅膀，飛越各種疆界——而旅行的本義不就是要跨出一己原有的疆界麼？

旅行是「本土」與「異國」、「自我」與「他者」的相遇。在兩者的相遇中，「異國」、「他者」可以是真實的對方，也可以是「本土」、「自我」的投射。旅行寫作可以記實，可以虛構，也可以融合記實與虛構。如果旅行寫作必須出自作者親身的實證經驗，何來描

---

[19] 在此必須提出說明的是：近幾年來，少數作家已經逐漸能夠在平鋪直敘的「記實」散文之外，另闢蹊徑，以創新的敘事筆法，寫出異於傳統記實性的旅行寫作。請參閱閻鴻亞〈春天是一個女生在夜晚的街角〉、許正平〈The Big Blue——在聖托里尼〉與陳宛茜〈雙城記〉。收錄於胡錦媛（編）《台灣當代旅行文選》。

[20] 在《國境在遠方：第一屆華航旅行文學獎精選作品文集》的「序」中，主辦華航旅行文學獎的中華航空公司說：「我們相信，一股屬於旅行的新文化正在醞釀成形，假以時日，旅行文學定將成為一種主題文學創作的形式，不需要憑空編造，不需要華藻贅語，只要用心體會每一次旅程，再將它用文字及影像記錄下來，就能感動人」(8-9)。漢寶德在「第二屆華航旅行文學獎決審會議」中亦發言表明：「旅行文學首先是從旅行產生的文學，不是想像的遊記。作者既然提出了新的旅行方式，就應該在文章中有關於旅遊地點的新提案、新計畫、新訊息，給讀者清楚的時空觀念……」。

[21] 在《現代散文類型論》中，鄭明娳所歸納的三個「遊記要件」之一即為「真實的經驗」。其理由為「遊記必須出自作者親履，否則只是虛構的遊記體小說」(224)，先驗性地認定「虛構的遊記體小說」並非「遊記」。

述變性想像之旅的《歐蘭朵》？何來取喻設譬人世眾生相的《西遊記》？

就書寫的本質而言，記實性的散文其實並不是那麼清白無辜的。它和「虛構性」的小說、戲劇同樣都受限於「書寫」（writing）與「言談」（discourse）的規範，同樣都是具有一定想像建構性的「文本」（text）。這個觀點早已經得到當代文學理論與批評界的共識[22]，正如蔡源煌教授指出：「『遊記』本來就很難定位，它有實有虛，正好是歷史與虛構、事實與想像兩極的融合。義大利當代作家卡爾維諾寫《看不見的城市》就針對《馬可波羅遊記》演繹出一個論點：描述一座城市，基本上是訴諸空間位相（topology）的想像延伸」。岑朗天也明確認定遊記「遊走於記實與虛構之間」：「記實，是虛構的記實；虛構，同時是記實的虛構。《格列弗遊記》現在不少人都當成是一本童話去讀，大人國和小人國，正好是冒險家幻想的投影。可是，馬可勃羅的中國記遊，其真實性直到近世才被人懷疑，本質上⋯⋯遊記與記遊者（冒險家）的成人童話，原來並無二致。Italo Calvino 後來寫了本《<u>Invisible Cities</u>》，盡情展示了遊歷的虛實互滲。我們甚至不必充滿反殖反帝情緒地去把這行為視為西方人的橫蠻、暴力，因為在不同的國度，類似的幻想構作在所多有，中國古代鮮明的例子正是《山海經》、《西遊記》（吳承恩《西遊記》之所本）和《鏡花緣》。神話、小說，藏了許多記實的東西。《水經注》和《山海經》同樣是古中國地理學的重要參考書」。

作者何必自我設限，排斥「虛構」性質的旅行寫作？何不讓旅行的文類也來旅行呢？當然，不管採用哪一種文類，作者都可以試著予以「戲劇化」（dramatize），避免平鋪直敘。不過實際演練起來，詩與散文的戲劇化難度比較高，小說在相對程度上比較能涵蓋多重複雜的「行動」

---

[22] 關於「文本」（text）的觀念，請參閱 Culler, Barthes, Derrida 等人的著作。

（action）。

　　而旅行文本如何透過「行動」來彰顯其「旅行」的旨意？衡量旅者是否在旅行行為中跨越疆界，就必須以結構的觀點來看。旅行之所以與「流浪」、「流放」、「流離」與「移居遷徙」不同便在於旅者終究將回到原先所出發離去的「家」。「家」的存在與回歸是旅行的觀念得以成立的前提；「家」也是旅者得以衡量整個旅行過程的「得」與「失」的秤頭。旅行因此形成一往一返的圓形結構。旅行的回歸點即出發點，兩者既相同重複，又在相同重複中產生差異。旅行的最高境界便是跨越自我與（在旅行中相遇的）他者之間的疆界，將封閉固著的空間轉化為自由開放，帶著「差異」回返家鄉。

　　就形式而言，旅行寫作可以說是一種最自由的形式。它可以跨越詩、散文、小說等各種傳統文類的固定疆界，它可以包含抒情、議論、敘事、書信與想像等。台灣當代旅行寫作者大多在「記實」的文類邊界停留張望，未能跨出腳步，去開拓其他各種可能的寫作形式。

　　台灣當代旅行論述也仍在邊界的一角，還沒有繞著地球跑過。除了台灣旅行文學作者與研究者都津津樂道的卡爾維諾以外，我們也有必要以符號學、心理學、女性主義、社會學、民族誌學與文化研究等觀點去研究旅行與旅行寫作。

　　我們必須換個方式旅行寫作……！

【引用書目】

王祥芸。〈女性的異裝癖：異性情調／女人與海〉。〈讀書人〉。《聯合報》，1996.10.07。

沈　怡。〈旅行文學／人飄遠方〉。《聯合報文化廣場》，1995.02.20。

杜蘊慈。《地圖上的藍眼睛》。台北：大塊文化出版公司，2000。

余光中。〈論民初的遊記〉。《從徐霞客到梵谷》。台北：九歌出版社，1994。

李國安。〈你看！那是一座沒有火氣的城市〉。《國境在遠方：第一屆華航旅行文學獎精選作品文集》。台北：元尊文化企業股份有限公司，1997。211-219。

岑朗天。〈性與死亡——即「逃遁」即「超越」〉。http://humanum.arts.cuhk.edu.hk/-hkshp/humanities/ph56-05.txt. 2005/9/12

林志豪。〈異地眾生〉。《在夢想的地圖上：第三屆華航旅行文學獎作品集》。台北：天培文化有限公司，2000。14-26。

林志豪等。《在夢想的地圖上：第三屆華航旅行文學獎作品集》。台北：天培文化有限公司，2000。

林銓居。〈旅行的地圖——拉賈斯坦之夢旅〉。《魔鬼‧上帝‧印第安：第二屆華航旅行文學獎精選作品文集》。台北：元尊文化企業股份有限公司，1998。45-64。

胡錦媛。〈把女人變不見的書——評《旅人隨身書：女性自助旅遊自助手冊》〉。〈讀書人〉。《聯合報》，1995.04.06。

胡錦媛（編）。《台灣當代旅行文選》。台北：二魚出版社，2004。

南方朔。〈中國旅行記號學〉。〈人間周刊〉。《中國時報》，1993.01.02。

南方朔。〈旅行有如閱讀〉。《魔鬼‧上帝‧印第安：第二屆華航旅行文學獎精選作品文集》。台北：元尊文化企業股份有限公司，1998。9-14。

徐淑卿。〈帶著文學的靈魂去旅行〉。〈開卷周報〉。《中國時報》，1997.04.17。

高宣揚。《當代法國思想五十年》。台北：五南圖書出版股份有限公司，2003。

孫瑋芒。《夢的邀請》。台北：九歌出版社，1996。

師瓊瑜。《離家出走》。台北：平氏出版有限公司，1995。

梁琴霞。《航海日記》。台中：晨星出版社，1996。

陸士清、楊幼力、孫永超。《三毛傳》。台北：晨星出版社，1993。

莊裕安。〈「去聖」的旅行〉。〈人間周刊〉。《中國時報》，1994.02.19。

陳少聰。《航海愛琴海》。台北：麥田出版社，1995。

陳平原。《中國小說敘事模式的轉變》。台北：九大文化股份有限公司，1990。

陳映真。〈故鄉〉。《我的弟弟康雄》。台北：人間出版社，1988。

張系國。〈我的故鄉在遠方──張系國談《撒哈拉的故事》〉。〈人間副刊〉。《中國時報》，1994.08.28。

張惠菁。〈日本行走帖〉。《魔鬼‧上帝‧印第安：第二屆華航旅行文學獎精選作品文集》。台北：元尊文化企業股份有限公司，1998。67-85。

舒國治等。《國境在遠方：第一屆華航旅行文學獎精選作品文集》。台北：元尊文化企業股份有限公司，1997。

舒國治等。《縱橫天下：長榮環宇文學獎作品集》。台北：聯經文化出版社，1998。

湯世鑄。〈魔鬼‧上帝‧印第安──記伊瓜蘇瀑布之旅〉。《魔鬼‧上帝‧印第安：第二屆華航旅行文學獎精選作品文集》。台北：元尊文化企業股份有限公司，1998。21-41。

湯世鑄等。《魔鬼‧上帝‧印第安：第二屆華航旅行文學獎精選作品文集》。台北：元尊文化企業股份有限公司，1998。

褚士瑩。《旅人隨身書：女性自助旅遊手冊》。台北：方智出版社，1995。

蔡文芳。〈心靈的地圖〉。《國境在遠方：第一屆華航旅行文學獎精選作品文集》。台北：元尊文化企業股份有限公司，1997。235-248。

蔡源煌。〈馬可波羅到過中國嗎？〉。《中國時報》，1996.10.07。

楊　澤。〈在文明的邊緣流浪〉。《國境在遠方：第一屆華航旅行文學獎精選作品文集》。台北：元尊文化企業股份有限公司，1997。11-18。

鄭明娳。《現代散文類型論》。台北：大安出版社，1992。

漢寶德。〈第二屆華航旅行文學獎決審會議記錄〉。〈人間副刊〉。《中國時報》，1998.09.15。

劉維公。〈符號化的旅遊與旅遊的終結〉。《誠品好讀》2000 年 7 月第 1 期。14-17。

鮑利黎。〈芳草天涯〉。《魔鬼‧上帝‧印第安：第二屆華航旅行文學獎精選作品文集》。台北：元尊文化企業股份有限公司，1998。171-187。

鍾文音。《情人的城市──我和莒哈絲、卡蜜兒、西蒙波娃的巴黎對話》。台北：

玉山出版社，2003。

鍾怡雯。〈蟒林‧文明的爬行〉。《國境在遠方：第一屆華航旅行文學獎精選作品
　　文集》。台北：元尊文化企業股份有限公司，1997。47-60。

藍祖蔚。〈地平線匍匐前進〉。《縱橫天下：長榮環宇文學獎作品集》。台北：聯經
　　文化出版社，1998。144-158。

Bagehot, Walter. "Rev. of Lady Mary Wolter Montagu's Letters and Works." Literary
　　Studies Vol.1.
London: J.M. Dent & Sons, n.d.

Barthes, Roland. A lover's Discourse: Fragments. Tr. Richard Howard. New York:
　　The Noonday Press, 1989.

———. S/Z. New York: Hill and Wang, 1974.

———. The Pleasure of the Text. New York: Hill and Wang, 1975.

Burney, Frances. The Wanderer; Or, Female Difficulties. London: Pandora Press,
　　1988.

Calvino, Italo. Invisible Cities. Translated from the Italian by William Weaver. New
　　York: A Harvest/HBJ Book, 1974.

Campbell, Mary B. The Witness and the Other World: Exotic European Travel
　　Writing, 400-1600. Ithaca and London: Cornell University Press, 1988.

Culler, Jonathan. "The Semiotics of Tourism." Framing the Sign: Criticism and Its
　　Institutions. Norman and London: University of Oklahoma Press, 1988.

———. Structuralist Poetics: Structuralism, Linguistics, and the Study of Literature.
　　Ithaca, N.Y.: Cornell University Press, 1975.

De Jaucourt, Louis. "Voyage." Encyclopédie ou dictionnaire raisonné des sciences,
　　des arts et des métiers par une sacieté de gens de lettres. Neufchâtel:
　　Samuel Faulche & Compagnie, 1751-65.

Deleuze, Gilles and Claire Parnet. Dialogues. Trs. Hugh Tomlinson and Barbara

Habbjam. N.Y.: Columbia University Press, 1987.

Deleuze, Gilles and Félix Guattari. A Thousand Plateaus: Capitalism and Schizophrenia. Tr. Brian Massumi. Minneapolis: Minnesota University Press, 1987.

Derrida, Jacques. "Living On: Border Lines." Deconstruction and Criticism. Ed. Geoffrey Hartman.

New York: Seabury Press, 1979.

Forster, E. M. A Passage to India. New York and London: A Harvest/HBJ Book, 1952.

Freud, Sigmund. "The Uncanny." The Standard Edition of the Complete Works of Sigmund Freud Vol. 17. Ed. James Strachey. London: Hogarth, 1955. 217-251.

Lacan, Jacques. "The mirror stage as formative of the function of the I as revealed in psychoanalytic experience. " Ēcrits: A Selection. Tr. Alan Sheridan. New York & London: W. W. Norton & Company, 1977. 1-7.

Mills, Sara. Discourses of Difference: An Analysis of Women's Travel Writing and Colonialism. London and New York: Routledge, 1993.

Musgrove, Brian. "Travel and Unsettlement: Freud on Vacation." Travel Writing & Empire: Postcolonial Theory in Transit. Ed. Steve Clark. London & New York: Zed Books, 1999. 31-44.

Robertson, George. Travellers' Tales: Narratives of Home and Displacement. London and New York: Routledge, 1994.

Showalter, Elaine. A Literature of Their Own: British Women Novelists from Brontë to Lessing. Princeton: Princeton University Press, 1977.

Van Den Abbeele, Georges. Travel As Metaphor from Montaigne to Rousseau. Minneapolis and Oxford: University of Minnesota Press, 1992.

選自：台中技術學院應中系編《台灣旅遊文學論文集》（台中：台中技術學院，2006），此為修訂版。

林燿德

文學評論家

台灣當代科幻文學

「不錯，我們正準備進入歷史，你和我，諸位委員會的先生們，我們正站在歷史的轉捩點上。越過此點，就是那個我們列祖列宗所歌頌的超凡、神聖，十全十美的黃金時代。」

「不錯，諸位先生，我們永遠不會忘記，在上個世紀，那個籠罩在毀滅陰影下的世紀，那個人類像低等動物般苟延殘喘的世紀，那個在今天我們教科書上稱之為『黑暗時代』的世紀。」

「我相信，……我們的後代子孫在享受前人的成果之餘，將會津津樂道於這次會議的偉人成就。正如『○』這個數字所要表達的，它是一個結束，同時也是一個開始。」

一、

以上引文是黃凡完成於一九八一年的中篇科幻小說《零》的開場三段，來自一位人類統治者主持一場會議時的發言紀錄。這些引言在小說情節的發展中，可能成爲一個樂觀的預言，也可能成爲深刻的反諷。如果我們暫且不論小說的下文，把它們自小說中挪借到台灣科幻文學的發展上，也許正符合著八○年代台灣科幻文學第一個黃金時代的來臨。

在八○年代以前，台灣的科幻文壇並沒有成形。但這並不意味著六、七○年代台灣沒有值得談論的科幻文學創作，只是創作者寥寥可數，「科幻小說」一詞的範疇也沒有得到正式的確立。從六○年代末期就開始創作科幻小說的代表性作家，只有黃海（黃炳煌）一人，他創作的主要方向是所謂「少年科幻」、「兒童科幻」，至於如《一○一○年》（1970）、《新世紀之旅》（1972）、《銀河迷航記》（1979）等並非爲了「科普」而完成的作品，也偏向於著重機關道具的十九世紀科幻小說模式；基本上，黃海是台灣科幻文學史中不可遺忘的角色；因爲他的存在，使得科幻史能夠上溯到六○年代，而且也提供了諸如星際冒險這一類一般人印象中的

科幻規模。但是黃海的作品在本質上卻和亞瑟・克拉克、艾沙克・艾西莫夫和海萊恩等現代科幻大師所發展出來的當代科幻有相當的距離；換言之，黃海的創作觀念仍然徘徊在古典的本格科幻框架中。

另一位開拓者是張系國，他在七〇年代中期開始，逐漸將創作興趣的重心移轉到科幻文學上，他第一本重要的短篇科幻小說集《星雲組曲》的內容，自一九七六年開始陸續發表在《聯合報・聯合副刊》和《中國時報・人間副刊》，奠定了台灣當代科幻小說發表的基本範型，也是一個啟蒙式的代表人物。

《星雲組曲》收錄短篇十篇，整個八〇年代科幻小說發展的主要類型幾乎都在本書展現端倪：軟調的浪漫科幻如《歸》兩篇（一篇是〈仙履奇緣〉的未來版、另一篇則是相濡以沫的末世兒女情）；史觀派科幻如〈銅像城〉、〈傾城之戀〉（本篇又結合了浪漫傳奇的因素）、〈翻譯絕唱〉；著重喜劇效果的輕科幻如〈豈有此理〉，偏重意境的玄思科幻如〈青春泉〉；反烏托邦小說如〈玩偶之家〉、〈剪夢奇緣〉；本格科幻如〈望子成龍〉。這些不同的科幻類型也往往結合了中國的民族特徵：〈望子成龍〉以中國人傳宗接代、重男輕女的觀點為諷刺對象；〈豈有此理〉透過科幻道具讓妲己、褒姒、西施三大名姬復活於當代，也呈現出「女人是禍水」的男性沙文主義心態；〈翻譯絕唱〉表面以 C56-7 行星上的「蓋文族」土著為描寫客體，實則諷刺的是中國「吃的文化」。凡此種種，都可看出張系國的創作已刻意將西方科幻小說的技巧、內涵與民族本位結合、混融。

一般人的觀念會將科幻文學視為「西方的」、「反人性的」文學類型；這些誤會，張系國在《星雲組曲》中已經試圖予以消解，其實，張系國本身即曾在一九七四年指出：「民族文學必須同時在內容和形式兩方面求變求新，發揮最大的創造力，或許真能塑造中華民族的民族意識，為廿世紀的中國文學放一異彩。」（語見〈試談民族文學的內容與形式〉）他的科幻小說無疑是這種說法的實證方向之一。

二、

　　七○年代末期，作家許希哲在台北創辦了照明出版社，成為八○年代初期大量譯介科幻文學的兩個機構之一；創社初期即推出「照耀明日的書」系列，包括了呂金駿所著的《科幻文學》——這是台灣首部介紹西方科幻文學歷史的專書；此外尚有彭樹楷〈科幻震撼下的明日世界〉、賴金男〈明日的訊息〉等未來學論稿；最重要的則自一九八一年開始，陸續印行的科幻小說譯作。艾西莫夫的《基地三部曲》（照明版譯名《銀河帝國三部曲》）以及《我，機器人》、克拉克的《二○○一年太空漫遊》、威爾斯的《時光機器》、布雷柏利的《華氏四五一》等當代或近代科幻經典之作的問世，都是「無聲的大事」；當然，其中也夾雜了電影原著《異形》之流純粹市場取向的「亞科幻小說」。

　　另一家在八○年代初期推出系列科幻譯著的出版社是國家出版社，自一九八○年八月開始，推出了由王凱竹翻譯的二十四冊翻譯作品，其中包括了海萊恩、拉利‧尼文等多家長篇作品。

　　繼照明、國家之後，張系國創辦了知識系統出版有限公司。知識系統的《科幻叢書》迄一九九一年五月為止，共出版了張系國的《城》三部曲與《夜曲》（即《星塵組曲》）、《當代科幻小說選》Ⅰ、Ⅱ輯、一九八四至一九八七年度《科幻小說選》、《倪匡科幻小說選》、黃海《銀河迷航記》（原照明出版社一九七九年版）、黃凡《上帝們——人類浩劫後》、葉言都《海天龍戰》、葉李華《時空遊戲》以及《月亮的距離》等十六冊，以上除《月亮的距離》是義大利後現代作家卡爾維諾的幻想小說之外，皆為台灣科幻小說創作的別集或選集。知識系統在十年間持續出版本土科幻作品，形成了科幻小說家的匯集中心，也就是說，以張系國為核心的「台灣科幻氛圍」藉由知識系統而予以「統合」。

　　照明和國家兩家出版社在八○年代總共印行了四十餘冊的當代／近

代科幻譯作；超過了純文學出版社、今日世界出版社、商務印書館、時報文化出版公司等十數家出版機構在六、七〇年代印行科幻譯作的總和（兒童幻想故事不計），許多西方科幻大師和當代新銳更是初度和台灣讀者相逢。無疑地，就科幻文學的推廣而言，照明和國家的譯本就如同鋪放在籠中以備小雞出生的木屑。在《國家科幻叢書》的總序中，我們已經可以看出譯者對科幻小說具備了一定程度的掌握：

> 自從阿波羅太空船成功地在月球上登陸之後，人類對宇宙有了深一層的認識。宇宙不再是一個「廣大無垠的另一世界」，地球也不再是「狹窄長巷裡的內院」，人們似乎認為宇宙已探囊可得。它揭穿了幻想世界與現實世界間的迷障，也提起人們對科學的興趣，不斷地編織出對未來世界的冀望與啟迪。
>
> 科幻小說正式名稱為科學小說（Science fiction）。科幻，顧名思義是科學與幻想兩種模式的結合，並且成為科學與文學間的一道橋樑。它並不故弄玄虛，而是將科技理論（無論是現在或未來）以小說型態呈現給讀者，增加其趣味性與幻想性。因此「科幻」二字遠比「科學」更恰當也更吸引人。
>
> 一本好的科幻小說必須合乎邏輯，不與現實脫節，而且更應該具備「未來歷史」的本質，它與靈異神怪的故事截然不同，它不是妄想，而是真誠地對未來變化做出戲劇性揣測，其價值不在於提出解決問題的方法，而在於提出正確的問題，科幻小說的範圍並沒有限制，主要還是著重於它在讀者心中產生的持續感。雖然發生年代大半寄託於未來，卻使讀者感到就發生於眼前。換句話說，讀後產生「煞有介事」的感覺，就是科幻小說成功的要素。本叢書即針對此原則，使科幻主題涵蓋了海洋、太空、心靈、電腦、外星人等類別，陸續地將正確的科幻觀念介紹給讀者，是一系列

極具啟發性的讀物。

科幻文學已逐漸成為西方文學的主要派別之一,但國內尚處於萌芽階段。雖然這些年來曾有人譯著科幻小說,偶爾電視、電影也曾放映一些科幻影片,但始終未能蔚為風氣。筆者認為要使科幻文學在國內生根,除要借重大眾傳播鼓吹科幻文學的時代意義外,正本清源仍需由科幻小說入手,灌輸國人對科幻文學的觀念。由於「科幻」能很準確地反映出一個國家的科技水準,也能觸發人類對未來的思考力,因此筆者深深希望能藉此叢書引起大眾對科幻的注意與了解。我們深信科幻文學必能因此為現代文壇帶來新局面,同時也更激發國人探討科幻的興趣。

類此的序文,以今日的觀點予以回顧自屬「泛泛之談」,但在八〇年代初期能夠有意追尋「正確的科幻觀念」,並且強調科幻文學對於「現實」的反映和影響,已預示了科幻文學在台灣的正統文學之外獨樹一幟的潛能。

知識系統在八〇年代的存在,和它的創辦人張系國在七〇年代中期將創作主力轉向於科幻,同樣是台灣科幻發展史中的重要事件,知識系統的作者群結合了時報文學獎附設科幻小說獎、張系國科幻小說獎、世紀華人科幻藝術獎(這三種獎項由張系國促成,可視為一種科幻獎與系列承續,而非並獨立存在)所發掘出來的新銳作家和不同類型、文體的作品。一九八九年,這些作家又加入了當年照明時期的「未來學」學者和文壇對科幻有興趣的編、作者,在張系國策劃下創辦台灣第一份正式的科幻雜誌《幻象》。八〇年代前期,照明出版社曾創辦了一份綜合性科幻月刊《飛碟與科幻》,出版單冊四期後即改為報紙型雜誌,旋即無疾而終,並未產生具體的影響力,照明出版社也因經營困難而停頓。《幻象》創刊即採季刊型態,迄今已出版四期,內容包括科幻譯作、本土創作和科幻／科學知識的報導介紹,整個方向指向了通俗化的趨勢,閱讀群眾

則設定在大專程度的科幻愛好者。

在《幻象》的〈發刊詞〉中，張系國指出：

> ……若干年前，我曾提出「全史」的構想。我認為，歷史應包括
> 「過去」，也必須包括「未來」。包括過去和未來的歷史，我稱之
> 為「全史」。現代人不能祇了解過去，也必須了解未來，向未來尋
> 找歷史的根源。
>
> 科幻小說的長處，正是它處理題材包括人類的過去、現在以及未
> 來，科幻小說家都是全史學家，因為他們所要探究的是人類整個
> 的精神面貌。科幻小說的基本精神就是它不斷在突破「過去」的
> 束縛，設法一窺「未來」的究竟。但科幻作家又深知，「過去」和
> 「未來」之間，並不存在無法跨越的鴻溝。《星際大戰》片首的字
> 幕，不說「在那遙遠的未來」，而說「在那遙遠的過去」，其實，
> 遙遠的未來也就是遙遠的過去。……「過去」和「未來」是如何
> 的逼近，又如何弔詭的糾纏在一起！
>
> 為什麼要辦科幻雜誌？分析到最後，仍然是為了教育民眾、喚醒
> 民眾。人們愛說，不了解過去就是忘本。其實，不了解未來同樣
> 是忘本，而且更加危險。我期望《幻象雜誌》是一座過去和未來
> 之間的橋、老年中國和少年中國之間的橋、黃色文明和藍色文明
> 之間的橋、大陸中國和海洋中國之間的橋。

「全史」的觀念是一種文學想像，也是一種創作哲學，可令人聯想到艾
沙克·艾西莫夫在《基地三部曲》中「心理史學」的觀念，也就是以精
確的計畫推翻未來人類歷史的學問。「心理史學」是艾西莫夫將人類社會
移置於氣體動力論而得到的一種理論，張系國雖然沒有清晰地說明「全
史」的科學邏輯以及理論基礎，也許這些空白之處留待創作予以填補。

<h1 style="text-align:center">三、</h1>

在前引文中張系國指出辦科幻雜誌的目的:「分析到最後,仍然是為了教育民眾、喚醒民眾。」但是科幻小說家是不是也要如此「文以載道」呢?黃凡在《上帝們——人類浩劫後》(1985)的詩序〈我的宇宙〉中說:

> 在我的宇宙
> 向無限度量擴張的世界
> 因為它如此漫無目的地擴張
> 以至於竟無法容忍一個有限
> 延伸的「上帝」的概念
>
> 所以在我的宇宙
> 沒有任何神祇的存在
> 有的只是一些
> 機率、概率、碰撞原理以及
> 無數不公平的競爭

以上是黃凡言簡意賅的宣言,他不再相信「上帝」或者說傳統所謂的「真理」,他也不背負任何「道」,一切的源頭是「我的宇宙」———一個懷疑主義的心靈。黃凡的創作生涯崛起於八〇年代初期,從政治諷刺小說、社會寫實小說、科幻小說到八〇年代後期的後設小說和都市科幻,可以說總是引領風騷,成為八〇年代台灣小說界的象徵人物之一。他對於科幻小說的經營也貫穿了八〇年代,《零》和《上帝們——人類浩劫後》是其前期代表作,《上帝的耳目》(1990)則是近期新作。嚴格地說,黃凡在科幻小說上的成就不如其他小說類型來得重要,以近作《上帝的耳目》而言,巨樹災變、宇宙仲裁者、人類返祖等情節都是眾所熟知的材料,結構上也顯得不勻稱;但是他前期的作品卻別開生面地大規模執行了「反

烏托邦」的主題,雖然這個主題是西方科幻界並不新鮮,黃凡仍舊以他特有的文體規劃了人類可悲的前途。

相對於黃凡對人類前途的悲觀,張系國在八〇年代的代表作《夜曲》則以詼諧、溫馨或戲謔的方式呈現他穩健的樂觀主義。《夜曲》收錄的作品計短篇八篇:首篇〈夜曲〉是關於「向別人借時間」的幻設作品;〈香格里拉〉和〈星際大戰爆發以前〉諷刺的主題是使人類玩物喪志的「癮」,前一篇論麻將之害,連無文明、無歷史的「黑石族」都深陷不可自拔,後者則是論電動玩具癮;〈陽羨書生〉是〈續齊諧記〉中那篇同名古小說的未來版;〈虹彩妹妹〉只有科幻外殼,是偏向心理主義的創作;〈第一件差事〉延續〈陽羨書生〉的情結,敘述匆促、甚有鬧劇場面,真正的嘲弄對象是現實中的壞官僚;〈陷阱〉一篇較為特殊,難能可貴地將抽象的思維描繪得形體精妙,是探求生命哲學的「邊緣科幻」;末篇〈綠貓〉則屬神祕小說的範疇了。

張系國在八〇年代至九〇年代初期又發展出長篇系列《城》:卷一《五玉碟》(1983)、卷二《龍城飛將》(1986)、卷三《羽毛》(1991),分三冊出版。《城》的系列由《星雲組曲》中〈銅像城〉與〈傾城之戀〉兩個短篇所涉的「索倫城」以及呼回族歷史延展而出,架構龐大、人物與情節皆十分繁複,但是整體而言卻無法超越張系國若干傑出短篇的貢獻,其關鍵處絕非張氏在《城》三部曲中自造怪字(如ㄖ、ㄇ、口、ㄖ、口),也非情節不佳,而在於敘述文體的粗略,張系國精緻的文采、靈閃的思想、驚奇的意象常常豐富了他短篇科幻的生命,而峭拔的結尾亦每每能夠起死回生。例如〈第一件差事〉,整體的敘述非常潦草、結構十分渙散,就科學的邏輯或文學的說服力來說都非佳例,但是他的小說結局卻令人驚訝,頓解全篇意涵,以前反邏輯、不具說服力的部分即刻獲得諒解——因為一切荒誕無聊的部分都是為了鬧劇式的結局預埋伏筆。又如〈香格里拉〉中有關「黑石族」的生態描寫,乃至天空上的月亮變成

「紅中」，柏油路面四散碎裂後昇起一張「發財」等等令人拍案叫絕的意象和渲染情調的筆墨，都構築了小說成功的要件。這些正是《城》三部曲中所缺乏的藝術加工，其中全書的楔子，也就是原收入《星雲組曲》的〈銅像城〉，獨立成一個短篇來看，是一篇傑出的魔幻寫實之作，迄今仍無另一位作家能夠創造出索倫城銅像那麼富含詩心、悲愴與無常感乃至引發對人類歷史動搖信心的雄偉意象，這尊銅像的高度也超越了《城》三部曲的總和，不但其他科幻作家無法踰越，就是完成巨幅長篇的張系國目前也尚未雕塑出更龐碩的心象。

《夜曲》諸篇在情調上繼承《星雲組曲》之餘，則更見開創性。張系國寫《夜曲》諸篇，想像的空間超越了科技道具和科學理論的空間，但是筆者更相信這些作品更像是成熟期的當代科幻。〈陷阱〉的格局小、篇幅省，卻暗藏雷鳴之聲。艾西莫夫和克拉克都向外太空尋求人類進化的超越之道，就這點來看，他們類似中國的道家，艾西莫夫的《最後的問題》、克拉克《童年終結》都指出了人類將捨棄肉體的束縛而進化成新的生命型態，這又令我們想到德日的進化論神學。而張系國獨能另闢蹊徑，讓抽象的「生命」不斷分裂、不斷陷入實體的「陷阱」之中；這種探究生命與現實（無以數計的陷阱和不明的敵人）關係的「亞科幻」，稱之為「存在主義科幻小說」亦不為過。

黃凡有情地悲觀，張系國審慎地樂觀，他們的作品（尤其是張氏的《城》）多半具備巨視下的「全史」（借張系國語）色彩。八〇年代另一位異軍突起的科幻小說健將葉言都也試圖建立起自己的歷史實驗場，在《海天龍戰》（1987）中的系列短篇可窺其宏圖，而他的文體則進入細膩的考察，將幻設的世界逐步塗抹以如實的顏料；用一個簡單的例子來說，就是在精微的縮小比例中製造、著色那些寫實的模型玩具。張、黃的中、長篇鉅製和葉言都的工筆相較，就如同印象派濃烈的粉彩了。

葉言都科幻小說的趣味便在於環境資料的窮究如實，人文的、天文

的、水文的、大地地理的各種資訊,成為他創作的基本經緯;他不僅是傳統的史觀派急於對未來的歷史強做解人,他所受的訓練與所採取的方法都自歷史實證主義出發,以大量資訊的蒐集和研判做為歷史解釋的註腳,再加以科技變遷的模擬,來共同決定小說的敘述內容;有時,他僅僅呈現資訊本身,因為資訊本身已經為讀者設下思辨通道的入口,他在一九七九年完成的《高卡檔案》已經奠定了這種模式。

宏觀科幻是八〇年代確立的台灣科幻主流,另外也有微觀科幻——以單純的科幻因素、凝聚的主題處理個別或社會局部性問題而非人類全體興亡錄的「小科幻」——激起波瀾,范盛泓、葉李華的大部分作品皆能以精湛的「正統」(再借張系國語)短篇小說技法完成有趣的構思。

四、

一九八四年以降,透過參選科幻小說獎或入選年度選而出現的作者,新銳部分包括范盛泓、何復辰、駱伯迪、高正奕、許順鏜、裘正、葉李華、廖志堅、蔡澔淇、何善政等,文壇成名作家還有黃凡、張大春、葉言都、平路、西西、誠然谷等,呈現出量少質精的現象。事實上,當代文學評論界並沒有肯定科幻文學的地位,除了專屬於科幻界或者媒體特別企劃外,所有文學論評和文學史言談皆摒除了科幻小說的存在,反而是科幻文學中另一條微弱的支流「科幻詩」在詩壇中屢次引起爭議和批判,然而那些討論屬於詩學範疇,而非科幻文學基礎領域的科幻論評。就讀者而言,台灣大部分科幻文學的潛在市場,已經被倪匡的「驚奇故事」(筆者認為倪匡是「反科幻」)的)和日本科幻漫畫所佔據;因此在這種科幻文學的躍升期間,也正是科幻作者和理論家在多重壓力下論辯科幻文學內涵的良機。

通過八〇年代以降台灣科幻界的時光隧道,我們可以發現除了創作

上的成果之外，對於科幻文學的範圍也出現了多元的聲音；以下綜合了八○年代中台灣科幻文學的三項重大議題，做為本文之結束。

1. 科幻／非科幻

什麼是科幻、什麼是非科幻，這當然是以科幻小說為核心的界定方式。這個問題在一九八二年五月四日《聯合副刊》舉辦的「聯副科幻小說座談會」中有熱烈討論。

黃凡在會場中指出：「有三種說法比較接近科幻小說。第一類叫科技小說；第二類叫科幻小說；第三類是幻想小說。」他認為「科技小說」是指專業技術性格凌駕文學因素之上的作品，如艾西莫夫的《聯合縮小軍》就是一個例子。「幻想小說」，黃凡認為「例如倪匡的作品，科學知識背景較少、較薄弱，最主要的部分是『想像』，是不可能、不可思議的事件。一般讀者都可以接受，等於是一種以通俗性、娛樂性為主的小說。」至於「科幻小說」的定義，黃凡則認為：「應是科學、幻想成份各佔一半」。

黃凡的看法是近年來大多數科幻小說創作者的共識。

「科幻小說」一詞由 Science Fiction 翻譯而成，其實直譯「科學小說」即可，因為「小說」本身已含有虛構的意味。一九六八年張系國在《奔月之後》一文中正式採用了「科幻小說」一詞；十年後，張系國編選《海的死亡》（世界科幻小說選集）時撰序分析科幻小說內容，將之劃分為四類：「探險科幻小說」、「機關科幻小說」、「社會科幻小說」（又分為「諷刺科幻」和「末日科幻」兩種）以及「幻想科幻小說」，在這種定義下，科學因素減少或完全消失的「幻想小說」也納入科幻小說的領域中。很明顯的，是因為中文的「科幻小說」一詞造成了這種定義的模糊。簡單地說，科幻小說是以科學因素加入創作內容的文學作品，而且必須成為情節進展的動力，絕非未來時空背景的出現或是玄想冥思的幻念就能構成科幻小說。

　　但是配合近十年來科幻小說在台灣發展的實況，黃凡提出的模式如稍加修正，也能切合科幻創作的人文精神。因為創作的趨勢和理論的界域每每存在著互動關係，所以這種定義的含糊勢所難免；但是如不將黃凡所謂「幻想小說」和「科幻小說」剔除，就無法建立一個獨立次文類的性格，因此不妨將科學因素薄弱卻仍保持科幻小說精神的作品，以及幻想性低而資訊累積過度的作品，均視為「亞科幻」類型，即所謂「邊緣科幻」，使得科幻小說的創作幅度不致一味受到牽制。另一方面，所謂「科學、幻想成分各佔一半」，亦應基於質的考量而非基於篇幅分配的考量。

2. 正統化／反主流

　　黃凡曾在上述座談會中提出：「現在科幻小說幾乎也可被視為正統文學，我個人就是從事這種嚴肅文學創作，藉著科幻來表達我一些嚴肅的想法。我認為正統文學是以『人』為出發點，完全描寫人的處境。藉著科幻、未來世界的探討，立足點還是在現實、這個時代，這種立場就可以漸漸接近嚴肅文學。」

　　在這段話中，台灣科幻作家反通俗、追求正統化的懸念淋漓盡致地表現出來。近十餘年來，科幻作家往往以非常嚴肅的創作態度和對於純文學的標準來描繪科幻時空，形成了和美式科幻追索通俗市場完全相反的模式。

　　所謂「正統化」，也就是加入主流、和純文學融合的意念。

　　張系國《夜曲》一書附錄了他與王建元對談科幻小說的〈科幻之旅〉一文，張系國指出科幻小說應自外於主流，可以不需要主文化的認可，他說：「最近才有人開始辯論『科幻小說』是不是應該叫做 Speculative Fiction……等。這可以說是科幻小說家的『墮落』，企圖佔有主流地位，所以才想要改這些名詞。這『墮落』是反面的意思：由次文化『墮落』

回主文化去，對次文化本身的成員講，這是一種倒退，甚至是種離『經』叛『道』的現象。」

　　張系國在八○年代結束之際，提出了這種「反主流」的呼籲，和八○年代初期科幻作者期盼得到主流容納的情勢成為有趣的對比。這兩者之間的辯證，很明顯透露了台灣科幻的格局已經逐漸形成，也因為陣營日益鞏固，甚至擁有出版社外的獨立雜誌《幻象》做為發言機關，至少科幻小說這種「次文化本身的主流」，已不必再附隸於「正統文學霸權」或特殊文化市場所控制的媒體。張系國的宣告，僅僅是科幻文學立穩腳跟的現況，也是所謂「正統文學」全面崩潰瓦解的前兆。

3. 宏觀科幻／微觀科幻

　　宏觀科幻和微觀科幻本來是並存的類型，張系國本身即能兼擅二者，但是由於八○年代科幻文壇的主導者如張系國、黃凡、王建元等都直接間接地鼓舞了架構龐大的科幻小說和包含人類過去、現在、未來的「全史」三重指向，側重於創作者世界觀與世界史的衝擊，「烏托邦」和「反烏托邦」遂成為最受創作者喜好的創作窠臼，七○年代台灣報導文學中出現的「歷史感的窠臼」如今又有降臨科幻創作的危機。

　　換言之，九○年代也正是重拾回微觀科幻和輕科幻的良機，一方面它們給予作者與讀者的壓力都較輕，利於廣擴科幻觀念，另一方面，微觀科幻儘管格局小，卻不見得欠缺藝術價值，這道理如同電算機的體積，科幻進步的結果是縮小機體、增加功能；再進一步說，未來十年的宏觀科幻也必須在固定的框架中負載更多的資訊和藝術趣味，才能讓台灣的科幻維持在進化的上升曲線中。

選自：《幻獅文藝》1993年7, 8月號；楊宗翰編《林燿德佚文選（Ⅰ）評論卷──新世代星空》（台北：天行社，2001）

張惠娟

台灣大學外文系教授

台灣後設小說試論

　　「後設小說」（metafiction）是西方文壇近三十年來的一個文學現象。隨著六〇年代以來社會、文化等領域中自我意識的覺醒以及學界對於語言功能的研究，小說作為一反映現實的媒介也再次受到質疑，因而有種種頗具實驗意味的作品出現，藉由各類手法，探索虛構和真實的關係、語言文字的迷障、讀者和作者的角色、寫作的問題等，自覺地省思小說創作的林林總總，自我指涉特質甚濃，因之也被稱為「自覺小說」（self-conscious fiction）。雖然「後設小說」一詞遲至一九七〇年始出現，而有意識地探討此一文體的諸般脈絡也是近數十年的事，其種種實驗性手法卻早已存在，甚至可上溯至十八世紀的《崔斯騰・先迪》（Tristram Shandy）。一如批評家吳渥（Patricia Waugh）所稱，「後設小說是所有小說中潛藏的一個趨勢或功能」（5），而幾乎所有當代實驗作品也多少「展露後設小說的策略」（22）。準此，則由後設小說的觀察探討台灣當代小說，或當有其發人深省處。自覺的後設小說家台灣並不多見。然而無論自覺與否，後設小說的觀點或可提供當代台灣小說的讀者一個嶄新的批評視野，使其自唯「新批評」馬首是瞻的桎梏中獲得解放。[2]

　　台灣後設小說的濫觴，當在一九八五至一九八六年間。黃凡一九八五年十一月廿四日發表的短篇小說〈如何測量水溝的寬度〉，引致種種關於後設小說的談論。瘂弦認為此作品是「國內少見的後設小說」（1），蔡源煌以〈欣見後設小說〉為其評介的標題（21），余玉照則強調此作品類似西方的「自省小說」（24）。其後蔡源煌在一九八六年元月廿一日發表的〈錯誤〉亦以突出的實驗性手法為人稱道，甚至被認為是「台灣第一

---

[1] 據 Patricia Waugh 之言，後設小說一詞首度出現於美國批評家兼小說家 William H. Gass 於一九七〇年紐約出版的一本論著 *Fiction and the Figures of Life*。

[2] 某些批評家針對當代實驗性作品的批判，如結構不嚴謹、使用括弧按語的缺陷、令讀者分心等，皆導因於「新批評」掛帥，而忽略此些作品實另有師承。

篇後設小說的佳作」(陳昌明，170)。而張大春《公寓導遊》和《四喜憂國》中的多篇力作亦足見其為質量俱豐的作家。黃凡、蔡源煌與張大春確是台灣自覺的後設小說經營者，其他作家如林燿德、葉姿麟等人亦採用了諸多後設小說的技巧，甚至晚近的所謂「校園文學」中亦可見到後設小說的影子，如黃啓泰的〈少年維特的煩惱導讀〉。可以預見，台灣後設小說的發展，應是潛力無限。

後設小說的勃興，乃承襲現代主義抬頭以來對於寫實傳統的拒斥。寫實主義強調文學反映人生，作品即是鏡子，足以全盤掌握人生的真象；後設小說則凸顯小說的虛構性，強調小說是人工堆砌文字的成品，進而質疑虛構和真實之間的關係，明陳在二者之間輕易畫上等號的不智。台灣後設小說家多嘗試以各種方式處理虛幻和現象的交融與衝突。在〈如何測量水溝的寬度〉中，黃凡大玩其文字遊戲，一意強調作品的故事性，是文字堆砌的產物。直到作品結尾，作者始交待「真相」。然而讀者經過前此的「折磨」之後，已然了解全文只是一場虛構的真實，只是「藉著白報紙上印出的黑字來證實它能夠勾勒出一個『世界』」(蔡源煌，〈欣見後設小說〉，21)。既是如此，則〈如何測量水溝的寬度〉一事在現實中的荒誕不經，正揭示了作者所欲透露的訊息：小說不等於人生。

張大春的小說亦揭櫫其對於寫實傳統的質疑。如〈走路人〉一意強調「無論你們相信誰的記憶，它都會在相信之後變成最真實的故事」(71)，明言「客觀真實」的虛妄。張大春的某些作品一向被歸為「魔幻寫實」之列，然而一如詹宏志所稱，張大春「用了魔幻寫實的技巧和面貌，可卻沒什麼『寫實』的企圖(或誠意)……其中甚至還包括一個命題：『天下沒有寫實這一回事』」(309)。〈將軍碑〉是一個很好的例子。此作品描述一位戰功彪炳的將門晚年「能夠穿透時間，周遊於過去與未來」(11)，其部屬更聘請傳記作家，請他口述回憶錄，「好為大時代留下歷史的見證」(12)。然而回憶錄無法掌握歷史的「真相」，甚至是否有所

謂「客觀」的「史實」皆成問題。幻影與現實交融，過去與現在交織，更烘托出此一作品的詭異氣氛。將軍的回憶，傳記作家寫就的回憶錄，將軍之子的記憶——何者是真？何者是幻？回憶不等於歷史，作品不等於真實，張大春意圖打破寫實迷思的企圖於此可謂一覽無遺。

作爲一位學者與評論家，蔡源煌的〈錯誤〉更是自覺地體現後設小說的旨趣。故事架構在一個陳腐的愛情故事上，卻刻意「促成小說敘事結構的自體銷解，並玩笑似的嘲諷已爲成規的文學認識」（鄭加言，168），以強調作品的虛構性，打破讀者囿於寫實傳統的閱讀習慣。篇中有一段話頗能印證作者對於寫實主義認定感官所見即爲真實的反感：

> 我們常說時光隧道，就是要以隧道這個具體的意象來代表抽象的時間概念。飛逝的車身，是俗世的時光歲月；車內日光燈所照亮的部分，就像我們在日常生活當中所能夠憑經驗感官去察覺的現實。我們斗膽而帶有幾分無知愚昧地相信那就是所謂的現實。可是車外那烏黑的背景，幾乎一伸手就可觸及；在黑暗中，一定有著我們所看不到的什麼東西冥冥中在那裡存活著。（158）

除了反對寫實主義，強調作品的虛幻性之外，自我指涉的特質乃是後設小說的基本元素。吳渥曾指出，「後設小說的最大特徵，乃創作小說之時亦談論小說的創作」（6）。麥卡費瑞（Larry McCaffery）亦提及，「後設小說，一言以蔽之，乃與小說創作習習相關」（22）。福波（Stanley Fopel）更明言，「後設小說乃藉由小說探究小說理論。後設小說家……探究此一文學架構的所有層面——語言，情節和角色的成規，作家與作品和讀者的關係」（328）。此等探討所藉助的媒介，乃是所謂的「後設語言」（metalanguage）。

後設語言一詞乃語言學家黑姆升列夫（L. Hjelmslev）或雅克遜

（Roman Jakobson）所創，[3]意爲「以另一種語言爲標的的語言」或「評論另一種語言的語言」。小說中使用後設語言，則往往爲「對於作品本身情節、角色，以及進行方式作一評斷」（Culler, *On Deconstruction*, 199）。的確，縱觀台灣後設小說，吾人可見其中大量充斥著後設語言，其運作方式可略分爲數個脈絡。它們或凸顯作品寫作的刻意性，展露對於寫作行爲的極端自覺與敏感；或者暴露寫作的過程，強調一切尚在進行之中的「未完」特質；或者一意談論作品的角色、情節等；傳統小說的成規——具無上威權的作者、完整的架構、單一的詮釋、被動的讀者等——亦一再被議論及質疑。

張大春的〈寫作百無聊賴的方法〉是一個甚佳的例子。此作品由題目即可見其刻意強調寫作行爲，而題目本身的怪異亦饒富趣味：百無聊賴是一個三十歲的試管嬰兒的名字，爲作者試圖描摹的對象；然而「百無聊賴」一詞加在寫作下面所產生的諧謔風貌，再透露後設小說的旨趣，揭櫫後設小說強調寫作是一場文字遊戲的信念。作品醞釀的過程在此文中亦屢次被揭露。如下所引，即是刻意將作者內心推敲題材的情形，暴露於讀者眼前：

> 我不知道該用那一個學科的方法去敘述百無聊賴這個人和他的遭遇。到今天這個時代，試管嬰兒已經多如牛排（編按：『排』字可能有誤，原本疑作『毛』，姑且存真），如果還用科幻小說這種古老的文體去寫，我就太不愛惜羽毛了。如果用寫實主義的方法來鋪陳百無聊賴這個人和他的故事，又缺乏衝擊性的張力，必定淪於沉悶。如果用意識流的方法去呈現百無聊賴的內心世界，我又實在想不出像他這樣一個平凡的現代國民會有什麼驚人而深刻的

---

[3] Patricia Waugh 稱首度使用 metalanguage 一詞的是 L. Hjelmslev, Margaret A. Rose 則認爲是 Roman Jakobson。

省思……最後，搞到百無聊賴都出獄了，我還不知道該用什麼方法去完成一篇原本可能具有雄偉（sublime）品質的作品。（95-96）

後設小說所強調的「不定原則」（uncertainty principle）（Waugh, 3）、「未完特質」，以及寫作的困頓，[4]於此可謂昭然若揭。此外，文中所見編者聲音的介入，亦是強調過程的手法，爲後設小說的一個典型技巧，容後於討論「括弧按語」的使用時再講述。

〈寫作百無聊賴的方法〉另一展露未完特質的技巧，乃是把主角搬到現實生活中，與他見面，與他討論。在一頓飯局裡，我們見到主角塞給作者許多「素材」：

結果我輕輕鬆鬆地吃了一客丁骨牛排——噢，也許不是，「丁骨牛排」是我最新的一部小說的名字……他吃得不多，大部分的時候在玩弄餐具，同時談他生活裡一些非常瑣碎的經驗、感覺。並且一定加上一句註腳：「這真是微不足道、不值得一提的東西。」可是他不停地把那些雞毛蒜皮塞進我的丁骨牛排（？）裡。（85）

「丁骨牛排」既是食物（現實），也是小說（虛構）；作者吃了牛排，也吸收了許多雞毛蒜皮的「素材」，得以繼續他未竟的創作。此中所刻意強調的流動性和存疑感，以及對於傳統「文以載道」觀念的嘲弄，更爲此一創作的「進行曲」添加幾許神韻。

強調「正在寫作」或者「即將寫作」也是暴露寫作過程的另一手法。如下是一例：

我……現在可以不用翻撿資料便能寫下他四歲時有一次用右手小

---

[4] Patricia Waugh 曾提及，「如何可能描述任何事物？後設小說家深切意識到一個基本的困境：若他或她試圖『再現』這個世界，他或她立刻了解到這個世界無法被『再現』。」

> 姆指在鼻孔內往腹挖掘一千兩百三十四次的芝麻小事。(他之所以
> 如此做據說是和自己打賭⋯⋯──我真無聊,說著說著就把這一
> 段給寫下來了。奇怪)(102)

此一自省意味甚濃的手法,揭示了後設小說的「開放」文體,有別於寫
實主義一意強調作品完整性的「閉鎖」文體。此外,此段文字語氣的「故
作天真」(deceptively naive style of writing)(Waugh, 2)亦是後設小說文體
上的另一典型技巧。

> 一意討論作品的角色、情節等,一向也是後設小說展露自我指涉
> 特質的一個表徵。〈寫作百無聊賴的方法〉中此類例子撿拾即是:
> 作家總可以在他預設的悲劇角色身上敏銳地嗅出一點點悲劇氣息
> 來的。(88)

> 但是對我來說,死刑犯那篇小說的格局太小,而百無聊賴這個人
> 卻值得進一步用大結構的作品來詮釋。(91)

> 如此一來,我們要寫的就是一部以揭發獄政黑幕為重點的小說
> 了。(103)

此些後設語言的存在,可見作者刻意質疑文學成規,明陳區分「文學」
與「批評」為二種截然不同活動的武斷性,並揭示講求作品純粹性的迷
思。誠然,後設小說的視野,正有助於吾人以較寬容的態度看待作品中
許多似乎彼此衝突的聲音。更甚者,不同聲音的存在,並無礙於此些作
品在美學(aesthetics)上的地位。一如卡勒(Jonathan Culler)所言:「晚
近的批評分析中,對於異質的讚頌,對於尋得不相容的論辨思路或意義
邏輯的興趣,以及對於作品的潛力與作品自我解構的成效息息相關的認
定,皆使得作品應為有機統合體此一觀念不再如過去般,是文學批評不

容置疑的目的。」（*On Deconstruction*, 199-200）。

對於「異質」（heterogeneity）的讚頌，確是後設小說質疑傳統小說成規的一個立足點。具無上權威的作者、完整的架構、單一的詮釋、被動的讀者等，皆在此一信條下遭到拒斥。〈寫作百無聊賴的方法〉聲言作家是十分忙碌的職業（95），然而作家卻絕非高高在上：

> 現在作家之間彼此套取題材情報、挖掘故事構想、剽竊人物造型、對白、動作……的情事真是層出不窮；我嚴正呼籲立法機關注意此一趨勢，最好是限制作家人數，免得搞到大家沒飯吃的地步。（101）

諷刺的是，〈寫作百無聊賴的方法〉中的作家，一直無法掌握他的角色，直到篇末始頓悟「文學教化的影響力深遠廣大」（111），而「想好了寫作『百無聊賴』的方法」（111）。此處可謂呼應了現代主義以來所強調的「作者之死」。

相較於作者地位的曖昧，後設小說自覺地凸顯讀者的角色，力邀讀者介入作品之中，和作者一起玩文字遊戲。〈寫作百無聊賴的方法〉對於讀者角色的自覺，可見於其對於讀者反應的重視：

> 我盤算著黑獄加上冤獄的情節……要是為了那一點點陳腐的冤情悲劇感而寫出整個事件的話，豈不是擺明了和自己賴以成功的氣數理論唱反調嗎？即使讀者不這樣想，這種作品一旦發表，難保不會挑起幾個好事的意見領袖的狗屁意見……。（108-109）

讀者更是一再被邀請介入故事中，參與此一文字遊戲：

> 至於為什麼安排這樣的情節，其實一點也不重要，反正藝文復興運動以來，讀者解讀作品的花樣兒越來越多……。（104）

……勇於針貶（編按：『貶』字應作『砭』，疑係筆誤，或有他意，請讀者解讀）。（106）

此中對於作品僅有一種合法詮釋的挑戰，亦是後設小說的特色。傳統小說的其他成規，例如有機架構的神話，亦是後設小說所欲質疑的。「括弧按語」（parenthetical expression）的大量使用往往是後設小說藉以摒斥「完整架構」迷思的一個方式。藉由二種聲音的並列（juxtaposition），打斷小說的「敘述」，迫使讀者減緩閱讀速度。此中所透露的「中斷」、「不接續」等特質，與傳統小說對於結構的期許，自是背道而馳。而刻意離題（digression），更是後設小說向傳統挑戰的另一方式。「我扯遠了」（86）、「我又離題了」（105）是〈寫作百無聊賴的方法〉中常見的話語，也是此作品刻意悖離傳統小說成規的又一明證。

除了張大春外，黃凡、蔡源煌、林燿德、葉姿麟、黃啓泰等人的諸多作品亦同樣展露自我指涉的特質。茲舉數例如下。黃凡的〈如何測量水溝的寬度〉對於讀者閱讀行為的挑戰，可謂已臻極致：

故事進行到這裡，可能有部分讀者感到不耐煩。那麼我有如下的建議：
一、你可以立刻放棄閱讀，再想辦法把前面讀的完全忘掉。
二、你一定急著想知道作者如何測量水溝的寬度，那麼我現在告訴你，我們當時帶了一把弓箭，把繩子綁在箭尾，射到緊靠溝旁的樹幹上，把箭拉回後，再量繩子的長度，答案就出來了。
三、假如你對上述兩種建議都不滿意，那麼我再給你一個建議，暫時不要去想如何測量水溝的寬度，請耐心地繼續閱讀。（13）

黃凡的另一小說〈小說實驗〉亦是一充滿自省意味的作品。小說的主角——一位作家——是黃凡（！），而第一人稱的我是一位名叫黃孝忠（黃

凡本名）的讀者。二人偶然捲入一場謀殺案中，決定一切依循作家正在寫的小說情節進行，以圖恢復清白，而案情終究也由於「小說家永遠不會錯」（175）的大綱而水落石出。作者、創作、讀者、閱讀行為、出版商、文學獎等小說因子皆被提出來加以檢視，而傳統小說成規的權威性也蕩然無存了。

蔡源煌的〈錯誤〉，探討寫作小說的行為，亦是逸趣橫生。從寫作過程的省思、「作家神話」的諧謔、角色的考量、讀者反應等，無一不展露後設小說的特質。例如第五部分的開端，作者迫不及待地聲言：「親愛的讀者，這篇小說到此已經結束了」（160），然而作者卻還源源不絕地說下去。此中藉由刻意塑造的「違背本身」（"ecart de soi"）（"difference from itself"）的精神⁵所加諸於傳統主流文學價值體系——如「安定」、「一統」等——的批判，當亦是後設語言的功能之一。

林燿德的作品，如〈惡地形〉、〈我的兔子們〉、〈迷路呂柔〉等，也使用了許多後設語言，展現自省的特質。括弧按語的使用是一個例子：

> 大一的她對張穎的印象就是這些，也不曾想過愛不愛，只覺得他翩翩的身影有一股瀟灑，雖然並不特別。（編按：和作者的文筆一樣庸俗）。（〈迷路呂柔〉，72）

一如黃凡般，作者也讓自己的名字出現在作品中：

> 如同你可以預測的，屬於林燿德式的風格（作者按：我也不在乎，你是否有能力考證林某人的風格是自何處移花接木而來）。（〈我的兔子們〉，167-168）

暴露寫作過程的技巧是另一個自我指涉的例子。如原稿的引用（〈惡地

---

⁵ 解構批評對於「違背本身」精神的詮釋是：「對於作品中任何違反權威事物的興趣。」（Culler, *On Deconstruction*, 214）

形〉，198-199）、強調「正在寫作」（〈我的兔子們〉，169）等，和前述數家皆有異曲同工之妙，可見其刻意逸出寫實傳統的努力。

葉姿麟和黃啓泰二位作家，也展露對於寫作行爲的極端自覺與敏感，於作品中深究作家的角色和寫作的困頓。葉姿麟的作品，如〈有一天，我掉過臉去〉、〈那麼，這個故事你喜歡嗎？〉和〈學習愛的人生之回憶〉，所談的不外乎作者、角色和情節的安排，與寫作的難題，作品中隱隱然透露出一個年輕作家的焦慮。黃啓泰〈少年維特的煩惱導讀〉題目本身即充滿自省意味。此作品描述一位年輕作家因寫作的困頓而精神失常。他去「一個不知名的小鎮蒐集寫作資料，發現小鎮竟然是他曾經在某作家的暢銷小說中讀過的」（59）。小鎮上的人見到他皆遠遠避開，因爲他們不願再次成爲作家筆下的受害者：

> 當初某作家蒞臨小鎮時，她首當其衝，不幸被遴選爲女主角，受傷最重；至於其他的，有些充作配角，有些客串過場當時時演員，有些在再版時遭到刪除，倖免於難，經過這些年歲月輾轉，大部分的的受害者雖然都重新從故事嚴謹的結構中一一掙脫出來，找到原本的自己，可是留在他們心裡的憤怒和恐懼，始終無法拭去。
> （62）

此作品可謂藉由表面上荒誕不經的故事，質疑傳統小說的「再現真實」的信念、有機結構體的信條等。故事中作家最後橫遭逮捕，更似乎呈現了現代作家的困頓、解讀行爲的繁複，和讀者──作者間的緊張關係。而此些議題也正是後設小說的主要關懷。

「諧擬」（parody）是後設小說運作的另一方式。諧擬文體的特徵，是「雙碼（two codes）或雙聲（two voices）──二種符碼或聲音併存其中，彼此抗衡。一如蘿絲（Margaret A. Rose）所言：

諧擬文體包含至少二組（相關的）溝通模式——諧擬作者與被諧擬作品的作者之間的通訊，以及諧擬作者與讀者之間的通訊。簡而言之，被諧擬的作品乃是經由諧擬者解讀（decoded）後，以「扭曲」的方式（編碼—encoded）提供予另一位解讀者——讀者。讀者由於先前已熟諳原始版本〔即此一被諧擬的作品〕，故能夠將原本與諧擬體兩相比較。（26）

另一位批評家摩森（Gary Saul Morson）更列舉三點諧擬文體的特色：

一、必須有另一聲音作為「目標文類」；

二、目標文類和諧擬版本之間必須處於敵對狀態；

三、諧擬版本須較原始版本享有更大的權威，更令人折服。（110）

張大春的〈自莽林躍出〉和〈最後的先知〉俱可見諧擬體的運作，其目標文類則為遊記和報導文學，藉由「扭曲」此二文類，令讀者意識到其理念的荒謬性而為張大春所提供的諧擬版本所折服，此亦即後設小說往往藉由「逆轉」（invert）和「破壞」（undermine）為人熟悉的文學傳統來達成其批判的目的（Waugh, 8-12）。〈自莽林躍出〉描述一場驚心動魄的亞馬桑河之旅，目的是寫成一篇遊戲：

萬一整篇遊記趕不及在預定的時間內送到河口大西洋岸的培蘭市，再從那邊轉寄回台北的話，我就搶不到報紙副刊的截檔期，搭上國內時下最流行的南美熱末班車。（93）

〈最後的先知〉則描述女記者至蘭嶼採訪，最後寫出〈海角樂園七遊〉刊於報上（165）。遊記和報導文學為人耳熟能詳的成規以是屢經提及。〈自莽林躍出〉一再談到主角忙於拍照、寫生、錄音等，〈最後的先知〉則屢屢描述記者從事採訪、溝通，甚至田野調查。然而此些「存真」的努力，

最後卻只暴露真實的虛幻。〈自莽林躍出〉中的「我」，一意保存記憶，然而他卻也深知，真實最終只不過是相當與否的問題罷了，重要的是如何去堆砌文字，用文字「造設現實」（蔡源煌，〈張大春的天方夜譚〉，102）。如下所引深具諷刺意味的話語中即可見一絲端倪：

> 我自己更堅決相信：寫遊記不像流水賬，而必須嚴組密織、抑揚頓挫，有情節、有高潮，萬萬不能讓人讀來有若走馬看花；所以在下筆的時候尤其不能被俗務干擾。如果我真去找那個什麼鬼巫醫，他勢必要在我的遊記裡扮演一個無足輕重的角色，這麼一來，非破壞掉我已經寫好的統一架構不可。（84）

作品末尾因之歷歷可見對於遊記成規的摒斥：

> 衝進我腦袋的第一個念頭是：拍張照片。可是這個念頭在下一個剎那被我繼續上升的浮力給吹走了。我愈是浮高一點，就越是覺得拍照、寫生、錄音甚至寫作……等等，是多麼多麼乏味的舉動。（96）

〈最後的先知〉中的女記者也悚然發現「存真」的難題。記者不可能保持中立，文字的媒體不是透明的，寫實主義的理想是不可能達成的（164-165）。於是，「為了想要彌補內心對這個島嶼的歧視，就把這裡的景致寫得美一點，把這裡的人物寫得可愛一點」（165）。此一「造設現實」的努力，的確「扭曲」、「逆轉」、「破壞」了報導文學「存真」的傳統，反映了後設小說藉由諧擬方式「批判文字再現人生的天真想法」（Rose，65）。〈自莽林躍出〉和〈最後的先知〉對於書寫過程的強調，再度凸顯後設小說的認知：作品只是文字堆砌的成品，而真實的幻覺——遊記和報導文學的「真」——也只是幌子而已。

後設小說採行諧擬體的方式，尚包括重述故事和諧謔一些文學性或

非文學性的作品、文件等（Waugh, 22）。葉姿麟的小說擅於重述故事。〈仙蒂瑞拉與貓〉談灰姑娘的故事，〈那麼，這個故事你喜歡嗎？〉談白雪公主的故事。二者皆將古老的童話故事放在一個新的詮釋架構上，藉由對比手法，顯示今昔之對立，明陳當今世界的複雜與多變，並反映了後設小說所強調的「不定原則」。張大春的〈四喜憂國〉和〈如果林秀雄〉，則諧謔文告──「告全國軍民同胞書」──和偉人故事──看小魚溯溪上游的啟示，將這些皇皇文體以扭曲方式解讀而達成其批判目的。

後設小說的另一技巧──「框架」（frames）的運用──亦可見於台灣文壇。對於作品框架問題的探究，乃一稟解構主義勃興以來所強調的「偏離中心」的視野，批判核心／邊際二分法的武斷性。框架運用的問題，其實也就是文學批評中「邊際」（boundaries）問題的延伸。晚近文學批評界的共識，乃是「對於邊際的關懷是文學批評不可或缺的一環」（Culler, "At the Boundaries", 24）。後設小說即一再由各種方式指陳傳統所謂「開端」或「結尾」的武斷性（Waugh, 29）。後設小說開端所習見的對於「開端武斷性」的討論──反映「不可能有真正開端」的認知──在台灣文壇並未見到。然而甚多作品的開端皆可見自我指涉的意味，如〈如何測量水溝的寬度〉即以討論作品題目開其端，張大春〈透明人〉開端強調「正在寫」的特徵，〈公寓導遊〉開端凸顯讀者角色等。於小說結尾方面，則後設色彩甚為濃厚。或者於結尾明示結尾的不可能，如〈如果林秀雄〉，或者「刻意」以某一種結局收尾，如〈錯誤〉，在在皆指出「結尾」只不過是一個武斷的觀念而已。

「置框」（framing）與「破框」（frame-break）的技巧亦是框架運用的一環。吳渥曾提及：「置框與破框交替（亦即藉框架模糊以建立幻覺及持續暴露框架以破壞幻覺）提供了後設小說主要的解構方法」（31）。所謂置框，原是作品區分「現實」和「虛構」的必要活動。然而後設小說的置框技巧──如故事中的故事──卻往往藉由「幻覺」（illusion）的建立，

打破內／外、虛構／現實的藩籬。「框架」之固守「中立」、「透明」的角色似乎並無可能，而其與正文之間的「污染」狀況也是無由避免的。「框架」的模糊（imperceptibility）正是置框技巧的高明處，也是幻覺得以建立的要素。葉姿麟的〈有一天，我掉過臉去〉即藉由故事中的故事技巧建立幻覺。作品中敘述者與他熱愛小說的女朋友，討論女朋友將寫的小說情節——一個平凡的愛情故事。讀者起始只是在「聽故事」而已。然而「框架」——敘述者與女友討論故事的對話——對於「正文」的論斷，卻又似乎令「故事」愈形「真實」，二者之間的界線愈趨模糊。此外，「框架」看似站在邊陲地位，只是附屬於「正文」的一個活動而已。然而一方面由「框架」的對話可見敘述者與女友愈形介入「故事」中，甚至有反客為主的意味；再者「框架」的論評往往更是讀者據以考察「正文」的線索（如談作者、讀者、小說寫作、情節安排等）。「正文」與「框架」間的內／外、虛構／現實的藩籬已被打破，「框架」的「中立」、「透明」角色更只是神話而已。

「破框」的技巧可見於諸如黃凡的〈紅燈焦慮狂〉中。此作品持續利用劇本的插入以破壞幻覺，拉大虛構／現實的距離。值得吾人省思的是，置框或破框，皆不為界定後設小說的唯一條件，二者之併存與交替運用始能展露後設小說強調複雜性、反權威、反單一詮釋的特色。由此觀之，則前述作品並非後設小說，然而其具備某些後設小說的技巧則殆無疑義，一如本文起始所強調的，所有當代實驗性作品皆多少「展露後設小說的策略」。

本文的探討活動，一以貫之，即指出台灣當代小說家所具備的後設小說視野。儘管自覺的後設小說家台灣並不多見，「完美」的後設小說亦如鳳毛麟角，然而後設小說的視野確有助於作者和讀者跨出寫實傳統的桎梏。縱觀台灣當代文壇，吾人欣見各種後設小說手法所帶來的向傳統權威挑戰的勇氣。此一新氣象對日漸多元化的台灣社會，應是大有裨益。

【引用與參考書目】

一、中文部分

（一）小說書目

林燿德，〈惡地形〉。收於《惡地形》（台北：希代，1988）。

林燿德，〈迷路呂柔〉。收於《惡地形》。

林燿德，〈我的兔子們〉。收於《惡地形》。

張大春，〈公寓導遊〉。收於《公寓導遊》。

張大春，〈將軍碑〉。收於《四喜憂國》。台北：遠流，1988。

張大春，〈四喜憂國〉。收於《四喜憂國》。

張大春，〈如果林秀雄〉。收於《四喜憂國》。

張大春，〈自莽林躍出〉。收於《四喜憂國》。

張大春，〈最後的先知〉。收於《四喜憂國》。

張大春，〈走路人〉。收於《公寓導遊》。台北：時報文化，1986。

張大春，〈透明人〉。收於《公寓導遊》。

張大春，〈寫作百無聊賴的方法〉。收於《公寓導遊》。

黃　凡，〈小說實驗〉。收於《曼娜舞蹈教室》。台北：《聯合文學》，1987。

黃　凡，〈如何測量水溝的寬度〉。收於《如何測量水溝的寬度》。瘂弦主編。台北：《聯合文學》，1987。

黃　凡，〈紅燈焦慮狂〉。收於《大時代》。台北：時報文化，1981。

黃啓泰，〈少年維特的煩惱導讀〉。收於《聯合文學》，五卷五期（1989.03）：56-68。

葉姿麟，〈有一天，我掉過臉去〉。收於《都市的雲》。台北：時報文化，1986。

葉姿麟，〈仙蒂瑞拉與貓〉〉。收於《都市的雲》。

葉姿麟，〈學習愛的人生之回憶〉。收於《都市的雲》。

蔡源煌，〈錯誤〉。收於《如何測量水溝的寬度》。瘂弦主編。台北：《聯合文學》，1987。

（二）評論文章

休玉照，〈苦刑乎？娛樂乎？〉。收於瘂弦主編《如何測量水溝的寬度》，24-25。

陳昌明，〈後設小說與平話〉。收於瘂弦主編《如何測量水溝的寬度》，170。

詹宏志，〈幾種語言監獄——讀張大春的小說近作《四喜憂國》〉。收於陳幸惠主
　　　編《七十七年文學批評選》。台北：爾雅，1989，307-315。

蔡源煌，〈欣見後設小說〉。收於瘂弦主編《如何測量水溝的寬度》，21-23。

蔡源煌，〈張大春的天方夜譚——評『自莽林躍出』〉。收於《四喜憂國》。台北：
　　　遠流，1988，67-102。

鄭加言，〈鑑賞『錯誤』〉。收於瘂弦主編《如何測量水溝的寬度》，167-168。

瘂　弦，〈為有源頭活水來〉，《如何測量水溝的寬度》序。收於其主編《如何測
　　　量水溝的寬度》。台北：《聯合文學》，1987，1-4。

二、英文部分：

Christensen, Inger. *The Meaning of Metafiction.* Bergen: Universitetsforlaget, 1981.

Culler, Jonathan. *On Deconstruction: Theory & Practice after Structuralism.* Ithaca,
　　　N. Y.: Cornell U.P., 1982.

——. "At the Boundaries: Barthes & Derrida." *At the Boundaries. Proceedings of the
　　　Northeastern Univ. Center for Literary Studies.* Vol.1. Ed. Herbert L.
　　　Sussman. Boston: Northeastern U.P., 1984. pp.23-45.

Fopel, Stanley. "And All the Little Typtopus: Notes on Language Theory in the
　　　Contemporary Experimental Novel." *Modern Fiction Studies* 20.3(1974):
　　　pp.328-336. Cited by Inger Christensen in *The Meaning of Metafiction,*
　　　10.

MeCaffery, Larry. "The Art of Metafiction: William Gass's Willie Mastes's Lonesome

Wife."*Critigue* 18.1(1976): pp.20-26. Cited by Inger Christensen in *The Meaning of Metafiction,* 10.

Morson, Gary Saul. *Boundries of Genre: Dostoevsky's Diary of a Writer and the Tradition of Literary Utopia.* Austin: Univ. of Texas Press, 1981.

Rose, Margaret A. *Parody II Meta-Fiction.* London: Croom Helm, 1979.

Waugh, Patricia. *Metafiction: The Theory and Practice of Self-Conscious Fiction.* London: Methuen, 1984.

選自：孟樊、林燿德編《世紀末偏航——八十年代台灣文學論》（台北：時報文化，1990）

梅家玲

台灣大學中文系教授

八、九〇年代眷村小說（家）的家國想像與書寫政治

遼寧街一一六巷的疆界如果誠然劃分過「混哪一國」的集團，在
無論「我們陸軍」和「那些空軍」的子弟心目中，這個「國」其
實都是「中國」或「中華民國」這一類概念的延伸和曲張，這樣
的概念憑一條外顯的疆界在切割著我們的時候，我們絲毫沒有能
力去了解：從那一個世代裡蹣跚走過的童年最無形也最沈重的負
擔居然是一個我們尚未認識的國家，我們只認識那條疆界，如同
記得某一條巷子那樣。

——張大春·〈遼寧街一一六巷〉

「曾經滄海難為水，除卻巫山不是雲」，我只是向中華民族的江山
華年私語，他才是我千古懷想不盡的戀人。

——朱天文·《淡江記·我夢海棠》

而我們，我們是萬里江山萬里人。河水縱然浩大，怎奈載不動我
們對中華民族的千歲互古之思。那三月桃霞十月楓火的海棠葉，
是我們永生的戀人——哪一天，哪一天啊，才是民國的洞房花燭
夜？

——朱天文·《淡江記·之子于歸》

一、眷村、眷村小説與小説家

「眷村」是國共內戰、國府遷台之後的產物。自五〇年代起，北起
石門，南至恆春，遍及全台。它們多數依附於各軍駐地，為身歷烽火流
離的戰士們提供了遮風蔽雨之處。在枕戈待旦，生聚教訓的歲月裡，數

十萬倉皇渡海、驚魂甫定的軍人們於是安了家，落了戶[1]。這些人原本天各一方，素昧平生，卻因政爭戰亂而開啓今生緣會，從此在同一聚落中胼手胝足，共建家園。反攻復國曾是他們的終極想望，故園舊鄉更是午夜夢迴時一致的心頭隱痛。然而，歲月不居，反攻號角遲未吹起，政軍局勢已悄然丕變。老一輩的將士們征衫早卸，壯志銷磨，新一代眷村兒女則長大成人，走向現代都會。他（她）們自小被哺育以父長輩的戰爭記憶與鄉愁想像，在封閉無私的眷區生活中凝塑共同的家國情感；而時移勢易，當反共不再，復國不再；當目睹村中故舊一再地死生聚散、曾依憑成長的眷舍又先後拆遷改建；當竹籬外台灣優先、本土認同凌駕了大中國（虛幻）的精神召喚時，他們，又該如何爲一己定位？

　　眷村生活原是軍隊生活的後勤，千百戰士有家可歸的感覺，固然馴化了聖戰使命，相對來說，軍隊精神又集體化、制度化了軍眷生活。似戰不戰，非軍非民，成長於其中的眷村兒女，所蘊藉的終極歸屬和向心力，自然迥異於村外世界[2]。他們對眷村生活念茲在茲，書之不輟，遂使文壇自七〇年代後期迄今，陸續出現了以上述關懷爲重心的各類書寫，雖未必蔚爲風潮，卻總也不絕如縷[3]。

---

[1] 關於眷村形成，及其歷史、政治、社會等相關因素，請參見羅於陵，《眷村：空間意義的賦予和再界定》，（台北：台大城鄉所碩士論文，1991）；尙道明，《眷村居民的生命歷程和國家認同——樂群新村的個案研究》（新竹：清華大學社會人類學所碩士論文，1995）；吳忻怡，《「多重現實」的建構：眷村、眷村人與眷村文學》（台北：台灣大學社會所碩士論文，1996）；潘國正編，《竹籬笆的長影——眷村爸爸媽媽口述歷史》（新竹：新竹市立文化中心，1997）等。

[2] 參見王德威，〈以愛欲興亡爲己任，置個人死生於度外〉，收入蘇偉貞，《封閉的島嶼》（台北：麥田，1996），頁 15-19。又，朱天心《未了》中亦曾提及，眷村中人往往稱村外人爲「老百姓」，以與自己擁有的軍籍背景相區別。

[3] 有關眷村文學在九〇年代以前的興起與發展，請參見齊邦媛，〈眷村文學——鄉愁的繼承與捨棄〉，收入《霧漸漸散的時候——台灣文學五十年》（台北：九歌，1998），頁 153-187。其中，希代出版社於 1986 年出版《我從眷村來》一書，輯

　　眷村書寫中當以「小說」類最是引人矚目。這不僅因它的文類特質適足以表陳多層面的人事滄桑與自我思辨；更由於當今文壇諸多青壯輩的重要小說家，如張大春、朱天文、朱天心、蘇偉貞、袁瓊瓊、張啟疆、孫瑋芒等人，俱為眷村出身。固然，軍旅眷村並非其寫作的唯一關懷，當不宜僅將他們定位為「眷村作家」（本文也無意於此），但筆下人物，常具有軍眷背景，則是顯而易見。姑不論其當初縱橫各大文學獎項，所憑藉的，恰巧正是這類作品[4]；即就內涵言，他們的（眷村）小說，從因緣聚會寫到星散蓬飛；從一意期盼反攻還鄉，寫到終究自甘（？）老死於台灣；從瑣記眷村兒女的愛戀心事、鄰里是非，到辯證家國歷史、反思記憶想像，甚至操演情欲政治；凡此種種，亦所以交織出半世紀的社會變遷與家國滄桑。視景深廣兼以美學形式上諸多突破與創新，自使其對台灣文學／文化主體之建構，多所貢獻。而摒除無謂的省籍與意識形態問題，本文所關切的，毋寧是：作為社會象徵活動之一種，「小說」的文學想像，是如何或建構、或解構、或超越了一般「大說」的家國觀念？其自我辯證的實況如何？父長輩所擁有的軍籍背景，如何啟迪、左右了小說家「保家衛國」的聖戰想像？折衝於「原鄉」與「現實」之間，書寫行為又怎樣落實為時間／敘述裡的一種，或多種，政治姿態？

有蘇偉貞、韓韓等二十位作家敘寫眷村生活的散文，是為當時最集中的眷村文學合集。九〇年代以後，蕭颯《單身薏惠》、孫瑋芒《卡門在台灣》、張國立《小五的時代》、朱天文《荒人手記》、朱天心〈匈牙利之水〉、〈古都〉、張大春《沒人寫信給上校》、蘇偉貞〈倒影小維〉等，雖未正面書寫眷村，但主角皆具眷村背景。至於張啟疆《消失的□□》，逕以「張啟疆的眷村小說」為副題，更是聚焦於眷村問題的探討。

[4] 如張大春曾以〈雞翎圖〉、〈將軍碑〉等寫士卒、將軍之作獲時報文學獎；朱天文獲獎的〈伊甸不再〉、〈小畢的故事〉、《荒人手記》主角人物俱出自眷村；朱天心獲聯合報文學獎的中篇小說《未了》，完全就是以眷村生活為主題；張啟疆獲獎之〈眷村〉（散文）、〈消失的球〉、〈老人家〉、〈如廁者〉等，亦屬眷村書寫。

當然，小說家的個人背景未必可與其創作行為對號入座，直書眷村人事與其它題材的文本也不盡然可混為一談。但眷村生活的高度同質性與封閉性，不僅極易使不同小說家在書寫時產生相當程度的「互文」關係[5]，它所凝塑的強固情感，亦使作者生活經歷與前後不同的創作文本之間，產生不宜忽視的歷史因緣[6]。基於此，本文的討論，將以前述各家關乎軍旅眷村的小說為主，兼及其它相關文本，以「土地」問題為核心，綜論其間的「家國」與「聖戰」問題。主要論題包括：一，想像家國：家／國／鄉土／城市的糾葛與辯證；二，保家衛國：聖戰神話的崩解與衍異變形；三，「我寫，故我在（？）」：時間／敘述與書寫政治[7]。

二、想像家國：家／國／鄉土／城市的糾葛與辯證

從文學史角度看來，出自外省第二代子弟之手的眷村文學，應可視為反共懷鄉文學與探親文學的嫡裔，但其間內蘊的家／國／鄉土／城市的糾葛與辯證，卻遠非單純的懷鄉、探親之作所堪比擬。其原因，當由

---

[5] 仔細爬梳，原來朱天心的名言：「清明節的時候，他們並無墳可上」，在孫瑋芒〈回首故園〉一文裡已依稀可見：「那時的清明節，村人大都無墳可上。紙灰即使化作白蝴蝶，也飛不到故園墳，家裡當頭的男人女人正年輕」，原載於《聯合副刊》，1978.02.21-22，後收入《我從眷村來》（台北：希代，1986），頁 171。〈匈牙利之水〉中，「我」回憶幼時和夥伴們打算「在遷村之前挖成功一條通到美國的快速通道」，實與張大春〈遼寧街一一六巷〉的敘述若相彷彿。

[6] 如本文篇首所引之張大春、朱天文自傳性散文，即關乎個人現實生活經歷，呈現於中的家國情感，亦自可據以與其它創作相參照。又，文學研究基本上是「後設」性的閱讀思考，就創作者本身言，其於寫作之初，或許未必自覺地意識到自己的生活經歷與各時期文本間的因緣流轉；其對家國情感的形塑，也不盡然是刻意為之。但由文學研究的角度比合觀之，則自有其一定意義。

[7] 本文所論之各家小說風格互異，其對「家國」的想像視景，本各有參差；將其排比於特定主題下予以綜論，絕非無視於其間的殊異性，而是藉由他們的相互映照，以呈示彼此的對話與辯證情形。

「家國」的「想像」特質談起。

　　據安德森（B. Anderson）之說，現代的「民族／國家」乃是一「想像的共同體」；儘管其成員多未曾謀面，互不相識，卻因報紙傳播與資本流通，建立彼此依存的「生命共同體」情感；在此，「國家被建構成一具有深度及廣度的同胞關係」，從而「驅使人們願意去為這個有限的想像犧牲生命」[8]。且值得注意的是，原先被認為天經地義的種族（血緣）、語言、地理疆界等，均未必成為此一被建構之「國家」的條件，反倒是政權、意識形態，及種種隨之而來的選擇性記憶與遺忘，才是關鍵因素[9]。只是，在中國傳統文化中，由於「安土重遷」、「葉落歸根」及由內及外的「齊家─治國─平天下」等觀念使然，不僅「家」與「國」相成互為表裡之象徵體系，前者並為後者建構形成之基礎；甚且「家」之所在地的「鄉」，也幾可等同於「國」。故在早先的反共懷鄉文學中，「土地」遂既是政權重要象徵，也是個人還鄉返家的欲望標的；對一般民眾而言，反「共」（政權）與復「國」（土地）於是成為一體之兩面，其目的，無非是為了要回「（原來的）家（鄉）」[10]。正因「家」與「國」如此表裡因依，循此萌生之「國家」觀念，乃可名為「家國想像」。

　　眷村第一代居民原來自大江南北，南腔北調的方言[11]，加上風味各異

---

[8] Anderson, Benedict. *Imagined Communities: Reflections on the Origin and Spread of Nationalism*. Rev. and Extended ed. London: Verso, 1991. PP 6-7。

[9] 如 Anderson, *Imagined Communities*；Ernest Renan，李紀舍譯，〈何謂國家〉（《中外文學》24 卷 6 期）；艾端克・霍布斯邦，李金梅譯，《民族與民族主義》（台北：麥田，1997）皆有相關論證。

[10] 有關反共文學中的「家國想像」問題，請參見梅家玲，〈五〇年代國家論述／文藝創作中的「家國想像」──以陳紀瀅反共小說為例的探討〉，收入梅家玲《性別，還是家國？──五〇與八、九〇年代台灣小說論》（台北：麥田，2004），頁33-62。

[11] 如張啓疆，〈君自他鄉來〉：「藉由南腔北調，吳儂軟語，喚起了每個省份、三

的飲食習慣[12]，交錯出地域上的「廣度」；對日抗戰與國共內戰的共同戰爭記憶[13]，則延展出時間上的「深度」。況且，在封閉無私、軍事化管理依稀可見的生活環境中，「家事、村事、國事不能絕對扯開」[14]，村民們彼此親密互助、相濡以沫[15]，整個眷區，是「家」的延擴，也是「國」的縮影，強固的「共同體」情感，遂於焉凝塑。此時，「國」，自然是原應籠括秋海棠版圖的中華民國；真正的「家」（鄉），則總在「還是要回去」的遙遠海峽彼岸。

　　落實於旨在圖繪早期患難相聚之軍眷生活的小說（如朱天心《未了》、蘇偉貞《有緣千里》、《離開同方》、袁瓊瓊《今生緣》）中，前述之素樸的「家國」意識，一方面表現於對反攻大陸的殷殷期盼[16]；另方面，便是不輕易置產的「過客」心態[17]。然而，「家國」情感既有絕大部分是

山五嶽、大城小鎮的形貌。這些不協調的對話成為他們回憶故鄉時唯一的回聲。」收入《消失的□□》（台北：九歌，1997），頁 199。

[12] 參見朱天心，〈想我眷村的兄弟們〉：「浙江人汪家小孩總是臭哄哄的糟白魚，廣東人的雅雅和她哥哥們總是粥的酸酵味……張家莫家小孩山東人的臭蒜臭大蔥和各種臭醃醬的味道，孫家的北平媽媽會做各種麵食點心……」收入《想我眷村的兄弟們》，（台北：麥田，1992），頁 75。

[13] 參見張啟疆，〈老人家〉：「村口的方場曾是夏日黃昏大人們齊聚說古的地方，…那些變成老人或古人的大人們活在以回憶為地基的時間流砂……」收入《消失的□□》，頁 47。

[14] 見蘇偉貞，《有緣千里》（台北：洪範，1984），頁 25。

[15] 如在蘇偉貞《離開同方》中，袁家的新生兒中，是吃「我媽」的奶水長大的；身為村長的「我媽」並對長年離家的李伯伯保證：「你放心，么么拐高地還沒聽過誰因為落了單死掉的，大家會幫忙照顧兩個小孩。」（台北：聯經，1990），頁 59、186。

[16] 參見蘇偉貞，《離開同方》：「忽地外頭傳來一連串鐘響，一聲接緊一聲變為一串，我媽……驚叫：『是不是要反攻大陸了？』……除了反攻大陸還有什麼事會這般突然而緊急？」頁 16。

[17] 參見朱天心，《未了》：「這回雖正式是自己的房子了，但她曉得他所以這幾年

源自對（曾經生活過的）「土地」的依戀，那麼，旅台日久，眷村所在地的台灣，是否也該成為眷村人的當然鄉土？尤其是眷村二代子弟，所謂的家（鄉），究竟在自己從未涉足的神州大地？在幼時生活過、現今卻浮懸於回憶中的「村子」？抑是在日日俛仰其間的台灣現代城鄉？時間流轉，空間位移，拆遷改建頻頻，眷村人所面臨的，於是將不僅是撫今追昔後的恨別傷逝，更是對「家國」觀念的一再重新定義。

在此，《有緣千里》與《離開同方》間的對照，應別具意義。同樣是聚焦於圖繪眷區人事滄桑，稍早的《有》書始以千里緣會，藉一群孩童的成長過程，幽幽銘記眷村子女交纏於歲月和土地之間的記憶與情感；縱使有人意外身亡，有人緣盡散去，但終究「村子不遠，他們又在一起了，什麼都變了，什麼都沒變」[18]。《離》書則以主角一家搬離同方新村發端，終以捧著母親骨灰罈回到同方新村安葬，去來之間，盡是回憶中擾攘雜遝、喧囂騷動的村內人生。同方新村封閉而生命力豐沛，兩代人物間或慘烈、或詭異的情愛繆轕，隱隱投射出亂世中的國族縮影[19]。可堪注意的是，即或最後村中戲台仍在，台上的人物卻「不會再回來了」，「往事無法替代」[20]，故鄉實為他鄉，返鄉時，縱使景物依舊，人事也早已全非。曾是眷村子弟出生成長、生死以之的眷區，尚且如此，又何況遙處海峽彼岸的舊鄉故國？從《有緣千里》到《離開同方》，蘇偉貞的自我對話，實已透顯了眷村小說於家國鄉土之想像情懷的遞變之跡。

一直不積極的弄房子，是因為一旦有了自己的房子，就好像意味真的要在台灣安居落戶下來，不打算回去了。『放心，還是要回去的呀！』她悄聲的說。」（台北：聯經，1982），頁 25。

[18] 《有緣千里》，頁 252-253。

[19] 相關論點請參見張大春，〈曖昧、繆轕的眷村傳奇〉、李有成，〈眷村的童騃時代——評蘇偉貞的《離開同方》〉、陳義芝，〈悲憫撼人，為一個時代作結〉，俱收入《離開同方》。

[20] 《離開同方》，頁 404。

　　另一方面，早在八〇年代中期，張大春便以〈將軍碑〉質疑歷史記憶、〈四喜憂國〉挪揄反共復國，就既有家國觀念多所反省。在〈四〉文中，他對文字、文告和報紙資訊的顛覆性嘲諷，實是對「想像共同體」的暗自解構；落居島國土地，卻始終心懸彼岸的虛枉性，亦在縈迴於首尾的聖歌聲中，宛然可聞：

> 我們羨慕一個更美的家鄉，就是在天上的，我們羨慕一個更美的
> 家鄉，就是在天上的[21]……

「天上」的家鄉既不可憑，那麼，眷村人又何不以島國之地為家為鄉？面對「從未把這個島視為久居之地」的指責，朱天心早先曾有如此答辯：

> 原因無他，清明節的時候，他們並無墳可上。
> 原來，沒有親人死去的土地，是無法叫做家鄉的[22]。

但問題是，徐貫之、陸智蘭畢竟先後於南台灣亡故（袁瓊瓊《今生緣》）；奉磊已捧著「我媽」的骨灰罈回到同方新村安葬（蘇偉貞《離開同方》）；敬莊離開致遠新村前，也曾一再叮囑兒子高意：「我們走了以後，要記得去掃高重和華敏的墳，不要讓他覺得自己是一個人」（蘇偉貞《有緣千里》）──台灣終究是「有親人死去的土地」了，它可以因此成為眷村子弟安身立命的「家鄉」，甚至，「故鄉」了麼？

　　事實上，文學中的「故鄉」不僅是一地理上的位置，也代表作家（及未必與作家誼屬同鄉的讀者）所嚮往的生活意義源頭；其所以能成為「故」鄉，必須透露出似近實遠、既親且疏的浪漫想像魅力；而「時間」因素之介入，實為不可或缺[23]。基於此，即或是同一塊土地，也將因時光流轉，

---

[21]　《四喜憂國》，（台北：遠流，1988），頁 126、145 均曾出現。

[22]　《想我眷村的兄弟們》，頁 78、79。

[23]　參見王德威，〈原鄉神話的追逐者〉，《小說中國──晚清到當代的中文小說》

記憶漫衍，形成家鄉／故鄉／他鄉的連串轉移、置換及再生（由《離開同方》即可見）。循此衍生之家／國／鄉土間的糾結辯證，遂益添駁雜面向。其間，除政治因素外，最具關鍵性影響者，當屬持續且不可避免的「都市化」現象之滲入，以及隨之而生的眷村拆遷改建。

眷村型制原就是「大中國想像共同體」的縮影，一旦搬離，自是「河入大海似的頓時失卻了與原水族間各種形式的辨識與聯繫」[24]，即或是改建後的老地新家，也因關門式的公寓生活，使住戶告別了「那些穿堂入宰相互輸通柴米油鹽辣椒泡菜的日子」[25]。徘徊於多重新舊交替之間，既是「換」得「換」失，也是「幻」得「幻」失。以是，九〇年代以後，張啓疆、朱天文、朱天心的近作，均曾以此為關懷重點，並提出不同面向的反思。

張啓疆的〈礫〉偏重以象徵方式呈現。小說中的陳家小弟阿華，在自閉的小閣樓中沈迷於積木王「國」的建構：從山巒、砦堡、城垛猶存、留白處甚多的素樸之國，到拆毀後改以鋁木材料另起爐灶；從「形狀不再扭曲，色調不再詭奇」的蔚然城市景觀，到「車輛開始疾動，泥人開始行走，喇叭聲、金屬撞擊聲、哄沸聲，匯成一片燈海和萬頭鑽動的場面」，以致最後「整座城市立即陷入顛盪崩坍爆裂粉碎」，「國」毀「人」亡[26]；正是都市化過程中，眷村人因眷村硬體拆遷而頓失依憑的象喻。此後，即或原地重建，一切也不復既往。張的〈君自他鄉來〉，便從不同層面，處理了眷村改建對兩代人物的影響。另一方面，故居（家）之不存，亦未嘗不是「國」之想像的再度崩頹與改易。朱天文〈帶我去吧，月光〉曾述及佳瑋隨父母搬回眷村改建後的國宅，「那張木頭邊玻璃鏡框鑲著戴

（台北：麥田，1993），頁 250-251。

[24] 《想我眷村的兄弟們》，頁 77。

[25] 張大春，〈遼寧街一一六巷〉，《中國時報・人間副刊》，1990.09.13。

[26] 《消失的□□》，頁 62-100。

笠泛黃了的大頭照,以前眷村人家幾乎不供祖先牌位的時候,便掛在客廳牆上最尊的位置。……這趟搬回來,……竟找不到一塊合宜之地可以安置那張相框」[27]——其「家國」意識之轉換,即殊堪尋味。

再者,因都市化而帶來的各類資訊泛濫與跨國企業蔚興,以及執政者未能妥善保存過往生活痕跡的土地政策使然,台灣乃在本土特色被逐漸稀釋、抽離之餘,喪失了可據以辨識、認同之準的。故此,在朱天文《世紀末的華麗》和《荒人手記》中,便可見出:現實中的家國意識,首先已被無限廣漠的、美學式的「水平擴散」所消解,進而有「文字之城」的另類建構;而朱天心的〈古都〉,則在此基礎上,增益以縱深的、史學式的「追本溯源」,並以此完成另一形式的超越。

告別了以中華民族江山華年為永恆戀人的少作,朱天文自〈伊甸不再〉、〈炎夏之都〉後,已讓竹籬笆內的子弟走入都會。誠如論者所言,各色人物仍多具眷村背景的《世紀末的華麗》,篇篇觸及台北都會世紀末症候群的一端,光怪陸離,又飄忽慵懶。在後現代的聲光色影裡,感官與幻想的經驗合而為一,又不斷分裂為似真似夢的片斷印象[28]。而構成這個城市主體的,乃是隨處聳立的大樓、無窮的商品、無盡的資訊、足以穿透時空的各類媒體等不具地方特色的事物。人在其中,除被物質物欲浸滲、被符碼標籤異化外,也在世界性的時尚潮流中忘其所以,樂不思蜀。甚至,即使同屬台灣土地,卻要教人一出台北,便覺「陌生直如異國」,「已等不及要回去那個聲色犬馬的家城」。因為,對走在時尚尖端的模特兒米亞而言,

> 這才是她的鄉土。台北米蘭巴黎倫敦東京紐約結成的城市邦聯,

---

[27] 《世紀末的華麗》(台北:遠流,1992),頁 76。

[28] 參見王德威,〈從《狂人日記》到《荒人手記》〉,收入朱天文,《花憶前身》(台北:麥田,1996),頁 16。

她生活之中，習其禮俗，游其技藝，潤其風華，成其大器[29]。

不僅於此，來自眷村的「荒人」，唯以同志為同道，一再飄移於世界各地，宣稱「同性戀者無祖國」、是「違規者，游移性，非社會化，叛教徒」、「無父祖」，亦使家國畛界泯滅於可無限延擴的廣漠世界性場域之外。力行「性不必擔負繁殖後代的使命」之餘，荒人何只是「親屬單位終結者」？當一切在「色授魂予的哀愁凝結裡，絕種了」，那一刻，他也終結了國族命脈。而何其微妙的是，就在時間直線發展告終，事物喪失歷史縱深的同時，朱天文的「文字之城」，卻於廣漠無際的平面空間裡巍然昇起，畸色斑爛，延擴不絕。《世紀末的華麗》裡極端華麗的文字排比，已為世紀末的現代／後現代都會，形塑出（跨國的）共時性身世，頹美亦復靡麗；《荒人手記》中，荒人帶領讀者閱讀城市版圖，以列舉店名方式把城市符號化為符號城市，而文字城市也就成為「僅僅存在於文字之中的，字亡城亡」。原先那曾為荒人渴望能親履的海峽彼岸，亦因此「比世界任何一個遙遠的國度都陌生，我一點都不想要去那裡」，因為，「我使用著它的文字，正使著。它，在這裡」；「那魂縈夢繫的所在，根本，根本就沒有實際存在過。那不可企求之地，從來就只活於文字之中的啊」[30]——至此，無論是曾經傾慕嚮往的彼岸家國鄉關，抑或是現下愛戀流連的此地都會時尚，一逕落實為書寫中的美學實踐，並化為個人「文字修行」的一部分[31]。

據此以觀，則從一開始就圍繞於「土地」問題的「家國想像」，實已在八、九〇年代的眷村小説中，映現出曲折多變的視景：從大中國到當

---

[29] 《世紀末的華麗》，頁 189。

[30] 本段引文，分見《荒人手記》，頁 202、64、65、199。

[31] 有關朱天文的「文字修行」之說，請參見劉叔慧，《華麗的修行——朱天文的文學實踐》（台北：淡江大學中文所碩士論文，1996）。黃錦樹，〈神姬之舞——後四十回？（後）現代啓示錄？〉，收入朱天文，《花憶前身》，頁 265-312。

地眷村，是土地實存的位移；從台灣本土到由本土都會所發展出的世界性，是實存（所蘊含之某一特殊質性）外向無限擴散後的虛化；而當它幻化成文字之城的鋪排衍生後，則又轉為純美學式的欲望投影，「家國」之浮動不居，與時與人俱變，可見一斑。

但朱天心的系列近作，又開顯出另一形式的想像可能。繼《未了》、〈時移事往〉之後，〈想我眷村的兄弟們〉與〈匈牙利之水〉寫的都是眷村子女「河入大海」後的相互尋索與追憶。前者是個人感性的回憶與呼喚，主要憑藉報紙媒體，兀自維繫「眷村共同體」的想像關係（「啊，原來你在這裡！」）；後者則轉為眷村子弟與另一本省籍友人 A，彼此互以事物氣味召喚感官記憶，從而拼湊出各自的往事追憶錄。此一安排，似乎已預示出：憶往追昔何分省籍？同是過往煙逝，記憶漫漶，一切能否在「借來的時間，借來的晚風」、「借來的橋中」[32] 乍聚還離？實大有可疑。此一立足台灣土地、突破省籍藩籬的用心，在〈古都〉中遂得到更進一步發揮。

〈古都〉是朱創作迄今以來的「集大成」之作，也是現今討論眷村小說之家國想像問題時，最值得注意的文本。它不僅綜合了她過去所有重要的文學場景與關懷重點，也因將〈桃花源記〉、川端康成同名小說《古都》、關乎台灣史料的《稗海紀遊》、〈台灣通史序〉等文本穿插錯雜，讓她筆下的「老靈魂」，展現穿越多重時空、轉換多樣身分的變貌，並為記憶中的原鄉失落，經營出「時無分古今，地無分中外」的普遍性與永恆性。出身眷村的主角「你」，遂既是生活於大台北的現代都會女子，也是緣溪而行的武陵人，是亟欲姐妹相會的苗子與千重子[33]。為了與當年親密

---

[32] 見〈匈牙利之水〉所引「晚風」歌詞，收入《古都》（台北：麥田，1997），頁150。

[33] 參見梅家玲，〈記憶的追尋之旅——評《古都》〉，《中國時報・開卷版》，1997.06.12。

如「同志」的好友相會，她由台北遠走自己曾多次行旅的京都，眼見京都風物多年如昔，「你」不禁深自痛惜台灣各種自然／人文景觀迭遭破壞，驚慟於「簡直無法告訴女兒你們曾經在這城市生活過的痕跡」，並憂憤滿懷地慨嘆：

> 屆時你將再無路可走，無回憶可依憑，你何止不再走過而已，你記得一名與你身分相同的小說作者這樣寫過，「原來沒有親人死去的地方，是無法叫做故鄉的。」你並不像他如此苛求，你只謙畏的想問，一個不管以何為名（通常是繁榮進步偶或間以希望快樂）不打算保存人們生活痕跡的地方，不就等於一個陌生的城市？一個陌生的城市，何須特別叫人珍視、愛惜、維護、認同……[34]？

而「看久了不知置身何處」，於是，不單是「你」將選擇能保有自己過往生活痕跡的京都做為最後老死之地，島上任何人也都「可以編織將來要去哪裡哪裡」，屆時，

> 舍祖宗丘墓、族黨的團圓、隔重洋渡險、竄處於天盡海飛之地的哪裡只是一直被指責的你這種父輩四九年來台的族群[35]。

繼而，「你」不待與好友相會，又自京都回到台北，並以「現代武陵人」姿態，手執日本殖民地圖，再度逡巡於台北大街小巷，進行另類的原鄉尋根之旅。就在行行重行行、一步一腳印之中，更不幸地，「你」發現「二二八聖地現在是黑美人酒家」、江山樓「現下是江山釣蝦場」；「你」發現「百年來從艋舺逃械鬥逃到永樂町，再被市區改正遷至此，廟前被鐵柵欄圍住唯恐遭竊的石柱上的捐贈日是同治六年丁卯端午日」的慈聖宮，

---

[34] 《古都》，頁 187。

[35] 《古都》，頁 213。

掛上了「好大一塊壓克力黃底紅字招牌好像它是一家店」;「你」發現繼
「清人『廷議欲墟其地』」、「日人『一億元台灣賣卻論』」之後,「那個因
反抗集權政府去國海外三十年不能回來的異議人士,時移勢易,一旦他
當上縣長之後,照樣把南島最後一塊濕地挪做高污染高耗能源的重工業
用地」[36]……

在此,朱天心不僅藉京都/台北之間的去來,消解故鄉/他鄉的分
野,更以「追本溯源」之勢,將台灣過往推溯至先前的日據、清治、荷
據時期,甚至更早;從而拉出歷史的縱向深度。她所關切的,毋寧是:
數百年間,政權儘管更迭,人世容或浮沈,台灣未曾被珍視愛惜、島上
居民未能擁有「故」鄉的命運,卻為何始終如一?故鄉如不可求,又何
來家國?正是輾轉於島國土地上的種種前世與今生,「這是哪裡?……,
你放聲大哭」,便也就擴大為古今一切棄逐/流亡/失路者的共同悲
慨——而恓惶流離的根源,不在政治權力,不在道德使命,卻在於記憶
中,關乎家國鄉土之感官經驗的一再失落。

也因此,繼朱天文將「家國」無限外擴後的虛化,及純美學式的文
字建構之後,朱天心則將關注焦點再度凝聚至台灣本土,並在歷史縱深
的無限推溯之中,對統獨、省籍等一時一地的家國定義之爭,做出極具
超越性的反思,在「家國想像」之演變進程中,具有重要意義。

三、保家衛國:聖戰神話的崩解與衍異變形

除卻家/國/鄉土/城市間的糾結與辯證外,「土地」問題,尚且直
接關係到眷村小說中有關「保家衛國」的聖戰想像。

擁有軍籍背景與戰爭記憶,是眷村居民與一般外省籍民眾最大不同
處。軍人的使命在捍守疆土,保家衛國。一寸山河一寸血,十萬青年十

---

[36] 引文分見《古都》,頁 230、231、229、181。

萬軍，不是影像文字，而是親身經歷；光復大陸，還我河山，不是教條口號，更是畢生職志。但曾幾何時，偉人大去，反攻聖戰遙不可期，既有家國觀念亦隨之解體。就在一批批江湖老去的軍眷子民身上，我們於是驚見一代聖戰神話的頹然崩解，與各類同樣應疆土／家／國而生的、令人愴然的衍異變形；終至，蕩然不存。

孫瑋芒的〈參商〉或當為眷村作家觸及此一主題的最早作品。久別重逢的老戰友樽前憶舊，酒後失態，猶不忘在醉吐狼籍中模擬昔日血戰實況，時光推移的感傷，已盡在其中。張大春成於七〇年代末期的〈雞翎圖〉，以雞擬人，雞寮猶如眷村，為了最後不落於賤賣命運，老兵將多年所養的雞隻在移防時全數扭斷脖頸，再親手埋葬，實已預示了此後軍眷生活無可或免的悲劇性：飄泊流離，無常而又無償。然而，就在八〇年代連串政治變局中，此一原本深蘊於「處處無家處處家」之中的執著與悲涼之氣，已轉化為對既有家國觀念的質疑與解構。尤其是他廣受各方讚譽的〈將軍碑〉，更在質疑歷史記憶的同時，成為解構國府各戰役之神聖性的開山之作。維揚一句：「那是您的歷史，爸」，「而且都過去了」[37]，消解也消遣了多少國軍將士引以為傲為榮的神聖記憶。但武震東貴為將軍，畢竟猶可立碑留銘。一般士卒，又將何去何從？

在〈帶我去吧，月光〉中，父親半生戎馬，軍旅生涯所榮獲的獎章獎牌，除役後被女兒「拿了去墊花盆和鍋子」，「領袖已去，他不知該效忠誰」，將近七十歲的老人入廚炒飯做湯，以饗妻女，最後悟出的道理竟然是：「家事，就是力量」[38]。張啟疆〈保衛台灣〉的老兵張保忠，當年在小金門為忠於「誓死保衛台灣」的戰令，死守海防，腿斷身殘。爾後隻身來台，做為「保台大廈」的管理員，卻每每在反對黨「××下台」、「誓

---

[37] 《四喜憂國》（台北：遠流，1988），頁 19。
[38] 《世紀末的華麗》，頁 131。

死保衛台灣」的抗議遊行中，驚覺到自己成爲被抗爭的對象[39]。老驥伏櫪後的馴化，效命死忠後的無償，在在宣告著聖戰不再，神話崩解。

但，承襲了父長輩戰爭記憶的眷村子弟，畢竟另有心事。在忠黨愛國的家教、江湖義氣的友教、派系倫理的村教下[40]，「率直、衝動、重感情、好逞強」，成爲眷村男孩的特殊調調[41]；出生入死，效命沙場的戰爭想像，對他們而言，是憧憬，是誘惑，是夢魘，也是現實中可供模擬學習的生活實踐。從童年時「分成兩大國玩武俠殺刀的，兩國頭目各自拼命拉人充實國力」[42]，到長大後投考軍校，以承父志[43]；從遊戲中「舉起掃刀，互相割砍，模擬上一代刀頭舔血的感覺」（〈老人家〉，《消失的□□》，頁 47），到真正「磨刀霍霍，結群結黨，暗暗在全島幹下無頭搶案數十起並殺人如麻」[44]，神話的裊裊變奏，原可不絕若是。

追本溯源，推翻滿清的國民革命，本就與民間幫派活動深有淵源[45]（眷村子弟勇於聚黨鬥狠，嘗斷章取義地自我附會於革命志士，於理固不足取，於事或未爲無因[46]）；其後，在民族大義號召下，對日抗戰曾濾去一切小我的雜質，將戰爭的神聖性推向顛峰，與此同時，也凸顯了「土地」之於「家國」的空前重要性。而除卻意識形態之爭，「反攻復國」其實就

---

[39] 《消失的□□》，頁 130-133。

[40] 參見張大春，〈引刀逞一快，誰負少年頭─眷村子弟犯罪行爲的軍政淵源〉，《異言不合》（台北：皇冠，1992），頁 119-124。

[41] 見孫瑋芒，《卡門在台灣》（台北：九歌，1995），頁 45。

[42] 朱天心，《未了》，頁 32。

[43] 如朱天文〈小畢的故事〉、朱天心《未了》、孫瑋芒《卡門在台灣》均有此情節。

[44] 朱天心，《想我眷村的兄弟們》，頁 95。

[45] 詳參 Prasenjit Duara, *Rescuing History from the Nation : Question Narratives of Modern China* （Chicago : University of Chicago Press, 1995），第四章。

[46] 如胡關寶落網時朗朗吟誦「慷慨歌燕市，從容作楚囚，引刀成一快，不負少年頭」，又見《想我眷村的兄弟們》，頁 94。

是一場土地所有權的爭奪戰。循此，則值得注意的是，「戰爭」固以此享有合法合理的當然神聖性，因土地而生的種種問題，同樣也不容忽視地影響了此後聖戰神話的衍異與變形。

張啓疆〈消失的球〉中，曾述及幼時棒球隊對手ＴＫ陳國雄的父親，擁有十個眷村面積的土地，包圍著「我」的眷村故鄉，（想像中）幹架時，被打倒的對手大吼：

> 滾！滾！不要在我家的地上打我。……你們這些外省仔，統統滾回大陸去[47]。

便點出「土地所有權」在省籍對立時的關鍵意義。事實上，當初倉皇來台的眷村人，一皆家無恆產，早期依靠政府有限的照料，兼以殷盼還鄉，尚可清貧自足。然當眼見反攻無期，台灣經濟起飛、都市化程度日深，不少本省籍農家以土地增值致富[48]，政府又對泛濫的金錢遊戲束手無策，貧窮而含怨，遂成眷村子弟以武犯禁，挑釁社會的一大動因[49]。如《卡門在台灣》中，眷村出身的阿寶，就曾如此抱怨：

> 外省人第二代在台灣能搞出什麼名堂？沒有錢又沒有地。想要出頭，不是要向老頭子的威權靠攏，就是向土財主的金權投降。他媽的，台灣這幾年的政局發展，我越看越失望。公共工程貪污浪費，環境汙染愈演愈烈，有錢人操縱股價、搜刮土地，主政者一點辦法都拿不出來，這是個鳥國家、鳥島，乾脆沈到太平洋海底

---

[47] 《消失的□□》，頁 11-43。

[48] 有關台灣農村經濟變化、農家以土地增值而致富的相關論述，請參見李順興，〈「美麗與窮敗」：七〇年代台灣小說中的農村想像〉，陳義芝編，《台灣現代小說史綜論》（台北：聯經，1998），頁 173-197。

[49] 相關論述請參見吳忻怡、張大春前揭文。

算了！真想把那些有權有勢的王八蛋斃了[50]！

他們或是將滿腔憤世嫉俗之情，粗暴地轉化成對台灣本土文化的敵意，幻演為張「台生」在〈失蹤五二○〉中的夾竹桃林血鬥：

> 我和村子裡一票不讀書的夥伴，鎮日操刀持械，向附近的台灣人幫派尋仇鬥毆。那幾年，敵我雙方身上的傷、心中的恨和流出的血，足可染紅一整條基隆河。在我的記憶中，有一年一場夾竹桃林的血戰之後，村子四周的夾竹桃樹從此終年不綠，空中飄滿枯紅焦黃的墜葉折枝，凋零後即永不再出芽[51]。

或是同樣投身於金錢遊戲的爭逐，妄想藉此生財置產，一步登天。如《卡門在台灣》的男主角霍台華，原是一眷村出身的退伍軍官，以誤打誤撞，進入股市。邂逅了同來自眷村，專跑股市新聞的女記者：一身糾結著複雜政商人脈關係的「台灣卡門」李翎。此後，沸騰的情欲與泛流的物欲，遂在她野性的身體與來自報社的內線消息中，交相激盪，終至玉石俱焚。全書結尾，這個軍人世家出身，自認為忠肝義膽，卻沒殺過一個敵人的「霍」（豁出去了？）「台華」（台灣華人？），手持中共黑星手槍，闖入卡門新歡，也是工商鉅子趙某的立委競選餐會，在黨政要員鼓吹台灣經濟奇蹟的演講聲中，將卡門亂槍射死。其理由，竟然是：

> 為了喚醒世人正視台灣貧富不均和政商勾結的情形，為了讓全天下人看到出賣自己人的下場，犧牲我個人的生命和名譽，算不了什麼[52]。

---

[50] 孫瑋芒，《卡門在台灣》，頁 218-219。

[51] 張啓疆，《消失的□□》，頁 108。

[52] 《卡門在台灣》，頁 228。

鐵馬金戈，氣壯山河，可以衍異為股市中的衝鋒陷陣，殺進殺出；不能拋頭顱、灑熱血，執干戈以保家衛國，反落得槍殺情婦，身處極刑，「血」本無歸，家破人亡，這是退伍軍官的墮落史，雖不免煽情，但何嘗不是聖戰幻滅後的變形投影？而原先，「台華」所以炒作股票，卻是為了能在台灣買下屬於自己的房子，安頓妻女；是為了孝敬母親，讓她能風光地回大陸老家探親的。

然更令人驚詫的，恐怕還是張台生在〈失蹤五二〇〉中的搏命演出吧？結束桃林血鬥之後的若干年，台生改行賣血，秘密參加五二〇遊行，「血流滿面而又面露微笑對著鎮暴警察、搜證相機和攝影機，大口大口吐出猩紅汁液，以示街頭運動『拋頭顱、灑熱血』之必要情節與犧牲決心」。爾後，他不知不覺變成「職業街頭運動家」，從每天千元做到日薪三千（斷手斷腳或斷頭另有津貼，丟汽油彈或燒警車價格另議），因而

> 一條爛命，就這麼莫名其妙地照亮某段時期台北街頭的民主奮鬥史（或謂「建國運動史」）[53]。

詭譎的是，此一為了「台灣建國」而與鎮暴警察搏命爭鬥的陳述，卻是交糅錯雜於桃林血戰、國共相爭的記憶幻象（？）之中。姑不論「台生賣血建國」的政治意涵為何，流轉於拼貼、魔幻造境之中的，竟是各戰役、各政權殊死拼鬥時內在本質的聲氣相通──無論是桃林幹架還是台灣建國，是「蔣總統萬歲」「毛主席萬歲」還是「台灣國萬歲」，兩軍對峙，劍拔弩張，必勝必死，寸土必爭的喋血奮戰，原有著如出一轍的對應性。同一聖戰想像至此開枝散葉，一旦「本尊」遁形，可見的，無非就是無數「分身」的化妝嘉年華。

「台生」也好，「台華」也罷，這些被「名字刻劃了共同的未來」、

---

[53] 《消失的□□》，頁 118。

被「尷尬的身分湮滅了厄舛的身世」⁵⁴的眷村子弟們，便如此這般地演義著「保家衛國」的各類變形版本，為聖戰不再與既有家國觀的解體，作出慘烈而且殘譎的註腳⁵⁵。而何其不堪的是，即使連這一點虛幻的壯烈感，也要在張大春的《沒人寫信給上校》中，被徹底粉碎。

《沒人寫信給上校》以尹清楓上校冤死為起點，採類似「轆轤體」體式⁵⁶，牽纏縈迴，層層剝解軍中黑幕。承續《大說謊家》將新聞、小說混為一談的敘寫特色，小說家後知死亡紀事，虛擬現場，後設為文，透露小說創作與政治現實共有之虛浮變幻質性的同時，也直搗民國以來，所有家國／聖戰論述的隱痛：軍中何嘗是無欲無我的大家庭？家國之愛，袍澤之情，哪裡及得上一己之私重要？軍政大事，又何曾與黑幫活動須臾稍離？當軍政大老佟老所構思的「國家大事」，無非是「從龐大的國防預算中合理地挖一筆棺材本」；當各不同利益或權力集團形成緊密的「生命共同體」，目的竟只是為了在軍購弊案中結盟自保時⁵⁷。軍隊，這個集結了所有家國聖戰責任於一身，肩負了「國家至上」、「保家衛國」等神聖使命的龐大團體，已淪為幫會黑道、金錢權力、軍政運作與個人私欲多重角力的競技場。為國「獻身」的英勇與壯烈至此煙消雲散，剩下的，只不過是「陷身」的荒謬與不堪——聖戰神話，遂再也無所謂變形與否，因為，它根本無從存在，也無從衍異。

---

⁵⁴ 《消失的□□》，頁 204。
⁵⁵ 此一「聖戰神話」的變形衍異，唯見於眷村出身的小說家筆下，其欲以之進行政治性批判之意圖，至為明顯。至於非眷村出身之蕭颯的《少年阿辛》（台北：九歌，1984），雖亦著墨於眷村少年的犯罪行為，但卻無關於任何戰爭想像。兩相對照，亦可見「眷村小說家」於「書寫政治」方面的特色。
⁵⁶ 「轆轤體」又名「頂針格」，是古典詩歌中頗為習見之格式，其特色在於以前一章的收尾兩字，作為下一章的起始，以期經營出牽延縈迴的美學效果。
⁵⁷ 以上情節分見《沒人寫信給上校》（台北：聯合文學，1994），頁 145、163。

四、餘論：「我寫，故我在（？）」——時間／敘述與書寫政治

由於聖戰幻滅、家國定義一再改變、土地所有權不存，故從某方面說，眷村小說家的眷村書寫，便不僅止於「從過去找尋現在、就回憶敷衍現實」的原鄉想像，轉而成為在時間／敘述中的開疆闢土，攻城掠地；是一種「我寫，故我在」的書寫政治。時間儘可流逝，空間儘可位移，經由書寫，小說家猶可兀自召喚（即將？已經？）失落的族群記憶，在字裡行間構築存在於（已）不存在之中，延宕過去，鞏固現在，也攻佔未來。此一對時間／敘述的執著肯定，在《荒人手記》各篇告白中，即宛然可見：

> 我還活著。似乎，我必須為我死去的同類們做些什麼。……用寫，頂住遺忘。
>
> 時間會把一切磨損，侵蝕殆盡。……，我真想把這時的悼亡凝成無比堅硬的結晶體，懷佩在身。我只好寫，於不止息的綿綿書寫裡，一再一再鐫深傷口，鞭笞罪痕，用痛鎖牢記憶，絕不讓它溜逝。
>
> 我寫，故我在[58]。
>
> 時間是不可逆的，生命是不可逆的，然則書寫的時候，一切不可逆者皆可逆。因此書寫，仍然在繼續中[59]。

然而弔詭的是，當（父輩所親歷的）過去須倚恃並被完成於（子輩）不斷書寫中的未來時，（子輩的）未來也就被（父輩）過去的傳說所圍困，欲脫身而不得。過去現在未來，非但無以推展延伸，反將成為不斷反覆、

---

[58] 《荒人手記》，頁 37-38。
[59] 《荒人手記》，頁 218。

封閉無出口的時間循環。由此,則原先的「我寫,故我『在』」,遂因(父輩)過往記憶的制約,甚至吞噬,反倒變成另一種奇詭的「我(子輩)『不』在」。

對此,張啓疆的小說曾有多方反省。以〈君自他鄉來〉為例,主角陳君在張老爹追悼會上,暗自以「錯的是你,老爹,沒有村子就沒有古寧頭了」,回應村中那位當年曾在古寧頭戰役奮戰斷腿,一再宣稱「沒有古寧頭就沒有村子」的他,便透露了過去須倚恃於未來之時間/敘述而完成的傳承性;但與此同時,「張老爹的亡故,對陳君等人而言,反而像是『復活』,也教江湖老去的子弟發現自己的『死去』」。另外,〈故事——一個無跡可考的大刀隊傳說〉藉由「我」的黃河沿岸尋根之旅,和「父親」張保忠於台兒莊戰後傷殘流落的想像歷程,交錯為文,凸顯的,亦是為子者在為父者之「戰爭」、「鄉愁」中依違掙扎的困境:一旦陷身其中,「未來(便)退到過去的位置,過去反而像是未來,直逼眼前」,因而「失蹤的是我,像一縷煙,飄過歷史的沼地、光陰的斷層,宇宙時間之外的另一種絕對時間」——據此,則汲汲於以文字自我建構、攻佔未來的結果,竟然是一再地棄守未來,自我抹消;「我寫,故我『在』」的初衷,所招致的,反是「我『不』在」的命運,這,不能不說是莫大的蒼涼反諷吧?——而「離家的方法只有一種,不要回頭,不必揮別,毋庸眷戀,只需留意帶走整個村子的你自己」[60],自當是由「不在」之中,再度辯證出「我在」的自覺宣告。

只是,眷村書寫的積極意義,與其說是賡續、再現父長輩的戰爭記憶與鄉愁想像,形塑一特定之族群文化,不如說:正是因為這「原鄉」與「現實」間的流離與游移,使眷村作家們具備了類似薩依德(Edward W. Said)所說的「流亡者」特質,能經由「雙重視角」(double perspective)

---

[60] 以上引文,分見《消失的□□》,頁 192、163、164、214。

交互透視，對外界與自我產生更深刻的觀照反思[61]，並見證多面向的時代變遷與家國滄桑。唯其如此，他們每一種「原鄉」的身姿，都觸及到當代國家歷史論述的隱痛（千百萬人何以要棄家辭鄉，倉皇去國？設置眷村，本為的是枕戈待旦，以俟反攻，怎堪就以此終老，兒孫滿堂？）他們每一番對「現實」的剝視，都映照出台灣社會政經變革的隱憂（為什麼政治不見理想，反充斥著權力欲望競逐？為什麼經濟發展不見長遠規劃，卻盡是短視近利的土地炒作與金錢遊戲？）藉由對家／國／鄉土／城市的一再辯證想像、對聖戰神話崩解後諸般衍異變形的演義，他們在敘述中銘記時光推移，也在時光推移中不斷敘述；迥異於一般的深廣視景，於是就在這「在」與「不在」的反覆辯證之中，迤邐開展。「我寫，故我在（？）」，他們的書寫風格或華麗，或玩忽，或犀利尖刻，或沈鬱蒼涼，在在成就出多種，而非一種政治姿態。然而眷村文化的先天悲劇性格，卻總要讓小說天地裡的諸般涕笑擾攘、喧囂靡麗，沈潛著悲涼的內在底蘊。

但這樣的悲涼底蘊，不也當是台灣文學／文化內在特質的一部分麼？台灣原就是移民之島，時間先後不同而已；各族群縱多不免有悲情的過去，卻又何礙於彼此交融互滲，共創未來？王德威先生曾指出：「眷村生活是四九年後台灣文化中極重要的現象之一」，因之而生的文學，是為「台灣文化上的重要環節」[62]；廖咸浩先生也以為：「眷村文化對台灣現代文化（尤其在藝文方面）的貢獻，恐怕是超乎許多人想像的」，小說

---

[61] 薩依德曾指出：「（流亡者）有著雙重視角，從不以孤立的方式來看事情。新國度的一情一景必然引他聯想到舊國度的一情一景，就知識上而言，這意味著一種觀念或經驗總是對照著另一種觀念或經驗，因而使得二者有時以新穎、不可測的方式出現；從這種並置中，得到更好、甚至更普遍的有關如何思考的看法。」引自薩依德，單德興譯，《知識分子論》（台北：麥田，1997），頁 97-98。

[62] 王德威，〈以愛欲興亡為己任，置個人死生於度外〉，收入蘇偉貞，《封閉的島嶼》（台北：麥田，1996），頁 19。

家的努力，隱約指出：「眷村文化並不是大陸文化的『子文化』，而是台灣文化的『母文化』之一」[63]。證諸前文所論，信然。眷村小說及小說家們，亦以此而爲台灣現代小說的發展史，寫下不容忽視的一頁。

選自：陳義芝編《台灣現代小說史綜論》（台北：聯經，1998）；梅家玲《性別，還是家國？──五○與八、九○年代台灣小說論》（台北：麥田，2004）

---

[63] 引自廖咸浩，（對邱貴芬論文的）〈評論〉，《中外文學》22卷3期，頁114。

劉亮雅

台灣大學外文系教授

邊緣發聲

——解嚴以來的台灣同志小說

在台灣，同性戀至今仍被視為異性戀主流邊緣，這可以由個人出櫃人數之少、而同性戀運動多以集體認同方式進行看出。一九九三年影評人林奕華由香港引進「同志」一詞指涉同性戀，頗有將性取向認同視做政治認同之意，卻又有點去情慾化（de-sexualized）[1]，不若西方一九六九年同性戀運動用「快樂」（gay）一詞自我命名，所謂 gay movement。在台灣，「同志運動」一詞發展至今，多指女男同性戀（lesbian and gay）運動，但有時也指酷兒（queer）運動。同志小說遂也包括此二涵義。其實有關同志小說的定義，在西方頗有爭議，這是因為一方面西方同志運動在其發展的不同階段給予同志的定義不盡相同[2]，另一方面九〇年代以來酷兒論述常常在原本被視為異性戀的文本中讀出了同性情愫，亦即所謂「歪讀」。本文所探討的同志小說限定於以同性愛慾及酷異性別為主題及主體的小說。

本文將探討解嚴以來的台灣同志小說之性別與情慾主題及政治的演

---

[1]「同志」一詞由香港引進可顯示港台同志運動互動頻繁。像周華山、梁濃剛的譯述對台灣同志運動均極重要。而台北發行的《熱愛雜誌》則深受香港同志喜愛。

[2] 以女同志為例。七〇年代女同志女性主義（lesbian feminism）提出女人認同女人的概念，這一方面挑戰傳統醫學、精神病學將女同志視為病態的歧視性觀點，另一方面卻也質疑男性化的女同志（亦即 butch，中文稱之為 T，來自 tomboy）是否認同其女人身分？T究竟是女同志抑或變性慾者？女同志女性主義不贊同T婆（butch-femme）角色，認為其複製了異性戀男女。但八〇年代女同志對此有激辯，九〇年代酷兒理論大抵認為 T 正顯現性別各色各樣，無法矮板地二分男女。一九九〇年葛萊絲歌（Joanne Glasgow）與潔（Karla Jay）寫道：「即使在一九九〇年，爭辯開始之後的一代，深思關切的女性主義者對於誰算是女同志並無（也許是無法有）一致看法。女同志是對別的女人有情慾的女人，還是『認同女人的女人』？她真是女人嗎——如果所謂女人不過是異性戀主義式的語言之建構？而如果女同志一詞如此問題重重，我們還能希望去為女同志文本下定義或標籤？誰是女同志作家？誰是女同志讀者？」（4）

變。首先得看看整個大環境的脈絡。一九八七年台灣的政治解嚴，意謂著性別與情慾意識的解嚴。於是女性運動得以蓬勃，而同志運動得以興起，在時間上晚了歐美近二十年。在歐美的脈絡，累積多黨民主政治一兩百年經驗在先，而六〇年代新左派對主流霸權的批判從反越戰、黑人民權運動、反帝、到性解放，一九六九年第二波女性主義運動與同志運動同時揭竿而起，遂有著新左派批判意識為基石。反觀台灣戒嚴時期，一黨專政的威權統治，大抵只容許新左派思想透過流行文化引進，其它則在地下流傳。政治反對運動及學生運動面對的是小則查禁書刊，大則以叛國罪繫獄的命運，雖然自一九七九年美麗島事件後的十年也正是此二運動最輝煌時期。思想上的禁錮已然如此，解嚴前的女性運動可謂人微言輕，力量薄弱，格局難以開展，同志運動則更不必說，幾乎不可見。是要到政治解嚴，多黨運作成功後，社會運動開始獲得重視，也才有對性別與情慾議題注目的空間。

解嚴後女性運動勃興，（女）同志運動寄身其中。一九九〇年，女同志團體「我們之間」先起，一九九四年，洪凌、紀大偉與但唐謨主編《島嶼邊緣》的「酷兒專號」，打出酷兒運動旗號，但之前梁濃剛的《快感與兩性差別》（1989）與張小虹的《後現代／女人》（1993）已介紹性別扮裝等酷兒理論。時間上的接近幾乎抹去了同志與酷兒運動在歐美相隔二十年、後者奠基於前者的事實，卻也顯示解嚴後吸取新思潮的熱切，以及運動者在長久禁制後推動運動的權宜。在歐美，自一九六九年開始的同志運動強調同性戀快樂健康的正面形象，以及認同同性戀身分。有了這認同政治為基礎，集結了許多個人的出櫃，九〇年代起始，在愛滋病蔓延引爆的對同性戀集體打壓中，酷兒運動方可應運而生。相對於同志運動以「快樂」（gay）一詞自我命名，酷兒運動收回主流社會對非正統異性戀者的污名「怪異（或怪胎、變態）」（queer），再丟回去，在運動策略及姿態上，它是挑釁搞怪又挑逗的。酷兒也不限定於女男同性戀，還

包含了女男雙性戀、變裝慾、變性慾、陰陽人等等。它強調情慾的流動、性別的穿梭，而非身分認同。引進台灣，翻譯成「酷兒」已失去 queer 一詞原來的脈絡，但它迅速被商品化，成為時髦文化的一部分，有效地跳脫了與主流異性戀社會的正面衝突，就像 gay 翻譯成「同志」如同暗語，具有減壓、閃避恐同（homophobic）思想檢查之效。此外，有了「酷兒」做護身符，可避開性取向身分的敏感性，這無疑顯現台灣同志運動特殊的成功與侷限。

另一方面，同志次文化早已存在於台灣，與同志運動未必有許多交集。單性聚集的社群如女校、男校、軍隊、監獄，甚至劇團，均提供同性愛關係或小圈子發展的機會。而像台北新公園（即現在的二二八紀念公園）、紅樓戲院、西門町中華商場公廁、及一些咖啡館均曾是男同志相互取暖或找尋性機會的據點。女同志則可能較隱密地選擇以咖啡館或家庭聚會方式社交。至八〇、九〇年代女男同志則都漸以同性戀酒吧、學校社團等為社交場所。

當然，小說家未必是運動者，也未必關心本土運動的發展，他／她書寫同志題材可能出於自身經驗與觀察，也可能受到歐美同志／酷兒運動、小說、電影、MTV 及中文小說等的影響。曹雪芹《紅樓夢》與陳森《品花寶鑑》中對同性愛慾的描寫頗受矚目，歐美作家如普魯斯特、湯瑪斯曼、紀德、佛斯特的同志小說也早已為人所知。而 80 年代末期，或許因國外同志／酷兒運動的熱潮，以及解嚴之故，媒體已大量介紹同性戀。此外，八〇年代中期開始，歐美同志／酷兒電影與 MTV 蔚然成風，解嚴後要取得這些資訊與文化商品自然比從前快速許多。像金馬獎國際影展自一九九〇年起出現同志電影，一九九三年起連續舉辦的同志／酷兒影展掀起旋風，對學界文化界影響至深。更不消說歐美、香港通俗電影與 MTV 中同志／酷兒題材的多見。李安的《囍宴》與蔡明亮的《河流》分別於一九九四年和一九九六年獲國際影展大獎，朱天文《荒人手記》

和邱妙津《鱷魚手記》分別於一九九四、一九九五年獲時報百萬小說獎、時報文學獎，均有助於同志藝術在台灣的建制化（establishment）。這些或可以說明何以台灣同志／酷兒運動是個極其小眾的運動，然而解嚴以來書寫同志題材的作家卻不下五十個。[3] 面對父權社會對性別與情慾深固的禁忌，書寫本身即是心靈解嚴的開始。

另一方面，主流異性戀霸權的鬆動不可能一夕達成，是以解嚴以來的同志小說數量雖多，在意識形態上卻未必皆是進步的。但意識形態進步的也不能等同於藝術成就上的優秀。即使自身為運動者的作家也需避免教條式的作品。好的小說家往往能呈現出台灣同性戀和酷兒文化的諸多形貌，或處理情慾與性別政治幽微複雜之處，而可以與運動相參照。早期的同志小說像林懷民的《蟬》（1974）、《變形虹》（1978）和白先勇的一些短篇故事，多半將同性慾望表現得很朦朧。但像李昂的〈回顧〉（1974）、〈莫春〉（1975）、朱天心的〈浪淘沙〉（1976）和白先勇《孽子》（1983）等解嚴前同志小說已為台灣同志小說傳統奠下基礎。以下本文將從情慾與性別兩大主題及情慾與性別政治之演變來討論解嚴以來的同志小說，並儘可能依出版先後討論，以凸顯整個發展脈絡。由於材料太多，遺珠之憾難免，謹先在此聲明。[4]

---

[3] 根據紀大偉主編的書目，解嚴前台灣小說觸及同志題材書寫者有姜貴、林懷民、白先勇、宋澤萊、馬森、王禎和、李昂、朱天心、陳映真、陳若曦、顧肇森、光泰。解嚴後則有西沙、陸昭環、朱天文、藍玉湖、王文華、陳燁、平路、商晚筠、楊照、許佑生、江中星、梁寒衣、葉姿麟、黃啓泰、顧肇森、凌煙、邱妙津、楊麗玲、祁家威、張靄珠、葉桑、曹麗娟、林裕翼、朱天心、蔣勳、王宣一、履彊、蘇偉貞、范聖文、林燿德、林俊穎、常余、洪凌、紀大偉、陳雪、李岳華、安克強、賀淑瑋、杜修蘭、米契爾、吳繼文、郭強生、朱少麟、郝譽翔、張亦絢、張曼娟、李昂、舞鶴、賴香吟、白中黑、成英姝、張維中。參看紀大偉主編的《酷兒狂歡節》之附錄。

[4] 此外，由於限定同志小說為以同性情慾或酷異性別為主題及主體的小說，本文

一、情慾主題與情慾政治的演變

　　就情慾的主題，解嚴以來的同志小說往往涉及身分認同、暗櫃與慾望流動之間錯綜複雜的關係。這點承續了解嚴前李昂的〈回顧〉、〈莫春〉、朱天心的〈浪淘沙〉和白先勇《孽子》。〈回顧〉、〈莫春〉與〈浪淘沙〉皆處理在異性戀化性別霸權以及不鼓勵女性探索身體及情慾的文化下，濃烈的女女情誼。〈回顧〉與〈莫春〉皆焦注於女人對女人的單戀。〈回顧〉的第一人稱敘述者為自覺身體醜惡笨拙、對性充滿好奇的少女。她戀慕成熟柔美女體，尤其迷戀乳房。由於基本上她努力認同異性戀體制，遂並未正視暗香浮動的同性慾望。〈莫春〉中唐可言強烈愛戀 Ann 的女性溫柔及異國情調，但當她逼視自己慾望時卻恐慌嘔吐，轉而與男人上床，以證明自己是「真正」、「完整」女人。弔詭的是，她幾乎無法面對男體的醜陋。而一年後當她得知 Ann 與另一女孩要好，內心為之絞痛淒楚。〈浪淘沙〉也描寫女性情誼觸碰女同性戀禁忌時的斷裂恐慌，但另外觸及了台灣女同志文化常出現的 T（butch）婆（femme）配對（參見註 2）。故事裡的大一學生延續了高中女校時期的 T 婆配對，敘述者小琪（婆）對前後兩個 T（張雁、龍雲）的情慾雖然清楚，卻未必能面對 T 亦是女人的事實，小琪的女同志認同還在懵懂暗昧階段，其認知的 T 婆配對有傳統「假鳳虛凰」的影子。但張雁則似乎確定自己是女同性戀，雖然她似刻意避開小琪的恐同焦慮，等待小琪主動來歸。而龍雲交男朋友，投靠

排除了僅以插曲形式出現此類主題的小說，遂無法討論像王禎和《美人圖》（1980）中小郭客串男妓，王禎和《玫瑰玫瑰我愛你》（1984）以詼諧諷刺手法描寫懷有同性慾望的男醫師對其少年病人性騷擾。而像凌煙《失聲畫眉》（1990）雖然對歌仔戲戲班對 T 婆關係和女女女三角戀著墨不少、刻劃細膩露骨，但因為它同時也處理多對異性戀愛慾關係，我有點遲疑是否要將它視為同志小說。或許，說它是情色小說比較恰當。值得注意的是，這三本小說對身體和同性慾望的勾勒均大膽直接坦然。

異性戀，則讓小琪柔腸寸斷。

白先勇《孽子》刻畫台北新公園的男同志地下王國以及男同志酒吧，這些男同志皆確定自己的性身分，也因此直接衝撞主流社會的暗櫃。白先勇用「孽子」一詞（可以指涉不肖子、姨太太生的兒子、甚至妖怪、禍害之意），標示出六〇、七〇年代[5]男同性戀在台灣父權社會裡被看待的方式尚未脫離宗法思想的傳宗接代觀念，顯現台灣同志最難克服家庭（主義）對同志身分的打壓。同時又以「青春鳥」一詞隱隱地挑釁。新公園成了這群被逐出家門、學校的男同性戀的避難所。白先勇一方面刻畫男妓生涯的種種不堪[6]以及對親情（尤其父親）的渴望，另方面又暗暗顯現地下王國反體制的挑釁：「我們是一個喜新厭舊、不守規矩的國族」（3）。書中描寫男同志聚會時嘉年華氣氛，展現了男同志社群的力量，這在台灣文學中是石破天驚的。小說並觸及校園、軍隊（甚至遠溯對日戰爭期間中國軍隊）裡的同性戀行為。但全書對「良家子弟」的男同性愛關係著墨較少，王夔龍與阿鳳的悲戀被神話化。此外，書中對於家庭及情慾關係過於悲情的描繪很容易落入主流對男同性戀的既有偏見，濃厚的家國道統之思（特別是透過王夔龍與傅老爺等人物）亦削弱了書中的挑釁性。

奠基於〈回顧〉、〈莫春〉、〈浪淘沙〉與《孽子》已有的佳績，解嚴以來的同志小說處理身分認同、暗櫃與慾望流動更為複雜，對主流社會也有更多批判。曹麗娟的〈童女之舞〉（1991）延長了〈浪淘沙〉中女女之戀的時間，由高中時期刻骨銘心的 T 婆配對，乃至大學、進入社會女女關係的斷裂。敘述者童素心也是婆，也一樣懵懂。但異乎〈浪淘沙〉中小琪一派浪漫的愛情，童素心則透過身體觸碰感到情慾的熱流，兩人的嬉鬧以海灘上鍾沅替她擦橄欖油達到高潮；異乎小琪體認到 T 是女孩

---

[5] 小說開始時的退學佈告將時間訂在 1970 年。

[6] 雖然如此，這些男妓是跑單幫式的，有相當的自主性。

時的嫌惡，童素心感到的毋寧是社會禁忌下的委屈與憂懼。〈童女之舞〉中的 T 婆後來以異性戀或雙性戀偽裝，然而彼此之間不渝之愛卻在痛楚中充滿控訴的力道。

邱妙津的《鱷魚手記》（1994）對同性愛悲戀的渲染，比《孽子》、〈童女之舞〉有過之而無不及。其對身分、暗櫃的深刻探討當推解嚴以來的經典同志小說（參看劉亮雅《慾》111-152；〈世〉122-124）。不同於〈浪淘沙〉與〈童女之舞〉，《鱷魚手記》的敘述者拉子為 T。拉子一開始便開宗明義宣示自己為愛女人的女人，一如《孽子》以李青被逐出家門、學校，進入新公園地下王國起始，衝撞了主流暗櫃。敏感暴烈的拉子及她憂鬱的女男同性戀朋友，以頹廢的生活方式表現出對主流異性戀壓制的憤怒及怨懟。與此同時，《鱷魚手記》呈現大學校園和同性戀酒吧中女男同志的聚集與結盟。數對愛侶拉子與水伶、至柔與吞吞、夢生與楚狂關係之複雜，勾勒極其細膩且相互烘托。此外，穿插於全書的鱷魚段落，對異性戀主義與恐同性戀心理做了種種戲耍嘲諷，簡直是賽卓薇克（Eve Sedgwick）「暗櫃知識學」（"epistemology of the closet"）[7]的荒謬諷刺劇版。鱷魚遂負載雙重意涵，它既代表主流視同性戀者為怪胎、異類、非人，又代表同性戀者收回污名、將之挪用為可愛酷異的符號（如鱷魚的卡通圖案）。

以同性戀身分為主題的小說常採成長小說方式書寫，〈莫春〉、《孽子》、〈浪淘沙〉、〈童女之舞〉與《鱷魚手記》皆不例外。大抵它處理成長過程中對自我同性戀傾向的認知，慾望與社會要求的衝突，以及個人對此衝突的因應。然而或許因為女同志受到了性與性別的雙重壓制，女同志小說較常出現對認同困境的探討。〈浪淘沙〉、〈童女之舞〉裡，女女之愛無論多濃烈，均無法發展成性關係。即使《鱷魚手記》中女男同志

---

[7] 《暗櫃知識學》為賽卓薇克酷兒研究之經典名著。

均受異性戀機制及恐同影響而自恨、性愛關係充滿扭曲，但男同志夢生與楚狂均有性生活，而拉子則不敢面對自己身體，性關係幾乎不可能。

李昂的〈禁色的愛〉（1989）延續《孽子》對新公園男妓圈的探索，但沒有了悲情，並且延伸至洛杉磯男同志圈跨種族情慾生態的描繪。故事透過不知名的女敘述者中介主流與男同志圈的不同價值，及男同志圈內的階級、文化（包括省籍、國族）差異。〈禁色的愛〉嘲諷平日「刻薄寡恩」的美國歸國學人王平為男妓林志明付出兩年的感情，卻被擺了一道；嘲諷王平及其美國男友將林志明的抗拒解讀為成長於第三世界貧窮家庭缺乏疼愛所造成的愛無能。在女敘述者眼中，林志明外表沉靜乖巧，但偶爾閃現的妖豔眼神顯現其焚人的情慾能量，而林志明拒當「小蜜糖」、玩物，更展現其主體性。

如果說〈童女之舞〉與《鱷魚手記》中對女同志身分感到絕望，女女之愛充滿壓抑與悲情；〈禁色的愛〉和朱天文的〈肉身菩薩〉（1990）與《荒人手記》（1994）中對男同志身分則是泰然（縱使《荒人手記》敘述者小韶鄉愿地複誦主流對男同志的偏見），而男男之愛則為性愛烏托邦裡的縱情難返。較諸《孽子》裡是被放逐者的歷險，〈禁色的愛〉裡著墨於階級、文化差異，〈肉身菩薩〉與《荒人手記》中則是雅痞族有了良好掩護後的安逸與享樂。〈肉身菩薩〉中小佟在愛滋病蔓延後荒涼的三溫暖中感到性慾衰疲、厭倦，卻又對往昔歡樂不無緬懷。《荒人手記》裡小韶則因好友、同志運動者阿堯死於愛滋病，在憂傷憶往中思索同志身分。小韶躲在暗櫃中，曾浸淫於男同志的享樂天堂，但有了固定同性伴侶後拒斥雜交，歌頌異性戀一對一價值。然而畢竟他仍肯定自己的性傾向，遂既貶斥也欽羨阿堯一生雜交且是個激進的同志運動者。小韶年少時與阿堯爬十分瀑布追逐嬉戲，鼻息接近的剎那彼此都怦然心動，卻未付諸

行動[8]，這段本可發生的戀曲迴盪兩人心頭（雖然小韶刻意修改記憶、否認之），直到二十多年後兩人才隔著太平洋互相承認，而格外動人。另外，《荒人手記》對雅痞族男同志社群及情慾生態的描寫則又延伸了《孽子》。

似乎有意改寫《鱷魚手記》，曹麗娟〈關於她的白髮及其他〉（1996）則嘲諷某些女同志對愛慾的壓抑，並側寫某個女同志圈子亦為性愛烏托邦，雖仍受到主流異性戀價值影響。敘述者費文是 T，因童年創痛導致愛無能性無能，以致雖自我認同 T 的身分，卻與前後女友維持植物性的童女之愛，直到衰老將至方驚覺自身如槁木死灰，置身於愛情廢墟中。相對的，愛她的潔西是個婆，則早已和圈內每個人上過床。潔西禮讚愛慾，也無懼於身體的衰老。圈內諸多女子結過婚，也離了婚（包括潔西），老來相伴。故事除了對比情慾與衰老，也顯現女同志社群相互扶持的力量，並側寫台灣女同志圈 T 婆關係的世代差異，甚至觸及以人工授精懷孕成功的女同志家庭和媽媽。

主流社會對同性情慾的禁制與打壓使得不少同志（試圖）以異性戀愛情與婚姻為掩護，偽裝自己是異性戀或雙性戀。《孽子》、曹麗娟的〈關於她的白髮及其他〉、〈童女之舞〉、邱妙津的〈柏拉圖之髮〉（1991）、《鱷魚手記》、朱天文的〈肉身菩薩〉、《荒人手記》、朱天心的〈春風蝴蝶之事〉（1992）、〈古都〉（1997）、紀大偉的〈儀式〉（1995）、洪凌的〈擁抱星星隕落的夜晚〉（1995）、與陳雪〈尋找天使遺失的翅膀〉（1995）、〈蝴蝶的記號〉（1996）、林俊頴〈焚燒創世紀〉（1997）皆觸及此一主題。〈春風蝴蝶之事〉裡讓沾沾自喜、賣弄性知識的男敘述者發現其柔美妻子最銷魂難忘的乃昔日女同性戀情，別具爆炸性。〈焚燒創世紀〉中異性戀女子的男友當兵後變成男同志，她卻自欺地繼續關係，逐宛如被那對熱戀的男同志「關入櫃中」，但她仍準備與男友結婚，則是另一種反諷。

---

[8] 小韶是被自己的性啟蒙嚇壞，阿堯則是不確定小韶是否為同志。

　　然而更向異性戀主義挑釁的則是紀大偉〈儀式〉中，採後設手法層層剝視一名自認爲男異性戀者成長過程中，從家庭、學校到軍隊裡的同性慾望，暗示所謂異性戀者均可能將其同性慾望鎖在潛意識的暗櫃裡而不自知。〈儀式〉嘲諷異性戀主流價值透過儀式化過程形塑個體，但愈社會化可能愈扭曲，不僅徒具異性戀夫、父之名，缺乏實質感情，並且對自己做思想檢查，不惜扭曲記憶及自我認知。

　　異曲同工的則是洪凌的〈擁抱星星殞落的夜晚〉與陳雪〈尋找天使遺失的翅膀〉、〈蝴蝶的記號〉。前兩篇均爲與書寫有關的後設小說，透過半夢半真的追尋過程找回其同志身分，夢的背景暗示去社會化（de-socialize），進入潛意識。〈擁抱星星殞落的夜晚〉裡男作家虛置其創作者的上帝位置，幻想被其諸多女性小說人物玩虐，最後發現他渴望的乃是父親型的男性戀人，願意因此放棄尊榮的社會地位。〈尋找天使遺失的翅膀〉裡小草藉書寫治療其憎母及（不自知的）戀母情結。爲了報復母親當妓女，她翻覆於不同男人之間，而始終愛無能。直到她邂逅（或者該說召喚出）酷似母親的妖嬈女人，才知這是她的愛戀所在。陳雪〈蝴蝶的記號〉中小蝶是努力符合社會期望的好女兒好太太好老師好朋友好媽媽，然而認識小葉、處理女學生因同性愛自殺事件，皆使她漸漸揭破自己生活的假象，追回真正的愛慾。

　　值得注意的是，解嚴前後對同志與家庭關係之處理迥異。《孽子》中同志雖被家放逐，卻對傳統家國思想欲拒還迎。解嚴後則有不少同志小說批判家庭主義，顯現同志意識抬頭。《荒人手記》裡小韶的姿態比較延續《孽子》對家庭主義的認同，卻又陽奉陰違，此外，激進的阿堯則在家中伸張其同志身分。《鱷魚手記》中家幾乎不存在，刻意被漠視；對拉子而言，家只是國家規訓主流意識形態的工具之一。然而最挑釁的則爲紀大偉、陳雪、曹麗娟及洪凌對怪胎家庭羅曼史的勾繪。紀大偉〈儀式〉中翻轉異性戀家庭，嘲諷妻、女對敘述者毫無意義，他對著素未謀面的

父親照片偷渡同性情慾。陳雪〈尋找天使遺失的翅膀〉裡以母女戀解決了母女之間的對立衝突。陳雪〈蝴蝶的記號〉中小蝶後來發現母親與自己均爲躲在暗櫃的女同志。曹麗娟〈關於她的白髮及其他〉裡被逐出家門的女同志費文後來發現其三哥亦爲同志，而當年離家出走的母親原來是與其女友私奔、與之恩愛至死，此外，費文的性無能愛無能亦與其未曾解決的戀母情結有關。曹麗娟的〈關於她的白髮及其他〉與〈在父名之下〉皆嘲諷喪葬禮俗中的異性戀主義如何強將同志收編入異性戀家庭性經濟體系，既虛僞又扭曲。

　　同性戀與雙性戀的愛恨關係是另一主題。女同志小說對此描寫尤多。邱妙津《鱷魚手記》中的至柔與〈柏拉圖之髮〉裡的寒寒，皆堅持與男人有性，與女人有愛。〈柏拉圖之髮〉裡的女性敘述者因此對寒寒有強烈愛恨，《鱷魚手記》中的拉子則懷疑水伶一定會被收編回異性戀而充滿焦慮、不敢與之繼續。曹麗娟〈關於她的白髮及其他〉裡觸及女同志因其女友嫁給男人而自殺的悲劇。陳雪〈夢遊1994〉（1996）裡婆由於不能面對T的模糊性別而逃向男人，甚至設法遺忘此段記憶，然而T重複出現在她夢中，令她眷戀追悔。婆更因爲T似乎爲她自殺而內疚難安。紀大偉〈憂鬱的赤道無風帶〉（1995）改寫上述模式，乃是雙性戀女子因爲前女友有了新女友而自美返國、興師問罪。男同志小說方面，朱天文〈肉身菩薩〉中小佟對即將結婚的雙性戀鍾霖懷有幽怨，但將情慾昇華爲友情。林俊穎〈焚燒創世紀〉則嘲諷兩位男同志與一女的三角關係中，女子執意認爲其男同志男友爲雙性戀，因而備嘗冷落孤寂。

　　早在《孽子》中王夔龍與阿鳳的悲戀已顯現有些同性愛（正如有些異性愛）關係的複雜。但在《孽子》中多了神話色彩，少了實際勾勒。《荒人手記》裡小韶對傑的悲戀則緣於小韶太過一廂情願以致自虐虐人，而《鱷魚手記》中拉子與水伶的悲戀部分由於拉子內化體制歧視，部分則由於拉子不耐平淡愛情關係（參看劉亮雅《慾》137-141）。〈夢遊1994〉

中悲戀乃因敘述者雖對慶有強烈慾望，卻又因內化體制歧視而對慶強烈恐懼，但即使離開慶多年，仍不能紓解自己的內疚、恐懼與慾望。邱妙津《蒙馬特遺書》（1996）裡敘述者無法接受女友移情別戀，先是對之施暴，後來不斷以書信試圖挽回；然而在她不斷重寫此悲戀中，女友的形影卻日益模糊，她的自虐與自我膨脹裡難掩一廂情願。〈憂鬱的赤道無風帶〉則探討女同志愛情關係中維持親密與自由兩者平衡之困難以及佔有慾所造成的糾纏。洪凌的寫法較不同：悲戀僅是表面，底蘊則是濃郁的浪漫愛情。〈罪與愆〉（1995）、〈過程〉（1995）中男同志愛侶看似不斷纏鬥、折磨對方，其實彼此知道這僅是升高愛慾的遊戲。

紀大偉、洪凌、陳雪，受酷兒理論影響，對身分、暗櫃與同性慾望流動的處理方式較無傳統悲情，而採挑釁挑逗之姿。紀大偉的《感官世界》（1995）、洪凌的《肢解異獸》（1995）、《異端吸血鬼列傳》（1995）、陳雪的《惡女書》（1995）、《夢遊 1994》（1996）中率多對身體孔穴、官能、體液及性愛活動的大膽描述，以某種嘉年華的精神向華人世界對身體及性愛的禁忌挑戰。這些小說裡，同性愛慾像壓制不了的小妖精出沒於黑夜、夢及潛意識。於是紀大偉要呈現自認是異性戀者將同性慾望藏於潛意識暗櫃，洪凌挪用西方吸血鬼意象借喻主流視同性戀為既恐怖又魅惑，陳雪挖掘惡女的夢遊實驗。較諸「孽子」、「鱷魚」，以「吸血鬼」與「惡女」為喻均更為挑釁玩謔。

裸體及對身體的指涉在同志小說中意義重要。解嚴前李昂的〈回顧〉、〈莫春〉雖描寫女孩對乳房的戀慕，卻是在其對自己身體及認同焦慮的氛圍裡，尚未發展女女關係。《孽子》提及男男性交時的裸體，但僅是掠影，不過性笑話及性指涉則辛辣露骨。解嚴後李昂的〈禁色的愛〉則仔細勾勒男男床第間身體的活動與互動，發揮了李昂獨特的狂野兼細膩筆觸。朱天文〈肉身菩薩〉亦有許多身體指涉，但乃是比較寫意地描寫體格及氣息。邱妙津《鱷魚手記》更大膽直接地描寫裸體，男同志夢

生在舞台上表演大便與活春宮，極其狂放挑釁，鱷魚裸身躺在浴缸中則笑謔挑逗，然而整部小說仍有強烈悲劇色彩。在紀大偉、洪凌、陳雪小說中裸體則顯得較為輕鬆。紀大偉〈美人魚的喜劇〉（1995）顛覆狄斯奈動畫裡無性的浪漫愛，描寫王子夢見自己裸睡和裸奔時陽具的各種情態；〈蝕〉（1995）中敘述者揪出肥胖的男同志「媽媽」汗濕尿騷的陽具刷洗。洪凌〈記憶的故事〉（1995）裡則高張代表情慾與再生的「大母陰穴」超級黑洞。陳雪〈尋找天使遺失的翅膀〉裡阿蘇以嘴吸吮草草陰部，深入陰莖無法觸及的深度，令草草狂迷；〈異色之屋〉（1995）裡女敘述者埋首於陶陶陰部，讓其淫熱體液流過眼鼻至口腔；〈貓死了之後〉（1995）中婆沉醉於被 T 羽毛般的吻吻遍裸身。

　　洪凌與紀大偉皆探索比同性慾望更駭俗的玩虐／受虐（S／M），若將此與《孽子》中對紐約中央公園恐怖病態的施虐／受虐相較，便可感受到其間情慾政治的鉅大差異。洪凌的《肢解異獸》、《異端吸血鬼列傳》中多篇故事呈現玩虐／受虐乃是事先同意、關係對等的性愛遊戲，讓性快感遍及體膚，不以生殖器為中心。〈記憶的故事〉及〈日落星之王〉（1995）皆暗示肢體的痛楚可揚升愛慾，藉情慾的狂恣亦可翻轉個人在社會裡所無力翻轉的層層權力操控。而〈罪與愆〉、〈過程〉、〈關於火柴的死亡筆記〉（1995）等故事則暗示愛侶之間在感情上的撕扯糾結（精神上的玩虐／受虐）係美好而刻骨銘心的經驗。而紀大偉〈色情錄影帶殺人事件〉（1995）中同性戀玩虐／受虐則是對空虛索然、一成不變的主流規訓之越軌叛離，漫畫家最後安排自己彷如遭性虐待致死，死亡變成詭奇歡慶的作品。〈他的眼底，你的掌心，即將綻放一朵紅玫瑰〉（1995）裡讓 SM 取代麥當勞的 M 字。SM 成為未來世界的超級跨國企業之名，玩虐／受虐遂也彷彿商品般稀鬆平常。

　　黃惑的〈樓蘭女與六月青〉（1998）中 SM 則是一個愛無能的第三性公關為了釣一個男公關之法寶。黃惑用詼諧的筆調描寫男身女相的朱衣

雖享受其第三性公關角色，卻深感自己因著性慾太強而難以專一，要治癒自私就得「以逸樂爲職志，用佔有當工具」（92）。朱衣原來對男男女女來者不拒，但因愛戀鵝桑的腳而產生佔有慾，在性高潮時咬破其腳趾血管、吸其血，而玩遍女人的鵝桑亦在被虐快感中欣然被朱衣佔有。

紀大偉、洪凌援用科幻小說想像未來世界同志（擬）烏托邦。紀大偉的〈蝕〉及〈他的眼底，你的掌心，即將綻放一朵紅玫瑰〉與洪凌的〈記憶的故事〉裡，同性情慾均是司空見慣。〈記憶的故事〉中女女之愛與男男之愛交替出現於未來世界的不同時間，獨不見異性愛。〈蝕〉裡敘述者與其父母弟弟皆爲男同志。〈他的眼底，你的掌心，即將綻放一朵紅玫瑰〉中希柏利特錯綜複雜的身世之謎繫乎一對男同志的愛恨情仇與家庭變故。碟卡與巴提先是同性生殖，反目之後碟卡自體生殖。然而洪凌、紀大偉對未來並不全然樂觀。〈記憶的故事〉中後現代資本主義上帝的操控嚴密。〈蝕〉中描寫未來世界歧視食蟲者，正如今人歧視同性戀，納粹歧視猶太人，顯示歧視機制的荒謬性；另方面，食蟲也隱喻肛交，暗示其不容於主流。而〈他的眼底，你的掌心，即將綻放一朵紅玫瑰〉裡雖然透過資本主義商品讓同性情慾無所不在，但希柏利特的虛擬記憶裡仍是個異性戀。

不同於紀大偉、洪凌走向科幻想像，吳繼文則回溯歷史。吳繼文《世紀末少年愛讀本》（1996）改寫清朝男色小說陳森的《品花寶鑑》，顯示在中國文化中亦曾有男色被建制化的時期，男同性愛並非舶來品。但吳繼文以後設技巧質疑當時以梨園爲中心的男男之愛之階級與剝削關係，並描繪有權勢的已婚者與妻子、男伶之間的三角關係，含有女性主義批判。雖然男主角梅子玉和杜琴言之間含情脈脈，始終無肉體關係，書中卻另外刻劃多對跨階級的男男之愛，涉及口交、肛交的描述，筆調異常活潑奔放。此外，書中以「分身」戲稱陽具，描寫涉及不同權力關係、情態殊異的陽具的故事，延續紀大偉對陽具的嬉笑怒罵。珊枝對琴言及

書僮敘述他對華公子的裸身及分身由震懾敬畏到滑稽憐憫的變化，以及愛撫者如何也達到性高潮，而琴言及書僮俱聽得呼吸急促、情慾賁張，更是精彩的片段。

總的來說，解嚴以來的同志小說在情慾主題上有多角多樣的探索，比解嚴前更深入勾勒同性愛關係的複雜多面，揭開所謂標準異性戀的同性情慾，探討雙性戀及 SM，甚至想像未來世界或改寫過去歷史中的同性愛關係。在身體呈現上日趨激進、坦然、狂野、耍玩。就同志與主流體制的關係而言，解嚴以來的同志小說出現了更多對異性戀主義與恐同的嘲謔批判，以及對異性戀家庭的翻轉。解嚴以來的同志小說在情慾政治上邃往往比解嚴前批判玩謔、挑釁挑逗。

二、性別主題及性別政治的演變

有關性別主題，解嚴以來的同志小說常涉及酷異性別與愛慾關係中的性別角色遊戲。主流刻板印象中視男同志為女性化，女同志為男性化（雖然現實中的女、男同志未必皆如此），此一看法大抵強調僵化的男女二分以及異性戀中心主義。誠如巴特勒（Judith Butler）指出，兩者互為因果：傳統男女二分概念早已異性戀化，而傳統異性戀機制又設定男女二分（17）。於是不男不女會被醜化，而同性戀會被視為複製異性戀男女角色。在七〇年代西方同志運動發展初期也曾壓抑女性化男同志與男性化女同志，強調女、男同志外觀舉止若非符合傳統性別標準，就需中性化。然而酷兒理論則讓我們看到不男不女的諸多同志與怪胎正好挑戰了僵化的男女二分，而同志情慾關係更有多種的角色扮演遊戲，並不像主流所想像的那麼呆板。

無庸置疑，尚未受到同志理論洗禮的傳統異性戀社會易於將同性戀視為複製異性戀男女角色。這所以，在台灣，T 婆與 0 號 1 號為一般人

對女、男同志配對的刻板印象。但即使台灣 T 婆傳統行之久矣，其牽涉的實際權力互動與角色扮演卻有各色各樣。在男同志方面，身體風格、舉止風格的性別扮演與實際權力地位及床笫間的角色也難以打上等號。sissy 未必就是 0 號。更遑論女、男同志還都有不做 T 婆、0 號 1 號，或者可以變換角色的配對方式。林林總總的性別超乎一般想像。

解嚴前出版的《孽子》、〈浪淘沙〉、〈回顧〉、〈莫春〉其實有批判傳統性別體制的意涵。〈回顧〉、〈莫春〉中女孩愛戀溫柔美麗女體，含有戀母情結。〈浪淘沙〉裡小琪迷戀龍雲的粗獷瀟洒，搞不清龍雲忽男忽女的性別。《孽子》中男同志老少帥醜胖瘦都有，男同志男妓有高大如李青、狂野如阿鳳、女性化如小玉，身體與舉止風格各異。女性化的小玉靈巧潑辣、鬼靈精怪，在性關係上不吃虧，尤其打破刻板印象。男同志有各種配對組合：父子型、哥弟型、父女型等不一而足。但《孽子》渲染悲情，太常將男同志與罪孽勾連，不免掩蔽了其所呈現的豐富男同志生態，〈浪淘沙〉裡的 T 婆關係仍予人複製傳統異性戀關係的印象，且婆無法面對 T 亦是女人的事實，而〈回顧〉裡對女體的愛戀很快被異性戀機制收編，唯獨〈莫春〉反諷地顯示異性戀機制之失敗。解嚴後作品對性別體制的批判則更為明顯、有力。一方面刻板印象中的 T 與 sissy 被賦予鮮明多樣的性格，另方面呈現同志圈中繁多的性別。尤有甚者，受酷兒理論影響的作者更有驚人的探索。

邱妙津的〈柏拉圖之髮〉、《鱷魚手記》、《蒙馬特遺書》裡 T 婆權力互動極其複雜，後兩篇裡 T 均有陽剛暴烈性格，有時複製傳統男人對女性的操控與物化、矮化，但卻有 T 變為婆的一例。〈柏拉圖之髮〉中的 T 婆角色扮演全由婆操控，敘述者原來蓄長髮、自覺中性，她想要與妓女寒寒試驗一段愛情遊戲，寒寒便削去她長髮、將她男裝扮成 T。在愛情遊戲中，寒寒扮演敘述者的小女人（婆），但同時仍與多名男人

往來，主控著她與 T 的關係，T 爲此暗暗想勒死她。

　　較諸〈柏拉圖之髮〉中的 T 的苦情與受制，《鱷魚手記》裡拉子（T）則意圖宰制水伶（婆），不論是她的落跑之舉或者事後言語上將水伶比喻成東西，均矮化了水伶。水伶看似被動的小女人，但拉子數度落跑，水伶都主動找她。此外，拉子認爲婆並非純正的女同志，以此爲藉口離開水伶，水伶卻再找了另一個 T 替代拉子。拉子強調其陽剛，後來暴烈地自殘，《蒙馬特遺書》的敘述者（T）亦然。《蒙馬特遺書》中的 T 因爲婆移情別戀而對婆施暴，婆離開後 T 頻頻寫信挽回，瀕臨瘋狂並自殘，然而從她的信中只能看到她膨脹的自我，看不到婆的形貌、個性及她們關係的問題所在。特別的是，T 在傷痛之餘與法國女子 Laurence 做愛，此時她卻又感到 Laurence 集 T 婆於一身，既具有女性美，又比她陽剛有力，她反而被 Laurence 愛撫，變成了婆。

　　曹麗娟的〈童女之舞〉與〈關於她的白髮及其他〉中的主角 T 瀟洒帥勁、性情溫和，T 婆關係較爲平和對等。但 T（或 T 婆）受制於主流觀念或某種情結而不敢愛。〈關於她的白髮及其他〉中費文被不同的婆勾引，始終不願深入關係，直到一夕得病衰老才知她愛的婆潔西已與圈內每個人上過床，這不但顯示婆的主動，且似乎暗示婆可與婆或 T 上床；當婆遇到婆，極可能其中一人變爲 T，或至少 T 婆不分。此外，〈童女之舞〉中的 T 爲了體驗異性戀女人的感覺而與男人上床、懷孕，但毫無感覺，並爲此墮胎，令婆頗爲心疼。在〈關於她的白髮及其他〉中則有女同志社群，當最男人相的 T 嫁人時，圈內人爲之不齒。

　　解嚴後的同志小說裡，T 既有個性差異，其身體風格、看待自己與婆看待 T 的方式亦各有不同。《鱷魚手記》裡拉子與水伶有如淘氣少男與成熟淑女的配對，與刻板印象中的 T 婆不盡相同。拉子內化了主流對 T 的醜化而對自己身體有強烈自厭感，但水伶卻愛她到癡狂，顯現她的

迷人。〈童女之舞〉與〈關於她的白髮及其他〉中的 T 則毫無對自己身體的自厭感。其言語粗獷陽剛，身形則如模特兒般具雌雄同體的美感。〈童女之舞〉透過婆的眼，一再勾繪 T 身形舉止獨特的瀟灑的美，T 並且有多位女友愛她若狂。〈關於她的白髮及其他〉則嘲諷 T 不敢面對自己的女體，最後由婆引領她認識。此外，〈關於她的白髮及其他〉中有各種各樣身體風格與個性的 T，像費文修長帥氣、性情溫文，陳月珠矮胖、不起眼但穩重。陳雪〈貓死了之後〉中 T 頎長瘦削、眼神深邃似貓。T 由外表到聲音皆是婆所認定的男人，但卻傳達女孩獨有的細膩情感，婆起初因無法面對 T 模糊的性別而逃跑，後來才發現她喜愛的正是 T 陰陽同體的性格。陳雪〈夢遊 1994〉裡 T 曾讓許多女孩心碎瘋狂，但敘述者（婆）對她的曖昧性別卻既慾望又恐懼，婆要 T 做變性手術，T 因為愛她而拼命賺錢以做手術，婆仍逃離，但後來婆充滿內疚且內心掏空。

除了描寫 T 婆互動複雜，以及 T 可變婆、婆可變 T，解嚴後的同志小說也刻劃 T 婆不分。《鱷魚手記》中至柔與吞吞就無法區分 T 婆。〈關於她的白髮及其他〉則描繪新一代受女同志理論洗禮的女同志強調 T 婆不分。陳雪〈尋找天使遺失的翅膀〉裡草草與阿蘇，〈蝴蝶的記號〉中小蝶與阿葉，小蝶與真真，林心眉與武皓在外觀上也都難以區分 T 婆。洪凌的科幻小說〈獸難〉中女吸血鬼戴孛蝶兒與變種人尤利安也難分 T 婆，前者迷戀著後者集狂烈、母性與狡詐之混合氣質。

0 號與 1 號在男同志小說中未必固定，未必等同於行為舉止的陰柔或陽剛、體型的高壯與瘦小，且權力互動也不似表面。李昂〈禁色的愛〉裡王平似通常為 0 號（承受者），但遇到陰弱的林志明卻成了給予者，而林志明十足享受承受者的角色，則又打破了刻板印象。此外，年輕文弱的林志明遇到年長、閱歷豐富的王平，反而擺佈了後者，也異乎主流想像。

　　朱天文筆下男同志的身體風格、舉止風格及配對方式亦十分多元。男同志未必是一陽剛與一陰柔地配成一對，且同一人可能喜歡幾種不同組合。〈肉身菩薩〉裡，小佟少時被魁梧的賈霸按在牆上親吻，但賈霸旋即喜歡和自己同型的粗壯肌肉男，令小佟大發醋勁，卻無可奈何。十七年後，小佟在三溫暖邂逅了男人味十足的鍾霖，再度強烈被吸引。如果相較於賈霸、鍾霖，小佟較為瘦弱，他與兩個萍水相逢的青少年玩三角關係時則未必如此。兩少年先是如一對山林小妖般做愛，後來小佟將十七歲少年按在牆上親吻。而隨後十六歲男孩向三十多歲的小佟索求性愛，小佟像肉身菩薩般地給了，在此戀童關係中由男孩主動、中年男人則被動。

　　朱天文《荒人手記》中男同志有的陰柔如小韶、費多小兒，有的陽剛如傑，有的介於之間。身體風格、舉止風格及床第角色難以打上等號：陰柔的小韶時而 0 號（例如在紅樓戲院），時而 1 號；施壯碩如阿諾史瓦辛格，與小韶上床時卻總扮 0 號，且柔媚溫柔（雖然他另有要錢的目的）。小韶迷醉於永桔有如亞當般的俊美結實，但小韶與永桔難以看出誰是 0 號、1 號。美少年費多小兒在小韶眼裡像「大膽小妖精」（96），既被動又主動。自戀的費多小兒對於要不要被追求、被騷擾握有主控權，他撩動中年的小韶之情慾，令小韶幾乎難以把持。

　　《荒人手記》標舉陰性美學，無畏地挑戰傳統對陰柔男人（尤其陰柔男同志）的歧視，吳繼文《世紀末少年愛讀本》與林俊穎《焚燒創世紀》均承繼之。《世紀末少年愛讀本》改寫清朝《品花寶鑑》中的相公文化，一方面將男性陰柔媚態刻劃入微，另方面批判恩客對相公的宰制，並描寫相公的反制或追求對等。陰柔的梅子玉愛上陰柔的相公杜琴言，平等相待，相戀至死不渝，卻不曾有性關係（他們的配對方式或許可說是姊妹型）。好色的潘三偷襲相公蘇蕙芳，卻被推到地上。而相公林珊

枝愛撫華公子陽具時由景仰到垂憐的變化，也一改相公的卑微。此外，書中有意探究相公的扮裝演出之差異性：一般文人雅士喜愛唱崑曲的相公靈秀端雅，但田春航獨排眾議，讚揚唱亂彈的相公風騷香豔、粗俗中帶著率真開朗，也是另一番風情。吳繼文的細膩勾勒暗示我們今日熟悉的男扮女裝之多樣性在清朝文化中應已有先例。

〈焚燒創世紀〉中除文字陰媚以外，男同志大多看不出 0 號 1 號、陽剛陰柔，唯獨活躍於新公園的美少年虞奇既嬌媚又悍厲，令人想起《孽子》裡的小玉，「是選擇者，而不是被選擇者」（99），但他堅持賣笑不賣身。

對酷異性別的探索在紀大偉、洪凌、成英姝、楊照作品中更達於極致。楊照的〈變貌〉（1991）裡湛子生為男孩卻自認為女孩，敘述者生理為男孩但自覺可男可女，兩人皆因此備受父母打壓。後來湛子為怪獸侵入可不斷變形、變性，但愛他／她的阿清並不在乎。洪凌〈髑髏地的十字路口〉（1995）裡天使沙萊斐墮落後成了陰陽人，而耶穌也為了愛他／她而墜落人間。紀大偉〈他的眼底，你的掌心，即將綻放一朵紅玫瑰〉（1995）與洪凌〈記憶的故事〉均想像未來世界透過高科技變性極其容易，雖然此一變性仍操控於父母或企業總裁手中，因此頗有問題。紀大偉的〈去年在馬倫巴〉（1997）呈現網路世界裡，性與性別完全成了虛擬身分，可以曖昧游移。連化妝室都做了特殊設計，而成了社交場合，讓人玩忽男忽女的變身遊戲、滿足展示與窺視的慾望。

成英姝《人類不宜飛行》（1997）較為寫實，但書中也大玩性別遊戲。兩個男變女變性人，一是英國人金妮，一是小說中的小說人物美國人尼克／妮可拉。金妮有如莎朗史東般美豔自然、雌雄同體，讓第一人稱敘述者（一個台灣男人）不知何以區別男女。妮可拉則刻意女性化，反顯得做作，彷彿醜化了女人。此處男變女的不同效果可與《世紀末少

年愛讀本》裡男扮女裝的不同效果相比較。兩位變性人性別觀亦不同。妮可拉事後懊悔，認為變性喪失了男人的權柄，而金妮則從未懊悔，雖然她最後的勇敢令敘述者覺得她始終是個男人。更特別的是，敘述者藉愛上金妮以證明自己是「正常」、「標準」男異性戀，但金妮與男同志高賽相戀令他大惑不解，最後他懷疑自己有變性慾或者是男同志。

變性人究竟是男是女？同性戀或異性戀？《人類不宜飛行》中的金妮已讓人捉摸不定。在紀大偉與洪凌小說中對變性慾者的描寫亦跳脫主流想像。紀大偉的〈膜〉（1996）裡生化人默默錯認的虛擬真實是：她雖生為男孩，卻自認為女孩且是個女同志，後來做了變性手術。洪凌〈在月球上跳舞〉（1997）中敘述者則因母親為女同志，雖生為男孩，也自認為女同志，並渴望擁有月經。

另有兩篇小說較寫實地呈現台灣變性慾者與變裝慾者。吳繼文《天河撩亂》（1998）以成長小說描繪由台旅日的男變女變性人成蹊的心路歷程及其受到的家庭與社會壓力。透過其姪子時澄之眼，成蹊顯得慵懶妖冶、浪漫誇張、喜歡與男人談戀愛、不拘於世俗、但十分母性。直到全書三分之一，時澄（讀者也是）方知成蹊為變性人，在變性人酒廊裡工作。而身為男同志的時澄也曾有變裝慾。黃惑的〈樓蘭女與六月青〉將第三性公關區分為純賺錢型及自恃美貌型，並認為後者已假戲真做。這似乎是在區分變裝慾者與變性慾者。像主角男身女相的朱衣就是變裝慾者。朱衣曾與男男女女上過床，但似比較喜歡男人。

總的來說，解嚴前《孽子》已呈現男同志生態裡性別的多樣性，然而比較侷限在以新公園為中心的「非良家子弟」，而解嚴前女同志小說的性別呈現則只粗具形式。解嚴以來同志小說在性別主題上處理得更細膩深入，呈現女男同志文化中性別的多樣性，不但有各式各樣的 T 與 sissy，配對方式更是五花八門，身體風格、舉止風格、床第角色與權力

互動難以打上等號。此外，解嚴以來同志小說更探索變裝慾、變性慾、陰陽人的酷異性別，有的大玩性別遊戲，有的批判男女二分的僵化，在性別政治上走向激進、挑釁與玩謔。

三、結 語

較諸其它小說次文類，台灣同志小說最可以看出解嚴前與解嚴後的分野。美國女黑人理論家胡珂絲（bell hooks）指出，有一種邊緣性乃是壓迫結構所強加於人的，另有一種邊緣性則是「自己所選擇的抵抗位置，此乃蘊含激進的開放與可能性的位置」（22），亦即反霸權的位置，企圖藉挑戰、擾亂來改變結構。解嚴前的同志小說多意識到同志被主流邊緣化，因此書寫策略傾向於渲染悲情，即使具同志意識的作品如《孽子》亦以悲情籲求社會接納。解嚴後，隨著國際同志文藝影視的流進，以及台灣同志運動與女性運動逐漸站穩腳步，同志小說邁開步伐，勇於衝破傳統禁制，打破傳統台灣／中國家庭的禁制。逐漸地，這些小說不再甘於同志被主流邊緣化的位置，而是刻意佔據批判主流霸權的邊緣位置發聲。它從同性愛慾及酷異性別的主體出發，一方面深入女同志、男同志情慾文化的樣貌，探討多樣的同性情慾流動方式，批判異性戀主義與恐同的壓迫和所造成的扭曲，另一方面玩謔地顛覆異性戀的自以為是，探索雙性戀與 SM，兼及變裝慾、變性慾（者）、陰陽人的酷異性別。有的在現實中想像怪胎家庭，有的想像外國變性人，有的重新想像清朝的相公文化，更有的甚至探索網路的虛擬性別及未來世界的同志家庭及同志自體繁殖的可能。在奔馳的想像中，它照見了主流異性戀性愛腳本及性別分類的不足。

解嚴以來台灣同志小說有如繁星閃耀，質與量均十分可觀。本文限

於篇幅，不能一一討論，且僅從同性愛慾及酷異性別兩大方向研究。事實上在這些豐富的文本裡尚有許多主題可以探討，例如本文僅約略提及的對美學形式與文類的開發（參看劉亮雅《慾》17-152；〈怪〉），又例如同志（情慾）文化與異性戀主流文化之異同、同志美學與主流美學之異同、性（別）政治與其它議題的連結（像《荒人手記》與國族議題，《鱷魚手記》與升學主義）。而當台灣同志小說逐漸形成傳統，我們可以預見的不僅是未來的書寫者將有更多師法的前輩和想像的空間，而也是同志與酷兒將愈來愈被看到，習以為常、見怪不怪。

【引用書目】

王禎和。《玫瑰玫瑰我愛你》。台北：遠景，1984。

———。《美人圖》。台北：洪範，1982。

白先勇。《孽子》。台北：允晨文化，1990。

朱天文。〈肉身菩薩〉。《世紀末的華麗》。台北：遠流，1990。49-71。

———。《荒人手記》。台北：時報文化，1994。

朱天心。〈古都〉。《古都》。台北：麥田，1997。151-234。

———。〈春風蝴蝶之事〉。《想我眷村的兄弟們》。台北：麥田，1992。199-221。

———。〈浪淘沙〉。《方舟上的日子》。台北：遠流，1993。103-127。

成英姝。《人類不宜飛行》。台北：聯合文學，1997。

李　昂。〈回顧〉。《禁色的暗夜》。台北：皇冠，1999。53-84。

———。〈禁色的愛〉。《禁色的暗夜》。7-51。

———。〈莫春〉。《禁色的暗夜》。85-114。

吳繼文。《天河撩亂》。台北：時報文化，1998。

———。《世紀末少年愛讀本》。台北：時報文化，1996。

林俊穎。〈焚燒創世紀〉。《焚燒創世紀》。台北：遠流，1997。17-157。

周華山。《同志論》。香港：香港同志研究社，1995。

邱妙津。〈柏拉圖之髮〉。《鬼的狂歡》。台北：聯合文學，1991。125-148。

———。《蒙馬特遺書》。台北：聯合文學，1996。

———。《鱷魚手記》。台北：時報文化，1994。

洪　凌。〈日落星之王〉。《肢解異獸》。台北：遠流，1995。199-227。

———。〈在月球上跳舞〉。《在玻璃懸崖上走索》。台北縣永和市：雅音，1997。
　　　71-100。

———。〈記憶的故事〉。《肢解異獸》。169-198。

———。《異端吸血鬼列傳》。台北：平氏，1995。

———。〈罪與愆〉。《肢解異獸》。139-150。

———。〈過程〉。《肢解異獸》。69-85。

———。〈擁抱星星殞落的夜晚〉。《肢解異獸》。47-68。

———。〈獸難〉。《異端吸血鬼列傳》。56-86。

———。〈關於火柴的死亡筆記〉。《肢解異獸》。87-103。

———。〈髑髏地的十字路口〉。《肢解異獸》。151-167。

紀大偉。〈去年在馬倫巴〉。《中外文學》（1997 年 8 月）：102-109。

———。〈他的眼底，你的掌心，即將綻放一朵紅玫瑰〉。《感官世界》。台北：平
　　　氏，1995。207-55。

———。〈色情錄影帶殺人事件〉。《感官世界》。139-171。

———。〈美人魚的喜劇〉。《感官世界》。11-49。

———。〈膜〉。《膜》。台北：聯經，1996。1-110。

———。〈蝕〉。《感官世界》。173-205。

———。〈憂鬱的赤道無風帶〉。《感官世界》。107-136。

———。〈儀式〉。《感官世界》。51-91。

紀大偉主編。〈文學書目〉。《酷兒狂歡節：台灣當代 QUEER 文學讀本》。台北：
　　　元尊文化，1997。247-267。

凌　煙。《失聲畫眉》。台北：自立晚報社，1990。

梁濃剛。《快感與兩性差別》。台北：遠流，1989。

張小虹。《後現代／女人》。台北：時報文化，1993。

曹麗娟。〈在父名之下〉。《童女之舞》。台北：大田，1999。68-96。

———。〈童女之舞〉。《童女之舞》。12-49。

———。〈關於她的白髮及其他〉。《童女之舞》。98-174。

陳　雪。〈異色之屋〉。《惡女書》。53-91。

———。〈尋找天使遺失的翅膀〉。《惡女書》。19-52。

———。《惡女書》。台北：平氏，1995。

———。〈夢遊 1994〉。《夢遊 1994》。13-44。

———。《夢遊 1994》。台北：遠流，1996。

———。〈蝴蝶的記號〉。《夢遊 1994》。113-191。

———。〈貓死了之後〉。《惡女書》。183-246。

黃　惑。〈樓蘭女與六月青（雷鳴前請別開手機）〉。《熱愛雜誌》（1998 年 12 月）：
　　　 90-95。

楊　照。〈變貌（上）〉。《中外文學》（1991 年 3 月）：145-174。

———。〈變貌（下）〉。《中外文學》（1991 年 4 月）：153-186。

劉亮雅。〈世紀末台灣小說裡的性別跨界與頹廢：以李昂、朱天文、邱妙津、成
　　　 英姝為例〉。《中外文學》（1999 年 11 月）：109-131。

———。〈怪胎陰陽變：楊照、紀大偉、成英姝與洪凌小說裡男變女變性人想像〉。
　　　 《中外文學》（1998 年 5 月）：11-30。

———。《慾望更衣室：情色小說的政治與美學》。台北：元尊文化，1998。

Butler, Judith. *Gender Trouble: Feminism and the Subversion of Identity.*　New York:
　　　 Routledge, 1990.

Glasgow, Joanne, and Karla Jay. "Introduction." *Lesbian Texts and Contexts: Radical
　　　 Revisions*. Eds. Karla Jay and Joanne Glasgow. New York: New York UP,

1990. 1-10.

hooks, bell. *Yearning: Race, Gender, and Cultural Politics*. Boston, MA: South End P, 1990.

Sedgwick, Eve Kosofsky. *Epistemology of the Closet*. New York: Harvester,1991.

選自：台灣師大國文系編《解嚴以來台灣文學國際學術研討會論文集》（台北：萬卷樓，2000）；劉亮雅《情色世紀末：小說、性別、文化、美學》（台北：九歌，2001）

范銘如

政治大學台文所教授

從強種到雜種

——女性小說一世紀

　　儘管二十世紀在全球一片迎接千禧年的呼聲中進入歷史，上個世紀喧騰紛擾的國家和國際論述並未就此告一段落。沛然莫之能禦的地球村趨勢，正使台灣面臨著劇烈的轉變與考驗。與日俱增的跨國經貿合作及各種形式的交流，雖然提供嶄新的空間和國際關係，促成新的聯盟結構，但是先進國家對資源技術上的掌控，卻又可能形成另一種形態的西方霸權，侵蝕台灣文化生態。到底全球化的成形開拓出更寬廣的國際空間、增進種族和解和諧，抑或是助長權力不平等的發展，延續早期殖民主義和新殖民主義的社會塑造，一點一滴地消磨掉當地的民族特質；國際化與本土化的矛盾，使得國族論述在世紀末再度沸騰，一路延燒至新的紀元。

　　在思辨這些問題時，袞袞多士往往容易重陷殖民主義與民族主義對立的泥沼，忽略全球之多國異質性，和任何國家形構必備的階級、性別、族群、種族、宗教、年齡、身份的多重性。一方面漠視世界各國因應全球化的獨特問題與方式，一方面則抹煞各國中附屬團體的特殊處境，例如女性和少數族群，以及權力在各政經層面的交互運作。淪為片面的國際化與失衡的本土取向的結果，對外既無法盱衡國際關係捍衛民族權益，對內亦難以凝聚共識。在缺乏凝聚力的國族口號下，弱勢團體時思出走，甚或發展出另類的民族與國際觀。

　　在所有被邊緣化的團體中，佔人口比率一半的女性應是最多數的弱勢。民國創建以來，男性權力和價值順利地由帝制結構中偷渡、滲透於現代國家管理系統；女性在總體化框限下，始則被異化為國族論述的應聲者與服從者，終於抗命叛變轉求雜種的曖昧身分。本文旨意希望透過女性小說中關於國族論述的轉變，圖誌性別與種族議題百年來並行分流的緣由，進而檢視附屬團體與主導勢力的纏擾。在討論共時性關係時，藉助歷時性演變，將兩者淵源回溯至十九世紀末。探究女性為何在早期

的文本中響應民族主義和推動中國現代性，卻在七〇年代逐漸轉向，終在九〇年代擁抱重畫種族界限的後現代性。從現代性轉變為後現代性，台灣女性在本土化和全球化之間是否取得權衡定位；女性文本中的國族論述提供給新世紀的台灣參考方向，進而廣泛地觀照不同利益群體的顧慮，開創出不同既往的思維模式。

一、

　　中國婦女解放運動的興起和國族論述息息相關。清末政治和經濟的困境，迫使改革者從技術科學到思想制度層面上全方位維新；在外強的侵略威脅下，改革者將中國積弱的部分理由歸因於女性人口的蒙昧與不事生產。他們認為女性資源的開發與再造，或可挹注國力，振衰起蔽。在救亡圖存的大前提下，清末反纏足論述的重點不在於尊重女性身體，而在於強健女性體魄，以便養育更精壯的下一代，並促進家務及勞務能力；振奮女子教育的理由亦無涉乎權利義務，而是倚重知識的實用性俾益婦人增產富家，教兒保種。雖然維新大將們如康有為、梁啟超，不乏人道主義者的平等觀念，在巢覆卵危的憂慮下，解放婦女的理論難免建植於民族主義的基礎上[1]。重塑傳統女性特質，使之符合中國現代化需求，彷彿繫諸種族存亡。婦運的本節似乎就是強種與救國。

　　說來諷刺，多虧帝國主義的遠東擴張，中國婦女才能在民族主義的大纛下，逐步獲得教育和其他方面平等的機會。在西方殖民主義與中國民族主義的群雄爭霸中，女性在保家衛國的合理化掩護下紛紛涉足公共領域。有趣的是，婦解雖得利於滿清政府的變革維新，婦女的參政趨勢

---

[1] 參見林維紅，〈清季的婦女不纏足運動〉，及呂士朋，〈辛亥前十餘年間女學的倡導〉，收於鮑家麟編，《中國婦女史論集》第三集（台北：稻鄉，1993），頁 183-246、247-261。

卻傾向反對陣營。不少女性加入同盟會的革命行動，積極推動建立民國的事務[2]。最廣爲人知的革命女志工首推秋瑾。

　　秋瑾最見著於後世的形象約莫是愛國不讓鬚眉的女先烈。爲了抵抗列強欺凌，她與其他男性義士矢志推翻昏庸的滿清政府，締建民國，加入現代化國家行列。在民國教育下成長的我們，總習慣將民國的誕生，等同於中國現代化的象徵，並將民國與滿清簡化爲新／舊、進步／腐敗的價值大對抗。漠視了民國與滿清之戰，其中更牽涉了族群（漢／滿）種族（黃種／白種），以及意識形態（民主／帝制）等權位之爭。秋瑾的民族意識，見諸於其著名的〈寶刀歌〉：「北上快車八國眾，把我江山又贈送；白鬼西來做警鐘，漢人驚破奴才夢」，不僅批判外強嚙食，更攻訐滿族昏顢凌弱的統治生態[3]。因此，嚴格地說，秋瑾將「強權」的目標指向狹義的漢民族，而非廣義的中華民族（漢蒙回藏苗傜等）。換言之，民族主義是對抗帝國侵略的利器，但是優質的民族主義只有透過族群權力的重新分配——即使不是爭奪——才能達成。秋瑾及其革命同志們似乎深信，漢民族的強盛正可再造均益效能的族群關係。

　　秋瑾第二個爲人熟識的形態是中國婦運的先驅，興學辦報鼓吹女性獨立自覺，可是直到近年來女性主義者的研究，才提醒我們注意秋瑾詩文中時而流露出其性別與民族身分矛盾衝突的齟齬。婦女解放既是中國推動所謂「洋務」的維新政策之一，婦運也長時期隸屬於民族運動，秋瑾的女性身分在同儕的國族論述中誠難獲得妥貼地安置[4]。更罕爲人知的

[2] 相關史料參見林維紅，〈同盟會時代女革命志士的活動〉，或鮑家麟，〈秋瑾與清末婦女運動〉，收於鮑家麟編，《中國婦女史論集》（台北：稻鄉，1988），頁296-345、346-382。

[3] 李又寧編，《近代中華婦女自敘詩文選》（台北：聯經，1980），頁115-116。

[4] Lydia Liu, "The Female Body and Nationalist Discouse: The Field of Life and Death Revisited" in *Scattered Hegemonies*, ed Inderpal Grewal and Caren Kaplan（Minneapolis:

是，即使秋瑾流芳後世，她的友人們在推翻滿清後為她籌備的一些紀念活動以及興建大型紀念碑的計畫，卻受到袁世凱以及包括孫逸仙在內的同盟會同志打壓。克莉斯蒂娜・吉瑪丁（Christina K. Gilmartin）在她研究國民革命中女性動員的論文中委婉地嘲諷，孫逸仙在建國後樹立政權的男性象徵意義，而他自己亦在死後變成父權政治最具體的形象。她認為，國民革命在男性身分引導的意識形態下，根本不會選擇女性——例如秋瑾——去塑造出一個革命之母的象徵[5]。

對中國讀者而言，吉瑪丁的批評不無可議，畢竟孫逸仙投入革命的時間及影響的深廣遠非英年早逝的秋瑾可及。但是如果我們細思歷來被賦予接近所謂「國母」形象的女性人選——宋慶齡、宋美齡，甚或江青——都是「偉人」背後的女性，而非參與建國的女性，吉瑪丁所指的男性革命意識形態似非無的放矢。其實除了性別因素之外，更深一層查究，秋瑾紀念碑不被鼓勵本來就是現代民族主義的邏輯。根據班納迪克・安德森（Benedict Anderson）的研究，民族主義文化偏好無名戰士勝於指名道姓的紀念碑和墓園，因為空洞的、儀式性的紀念物更容易引發「幽靈般的民族的想像」[6]。只不過安德森忽略了，即使是幽靈，也是有性別的。

University of Minnesota Press, 1994），pp.41-43; Ono Kazuko, *Chinese Women in a Century of Revolution, 1850-1950,* ed. Joshua A. Fogel（Stanford: Stanford University Press, 1989），pp.59-65. Ono 此書中的第四章，"Women in the 1911 Revolution," pp.54-92，不但對辛亥革命前後的女性參與建國的活動詳實描述，更對男性革命家們吸收利用女性資源卻吝於分享權力的史實批判有加。

[5] Christina K. Gilmartin, "Gender, Political Culture and Women's Mobilization in the Chinese Nationalist Revolution, 1924-27" in *Engendering China*, ed. Christina K. Gilmartin, Gail Hershatter, Lisa Rofel, and Tyrene White（Cambridge: Harvard University Press, 1994），pp.205-206.

[6] 班納迪克・安德森著，吳叡人譯，《想像的共同體——民族主義的起源與散布》（台北：時報，1999），頁 17。

性別、族群、種族三股勢力的糾葛並沒有因改朝換代而拍板。民國的建立造成國內族群權力的重新洗牌，但對於抵禦、驅逐侵華的種族似乎作用不大，婦女處境與權利的提升也一度被擱置[7]。再一次感謝外侮的刺激，五四新文化運動的興起帶給婦運另一契機。五四始於反日的愛國活動，演化爲全國性的文化和文學思潮。中國現代化的策略也從西學中用轉向西化的風尚。在這一波全面反傳統的洪流中，婦女問題再次被檢討，與女性議題相關的貞操觀、納妾蓄婢、媒妁婚姻、家庭制度與三從四德的婦德等，一一成爲攻訐的箭靶。解決婦女問題被看成打擊封建思想與禮教勢力的必要過程，亦是解救中國的重要步驟。

謝冰瑩的故事可視爲女性知識分子對這一波運動的回應。受到新文化思潮的衝擊，謝冰瑩奮力地在鄉下保守的家庭中爭取受教育的機會，反抗舊禮教對女性的限制，例如纏足與禁足。當她品嘗著辛苦抗爭來的離家升學的甜蜜時，北伐建國的號召激勵她毅然投筆從戎；接受嚴格的女兵訓練後，上了戰場也獲得到勝戰的滋味，她以戰地背景發表的《從軍日記》（1928）亦備受歡迎。但是情節後來的發展並不像英格蘭傳說一樣：衣錦還鄉、名揚千里。上級突然下令解散軍隊，使得因爲從軍而退學的謝冰瑩在無處可去的窘境下只好返家。回家，對謝冰瑩來說並不是駛進安全的避風港，而是正面迎戰她一直逃避的噩夢——父母在她三歲時訂下的婚事。幾番哀求父母解除婚約不果，她四度企圖逃家，卻一再被緝回鞭打監禁。在眾人押解下出嫁後，謝冰瑩居然伺機逃離而終於解除婚姻。此間一年，丈夫其實遠在外鄉工作，兩人並無溝通或相處上的具體磨擦。如此堅固卓絕的謀求離婚，與其說是兩人性情不合，毋寧說是謝冰瑩對自己理念的申明。這種「敗壞門風」的舉動，自然也引來家人的不諒解，導致她幾年間有家歸不得。

---

[7] Ono, *Chinese Women in a Century of Revolution,* pp.80-89.

在五四文化的論述時尚中，離家是新女性要求獨立自主的宣言，卻是謝冰瑩苦難的真正來臨。失卻家庭的經援，她艱困地籌措學費和生活費，屢屢無以爲繼。她談了幾次新青年們嚮往標榜的自由戀愛，結果卻和大部分情竇初開、缺乏性知識的少女一般，未婚懷孕而且獨自面對生產善後的局面。獨立育嬰一陣後，實在無力扶養，只得忍痛將嬰兒託付給已分手男友的家人。連番挫折並沒有動搖她對新文化的信念。爲求更高的知識救國，她隻身赴日求學。學業未竟，日軍侵華愈甚，她投入抗議日本軍國主義的行動卻鋃鐺入獄，遭受日本軍方殘忍的刑求。從獄中逃出後，謝冰瑩潛回國內，愛國心不減，義無反顧地獻身抗日行列，出入前線後方從事各項醫療文化服務。

謝冰瑩堅毅果敢的個性和愛國的情操令人敬佩，女兵的「政治正確性」尤其吸引國家機器的注意，遷台後一度強力宣傳，甚至成爲大眾媒體的寵兒。謝冰瑩雖被塑造成忠黨衛國的新女性代表，但是在國族論述的主導詮釋下，她的經歷裡所呈現出女性身分與族群、種族複雜的關係卻常年被遮掩。謝冰瑩在最爲人傳頌的《女兵自傳》中坦言，她選擇從軍的理由之一正是爲了逃避她的婚約，而且當時軍中的女同袍大都有著類似的家庭因素[8]。這一段話相當值得玩味，因爲它提醒我們去留意，主導論述雖然推動婦女改革以促銷現代性，卻未同時給予女性資助或奧援。當女性以個體來對抗整個封建家庭制度而力猶未逮時，軍隊適時爲她們提供一個庇護所。對軍隊來說，女性的身體象徵一種新的改革力量，強化軍隊的現代化形象，也更提高其剷除舊勢力的正當性，遑論佔人口一半的女性人力資源能增添多少實質效益。對女性而言，從軍不僅僅是報效國家，保疆衛民，更可以將弱勢的個體置於公權力的保護下，讓更強勢的政府對抗家庭權威，合理化個體涉足公領域的欲望與想像；只要

---

[8] 謝冰瑩，《女兵自傳》（台北：東大，1970），頁 57。

她們願意交付身體，爲國捐軀。

　　秋瑾和謝冰瑩可說是辛亥以迄民初進步女性的典範。她們認同當時倡行的民族主義和新文化論述，投注她們的寫作和生命，呼應實踐現代化理念。不計犧牲代價，換取中國一定強。爲什麼「民族」，這個在安德森的定義中只是一種「被想像爲本質上有限的，同時也享有主權的共同體」[9]，具有這麼致命的吸引力？安德森指出：

> 儘管在每個民族內都可能存在普遍的不平等和剝削，民族總被設想為一種深刻的、平等的同志愛。最終，正是這種友愛關係在過去兩個世紀中，驅使數以百萬計的人們甘願為民族，這個有限的想像，去屠殺或從容赴死。[10]

讓我們看看強種論調給了這兩位支持者些什麼？一個年紀輕輕被處死，另一個則在各種抗爭中飽受折磨。對「吃人」論述最有心得的魯迅，在一次演講時被稱爲「戰鬥者、革命者」，並獲得一陣響亮的掌聲，他忽然想起他的故友：「敝同鄉秋瑾姑娘，就是被這種劈劈拍拍的拍手拍死的。」[11]魯迅這樣一句話，表露出他對國族論述的負面作用有著深切的感觸。即使是服膺現代化論述的謝冰瑩，在悔婚逃家數年後與母親久別重逢，也不禁自問所爲何來：

> 奮鬥了這麼多年，我得到了些什麼？從舊的婚姻制度下解放出來，又跌進戀愛的苦海裡去了。我想老實告訴她，四年來，我飽嘗了人間的酸苦，受盡了命運的折磨；我坐過牢，餓過飯，也生

---

[9] 安德森，《想像的共同體》，頁 10。

[10] 同上，頁 11-12。

[11] 魯迅，〈通信〉，《而已集》，收於《魯迅全集》第三卷（台北：谷風，1980），頁 444。

　　過孩子；現在還在過著流亡的生活，前途茫茫，母親呵！何日才
　　是我真正得著自由和幸福的時候？[12]

她的親身經歷令這個問題特別驚心。到底中國的現代化，在誘導女性付
出種種巨額代價後，是否真爲婦女帶來自由幸福，如何當初的承諾？

　　謝冰瑩用女性經驗對國族論述發出的初步質疑並沒被重視，也許連
她自己都不敢深入探詰，然而後起的女作家卻前仆後繼追上她的步履，
甚至間斷性地投下一些負面的看法。胡蘭畦的《在德國女牢中》（1936）
堪稱是其左派版本的姊妹作。它上承《女兵自傳》，下開郁茹《遙遠的愛》、
楊剛的《挑戰》以及鳳子的《八年》等知識女性革命敘述。胡蘭畦生長
的反清世家，父兄皆是革命黨人，在這樣的家庭就已經接受不少進步思
想與民族氣節的薰陶；後又進入成都第一私立女學堂，深受當時推動男
女平權的學堂女主辦人曹招弟的影響。爲使年老重病的父母安心，胡蘭
畦十六歲時出嫁；然而與謝冰瑩相似，數月後趁機離開夫家逃脫封建婚
姻而逐漸參與政治改革。《在德國女牢中》即是記述胡蘭畦在德國從事反
帝國主義活動，而被希特勒政府監禁於女子監獄的報導文學[13]。比起日獄
的殘暴，德國女牢的待遇可說是人道平和得多，最特別之處是政治犯奇
多。除了胡蘭畦，同牢的德國婦女也都是一些「政治犯」，而她們入獄的
「罪行」，居然只是沒有「到教堂去」、「到廚房去」、「帶小孩去」。違反
了德國法西斯爲女人明定的規範，等同違背國家政策。德國女牢雖少了
日監的嚴刑酷罰，但是法西斯以強制性的政治手段執行性別角色戒律更
令人瞠目。

　　胡蘭畦寫作《在德國女牢中》的原意雖是批判法西斯政權的荒謬，
但卻也點出國族身分與性別身分的可能扞格，儘管是發生在異國。在同

---

[12] 同註 8，頁 256。
[13] 胡蘭畦，《在德國女牢中》（四川：四川人民出版社，1981）。

時期，蕭紅的《生死場》（1935）卻反躬直指中國，打破女性身體必然與國族掛鉤的思維。劉禾從民族國家論述的角度，精闢地指出《生死場》中鋪排女主角被中國男性，而非侵華的日軍，強姦的情節，表示作者拒絕將女性身體被民族主義取代或昇華。對蕭紅而言，「生命並非要進入國家、民族和人類的大意義圈才獲得價值。在女人的世界裡，身體也許就是生命之意義的起點和歸宿。」[14]蕭紅的呼聲並非絕響，丁玲的〈我在霞村的時候〉（1941）亦是一篇警世名作。小說描寫鄉村少女貞貞在日軍侵襲時被擄走，做了隨軍妓女，但忍辱為游擊隊祕密傳送情報。對民族的忠貞卻抵不過失貞的罪愆，她回到家鄉中被視為破鞋爛貨，承流言指責的精神折磨。雖然丁玲以女主角赴聖地延安學習的希望收尾，文本中暴露出性別與國族論述的不能重疊性卻清晰分明[15]。

〈我在霞村的時候〉雖然是一篇小說，卻有若魔幻寫實般預言了丁玲左聯文友關露的遭遇。以《太平洋的歌聲》、《新舊時代》驚豔三〇年代上海文壇的關露，因其頗富姿色及文名，被指派潛入日偽機構從事地下情報工作。明知會被大眾冠上漢奸臭名，關露不計個人毀譽與生命，毅然接受任務，蒐集敵軍情報，餵養組織需要。怎料抗戰的勝利為這位「民族英雌」帶來的卻是後半生永難刷洗的沉冤，關露幾度接受審查拷問，更兩次進出秦城監獄，飽受批鬥與毒打的刑罰。長達十年的牢獄之災與不白之屈，不但令她心摧力折，更導致她數度罹患精神分裂症而無法治癒。以詩文成名的關露，在三、四〇年代一直保有相當可觀的創作佳績，但是身繫囹圄同樣摧毀了女作家握筆的手。一九五一年的中篇小說《蘋果園》是她最後的出版作品。受盡殘磨，白頭才得蘇息的關露，

---

[14] Lydia Liu, "The Female Body and Nationalist Discourse," pp.37-62，或她的〈文本、批評與民族國家文學——《生死場》的啓示〉，收入唐小兵編，《再解讀——大眾文藝與意識形態》（香港：牛津大學出版社，1993），頁 29-50。

[15] 收入《丁玲小說》（上海：上海古籍，1997），頁 150-171。

平反後選擇自殺一途，結果她無盡苦難的生命[16]。關露獻身民族的下場無疑是國族論述吃人的最怵目例證。

從辛亥到四九年，大陸女性在中國與外國的緊張關係中趁虛而起。在性別、民族與種族的三角拉鋸中，女性總站在民族大義的陣營裡，對抗異族侵略。整體而論，雖然性別與民族論述的矛盾偶爾流露在女性文本中，在亡國的巨大陰影下，強種還是最明顯的主題。但是被同種出賣給異族的台灣女性，卻從日據時期就被迫與異種文化同生，她們的文本也呈現出一些不同的看法。

二、

政治社會的危機，導致大陸婦女民族意識高漲，在國族論述下萌生的女權意識也屈附在「強權」的訴求下，偶爾乍現於女性文本。台灣婦女的經驗卻大相逕庭。日據時期，日本當局基於經濟同化的考量，鼓勵台灣婦女廢除纏足，提升殖民地生產力，並促使台灣人民融入日本的現代化模式[17]。另一方面，台灣留華及留日的青年，在新思潮的刺激和爭取台灣人總體權利的動機下，也鼓吹女性解放運動[18]。在殖民和反殖民，認同日本和認同中國，這兩股勢力匯衝下，婦運在島上萌芽，即使整體進展比大陸保守牛步許多。然而，早在隸屬日本版圖之前，台灣一直就是多族群與多種族聚集的人口、經濟節點。清廷割讓之後，在中日兩個種族、兩種文化論述並存、互斥中成長的女性，她們認同的民族該是哪一個？

---

[16] 有關關露的生平，詳見柯興，《關露傳》（北京：群眾出版社，1999）；關露的創作歷程及特色，參見盛英編，《二十世紀中國女性文學史》（天津：天津人民，1995），頁 262-270。

[17] 參見楊翠，《日據時期台灣婦女解放運動》（台北：時報，1993），頁 54-65。

[18] 同上，頁 132-154。

　　霍米‧芭芭（Homi K. Bhabha）認為，任何國家的人民都處於兩種時間概念的競爭線上，一方面，人民是國族歷史的客體，物質化建構出的、過去的源流；另一方面又是意義建構中的主體，必須抹去舊有的方式來彰顯現時性[19]。在過去和現在的交纏、意義的承受者與建構者的雙重身分中，人民對新舊論述的認同未必絕對而純粹。正是在日據時代的女性文本中，我們得以看到台灣人民夾縫於大漢／大和民族論述爭霸中的認同危機。

　　日據時期的女作家有如鳳毛麟角，小說家僅知有楊千鶴、張碧華、賴雪紅、葉陶、黃寶桃幾位。前幾位的小說偏重於女性議題的探討[20]，黃寶桃的〈感情〉則較為特殊，由一對母子對民族認同的齟齬，刻劃出日據時期種族問題的爭議。〈感情〉（1936）的主角是一位由日本男人與台灣女人生下的混血男孩太郎。他那來台視察而與台灣女性有染的父親，在小孩出生後藉口返日，從此遺棄母子兩人。在被拋棄的難堪中，母親重複述說父親曾告訴她的關於日本的美麗故事來慰騙自己，循此鼓勵教育太郎。雖然「太郎」這個符名洩漏他的血源而被台灣同學孤立排擠，

---

[19] Homi K. Bhabha, *The Location of Culture*（New York: Routledge, 1994），p.145.

[20] 楊千鶴日據時期唯一的小說創作〈花開時節〉（1942），敘述一群同班女學生由畢業前到畢業後數年間面對婚姻、事業的抉擇，對女性情誼的珍貴與脆弱有十分細膩的鋪陳，與五四時期女作家廬隱的〈海濱故人〉有異曲同工之妙。〈花開時節〉收入於《花開時節》（台北：南天書局，2001），頁 142-172；張碧華的〈上弦月〉（1934）類似五四戀愛婚姻小說基調，刻畫一對跨越階級鴻溝的戀人，在遭逢勢利世故的父親反對後，堅決爭取婚姻自由自主的小品。原收錄於《豚》，鍾肇政、葉石濤編，《光復前台灣文學全集》第三集（台北：遠景，1978），頁 331-343，後改名為〈新月〉，收入葉石濤編譯，《台灣文學集》（高雄：春暉出版社，1996），頁 167-178；葉陶的〈愛的結晶〉敘述一對貧富好友偶遇各訴婚後境遇，富者聽父母之命嫁給有錢老公，卻也染上梅毒生下白癡孩子，貧者雖然自由戀愛，卻飢寒交迫以致小孩失明，收入《台灣文學集》，頁 179-184；賴雪紅〈夏日抄〉是一篇日式風味的戀愛小說，收於《台灣文學集》，頁 195-215。

太郎卻藉由懸掛日本國旗、穿日本和服這種象徵符號，認同父親的優勢
文化，以扭轉身為台灣／劣等人又不被接受的自卑感。母親苦等十七年，
飽嘗單身育子的艱苦，最後放棄等待奇蹟，答應一名台灣男子的婚事。
在決定新生活開始之前，母親也希望走出符號的謊言；她要求太郎換下
日本服飾——她錯誤和傷痛的象徵，改穿台灣衣衫。母親的要求，暗示
她在認同上的新選擇。但是太郎拒絕脫掉日式服裝——民族尊嚴的僅有
符徵，母子多年相依的情感因認同的問題而出現僵局[21]。

　　弔詭的是，儘管被父親遺棄的混血兒矢志父國，儘管皇民化運動如
火如荼地推展，在台的日本人卻不完全認可祖國及其文化。龜田惠美子
的〈故鄉寒冷〉(1941)，敘述一名在台居住二十多年的日本人，攜妻兒
返鄉卻失望折回的另類故事[22]。與〈感情〉成對比，本篇透過日本女孩勢
子的眼光，描述故國見聞。她們雖見到分離多年的祖母，生疏的親情、
陌生的風土卻令人尷尬。第一次踏上日本國土的勢子，看著父母的家鄉，
並不是傳說中美麗的山河；被哀愁與老舊環繞著的村民，雖具有濃厚人
情，卻有狹隘的觀念。父親在享受短暫的親情之後，發覺長年離鄉，資
源早被瓜分侵佔；雖說祖產分配不公，也不可能在親情的感召下回流給
他。世情冷暖，故鄉寒涼而幽黯，三人一起想念起南國燦爛的陽光，悠
閒、美麗、安樂，以至於接到台灣寄去的報紙，開懷貪婪地讀著。一趟
返鄉之旅，幫助父親認清台灣才是自己的家，而決定速速返台。這樣的
決定無疑突破中／日對立的二元民族論述，由返鄉引發的身分危機中，
迫使個體為自己的身分再定義。這一個返台的宣言，不啻為「新台灣人」
揭開序曲。

　　台灣回歸中國版圖後，台灣人民再一次調整自我的身分認同。在新

---

[21] 黃寶桃，〈感情〉，《台灣文學集》，頁 189-194。
[22] 龜田惠美子，〈故鄉寒冷〉，《台灣文學集》，頁 133-145。

舊民族論述的交替中，二二八流血衝突事件的發生，使得日據時期種族對峙的問題轉化為同種族間的族群敵意。國民黨遷台後，在掌控社會秩序的最高原則下，施行一連串高壓統治的政策。人民表面上服膺其推銷的國族論述，實則敢怒不敢言。另一方面，大陸婦運的成果並沒有跟隨國民黨來台。雖然一些大陸遷台的女性菁英曾在遷台初期發表一些比較進步的意見，一九五〇年代中期以降官方逐步緊縮婦女和文藝政策，在嚴峻的政治文化生態監控下，女作家的異議愈形薄弱，婦解的方向也在官方的滲透掌握中趨向保守[23]。

半世紀以來國族論述與婦運的合作關係，在遷台後產生變化。大陸和日據時期的婦女改革運動，已經廢除了纏足和文盲等有礙現代化的積習。進一步的婦解，勢必走向女性獨立自主的追求，而最終可能演變為對父權體系的質疑與顛覆，危及父權政治的穩定性。五〇年代後期，官方利用國族論述輔以戒嚴令，巧妙地壓制婦運，將婦女的組織活動控制在黨國利益之內。鄉土文學論戰（1977）可說為島上國族論述樹立起新的里程碑。它把文學技巧和主題從美學的考慮提升至政治態度，也順勢將多年來潛藏壓抑的關於族群的議題夾帶在文學的論爭中。鄉土文學派對現代文學派進行猛烈抨擊，展現了喚起台灣意識的民族主義欲望。他們運用文學抗拒國民黨主導的工業化和現代化模式，以及美國和日本在政治文化上的影響，甚至掌握。這一場論戰，在文學的表象下，隱藏著對主導的國族論述的挑戰，除了延續大陸時期的民族對抗（中華對抗外族），更包含民國建立後被淡化的族群問題。然而不像辛亥時期，性別問題並未列入他們的論爭項目中，頂多只是連帶提及。女性身為台灣處境的隱喻，不具主體、獨立的議論價值。台灣女性之所以可憐，似乎只是

---

[23] 參見范銘如〈台灣新故鄉——五〇年代女性小說〉及〈「我」行我素——六〇年代台灣文學的「小」女聲〉，收入《眾裡尋她：台灣女性小說縱論》(台北：麥田，2002)，頁13-48、49-77。

美國大兵、日本奸商的過錯，台灣男性並未虧待他們自己的女性同胞[24]。

鄉土文學論辯以及其後衍生的各派詮釋觀點，其實各見立場。文化論爭的重要性，借用芭芭的理論，在於它「是知識轉移的基礎點，甚或是一場位置的戰爭，顯示出新形態的意義和認同策略正被建立。」[25]鄉土文學論戰的確凸顯出台灣內部的某種改變，但是這種改變未必肇始於此論戰，如果我們留心一個較早、較邊緣的文學現象。

在男作家們忙著揮舞民族大旗、捉對嘶吼國家大事之際，三毛，這位當時尚是籍籍無名之輩，遠在不相干的沙漠中的女性故事卻吸引大眾的注意與讚賞。早在鄉土論戰（1977）的前一年，三毛就已經出版第一本《撒哈拉的故事》[26]。她與西班牙裔丈夫荷西的婚姻故事系列廣受讀者歡迎，一路延燒，使三毛躍居七〇年代最暢銷的作家，並引領至八〇年代。在書中，她的外籍老公溫柔、體貼又有責任感。她們在艱困的沙漠中過著浪漫而傳奇的神仙眷屬生活，即便起居和文化上有隔閡或小摩擦，最終都在文本中化解為有趣的小插曲，增添夫妻情趣。有些批評家們認為三毛文本中的婚姻，猶如異國羅曼史，提供讀者安全冒險的感受與異質時空的想像。

在三毛引人紛議的人生落土多年後，我們如果能靜心回顧三毛熱為何在七〇年代竄燒的文學現象，也許可以從大眾文化的層面中挖掘到更複雜嚴肅的社會意涵。在十九世紀以迄二十世紀中期，台灣一直是個接受遷入的地區。大量的移民、外勞或流亡者在不同的時機、動機下，湧

---

[24] 關於這方面的討論，詳見邱貴芬，〈性別／權力／殖民論述——鄉土文學中的去勢男人〉，《仲介台灣・女人》（台北：元尊文化，1997），頁 178-200。

[25] Bhabha, *The Location of Culture*, p.162.

[26] 三毛，《撒哈拉的故事》（台北：皇冠，1976）。而以撒哈拉沙漠和荷西為主要背景和人物的著作還包括《稻草人手記》（1977），《哭泣的駱駝》（1977）與《溫柔的夜》（1979）。

入島上尋求經濟機會或安全庇護所。但是，台灣的島國經濟極度仰賴對外貿易，尤其在一九六○年以後，島下人民因為各式各樣的理由頻繁旅行或移居外國。如果國族認同的基礎是建立在共同的血脈和文化之上，長期與外國密切接觸和引介是足以威脅此一想像共同體的文化同質性。堂皇的國族論述敘述既需依賴著固定他國、外人的表述以茲對比自我，荷西的沙漠情人加台灣女婿形象卻獲得台灣讀者廣泛認可，暗寓種族的界線業已鬆動。長期處於老中／老外互助卻對立緊張的國際關係下，台灣民眾在三毛的文本中看到超越民族主義、平等共生的種族生態希望。

雖然荷西的形象突出，完美到有流言質疑他根本是虛構的丈夫，三毛對自身形象的塑造更具分析趣味，亦是奠定她成功的主因。細讀撒哈拉沙漠系列，讀者們見識到一個台灣女子，周旋在西班牙人、沙哈拉威人雜處的黃沙中，經營維護自己的小家庭。以荷西為代表的西班牙白種男子，有著現代西方人重視科學、理性，卻不夠彈性的特質；鄰居沙哈拉威人則代表第三世界民族，單純熱情，卻也落後迷信。西班牙人雖然仗著舊帝國勢力在沙漠中享有特權，對這塊土地現代化的推動建設也頗具貢獻。沙哈拉威人雖是弱勢民族，厭拒西班牙、摩洛哥等外侵殖民種族，本身卻也階級對立，而且任意捕捉販賣黑人為私有奴隸。族內女性地位更是低下：她們沒有受教育的機會，十歲出頭就在父母之命下出嫁，男性可以找藉口公然強暴女性。沙哈拉威女性在普遍無知、無權的狀態下，飽受各種疾苦。

夾雜在這樣複雜生態下的三毛，這個原屬於種族和性別弱勢的台灣女性，卻挾帶著傳統與現代的知識在眾異族間出入自裕。儘管物質缺乏，這個進步女性時而以中國祕方佐以西方醫學知識，治療啟蒙異族，運用勇氣智慧，仗義任俠，屢屢緩和種族間的宿怨衝突，照護劣勢階級與性別。難怪朱西甯要驚呼沙漠中的三毛為唐代女子，「配是唐人那種多血的

結實、潑辣、俏皮、和無所不喜的壯闊。」[27]在種族的層面上，文本中的女主角在遼遠的大漠蠻邦裡再現傳說中的中華民族「精神」。隔著時間和空間的距離，具現想像裡最輝煌的國族論述，滿足隔居國際勢力邊緣的台灣讀者爲異種接納，甚至崇敬的現代幻想。而在性別的層面上，撒哈拉的故事之所以迷人，尤其對女性讀者，正在於它提供一個烏托邦，容許浪跡異域的遊女重新建構身分認同，改寫國族論述下既定的女性主體性。

正如三毛的文本到底該歸類在散文、小說或自傳一樣曖昧，這一系列故事中的種族和性別身分踰越了傳統論述裡原有的疆界。藉由通婚，我們知覺的三毛／中國應該是相對於落後的沙哈拉威族，與白種人立於同一陣線的。可是相較於西班牙人，三毛不時流露出對西方文化的批判。置身沙哈拉威女性間，三毛是率性強悍，具有現代女性意識的奇女子；面對荷西母親，三毛變得「世間媳婦」，忙碌而委屈。但是不管對任何一方的社會現象發出致詞，三毛並不強烈到檢視體制甚或鼓吹改革。因此她的冒險傳奇，保障著熟悉與安全，頂多只有驚異。撒哈拉故事中國族、性別與文類的混雜難明，竟然擄獲台灣大眾的心；無疑暗示了人心思變，主導文化裡的既有定位即將崩盤，進行安全重組，並且預示後現代世紀的登場。

七〇年代後期興起的女作家風潮到八〇年代蔚爲文壇主力。女作家們從探討女性與家庭婚姻的關係開始，筆鋒逐漸指向女性在整個社會制度、政治生態的處境。戒嚴令的廢除使得島上長期被壓抑的弱勢族群取得發聲的合法性，七〇年代求異求變的暗潮匯激成眾聲喧嘩的波濤，彷彿將台灣推湧入後現代化社會。女性主義者終於可以比較肆無忌憚地鼓吹女性自覺及批判島上各論述領域裡的性別政治。近百年來的女性運動

---

[27] 朱西甯，〈唐人三毛〉，收於三毛，《溫柔的夜》，頁6。

正式與國族論述分道揚鑣。從中國現代性的附屬品，一躍成爲台灣後現代性的產物。女作家們也不斷觸及女性主體性與家國論述的糾葛，或者以女性中心或其他邊緣位置出發，重新敘述國族建構的歷史。李昂的《迷園》、朱天文的《荒人手記》、施叔青的「香港三部曲」，還有平路的《行道天涯》都是箇中表率，深得讀者及評家讚譽。這一波又一波的求異的發聲，正是一種因知覺主體的位置，而從各種不同領域的交涉罅隙中，企圖再磋商出互主體與集體的民族屬性、社群興趣與文化價值[28]。

在探討性別與國族關聯的書寫中，蘇偉貞的《沉默之島》對兩者切割出最絕然的斷裂，女性從民族的屬性中轉尋雜種的不確定性和自由。小說的結構獨特，刻意讓女主角的身分和經驗有兩個版本。第一個女主角晨勉是個混血兒，她的中國母親謀殺花心外國老公入獄後，她和妹妹晨安在外婆照料下成長。妹妹晨安嫁給英國人也留在英國大學教書，最後自殺身亡，女主角晨勉則因工作需要不斷地旅居世界各國，跟不同國家種族的男人戀愛。另一個女主角是出生正常家庭的中國人，嫁給中國人。雖然生活滿意，她卻不停地跟老中、老外外遇，而終於深深爲一個美籍華人吸引。不幸的是，這個晨勉的弟弟安也迷戀她的情人，在表態被拒後選擇自殺[29]。

中國現代小說裡的種族關係，血統的交雜與曖昧性可能莫此爲甚，文本中主要人物幾乎沒有一個從血緣或文化影響的層面上是純種的，他們多少都與種族互涉有因緣。例如第一個版本中的晨勉本身就不具單一血緣，最深愛的德國男人喜歡研究亞洲民族行爲；第二個晨勉是道地老中，卻不斷地與來台的各式外籍人種發生性關係，而最愛的美籍華人，藉著說學中文，研究台灣島嶼文化與劇場形成，刻意保持中國血脈，以

---

[28] Bhabha, *The Location of Culture*, p.2.

[29] 蘇偉貞，《沉默之島》（台北：時報，1994）。

便返台尋父。書中的血統和性關係雖然複雜，主旨則一致鮮明，文本中人物不論年齡、種族、性別、性向，都只是符號。這些符號，不管晨勉指涉第一版的混血兒或第二版的台客，晨安指涉第一版的妹妹或第二版的弟弟，都像是表意系統裡斷裂的、空白的個體，正如書名所寓，是發言陸塊外緣孤立漂流的島嶼。

邊緣，是沉默的位置，也是不被收編的戰略地區。兩個晨勉都知覺自己置身於時間與空間的轉型。過去現在、國內國外，交織出混雜迥異的身分。他們試圖超越由社會文化差異製造出來的敘述模式，經由國境的遷徙、男人的轉換，避免任何固有定位。如果說《撒哈拉的故事》裡的三毛有若直搗黃沙的中國俠女，《沉默之島》的晨勉則酷似穿越國界如無障礙空間的倩女幽魂。邱貴芬對此書的評論十分準確精采：「認同討論裡賴以架構論述的所有基石——性別、性取向、國籍、社會階級——完全派不上用場。《沉默之島》展露的『無認同』，激進、顛覆，在這思考空間裡，國族認同實在無從談起。」[30]

在九〇年代的女性文本中，不僅對種族的態度從世紀初的強種轉變為雜種，傳統文類的特質也出現雜交的趨勢。新生代女作家對擁抱後現代不遺餘力，《蒙馬特遺書》和《肢體異獸》堪稱此中翹楚。邱妙津的《蒙馬特遺書》（1996），由二十封信展現敘述者身為女同志的經歷。雖是書信形式，它們亦可讀做日記或者單純的小說章回；由於內容暗示性地貼近作者個人經驗，這本書定位於小說或自傳皆可。文本採用曖昧的形式自曝於現實與虛構的邊界，適巧揭示出那原被封禁的故事[31]。類同於《沉默之島》，《蒙馬特遺書》的女主角也是經由在異國或與異種的情欲旅程，摸索建構自己的身分定位。小說中記載敘述者的幾段戀曲，與法國女人

---

[30] 邱貴芬，〈族國建構與當代台灣女性小說的認同政治〉，《仲介台灣・女人》，頁 64。

[31] 邱妙津，《蒙馬特遺書》（台北：聯合文學，1996）。

Laurence的短暫愛情對她確定女同志身分產生決定性作用。從跟Laurence
相處，敘述者發現陰性與陽性特質原是共存互換於她自身。因此，她解
放透徹，了解到身體和欲望之不能類型化，它們應是超越既定的性別、
人種和國籍屬性。

　　與邱沙津對自己性向的掙扎相反，洪凌是個樂於公開的女同志，並
以酷兒作家揚名文壇。運用科幻、吸血鬼及謀殺小說中等元素，洪凌在
《肢體異獸》（1996）中開拓出獨特的文學空間[32]。任何個體定位：男女、
老中老外、地球人外星人、同性戀異性戀，甚至人獸之間的分野都失卻
原先的指涉。文本中如果還有烏托邦，除混沌外無以名之。肢解終結本
世紀、甚至創世以來，所有預設遵行的認同政治。強種淪為一則過時的
笑話，雜種雜交才是最嗆的後現代美德。

　　台灣女作家紛紛背棄民族主義，引介多種、異類的元素消解舊有身
分印記，這種解構的策略的確使中國文學開創出另一番氣象。但是在敘
述象徵的範疇之外，異種異質的文化空間究竟能使主體位移多少？會不
會又落入異族文化裡不同的權力結構藩籬？旅法多年的鄭寶娟似乎有較
為悲觀保留的看法。在《異國婚姻》裡，鄭寶娟書寫了八篇中外聯姻的
短篇，篇篇皆是描寫失敗的案例。大多數嚮往異國文化與物質享受的中
國媳婦，在陌生與敵意的異族環境裡只能接受異國配偶的遊戲規則卻無
法被主流社會所認可。雖則一再申言並無特定成見，看多了法文文盲及
啞巴的中國媳婦，鄭寶娟卻不能不懷疑其中情愛的成分。鄭寶娟喟嘆：

> 漂亮的臉蛋是天老爺賦予的一張通行證，可以通向富裕，通向高
> 貴。而在如今這個日益國際化的都市裡，也經常通往外國——積

---

[32] 洪凌，《肢解異獸》（台北：遠流，1996）。關於洪凌的文學實驗特色，參見劉
亮雅，〈洪凌的《肢體異獸》與《異端吸血鬼列傳》中的情欲與性別〉，《慾望更
衣室》（台北：元尊文化，1998），頁57-81。

貧積弱幾個世代的中國人，又往往以出國為品種進化最快捷的途
徑。況且愛情本身也許是無所謂有，無所謂無的，就像地上的路
雙方的施受往返多了，就成為其愛情。異國婚姻如果讓人做更功
利的聯想，是因為透過它，當事人非但得到一個家，也得到一個
國。[33]

無獨有偶，以文學和文化評論見著於兩岸的龍應台，在旅歐多年後出版
的第一本小說集《在海德堡墜入情網》（1995），也是以異國戀愛為主旨
的悲劇小說[34]。同名短篇是敘述一個台灣女子喜歡上外國男子卻遭分屍的
驚悚故事。另一篇〈墮〉敘述台灣女性李英愛上另一個去德國留學的俄
籍已婚男子伊凡。但是意外的懷孕迫使李英認識，她與異族文化裡對性
別關係與責任的認知不同。伊凡只會用「跟我回莫斯科」當做解決方法，
逃避他的已婚身分和謀生困境。李英最終務實地選擇墮胎一途。文本中
的時空雖在九〇年代的海德堡，李英面對未婚懷孕的心理掙扎與迷惑卻
和二〇年代的謝冰瑩類似。似乎不管對象的種族國籍是什麼，當激情過
後，現實逼人時，女性都只有靠自己的身體做出選擇。

三、

返顧百年來女性與國族論述的聚離，我們不僅看到女性如何在同種
與異族的爭戰夾縫中求存，更可看到主導勢力如何在歷史文化語境下壓
制異己，鞏固自身優勢。地球村的急遽發展，勢必使得國家間的交往空
前頻繁密切，瓦解同／異種的族裔訴求與強調純粹本質的民族文化想
像。但是固有勢力是否趁機擴大其影響版圖，形成另一種世紀霸權，亦
不容我輩輕心。正因為全球化的影響普及每一個人，我們愈需提出具有

---

[33] 鄭寶娟，《異國婚姻》（台北：圓神，1996），頁 233-234。
[34] 龍應台，《在海德堡墜入情網》（台北：聯合文學，1995）。

特殊性、小眾的思考角度，以便理解結構性的不均並因應權力的重新分配。

中國的國族論述一度與女性運動水乳交融，卻在長期變質為壓抑女性的父權工具下，兩者漸行漸遠。台灣的女性文學從七〇年代開始熱中出走，在異質文化空間中尋求身分的契機。女性的關注似乎從物質性移轉到隱喻性，從特殊性移轉到普遍性，迫不及待地迎向新的國際觀。面對女性的分離主義，台灣在考慮本土化和國際化趨勢下的國家定位時，應該正視女性及其他被邊緣化團體的價值與利益，才能再建構合理合情具吸引力的國族論述。

弔詭的是，台灣女性的從現代性走向後現代性，究竟是對主導論述自主性的顛覆，抑或是對轉型期中文化雜交的合理化，甚或是與主導論述的合謀？畢竟在二十世紀的台灣，「各自表述」已是國家政策。女性的運用雜種凸顯其反同質化的書寫策略，是否又會被收編簡化為台灣的新民族論述？更何況，異種文化裡各有其不同形式的權力傾軋。身分雖然可以跨越性別、階級、族群、種族、國家的界線進行再建構，重畫出的疆域又豈能擺脫物質基礎？在號稱國界即將消滅的二十世紀末，此起彼落的民族衝突：印尼、巴爾幹、中東，正為我們的過度樂觀提出警訊。

全球化的來臨絕非平順的轉型或超越。相反的，它必須面對國家以至國際間不同成長、生產經驗、社群利益與文化價值的妥協整合。這重建的過程拒絕直接地接受原始的身分走位，卻也不可能由零開始。台灣女性文學裡流露出女性思考性別與國族關係的分合軌跡，為新的世紀開闢出更廣泛思辨的空間。

選自：范銘如《眾裡尋她：台灣女性小說縱論》（台北：麥田，2002）

林保淳

台灣師範大學國文系教授

台灣的武俠小說
與武俠研究

台灣通俗小說的主流——武俠小説

在台灣眾多的通俗小說類型中[1]，武俠小說無論就流傳歷史、投入作家、作品數量及相關的社會文化影響而言，重要性都是首屈一指的。大抵從民國三十八年（西元 1949 年，以下年代均以西曆標明）以後，武俠小說隨著台灣光復後逐步興復的報紙，嶄露了它一貫而獨特的魅力，更在漫畫、廣播、電影、電視等聲光媒體的推波助瀾下，快速崛起成長為台灣最重要的通俗小說。

台灣的武俠小說，承繼著大陸三〇年代的武俠風，但卻擁有完整的發展歷史與演變過程，其成就不僅超越前賢，即使相較盛譽一時的「新派金梁」[2]，也不遑多讓。就其發展而言，約可分為五個時期：

（1）先驅期： 約當一九四六年至一九五六年，以衍傳民初諸大家餘烈為主，歷史性較濃，不乏淺近文言的短篇作品，代表作家有取清宮歷史，鋪演「英雄兒女的悲歡離合」情節的郎紅浣（1952，《古瑟哀弦》）、取材於歷史傳奇，鋪陳民間俠慨的成鐵吾（1956，《呂四娘別傳》）。

（2）發展期： 約當一九五七年至一九六一年，此期台灣重要的武俠名家陸續嶄露頭角，臥龍生（1957，《風塵俠影》）以宏偉的結構、精巧的佈局崛起；司馬翎（1958，《關洛風雲錄》）以縝密的思致、嚴謹的推

---

[1] 所謂的「通俗小說」，指社會上普遍流行，具有濃厚商品消費、休閒娛樂性質的小說，台灣的通俗小說，以武俠、言情、歷史、偵探、科幻為大宗，其他如豪客小說、傳奇誌異小說亦頗值得重視。

[2] 「新派」指的是以香港金庸、梁羽生為代表的武俠作家，言其「新派」，主要是針對三〇年代的「舊派武俠」而來。在一般看法中，金庸、梁羽生由於創作時間較早，且風格迥異於前，後來的作家，頗承其啟發，故而有「宗師」之目。不過，此說恐仍須進一步商榷。就台灣而言，自有其整個發展的歷史階段，未必即受金庸、梁羽生多大影響。相關論點，可以參見筆者〈救救台灣的武俠小說—解構金庸及走出金庸體系的迷思〉（香港：《明報月刊》，1996.02，頁 18-20）。

理見長；諸葛青雲（1958，《墨劍雙英》）以斯文的雅緻、纏綿的情致取勝，鼎足而三；其他如伴霞樓主（1958，《鳳舞鸞翔》）之精警生動、上官鼎（1959，《蘆野俠蹤》）之新穎出奇、古龍（1960，《蒼穹神劍》）之初試啼聲、蕭逸（1960，《鐵雁霜翎》）之新藝俠情、東方玉（1961，《縱鶴擒龍》）之變化莫測、柳殘陽（1961，《玉面修羅》）之鐵血江湖，亦皆繽紛可觀，於傳衍民初諸家外，復能漸開新局，屬發展時期。

（3）**鼎盛期**：約當一九六二年至一九七六年，上述諸家，銳意興革，迭有佳作，陸魚於一九六一年作《少年行》、司馬翎於一九六二年作《聖劍飛霜》、古龍於一九六四年作《浣花洗劍錄》，開啓了「新派」武俠小說的紀元，並且爲後來爲期十年以上的「古龍世紀」鋪奠了深厚的根基。

（4）**衰微期**：約當一九七七年至一九九〇年，此時雖有溫瑞安之《四大名捕會京師》（1977）廣獲矚目，古龍亦仍不時有新作誕生，然多數作家皆漸告引退，武俠小說浸漸步入衰微；一九七九年，金庸小說解禁，以「舊作變新說」，造成至今仍影響深遠的「金庸旋風」，更使名家卻步；一九八〇年，李涼以《奇神楊小邪》始作俑，引領出一批批標榜著「香豔刺激」的「僞武俠」充斥坊間，武俠小說幾乎到達不堪聞問的地步，是爲衰微期。

（5）**蛻轉期**：從一九九〇年至今，此時台灣的武俠小說在沉潛了十年後，由於受到學界開始重視武俠小說的刺激，也逐漸有轉型的需求，不過，整個主導的力量，已轉爲香港如黃易與溫瑞安等作家，未來的開創性如何，則仍有待觀察。

總體而論，自一九四九年至今，台灣的武俠小說，據估計，至少有三百位作家曾經先後戮力耕耘過，產生了近三千部的作品[3]，儘管多數的

---

[3] 這個數據各家推斷不同，但都缺乏具體實證，葉洪生認爲「至少在兩千部以上，而有四萬集之多」（〈當代台灣武俠小說的成人童話世界〉，《流行天下》，頁 206，台北：時報文化，1992），已是非常保守的估計。

作品素質不佳，但是如「台灣四大家」（臥龍生、諸葛青雲、司馬翎、古龍）、「四維三大家」（柳殘陽、武林樵子、雲中岳）、「大美一美」（慕容美）及東方玉、伴霞樓主、獨孤紅、高庸、秦紅等名家之作，在披沙揀金之下，也可精選出上百部的優秀作品。武俠作品通常是長篇巨著，一般在六十萬字上下，最長的如臥龍生的《金劍雕翎》，則長達二百萬言。以此數量或質量與其他包含純文學的作品相較，不能不稱得上是鼎盛一時。

別具一格的「文學社區」

假如我們以埃斯卡皮（Robert Escarpit）的文藝社會學觀點來看台灣的通俗小說，基本上，武俠小說無論是在「生產部門」和「消費部門」上，與一般的純文學作品都有相當明顯的區隔：純文學的「文化工業」以文學性雜誌為重心，如《現代文學》培養了白先勇等現代派的作家，而其消費管道，則透過若干正式立案登記的書店；武俠小說則以報紙副刊及武俠專門雜誌[4]為中心，在武俠小說全盛的時期，幾乎台灣每一家報紙，都有武俠小說連載，而其消費管道，則是林立於街頭巷尾，無照營業的租書店。

台灣報刊開始連載武俠小說，始於一九四七年創刊的《自立晚報》，其後各綜合性的報紙在武俠風靡的情況下，無不以武俠小說為招攬讀者的利器，這與金庸創刊《明報》，而藉《神雕俠侶》的連載為噱頭，情形如出一轍。據統計[5]，在一九九六年以前，已有超過千部的武俠作品，在

---

[4] 專門性的武俠雜誌，基本上都是在香港創刊的，據我所知，有《武藝》、《武俠世界》、《武俠春秋》、《歷史與武俠》等多種。不過，大多數的雜誌都變成台灣作家的試金石。

[5] 筆者目前正積極進行〈報紙刊載武俠小說書目〉的整編工作，相關資料均由此而來。

報刊上連載過，其中，《中央日報》、《聯合報》、《中國時報》三家最大的報紙，影響最為深遠。一九七六年，《中國時報》人間副刊在高信疆策劃下，更推出「當代武俠小說大展」的專題，可謂將武俠小說推上了頂峰。

武俠小說的出版，擁有專門的出版社，其中以真善美、春秋、大美、四維、海光、明祥—新星、清華—新台及南琪店等「八大書系」[6]最為知名，各自培養了若干名動一時的專屬作家[7]。其中的真善美出版社，創社於一九五○年，是台灣最早的專業武俠出版社，從五○年至七○年，共出版一百二十部小說，無論印刷、裝訂，乃至作品的素質皆為人所津津樂道。出版人宋今人生平於佛道理論及游俠生命多所推崇，故極力闡揚武俠小說，培養作家，台灣最富盛名的作家，如司馬翎、伴霞樓主、古龍、上官鼎，都是由真善美一手栽培出來而卓然名家的。

出版社刊印的書籍，來源大體有二：一是與作者簽約，將報紙刊載了一段時期且受歡迎的作品，直接收錄出版；或直接由作家供稿，按期出版。武俠小說篇幅向來很長，因此無論是報紙連載或直接供稿，都是隨寫隨刊，一部完整的小說，刊期往往長達二年以上；一是出版社刊登稿約，徵求作品。在武俠小說全盛時期，許多出版社不惜以重金為號召，網羅人才，甚至舉辦徵文比賽，以此獲得稿源。至於出版之後，則透過中盤商，發售至坊間的出租店。

租書店，有學者以「文化地攤」名之[8]，就地攤所陳列的貨品性質與其在消費者心目中的地位而言，是頗能名副其實的。租書店原就是中國傳統通俗小說最重要的流通管道，反映了國人對「閒書」的基本觀念——

---

[6] 「八大書系」之說，見葉洪生〈當代台灣武俠小說的成人童話世界〉一文。所謂「八大」，其實不僅八家，據粗略估計，台灣專業武俠出版社前後至少在二十家以上。
[7] 詳見葉洪生〈當代台灣武俠小說的成人童話世界〉，頁 206-222。
[8] 見林芳玫《解讀瓊瑤愛情王國》（台北：時報文化，1994）。

一種不值得典藏，卻又偶然可能滿足某些需求的作品；當然，讀者群的經濟消費能力，也不無影響，租書店以大約書本價格十到十五分之一的租金，低價供應讀者之需。在台灣武俠小說最興盛的時期，此類型的「文化地攤」，估計在四千家左右。租書店是無照營業的，通常與住家連在一起，七至八坪大的客廳稍微區劃，四面牆上裝砌上高層的書架，中間擺上簡陋的閱覽桌椅，一個登記櫃檯，門面掛著「小說漫畫出租」的招牌，就可以堂而皇之的經營。租書店是家庭副業，多半由社會活動能力相對較弱的老人、婦女掌理，一應的文宣、廣告，皆屬多餘，完全依靠讀者的口耳相傳。書本的引進，在初開張時，可能以頂替舊書店或自中盤商手中買進數量較多的舊書；至於新書，則往往會有相關出版社的業務員，定時提供，亦不費周張。陳列租售的書籍，清一色皆屬通俗作品或漫畫，偶爾有些聊備一格的古典說部，一般所謂的純文學作品，則幾乎不曾上架。至於前來租閱的讀者，層面極廣，從販夫走卒到文人士夫，應有盡有。在這些讀者群中，可能不乏願意出鉅資購買純文學作品的人，因此，誘導這些人進出租書店的迫力，很明顯的是「閒書」觀念而非經濟因素。無論從整個經營的生態或流播層面而言，租書店都是別具一格的行業，獨立於一般的文學社區外，擁有自己的廣闊天地。

台灣武俠小說作家的創作動力，據筆者訪談所知，最主要的來自於經濟效益，通常一個月的埋首創作，可以抵得上一年的收入。因此，不僅專業作家陸續投入，就是若干別無生計的「文人」（指稍通文筆者），也會偶然下海客串。台灣武俠作家數量龐大，而旋起旋滅，僅以一兩部作品名世的也所在皆有。由於經濟效益的推動，作者自身通常不具嚴肅的創作心態，不但在作品素質上高下懸殊，甚至許多作家渾然忘卻了自己究竟完成多少作品。至於由此商業利益而導至冒名頂替、張冠李戴、代筆捉刀、出賣名義等怪現象，則幾乎成為台灣武俠出版業的常態了。

除了經濟效益外，另一個推動的因素則是作家對早期作品的喜愛與

懷念。台灣早期名家,如郎紅浣、臥龍生、諸葛青雲等,一經談起 30 年代的名家之作,無不眉飛色舞,有心繼承前輩作家的事業,因此在風格上,頗多因襲模仿;至於中、後期作家,如上官鼎、古龍,均是從「讀者」一躍而成爲「作者」的。諸作家雖各有差異,但是,「武俠迷」卻是他們共通的特徵。

這些作家群與一般的文藝作家有很大的區隔,他們是真正「自由作家」,不曾加入過任何「協會」[9],也無意藉此在文學上一展個人抱負,故也不計社會毀譽,只是默默耕耘,以他們所嚮往、所構設的「江湖世界」,與廣大的讀者作心靈交流。

相較於其他類型的通俗小說,台灣武俠小說作家也是有所區隔的,首先,男性作家遠勝於女性作家,這導因於武俠作品的陽剛氣味,武俠小說不僅多半流行於男性讀者,就是作家也以男性爲主。據筆者所知,女性武俠作家,雖有如方娥貞、荻宜等少數幾位(僅佔 1%),但均非專業武俠作者。其次,作者以外省籍居多,本省籍作家微乎其微,這是台灣通俗小說作家的共性,但是也應與武俠小說內容全以中國大陸爲場景有關,自大陸來台的武俠作家,事實上也藉著故國山川的摹寫,表露了他們濃厚的思鄉情懷。

武俠小說與通俗媒體

台灣武俠小說在發展的過程中,始終與台灣社會發展緊密結合在一起,影響層面既廣且深遠,頗得力於相關「通俗媒體」的推波助瀾。所謂「通俗媒體」,指社會上傳播通俗文化的載體,這些載體,通常具有強大的傳播功能,儼然是主導社會娛樂休閒的最大力量。依其影響,先後

---

[9] 有關作家身份的分析,可參見翁文信〈從副刊連載看武俠的文學活動〉,《中國武俠小說國際研討會會議論文》,頁[6-1]~[6-25]。

有武俠電影、武俠廣播劇,緊接著是武俠漫畫和電視連續劇。茲分別說明如下:

1. 武俠電影

武俠小說轉拍成為電影,始於平江不肖生的《江湖奇俠傳》,其中的「火燒紅蓮寺」情節,曾有一舉連拍十八集的輝煌記錄。一九四九年以後,「廣派」武俠小說在香港盛行一時,連帶著有關廣東俠客的電影,也一一陸續開拍,其中老武師關德興主演的「黃飛鴻系列」,即有百部之多。台灣是香港電影的主要市場之一,流行於台灣的香港武俠電影,自光復以來即盛行不衰。這些電影,初期仍以「舊派」或「廣派」的武俠小說為藍本,在台灣配上閩南語發音放映;至台灣武俠小說家開始崛起後,逐漸取代了舊派的勢力,臥龍生的《飛燕驚龍》、《玉釵盟》、《無名簫》,諸葛青雲的《奪魂旗》、《荳蔻干戈》,司馬翎的《劍神傳》、《金縷衣》、《八表雄風》、《聖劍飛霜》、《帝疆爭雄記》等,皆於五○年代搬上銀幕。一九六六年,胡金銓執導的《大醉俠》,一九六七年,胡金銓的《龍門客棧》、張徹的《獨臂刀》紛紛告捷,標識著武俠片的鼎盛時期。七○年代初,武俠電影由於受到李小龍(Bruce Lee)《精武門》的影響,轉趨為「功夫片」,一時之間,連西方也建立了「中國功夫」的觀念,不過,傳統以刀劍為主的武俠電影卻因之而稍歇。一九七六年,楚原以古龍小說原著改編的《流星蝴蝶劍》一舉成名,不僅創造了個人導演生涯的黃金時代,更開創了「古龍世紀」,在往後的十年間,古龍的小說,幾乎每一部都曾改編為電影;一九七九年,金庸小說解禁,一九八○年[10],楚原拍攝的《倚

---

[10] 有關武俠電影的研究分析,向來缺乏具體資料,筆者據梁良所編之《中華民國電影影片上映總目(一)》——民國 38 年至 71 年》(台北:中華民國電影圖書館,1984)統計,截至一九八二年止,屬於武俠電影的部分,約有 996 種,其年份曲線圖請參看附錄。其中可以確定為自武俠小說改編者,約在百部左右。

天屠龍記》正式以金庸原著爲號召，金庸作品正式登台，從此和古龍雙雄並峙，直到一九九五年爲止，如《笑傲江湖》、《鹿鼎記》等電影，皆風靡一時。此外，梁羽生的《白髮魔女傳》，也頗受好評。

基本上，台灣的武俠電影，有三個高峰時期，一是一九六五至一九七〇年，以胡金銓和張徹的武俠作品爲代表；一是一九七六至一九八〇年，以楚原的古龍系列爲代表；一是一九八〇至一九九五年，以金庸小說爲代表。這三個時期，也正是台灣武俠小說受電影影響最大的時期。尤其是古龍和金庸的小說，每當電影上映，租書店就有供不應求之嘆。至於一九六五年，則是武俠小說與電影關係轉變的形態的一個分水嶺。在此之前，武俠小說改編成電影的數量，儘管較後來爲少，且不名一家，不過就當時的出片率看來，數量還是相當可觀，而「據原著改編」，充分尊重原著，是其最大特色，爲配合小說長篇的故事情節，通常都不只拍一集，如《碧落紅塵》甚至連拍了五集；自一九六五年以後，除少數影片外，幾乎都是掛名改編，內容卻往往與原著大相逕庭。

2. 廣播與電視

台灣光復初期，經濟尚待發展，有聲傳播以廣播爲主，一九五四年至一九六四年爲台灣廣播的鼎盛時期，各大小廣播公司達八十家左右。其間武俠廣播劇是特別受到歡迎的節目。

武俠廣播劇以劇團擔綱演出，通常是直接取武俠小說原文，敘述部分以主講者陳說，而對話則分由團員模仿書中人物聲口道出，從頭到尾，就等於複述原文，幾乎可以對照小說原文而聽。當時的武俠廣播劇究竟播演過幾齣，目前還未有人做研究統計，可是據筆者親身經驗，其中臥龍生的《飛燕驚龍》、《風雨燕歸來》、《無名簫》等名作，均曾搬演過，而且廣獲好評。在當初的環境下，聽廣播劇已經成爲民眾夜間唯一的消遣（時段在夜晚七至八時）。值得注意的是，武俠廣播劇都是以閩南語開

播，這對向來富含傳統中國意味的武俠小說在台灣立穩根基，有非常重要的影響。

　　台灣的電視事業，始於一九六二年台視的開播，其後一九六九年中視開播，一九七一年華視開播，挾著聲光媒體無與倫比的勢力，迅速取代了廣播的角色，成為民眾生活中的成素。一九六九年，中視開播，以一齣「晶晶」的連續劇，衍生了至今猶為電視台重頭戲的連續劇傳統。一九七四年，華視以武俠連續劇「保鏢」，造成欲罷不能的收視風潮，引發了三台武俠劇的競爭，一時武俠名家，如臥龍生、諸葛青雲、高庸、獨孤紅等，也先後投效電視事業，編製武俠連續劇。

　　武俠連續劇往往也改編小說而鋪演，臥龍生的《玉釵盟》、《神州豪俠傳》，都是由他自己編製而上演的；甚至金庸的《鹿鼎記》，也曾被改頭換面，盜用其中的情節播映。

　　由於武俠劇的風行，社會輿論「好勇鬥狠」的批判聲浪極大，因此在七〇年代的末期，一度遭到禁播，一九八〇年，中視甚至取消了連續劇，改播帶狀的益智性節目。但是經不起廣告量的銳減損耗，終於還是屈服在觀眾的喜好之下。

　　一九八二年，在台灣武俠連續劇「保鏢」影響下催生的香港武俠連續劇，取古龍膾炙人口的《楚留香傳奇》，改編成「楚留香」，回饋台灣，一時風靡全台，由黃霑作詞的「楚留香」主題曲——「湖海洗我胸襟，河山飄我影蹤」，幾乎無人不唱，不但在電視史上興復了武俠傳統，更直接締造了武俠小說的「古龍世紀」。其後，古龍的《陸小鳳》、《絕代雙驕》陸續製播，收視率一直居高不下。一九七九年，金庸的武俠小說解禁，《倚天屠龍記》、《神雕俠侶》等名著，也一一搬上螢光幕，直到現在，金庸的《天龍八部》、《射雕英雄傳》，雖然已是再度製播，依然魅力不減。

　　在武俠名家之中，臥龍生、古龍、金庸與溫瑞安四位，是連續劇的「大宗師」，幾乎相關名著，都已經製播過連續劇。每逢連續劇播映武俠

片，坊間租書店的小說，立刻供不應求，充分顯示了小說與媒體的互動關係。

3. 漫 畫

台灣的武俠漫畫，始於一九五八年的葉宏甲漫畫《諸葛四郎大戰魔鬼黨》和陳海虹的《小俠龍捲風》（改編自墨餘生的《瓊海騰蛟》）。其中，葉宏甲的「四郎真平」是武俠人物偶像化的開始，不過，真正以武俠漫畫引起矚目的是陳海虹不計其數的作品，以及他的弟子游龍輝、南台灣名家許松山。在一九六七年國立編譯館執行「審查制度」以前，武俠漫畫風行全台，如洪義南、陳益南、淚秋等漫畫家，也畫了百部以上的武俠漫畫[11]。

葉宏甲偶像化的武俠人物

這些漫畫，部分取材於電影、電視，不過大多數都是由武俠小說簡化而

---

[11] 關於台灣漫畫的發展，請參考洪德麟《台灣漫畫四十年初探》（台北：時報文化，1994）。

成，其中陳青雲（《血魔劫》、《殘肢令》）、田歌（《武林末日記》、《車馬砲》）等所謂的「鬼派」小說家的作品，最爲漫畫家所青睞。「鬼派武俠」的特色在於情節簡單、人物眾多而無足輕重，血腥殺戮氣息極濃，頗適合以畫面造成驚悚效果，在漫畫的助長下，鬼派也名譟一時，也可以略窺武俠與漫畫間的互動。

　　台灣的漫畫界，在國立編譯館審查制度的扼殺下，自一九六七年以後，幾乎停滯不前，市面上流行的全都是由日本盜印翻版的東洋漫畫。與金庸武俠小說的解禁同時，由於受到香港黃玉郎所畫的《中華英雄》、《如來神掌》的影響，武俠漫畫又告復甦，鄭問以中國水墨式的畫風，於一九八五年繪製了《刺客列傳》，其後《鬥神——紫青雙劍之一》、《阿鼻劍》陸續面世，成爲當代武俠漫畫的大家。不過，目前流行的武俠漫畫仍以香港爲主力，而且金庸武俠一枝獨秀，如黃玉郎的《天龍八部》、黃展鳴的《神鵰俠侶》、馬榮成的《倚天屠龍記》、李志清的《射鵰英雄傳》、何志文的《雪山飛狐》，都吸引了許多讀者。此外，新武俠名家黃易的《尋秦記》，則正在拓展他的影響力。

武俠小說研究概況

　　武俠小說基本上是以其所挾持的巨大影響力引起矚目的，因此，相關的評論，亦在武俠小說恩怨情仇或刀光劍影的昂揚樂聲中，翩翩起舞，可以見到明顯「隨時以宛轉」的現象——亦即武俠小說流行面愈廣，相關的評論意見也愈多。就學術研究的立場而言，這種充分受限於「流行」的評論，顯然缺乏一種獨立與嚴肅的精神，尤其是武俠小說在內容上向來爲學者所不屑於齒及，而其產銷機制又充滿了濃厚的商業氣息，因此整個評論的傾向，以譏彈批判爲多，真正的「研究」，反而未見成熟——不僅強烈的反面意見，可以憑主觀順口而出，就是正面的肯定觀點，亦籠罩在一股商品化的氛圍中。

　　台灣的武俠評論，基本上可以皇甫南星在一九七九年發表的〈忍不住而說的幾句話〉為斷限，分成兩個時期，而其間金庸武俠作品的解禁，是一個重要的關鍵。金庸由於個人政治立場與台灣當局有忤，其作品之流傳，向來被改頭換面的以司馬翎的名義出版（如《鹿鼎記》即割裂成《神武門》與《小白龍》，韋小寶被改名為任大同），除了少數專家外，一般人並不曉得箇中緣由，更無人撰文介紹討論。一九七九年，台灣當局正式解禁金庸作品，並由政府出面延攬他參與國建會，中時、聯合兩大報紛紛搶刊其作品及相關討論，迅速形成了一股「金庸旋風」。皇甫南星的文章，正是以反對的立場，企圖「力挽狂瀾」的，以目前仍方興未艾的「金學研究」看來，此文以魯陽揮戈的姿勢，為自民初以來的「武俠壓抑」，寫下了一個句點。

　　在一九七九年以前，台灣相應的武俠評論，除了馮承基、羅龍治及葉洪生少數評論者外，基本上延續的是三〇年代左翼文人的觀點，關心的是武俠小說內容對社會所造成的「負面影響」[12]，從而將之定位為「次級文類」[13]，主張以「文藝控制」的手段，遏止小說的流行。這類的評論，

---

[12] 這些「負面影響」，大抵不脫離怪力亂神、逃避現實、好勇鬥狠之類，最常見的批判方式，就是舉社會新聞中的「逃家學道」、「荒廢功課」為證。

[13] 「文類等級」的觀念，是自「文學類型」概念中衍生的，文學類型的區劃，原是概括性的一種方便解說，其意義在於自類型區劃的過程中，透過對某種類型特色的掌握——如取材、表現手法、歷史成規等一整套相關的理論，更精確地體認到作品及其創作活動的性質。就理論上說，各文學類型之間僅具有相互影響、部分重疊的因素，並無所謂的「等級差異」，但是，由於時潮、政治、社會道德等種種觀念的介入，乃不可避免地含有濃厚的價值判斷，於是就出現了「文類等級」觀念，有意無意間將某種文學類型的地位褒崇或貶抑。在中國文學史中，「文類等級」的觀念一直是深入人心的，例如古文、詩詞、小說三者，就明顯有抑揚浮沉的現象，民初由於梁啟超諸人極力提倡小說的緣故，使小說在一夕之間，擺脫了傳統被目為「小道」的束縛，躍居各種文學體裁之首，但在此時，卻又在小說本身類型劃分的爭議上，再度浮現，此即「典雅小說／通俗小說」的區劃，武俠

儘管文章並不多見,論點也很主觀,但由於大體透過報紙社論或新聞報導的方式宣傳,並直接付諸相關行動(例如影視、漫畫的審查制度及幾次的查禁專案),卻產生極大的輿論壓力,足以使學者望武俠而卻步。

皇甫南星的觀點,基本上可以視為前期評論的典型[14]:

> ……武俠小說之所以不值得過分重視和提倡,倒不是因為它全憑虛構或不能反映現實的社會人生,而是在武俠小說中我們很少能找到偉大的理想和優美的情操足以提昇我們生命的;……古時紂用象箸而箕子為之深憂,因為有了象箸必配以金盃,有象箸金盃必配以玉案華筵,有了玉案華筵必配以樂舞,如此類推下去,商朝危矣。一雙象箸是侈靡的開始,而商紂果然因此而亡。武俠小說的提倡更甚於一雙象箸。因為從此以後,大家可把讀武俠小說看作高級的事,把逃避現實當作正常;……我們社會供人排遣開暇的東西已太多了,從連續劇到東洋漫畫都是,武俠小說充其量不過其中一種,不值得也不該提倡;……譁眾取寵,混淆視聽,更增國家處境的艱窘,於人於己,兩無裨益。

皇甫南星的隱憂,於文中歷歷可見。值得注意的是,此文的發表很明顯是針對著金庸小說解禁後所流行的「金庸旋風」而來,然而,時移世易,已經無法再說服人心了。台灣的武俠評論,也自此後開始逐步真正展開。

事實上,儘管社會輿論的壓力龐大,若干家長甚至「禁止」青少年閱讀武俠作品,不過,自由而多樣化的作品風格、商業社會的個人心理需求、娛樂媒體之缺乏等等因素,皆有助於武俠小說迅速地攫獲了大量的讀者,就連若干表面上可能斷然否定武俠小說的文人學者,也曾是其中之一。於是,武俠小說的地位就顯得尷尬而曖昧起來,一方面,它是

小說之被定位成「次級文類」,實際上代表了通俗小說的普遍命運。

[14] 引文見《書評書目》第二十六期,1986.10,此處引述不連貫。

無法登大雅之堂的通俗作品；一方面，它又不能不讓人正視其存在的意義和價值，而此時的社會狀況較諸民初的擾攘，已大相逕庭，不可能再有強力規範的文學控制出現，因此，也就在武俠小說的尷尬與曖昧中，武俠評論展現了另一個發展的契機。

此一契機的展現，是從企圖「發掘」武俠小說的「優點」著眼的。在濃厚的武俠壓抑氛圍中，欲衝決而出，勢必須有新的視角，馮幼衡的〈武俠小說讀者心理需要〉，於 1978 年，以社會學的方式，調查訪問了武俠小說的讀者，從讀者的心理需求，印證了尋求娛樂、認同、對傳統價值的肯定、發洩情緒、逃避現實、補償心理等讀者閱讀心理的假設，並以為「現代武俠小說雖然還沒有多大的文學價值，但其對民間的影響，將來未必不能在文學史上佔一席地」[15]，就是一次頗具意義的嘗試；羅龍治〈武俠小說與娛樂文學〉一文，則從武俠小說類型風格的特性——無論是取材、內容、筆法，皆充滿「思古之幽情」出發，肯定了武俠小說所傳佈的傳統倫理價值，並自「娛樂」的角度，宣稱「寒鴉數點，流水繞孤村的寂寞景象，也都變成了現代大眾的娛樂消遣品」[16]，也是一種新的視角。在此，「娛樂」一詞被重新界定，超越了純粹肉體感官美感的追求，而與心靈體會結合為一，十分具有前瞻性。可惜的是，類似的篇章不多，亦缺乏後繼者的發揮。

不過，假如將此時批評者所透露出來的俠客觀念作一番省思，卻是極富意義的。大體上，此時期的整個批評趨勢是傾向於「反武俠」的，然而此一「反武俠」卻未必是「反俠客」，事實上，清代所建立的義俠形象，在港台等自由地區，非但未受質疑，反而在武俠作品多姿多采的刻劃下，塑造成了一種新的偶像——無論面貌、武略、文韜、智慧、道德、異性人緣，皆無懈可擊的人物，方足以當得「大俠」之稱。此類經由文

---

[15] 見《新聞學研究》第 21 期，1978.05，頁 43-84。
[16] 見馮幼衡前文所引。

學美化而成的俠客形象，往往先入爲主地影響了學者對歷史上之俠客的認知，一九六七年，旅美學者劉若愚著成《中國之俠》一書，儘管以歷史研究的態度分析游俠的「信念」，但仍無法避免這個缺失，即是一個例子。劉若愚的著作，直到一九九一年才有周清霖和唐發饒的中譯本，不過熟習外文的學者，如唐文標、侯健等，皆曾閱讀過，應亦受到某種程度的影響。一九七六年十月，高信疆主持《人間副刊》，別開生面的舉辦了一次「當代武俠小說大展」，許多學者型的作家降貴紆尊，各以自己心目中的俠客爲基準，撰寫短篇武俠小說，一方面反映了這個現象，一方面也爲武俠小說的研究開啓了新機。

武俠研究的正式開展

一九七九年，金庸的作品解禁，兩大報紛紛以大篇幅介紹金庸，並刊登了著名學者如曾昭旭、孟絕子、段昌國等人的評介文章，爲武俠時代的來臨，揭開了序幕。一九八〇年九月，遠景出版社正式發行金庸十年修定後的作品《金庸作品全集》，七月，倪匡《我看金庸小說》出版，爲武俠時代掀起了高潮。此後，文人學者一改舊態，津津樂道，敢於放膽暢論武俠，雖然其間不免含有濃厚的商品化色彩，且幾乎都以金庸作品爲評介核心，但也匯聚了菁英的文人學者，爲武俠評論注入了一股清新的活力，不但金庸的作品獲得前所未有的重視，其他武俠名家，如梁羽生、古龍等，逐漸浮出檯面，成爲一時重鎮，連帶著，相關武俠的討論也一波一波展開，以下將幾次重要的討論臚列，以窺其一斑：

> 1983 年，聯經出版《近代中國武俠小說名著大系》，並附多家評論。
> 1984 年 1 月，《中國論壇》製武俠專題。
> 1984 年 10 月，《聯合報》製《俠之美》專輯。
> 1986 年 4 月，《幼獅月刊》製作《武俠縱橫談》專輯。

1986 年 9 月,《聯合文學》製作《武俠小說專輯》。

1990 年 5 月,《國文天地》製作《永遠的中國俠》專題。

1992 年 4 月,淡江大學中文系主辦「俠與中國文化學術研討會」。

1992 年春,葉洪生編《台灣十大武俠名家代表作》,並作評介。

1996 年 9 月,淡江大學開設「武俠小說」課程,由林保淳授課。

1998 年 5 月,淡江大學、東吳大學及漢學研究中心舉辦「中國武俠
小說國際學術研討會」。

1998 年 11 月,遠流出版社與中國時報舉辦「金庸武俠小說國際學術
研討會」。

此外,一九八七年底,香港中文大學主辦「國際首屆武俠小說研討會」,
一九八九年一月,香港中文大學中文研究所主編《武俠小說論卷》,一九
九八年五月,美國科羅拉多州立大學舉辦「金庸小說與二十世紀中國文
學國際學術討論會」,雖非在台灣舉辦,但參與者不乏台灣的學者。在短
短的十數年間,即能有多次的集中討論,盛況可謂是空前的。[17]尤其可貴
的是,學術單位不惜「降貴紆尊」,投入武俠討論的陣營,香港中大、台
灣淡大、東吳、漢學研究中心皆主辦了武俠學術性研討會,一九九二、
一九九三、一九九五、一九九七、一九九八年六月,龔青松以《蜀山劍
俠傳——異類修道歷程研究》,林建揚以《平江不肖生之「江湖奇俠傳」、
「近代俠義英雄傳」研究》,楊丕丞以《金庸小說「鹿鼎記」之研究》,
許彙敏以《金庸武俠小說敘事模式研究》,羅賢淑以《金庸小說研究》,
陳康芬以《古龍小說研究》為題,分別取得了中國文學碩士學位,一九

---

[17] 在大陸方面,自從改革開放以後,接受了港、台經驗的洗禮,通俗文學創作從
復甦到熱潮暨銷歇,可謂是港、台武俠小說發展的縮影。由於觀念的轉變,大量
關於武俠的學術性、通俗性論著,紛紛湧現,武俠小說亦獲得前所未有的重視。
儘管由於資訊的隔膜與舊有觀點的陰影未能滌除,疏漏處頗多,但一股將武俠小
說作理論架構定位的趨勢,也已逐漸形成。

九六年，淡江開設「武俠小說」課程，都是一個極富前瞻性的開始，至此，武俠小說研究方始稱得上是研究。

在這波武俠研究的風潮中，值得注意的是武俠小說原來具備的商品化特徵，藉著評論的展開，更獲得了印證[18]。我們幾乎可以說，武俠研究是在一種商品化的機制下受到催生的。在商品化的催生下，金庸一時間成爲時代的寵兒，幾乎成爲了武俠小說的象徵。金庸本身是一個相當傳奇的人物，由於政治立場上的堅持，使得他在海峽兩岸的對立中，處境尷尬，兩面爲難，但自從兩岸關係「解嚴」後，此一尷尬，反而成爲縱橫捭闔於兩岸的憑藉，無形中已成爲媒體的焦點，甚具新聞價值；而他的武俠作品，又能突破兩岸政治禁忌的荊棘，流傳不歇，連帶著也成爲眾所矚目的目標。現代文學作品的商品化，藉助於新聞的性質，遠較過去爲重，金庸此一新聞價值，自然成爲其作品促銷的一個基礎。遠景出版社出版《金庸作品全集》，顯然經過充分的規劃，一方面鼓勵、邀請知名學者，於各大報間發表金庸武俠評論，以作先聲，一方面又緊鑼密鼓地籌劃出版事宜，更在短短幾天之中，邀請金庸好友倪匡，在五天內即撰成六萬字的《我看金庸小說》。由於媒體上的宣傳，再加上金庸小說潛在的魅力，遂使武俠時代成爲了「金庸的時代」，遠景出版社欲罷不能地出版了二十幾本暢銷的《金學研究叢書》，正是明證。

「金學」的商品化性質，從嚴肅的評論立場而言，是具有重大瑕疵的[19]，因爲這些「急就章式」、充滿個人隨性主觀認定的評論，不免會混

---

[18] 評論商品化的現象，也見之於大陸研究武俠小說的風潮中，武俠既成爲社會時髦的讀物，連帶著武俠評論也成爲奇貨可居的商品，出版社既懸購重金以求，學者因祿利之迫，肯率然販售知識的，亦所在可見，於是一部部草率成書，破綻百出的「武俠叢書」，紛然出爐，葉洪生譏之爲「盲俠」，實非無的放矢，深中其弊。

[19] 關於金庸小說研究，筆者曾撰〈「金學研究」及相關論著目錄〉一文，即將出版，可以參看。

淆了武俠小說的真實面貌。事實上，金庸的武俠小說成就，不等於武俠小說的成就，過分推崇金庸，甚至類似「古今中外，空前絕後」[20]的阿諛之詞，無異即以金庸作品橫掃一切武俠小說，以金庸作品為絕對的標準，宣告了武俠小說的死刑，同時更埋沒了其他武俠作品的價值。因為，金學研究，充其量只說明了「武俠小說應該如何」或「可以如何」的問題，但對「武俠小說究竟是如何」的問題，卻無法顯現出來。畢竟，是武俠小說，而非金庸的武俠小說造成近一甲子以來的武俠小說盛況。

然而，武俠評論的商品化，卻也對武俠研究開啓了一條坦途，畢竟，評談武俠既是眾所關注的焦點，其間自必亦有些較嚴肅、較學術性的文字，而即使是歌功頌德式的評論，亦難免有吉光片羽之處，如珍珠之出於瓦礫，彌足寶貴。就在此一坦途上，我們可以看到武俠研究實際已有了相當大幅度的進展。

「武俠研究」諸面相及相關問題

從研究的角度而言，「武俠」原就是個誘人的題目，此所以儘管在對武俠小說極力批判的浪潮中，依然有許多學者熱衷於探究所謂「俠客」的面貌，從章太炎的〈儒俠〉和梁啓超的〈中國之武士道〉開始，馮友蘭（1935，《原儒墨》）、陶希聖（1937，〈西漢的客〉）、顧頡剛（1940，〈武士與文士的轉換〉）、錢穆（1942，〈釋俠〉）、郭沫若（1943，《十批判書》）、勞幹（1950，〈論漢代的游俠〉），到劉若愚（1967）、孫鐵剛（1973，《古代的士和俠》）、唐文標（1976，〈劍俠千年已矣〉），都曾針對此一問題發表過重要的論述。不過，「武俠小說」既屬一種文學類型，被界定成「武＋俠＋小說」[21]，自然不能僅僅討論其主要人物形象的歷史意義，而需就

---

[20] 見倪匡《我看金庸小說·自序》（台北：遠流出版社，1997 再版）。

[21] 見倪匡《我看金庸小說》，頁 9。

文學層面作更深入的考察，在此，文學的主體性是必須獲得強調的，否則，談不上是文學研究。然而，民初武俠小説自興起以來，儘管負荷著許多學者專家的批判與關注，只是，他們關注的面向，並未從文學的主體性出發，例如題材選擇的自主性、俠客文化的形成、小説實際的文學藝術成就等等，反而過多的以社會功能的角度，針對武俠小説所引發或可能引發的社會效應，提出批判或辯護。文學社會功能的相關討論，原是文學理論中極為重要的一環，無論是持正、反兩方面理論的學理，都以不同關注的焦點，提出了頗能自圓其説的理論，自不能以此指摘學者的不是。然而，文學理論本身，最大的意義在於提出一個「可能依循的準則」，而非一種「強制性的規範」，文學創作者於此有依其意志作自主選擇的權利；過度強調其功能性的一面，姑不論所謂「功能」的詮釋，往往隨時遞變，難以劃一，例如「教化意義」與「娛樂消閒」兩種對峙的觀念，從功能角度而言，即大有討論的空間；更重要的是，其背後所支撐的觀念，一直是一種超於文學層面的「威權」，此一威權，非但決定了作者「應該寫什麼」，更規定了讀者「應該讀什麼」，即此，文學的自主性，殆將消失得無影無蹤，反成為文學的致命傷，最終就演變成「題材決定文學藝術性」的局面。很明顯的，這種觀念忽略了在整體文學構成環節中的「讀者」要素，讀者的多面向需求遭到抹煞。質實而論，這些學者所要求於文學的，無非是在模塑出他們心目中所認可的「合格的國民」而已！問題在於，社會多元化的發展，將徹底粉碎此一觀念。只是，這種觀念挾著傳統文學觀的力量，早已形成一種「顛仆難破」的文化迫力，至今仍深入人心，難以鋤拔。一部分的學者，可能連幾部武俠小説都沒看完，即敢放言高論，肆意譏彈；即使有若干學者明知此論所隱藏的危機，同時也真正心儀某些作家與作品的丰采，也怯於冒天下之大不韙，不敢提出異議，頂多以玩票性質，針對某部作品，聊抒心聲罷了。

從一九七九年至今，情況大有改觀，武俠研究的進展相當迅速，在短短的十幾年間，就已經有數以百計的論文出現，無論是短幅、長編、專著、論集，甚至鑒賞辭典，皆琳琅滿目，斐然可觀。大體上，此時武俠小說的地位和價值，雖然未必已形成共識，但一股將武俠小說重新定位的趨勢，已然無法遏止。為清晰眉目起見，我們可以分以下幾個層面來討論：

1、俠客意義的釐清

在唐文標於一九七六年發表〈劍俠千年已矣〉[22]之前，「俠客」一詞往往是籠統而曖昧的浮現在學者主觀的意識中，無論是持若何觀點的學者，皆很明顯地忽略了在長達二千年之久的「俠客存在史」中，各個時代所賦予的俠客意義是絕不可能一致的，尤其是文學作品中的俠客，基本上是一種主觀意識的投射，與歷史上的俠客未必吻合，任何人企圖以一種單一的觀念去作詮釋，皆不免顧此失彼。唐文標首先發現了這個問題，認為：

> 「游俠」這些現象，在各個朝代是有不同意義的，粗略來分，也許可以分為先秦時代，兩漢時代，晉唐時代，和宋明以後的現代。最少，也應分為唐以前，唐以後的不同。

儘管唐文標並未細論俠客在各個不同時代的不同意義究竟如何，但此一顧及時代殊異性的區分，顯然是相當睿智的，尤其，他指出了唐代——文學史上小說體裁的劃時代——的重要性，暗示了「歷史之俠」與「文學之俠」的分野，是一個極具關鍵性的啟示。因為，這對我們研究判斷古典俠義小說或探源現代武俠小說精神的根源，皆有直接的影響。韓國

---

[22] 見《中華文化復興月刊》第 9 卷第 4 期，1976 年 5 月，頁 44。

學者崔奉源在一九八六年出版的《中國古典短篇俠義小說研究》，正因為忽略了各時代的殊異性，所論固然可謂卓然成家，亦難免令人遺憾。一九八七，龔鵬程的《大俠》，以唐人小說為主體，針對此一問題，開始有了明晰的劃分和進一步的探討，可謂相當能醒豁時人耳目。一九九二年，筆者於淡江論劍時發表的〈從游俠、少俠、劍俠到義俠——中國古代俠義觀念的演變〉及後來的〈唐代的劍俠與道教〉，皆陸續作了較為深入的探討。當然，相關的問題還很有討論的空間，眾人所論，亦未必就是定論，不過，俠客的形象至此已不再模糊籠統，亦足謂是一個進展。

俠客觀念的釐清，是台灣武俠研究中最值得稱道的一環，相對於大陸的武俠研究，仍依偎在「全盤肯定」或「全盤否定」的意識形態中，很明顯是超越許多[23]。

2、「專家／專著」的研究

相對於過去武俠評論的對象，往往皆是「泛論武俠小說」的性質而言，此時對單一作家或作品的關注，明顯是一大進步。金庸的解禁，幾乎造成了「武俠時代＝金庸時代」的特色，在商品化機制的催生下，1980年，倪匡《我看金庸小說》出版，其後一九八一年到一九八四年，從《再看》到《五看》，共出了五本專門討論金庸作品的小說，推動了金學研究的熱潮。此後，大量的金庸研究專書，紛紛出爐，港台方面，有楊興安《漫談金庸筆下世界》及《續談金庸筆下世界》、三毛等《諸子百家看金庸》一至五集、溫瑞安《析雪山飛狐與鴛鴦刀》及《天龍八部欣賞舉隅》、蘇墱基《金庸的武俠世界》、陳沛然《情之探索與神雕俠侶》、潘國森《話說金庸》、薛興國《通宵達旦讀金庸》、舒國治《讀金庸偶得》、丁華《淺

---

[23] 大陸學者在俠客的理解上，往往忽略了「歷史」問題，唯陳平原的《千古文人俠客夢》（1992），能擺脫僵化的觀念。相當有趣的是，大陸學者雖然在資訊上明顯不足，但龔鵬程的《大俠》一書，似皆所熟知，但卻對此書意見視若未睹。

談金庸小說》等，二十餘種；大陸方面，僅陳墨一人，即有《金庸小說賞析》、《金庸小說之謎》、《金庸的武學奧秘》、《金庸小說的愛情世界》等書，其他如曹正文《金庸筆下的一百零八將》、董焱《金庸小說人論》，亦陸續出版。在整個武俠小說史中，金庸已儼然成為一種「典型」，至今，「金學」也還是一種「顯學」。

大體上，台灣的金庸評論者，皆屬「金學」的愛好者或擁護者，從金庸自身的經歷、金庸的武俠作品，到作品中的人物、愛情觀、歷史意識，無一不是令人津津樂道的關注焦點。不過，這些評論所表現的方式，大多是以「讀者欣賞」的角度出發的，主觀的情緒充斥於字裡行間，較乏嚴肅的研究態度，同時，歌功頌德的意味過濃，是否即能當作金庸的「蓋棺論定」，尚待考驗。相對於大陸的陳墨，以十數年精力鑽研金庸，成就不免遜色。

無論從作品的成就或受享的盛譽而言，金庸都是一個異數，除金庸而外，其他作家所獲得的關注，明顯相形見絀，梁羽生在創作的聲譽，僅次於金庸，但所謂的「梁學研究」，儘管有人炒作，但無論是在台海兩岸，都一直無法形成氣候，一九八○年，韋青已編有《梁羽生及其武俠小說》一書，但目前所知的專著除佟碩之（羅孚）的《金庸梁羽生合論》、潘亞暾及汪義生合著的《金庸梁羽生通俗小說賞析》外，尚有待發掘。至於台灣，連單篇短論皆很少人提出，顯然梁羽生並未受到台灣學者的鍾愛。

號稱「武林怪傑」的古龍，際遇亦差不多，大陸曹正文《武俠世界的怪才——古龍小說藝術談》，是第一部研究專著，陳曉林〈奇與正：試論金庸與古龍的武俠世界〉及周益忠〈拆碎俠骨柔情——談古龍武俠小說中的俠者〉、龔鵬程〈武俠小說的現代化轉型——「古龍精品系列」導讀〉則是較具獨到眼光的單篇論文；筆者指導學生陳康芬的《古龍小說研究》，雖成果猶待加強，卻是唯一的學術專著。此外，筆者、楊晉龍、

葉洪生對司馬翎情有獨鍾,分別有〈蒙塵的明珠——司馬翎的武俠小說〉、〈《孟子》在司馬翎武俠小說中的應用及其意義〉、〈世代交替下的武林奇葩——司馬翎「武俠美學」面面觀〉諸文。除此三家外,其他的作家皆明顯未受到重視。

在台灣諸多評論武俠作品的名家中,真正能展現武俠評論功力的,恐怕還需首推葉洪生。葉洪生早年以〈武俠何處去〉(1973)開始表現出他對武俠小說的關懷,二十年來,陸續發表了三十篇以上關於武俠小說的評論文字,除了具體呈現他對武俠小說深刻的認識外,涉及內容甚廣,包括了武俠小說的定位、武俠小說發展史、名家名著剖析、主題與情節之分析、當代評論之評論等,更實際負責規劃了《近代中國武俠小說名著大系》、《台灣武俠小說十大家》等叢書的出版,成果斐然,有目共睹。尤其是在「專家/專著」的研究中,成果最為輝煌。一九八二年,《蜀山劍俠評傳》出版,可謂是繼徐國禎〈還珠樓主論〉之後的唯一一部討論還珠專著。最重要的是,他不名一家,舉凡在中國武俠小說史上具有「點」的作用的作家、作品,皆曾投注過研究的心力,一九八二年的〈驚神泣鬼話蜀山〉、〈悲劇俠情之祖——王度廬〉、〈俠義英雄震江湖〉、〈倒灑金錢論白羽〉諸作,對民初武俠小說既已有所論列;一九九四年,於《武俠小說談藝錄·葉洪生論劍》中,除了民初作家外,更對其他從來乏人問津的作家,如司馬翎、古龍、臥龍生、慕容美、上官鼎、高庸等,一一作了介紹。無論其所論述的內容是否能夠自成一說,至少,在為武俠小說史上建立「據點」上,是初步做到了。

在諸多評論當中,我們尚可窺見一個可喜的現象,那就是學者專家的探討雖以個人的主觀意識為主,但在方法及討論的主題上,卻是繽紛多姿的,敘事學觀點、哲學性思維、歷史文化角度、文學史角度、社會學探討、心理學探討、神話角度等,似乎無不可援引,一九八七年,遠流出版的《絕品》一書,號稱「十一位名家提出十二種金庸讀法」,選錄

了舒國治、陳沛然、曾昭旭、陳曉林等十二篇文章,即非常具有代表性。假如能將研究範圍拓展至其他武俠作家,武俠研究相信能夠有更大的進展。

3. 有待加強的類型研究與台灣武俠文學史

　　武俠小說是從小說此一文學體裁下區分出來的一種類型,與武俠並列的,可以是言情、偵探、歷史、神怪、諷刺等等,分類的方式儘管可以不同,但無疑具有某種程度的差異性質可以掌握。武俠小說既是一種類型,則其類型特徵為何?具有何種特殊的表現方式?在整個武俠小說的評論中,這個理論建構上的問題,一直缺乏探討。一九八六,筆者在〈從通俗的角度談武俠小說〉中,企圖自「正統(雅)/通俗」的對立中,為武俠小說作定位,基本上認為武俠小說作為一種通俗的文學,應有其自身的一個評價標準,未必可以純粹自正統文學(甚至純文學性)的角度,予以評議,但所論尚淺,不足稱道。可惜的是關注這個問題的學者甚少,相對於大陸的研究,仍然是亟待開發的領域[24]。

　　武俠小說,即使不計古典俠義說部,至今也已發展了七十多年的歷

---

[24] 近年來,大陸通俗文學研究逐漸興起,一九九一年,張贛生的《民國通俗小說論稿》、一九九二年,周啓志主編的《中國通俗小說理論綱要》及陳必祥主編的《通俗文學概論》、一九九三年,陳大康的《通俗小說的歷史軌跡》,致力於通俗小說理論的研究,張贛生、陳必祥二書,皆直接針對武俠小說作了論述。大體上,他們之所以重視通俗文學,是為了強調通俗文學中所呈露的中國文學的特性,而此一特性,絕非以西方傳統為標準的現代文學能涵括的,武俠小說在這一方面的成就,確實成了最佳的證明。儘管通俗文學的研究才剛剛開始,理論建樹猶待加強,但對武俠小說的研究而言,無異也提供了一條頗足以深思的徑路。此外,一九九〇年,陳平原發表了〈類型等級與武俠小說〉一文,一九九二年,出版《千古文人俠客夢——武俠小說類型研究》,一九九三年,又在《小說史:理論與實踐》中,比較深入的探討了武俠小說類型特色的問題,皆頗有成果,台灣在這方面顯然還需努力。

史，由於過去的壓抑與漠視，幾乎是一片尚待開發處女地，究竟其來龍去脈爲何，鮮少有人關注。一旦武俠小說時來運轉，成爲因應市場需要的「顯學」，比較具企圖心的宏觀學者，很自然地欲勾勒出武俠小說發展的全貌。於是，「武俠文學史」及「武俠史」等類型的著作，終將紛然呈現。

在大陸方面，一九八八年，王海林的《中國武俠小說史略》首度完成了具拓荒性質的著作；其後，一九九〇年，羅立群的《中國武俠小說史》，繼踵而起；一九九一年，劉蔭柏的《中國武俠小說史·古代部分》、一九九二年，陳山的《中國武俠史》、一九九四年，曹正文的《中國俠文化史》，相繼出版，則不僅論述文學史發展，更廣泛地觸及了武俠相關的文化、歷史背景，皆各有所長。大致上，這些小說史類型的著作，對古代俠義小說和民初時期的武俠作品論述較爲詳實，見解亦周致，但是由於資料上的闕失，一觸及港台武俠小說的部分，就舛誤百出，尤其是王、羅二位，受譏爲「盲俠」，實難以致辯。

學者熱衷於武俠文學史的建構，宣示出「武俠時代」的來臨，就從這一點上看，已具有非凡的意義。基本上，文學史的建構，是經由串聯各時代個別作家的點，形成主線，再由同時代作家的點，鋪陳爲面，最後則以縱觀的方式，爲其歷史發展作定位而形成的。在此，各別作家的點，無疑是最基礎的。然而，如何選擇點，卻視建構者的文學發展史觀、對作家的具體掌握之不同，而各異其趣。上述這些小說史類型的著作，「點到爲止」的性格濃厚，但在其他方面，皆騰挪著相當大的空間，可供學者繼續努力。更嚴格一點來說，或許連「點到爲止」的工作，都必須再加強，畢竟，專家、專著的研究，也尚在拓荒。

至於台灣方面，有關武俠文學史的論述，龔鵬程的《大俠》、葉洪生的〈中國武俠小說史論〉是僅有的相關論述。以作爲近數十年來武俠小說重鎮的台灣武俠小說而言，這樣稀少的論述，是有點不可思議的。據

報紙所載，葉洪生正著手準備撰寫《台灣武俠文學史》，希望多少能彌補
這項空白。

期待一個「武俠研究」的時代

　　文學或歷史研究，最重要的就是原始資料，武俠小說在長期遭受忽
視之下，已有逐漸湮滅的危機，而且大多數的作者，寖將凋謝，如不及
時加以整理，恐怕在五年、十年之內，縱欲研究，也將面臨文獻不足的
困境，而使武俠小說從此只成為歷史上令人懷想、遺憾的煙雲。武俠研
究目前尚可以拓展的方向仍然很多，例如東南亞華人地區、韓國等地，
無論是翻譯或原文刊載的武俠小說，皆曾造成當地相當大的影響，廖建
裕〈金庸的武俠小說在印尼〉、李致洙〈中國武俠小說在韓國的翻譯介紹
與影響〉二文，皆討論過，是一個跨國界研究的極好主題，值得提倡。
不過，筆者認為，武俠研究的當務之急，還是在建立一個完善的資料庋
藏中心，廣泛蒐羅武俠小說的相關資料，作為研究的基礎。工欲善其事，
必先利其器的道理，在目前武俠小說研究中，往往受到忽略。至目前為
止，我們還不知道究竟這七十多年來，武俠小說究竟投入了多少的作家、
創生了多少作品，甚至連作者為誰，都不甚了了，於「論世知人」，不免
是一大遺憾。近年來，大陸出版了若干鑑賞辭典，如寧中一編的《中國
武俠小說鑑賞辭典》、胡文彬等編的《中國武俠小說辭典》、劉新風等編
的《中國現代武俠小說鑑賞辭典》、溫子健編的《武俠小說鑑賞大典》、
宣森鍾編的《中國武俠小說鑑賞》，在介紹、保留武俠小說方面，固然卓
有貢獻，但是錯誤舛訛處，亦所在可見。基於此，收藏、整理武俠小說
的工作，應是刻不容緩的。

　　在這方面，筆者目前在淡江大學中文系設立「武俠研究室」，擬從「文」
（收藏、整理小說）與「獻」（採訪作家、出版家、評論家）雙方面同時

進行。在「文」的方面，由於出版上的種種問題，除庋藏、登錄現有的武俠小說之外，爲作家「正名」，列爲相當重要的工作，因此，極力蒐集報刊雜誌及武俠專刊所連載的武俠小說書目，作爲刊別正僞良好途徑；在「獻」的方面，鑒於老成逐漸凋謝，故已積極展開採訪工作。至目前爲止，粗略的〈中國近代武俠小說書目〉、〈台灣報刊雜誌刊載武俠小說書目〉，及若干作家的訪問記錄，均有所斬穫。此外，筆者亦留心於武俠小說的社會影響，目前亦針對影劇、漫畫等通俗媒體，作相關的調查研究，並將與台灣中華電信公司合作，設立「中華武俠文學網」，所有相關的研究，都將於網路上呈顯，其網址爲：http://HiKnight.hinet.net。

　　武俠小說是一種能充分展現出傳統中國特色的一種小說類型，放眼全世界文壇，實在找不出類似的題材，無論是西班牙的「騎士小說」或日本的「劍客小說」，均無法與武俠小說等量齊觀。武俠小說可以說是深植於中國文化土壤中的文類，與中國這片廣大土地上的民眾，共息共存，影響非常深遠。通俗小說在近十年來已逐漸受到國際的重視，武俠小說作爲一種通俗文學的型式，毫無疑問必當能與世界性的眼光同步；而站在一個民族立場，武俠小說既充分展露了一個民族固有的特色，自然也應該是學者嚴肅思考、面對的一個重要領域！在此，筆者衷心期盼著一個武俠研究時代的來臨。

【附錄】《1949-1982 台灣武俠電影上映曲線圖》

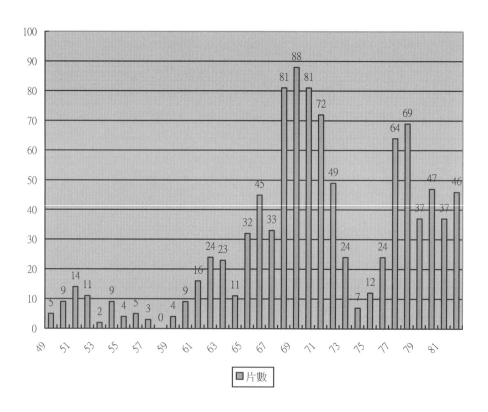

選自：*The Stockholm Journal of East Asian Studies*（斯德哥爾摩東亞研究學報）2000。

楊照

《新新聞週刊》副社長

跨越時代的愛情

——台灣通俗羅曼史小說裡的變與不變

一、

「羅曼史」（romance）小說是一種社會現象，即不是單純的文學文本。什麼是什麼不是羅曼史小說，不能從小說的題材、內容，甚至作者的身分來加以判定。而是要看讀者如何閱讀、如何認定的態度。

「羅曼史」小說最核心的基礎是「性別化的閱讀」（gendered reading），其意義至少有兩層，第一層是認爲這類小說不是一般大眾都應該讀、都適合讀的。因爲這個「大眾」是由男性自男性中心角度出發認定的，於是就等於是把這些小說分派給「另一性」——女性來閱讀。第二層則是明顯意識到這類小說主要描寫、傳遞的是關於性別特性的訊息。講述與女性對比下，男人是怎樣的人。與男人對比，女性又是怎樣的性格與命運。當然更重要的，男人與女人在「性別化第的空間」（gendered space）裡如何主動的可能。

這兩層意義，其實就已經逼擠出「羅曼史」一個非常特別的社會偏見功能。只有女人才需要瞭解性別互動。只有女人才需要學習性別差異，以及處理性別差異的種種經驗與技巧。男人當然也活在別的男人與女人之間，不過他的社會權力位置，讓他可以用「單性」的立場處理所有的事。女性對他不是個必須去瞭解、探索的「問題」（problematique）。

另外也由此而鎖定了「羅曼史」的閱讀世代。「羅曼史」既然基本是女性的情感教育，那麼等女性長大，真正涉足在世俗情感世界，穩定了情感建構，她們也就不再需要「羅曼史」。

相應地，在一般的社會概念裡，給了「羅曼史」另外兩個負面的描述成「容忍」。羅曼史因爲是寫給女人看的，所以可以不必太「現實」。一方面反正女人不在男人建構的「重要現實」裡，所以可以馬馬虎虎迷糊一點、疏離一點。另一方面很多羅曼史小說也都是女性作家寫的，「本來」就不可能對現實有太深入的瞭解與反映。

第二個「容忍」是，羅曼史小說可以、而且應該寫瑣碎的個別故事（或個別幻夢），不必像其他文學文類那樣負擔追求普遍真理的任務。莎士比亞的《羅密歐與茱麗葉》，雖然也是可生可死的愛情故事，但因爲被賦予了許多關於人性、關於仇讎等普遍意義，當然就不是羅曼史。

二、

要從「性別化的閱讀」裡產生羅曼史小說，先決條件是必須有相當數量的女性（尤其是少女）讀者群。並不是有女性讀者群，就必然有羅曼史小說。像在日本，大正時期就有比較明確的女性文學群眾出現，然而她們閱讀的主流卻是「自然主義」派「私小說」裡的男性悲苦故事。「私小說」習慣描寫在社會裡受挫、打滾，物質上得救卻必然靈魂被折磨的年輕男性成長歷程。這種經驗，多多少少可以讓女性同感共鳴，又換來英雄崇拜的色彩，風靡了日本新興女性，也使得羅曼史的小說向後推遲。

日據時代台灣，則連這樣比較明確的女性讀者群都尚未見蹤影。傳統根深柢固的概念，加上殖民統治的性別偏好，都使得女子教育，尤其是性別意識萌芽甚晚。少數女性知識分子往往投身入普遍性的反抗運動裡，無暇發展任何羅曼史故事。

戰後初期，五○年代的反共意識形態，造就了一個清教式的禁慾環境。要求「一切爲戰鬥，一切爲反共」，要求以軍事紀律來整肅社會，當然就不只是漠視，甚至仇視男女浪漫情愛。不過這種戰鬥氣氛，到底無法徹底執行。漏洞一，是必須看美國老大哥的臉色，不時作作民主自由的門面，表現出親西方的姿態。於是標榜「橫的移植」的「現代詩」，儘管既不戰鬥也不反共，還是冒出異彩來。漏洞二，是當時把三○年代以降的左翼文學徹底禁絕，又禁了許多未能隨國民政府雜亂來台的作家作品，於是具有行動、運動、集體意義的文學，都在掃除之列，真空中反而凸顯了留下來少數能讀的文學的權威性。而這些留下來的都是些什麼

文學呢？至少有很強的一支是以徐志摩、朱自清爲代表的中國現代浪漫主義！

　　沙文主義在台灣文學傳承上意外地獨大稱霸，到六〇年代影響就非常清楚。據號稱「存在」、「虛無」的一代新文學，他們的許多概念固然有來自西方「叛逆世代」的部分，然而他們表現這些概念的文學，卻無可避免地大量襲用前代浪漫主義式的感傷修辭，蔚爲一種特殊文學風情。

　　在五〇年代，則是由「戰鬥」與「浪漫」詭異結合，而產生了一批特殊的「抗戰羅曼史」，允爲台灣羅曼史小說的先聲。這些「抗戰羅曼史」中，代表作包括了徐訏的〈風蕭蕭〉、王藍的《藍與黑》、徐速的《星星月亮太陽》；更不能遺漏鹿橋稍早寫的《未央歌》，五〇年代又在台灣出版暢銷。

　　這些小說的異同特色是小說背景都是抗戰中的愛國民族主義，然而真正著墨搬演的，卻是複雜的男女情愛。《風蕭蕭》一直至兩百頁以後才切入抗戰諜報的「主題」，前面其實都是華服紳士貴婦們的社交調情，不厭其煩的詳細描述。《藍與黑》是一男二女的愛情經驗，《星星月亮太陽》索性擴大到一男三女。而且都不約而同地標榜這些女性的特殊個性、特別的魅力。《未央歌》的抗戰苦難更是被整合變成了年輕人們談戀愛的一個重要成分，與其說是藉兒女情長寫家國戰爭，還不如說是在慶幸因爲家國戰爭才成全成就了一段段的兒女情長。

　　這些小說，由男性作者書寫，幾乎也都未脫開男性中心的敘事觀點，習慣性地把女性寫成加進到生活裡來的「變數」，是被凝視觀看以及猜測的對象。不過卻已經開始吸引了部分女性讀者的注意。尤其是這些作品裡呈現的幾種男性形象，後來就被套用成爲真正羅曼史小說的諸典型。例如瀟灑而充滿私密的浪子、例如純真好思辨的大學生、例如飽受家國命運撕扯的滄桑中年男子，都是台灣羅曼史中固定一再出現的男主角類型。

三、

六○年代無疑是台灣羅曼史小說，最重要的奠基期與發展期。

六○年代台灣首次出現了比較清楚的女性讀者群。瓊瑤的小說是使這些讀者成形現身的重要觸媒。不過從另一方面看，羅曼史小說的寫作產製，卻還停留在個體戶手工業階段，沒有到達大規模流行的程度，反而使得這時期的羅曼史小說，格外具有文學史探討上的趣味。

第一項值得注意的是，羅曼史小說仍然未和純文學完全分家。《現代文學》、《文學季刊》等小眾純文學刊物，刊登的作品以具有前衛實驗性格的短篇為主。然而同樣這批作家，寫起長篇小說來時，就往往在《皇冠》上與瓊瑤、徐薏藍等人平起平坐。

第二項是以《皇冠》為重鎮的大眾文學領域，這個時候還沒有單獨劃分羅曼史壁壘的作法。瓊瑤的小說和司馬中原的鄉野小說、於梨華的留學生小說、朱羽的盜匪黑幫小說，交錯出現。

正因為羅曼史還未大量出產，小說雖然開始暢銷，可是其內容、風格就還留有強烈的個人印記。又受到純文學價值理念的影響，講求創造性、突破性的壓力依然存在，所以即使是同一個作者的不同作品間，會有比較大的差異，比較緊張的「互文關係」。也因為大眾文學的籠統性，這些羅曼史小說，「認同性」的讀者雖然以女性為主，不過卻也吸引了其他不同性質的讀者注意。羅曼史還不是一個封閉的閱讀論述空間，不時有其他的力量會穿透進來，壟斷其詮釋、改變其社會位置。

所以六○年代，瓊瑤的小說首當其衝，引來了許多批評，也相對地看到一些辯護。批評與辯護意見，很有趣的都是以男性為多，援引了從純文學小說原理到家庭組織道德的各式各樣概念。於是在這個時期，羅曼史小說因其曖昧性、不確定性，而意外提供了一個變動期相異社會建構意向的角力場。

四、

　　瓊瑤的浮現，其歷史意義不容低估。

　　瓊瑤不能算是鴛鴦蝴蝶派的再生產，這點很重要。最大的差別在：第一，正如林芳玫指出的，瓊瑤的羅曼史小說，處理的不是單純現代式、西方式浪漫愛情舶來品，在一個傳統不滿社會所獲得的曲折待遇。瓊瑤的小說當然也是反覆對家戶內的世代衝突再三致意，不過這裡的上一代，往往自己是「五四」自由戀愛浪潮中受過洗禮的，他們所瞭解的愛情已有過一層轉折。這時候橫在下一代的戀愛追求前的阻礙，與其說是傳統禮教，毋寧是現實考量來得更貼切。而這現實，當然是被用「功利」意識形態刻板折射過的印象，正是以「功利」的相反對照，才反襯愛情的浪漫與不凡。

　　第二點更重要的，舊的鴛鴦蝴蝶派小說，幾乎都是出男作家之手。他們無所不用其極地描摹想像女子在戀愛中的種種喜悅與痛苦，畢竟還是有相當隔閡。反觀瓊瑤，卻是以帶有自傳傳奇性色彩的小說《窗外》崛起，其作與其人之間認同關係緊密，進而也同時拉近了讀者對書中角色江雁容以及瓊瑤本人的認同。

　　所以在閱讀瓊瑤小說時，女性讀者的經歷裡，多了一層「女性團結意識」（female solidarity）。在舊社會組織裡，女性是沒有集體生活的。比起男性，家庭內的角色劃分對女人的切剖、約束尤其嚴重。女人不只是一個個被隔離在不同的家戶裡，很難彼此認同、彼此援助；甚至是在同一個家戶內部、婆媳、妯娌等等幾個主要對立組，又進一步拒斥女性彼此間的接觸。

　　現代經驗裡，學校，尤其是女子學校的普遍，是「女性團體意識」的重要培養溫床。女性在學校的共同課程、共同生活裡找到了不以其他男人為參與座標的共同節奏。《窗外》以女校為背景，不是純粹偶然。

六〇年代，正是台灣女子中學開始普及的時代。愈來愈多女性透過女校經驗，意識到自己與別的女生之間的經驗連鎖、經驗呼應。而且受到相當教育的女生，可以在口傳轉述之外，利用文字作爲這種經驗連鎖的媒介。

瓊瑤小說在這種新興氣氛裡崛起，進而傳讀、談說瓊瑤小說，又變成女校共同生活裡的團結堅振儀式，互爲表裡，互相強化。

五、

六〇年代的羅曼史小說，雖然開始了女性意識的串連，不過包裹在其外的，畢竟還是一般社會極度父權的制度。因此而形成矛盾、弔詭。

一個矛盾在：羅曼史小說讓更多女性意識到別的女人的存在，羅曼史小說給了女性一種新的、以「愛情」爲核心的「女人特質建構」（construction of womenhood），可是整個建構過程的場所（site），卻還是只能限制在家戶的狹窄空間裡。更有甚者，一個女人的愛情自我的實踐完成，必須歷練的折磨，往往被刻劃爲主要來自其他女性。男人在這個過程中，當然也存在，化身爲終極權威的大家長，可是實際執行大家長意志的，往往是其他女人。如此反而強化了舊有家族內部的女性彼此分化、仇視力量。

在這裡我們就可以看出羅曼史的矛盾兩面性。這一方面讓許多女性讀者感覺到自己不是孤單的，自己的遭遇其實在這個世界上，每一扇每一扇關起來的門後面，都在反覆上演，因此而逐步祛除絕望、無力與罪咎的感覺。不過在將許多陌生女性拉攏在一起，形成隱性的團結意識的同時，這卻也在散佈著訊息，教導女性讀者不要信任身邊、家戶內的其他女性。可是到底要怎麼樣才能走出這個充滿敵意、競爭的家庭？羅曼史所提供的答案，還是男人所給予的愛情。女性的共同命運，畢竟還是要靠男人的中介與助成。

　　另外一個特點是這個時期的羅曼史小說，男女之間的愛情，幾乎毫無例外牽掛到兩個家庭，甚至小說中真正的故事，其實是在男女主角的家庭，而不在他們本身。男女主角彼此的愛情內部，基本上不存在問題。常常可以用相遇的幾個浪漫場景，便予以交代過去。沒有太多的遲疑、沒有太多的選擇困難，也沒有太多兩人中間的「傲慢與偏見」，甚至不存在「背叛」的問題。兩人通常都是死心塌地，通常都是認定清楚。

　　是外部的家庭成為困擾的來源。各式各樣的家庭因素不斷冒湧，不只驚嚇小說裡的男女主角，也驚嚇了讀者。可能是家庭的階級、財富狀況不對；可能是家庭裡其他分子造成的包袱（比較致命的有先天性智障兒、慢性病，比較戲劇性的則有貪污爸爸或流氓兄弟等等）；更有可能是家庭在過去某個時代隱藏了一個祕密或罪惡。

　　愛情的「天路歷程」，就是這兩個主角必須先是努力地隱藏、掩飾這些家庭內破壞力量，繼而經歷誤會、淚水、悲劇後，再轉而挖掘、原諒、彌補這些人世欠缺，最終以愛情的光輝力量，不只成就男女主角的新家庭，而且解決舊家庭裡的舊歷史。

　　這樣的羅曼史小說裡，其實在傳達兩個愛情以外的訊息。一個是延續著「五四」以降對家庭，尤其是大家庭的批判。一種「反家庭」的氣氛呼之欲出，然而男女主角克服家庭障礙之後呢？他們愛情最終的歸宿，畢竟還是新的家庭。正因為前面的「反家庭」氣氛，使得羅曼史小說愈發不能去描寫「新家庭」，故事總是得終結於「有情人終成眷屬」。

　　第二個訊息是過去，尤其是家戶內部、私人領域的過去是不堪聞問的。愛情帶有一種激烈的力量，推動著愛人們努力想去瞭解對方的一切，也想剝開自己的一切給對方看，於是而侵犯了一個平常被小心翼翼關鎖看守的「魔的空間」，發出了一堆恐怖的力量，製造許多痛苦，最終還是得靠愛情的幫助，才有辦法予以祓除。

　　「反家庭」、對過去的驚怖，不正也是六○年代台灣現代主義純文學

裡的重要主題嗎?不也正是扭曲、歷史遭遇下,那個時代台灣社會相當普遍的心理壓力嗎?羅曼史小說無法自外於這樣的時代環境之外,只不過是把愛情拿來作為對治時代傷口的萬靈丹,在這點上表現了其他作品其他作家所無緣擁有的樂觀與信心罷了。

六、

除了瓊瑤之外,六〇年代新興的羅曼史小說家,至少還有郭良蕙、華嚴、徐薏藍等人值得一記。郭良蕙的《心鎖》、華嚴的《七色橋》,對於家庭內部藏污納垢,過去的不堪聞問,有比瓊瑤更殘酷的披露。

整體來看,她們成功地創建了一個羅曼史小說的傳統,到了七〇年代,台灣羅曼史小說基本上就依循著她們所訂定下來的一些習慣、規矩,擴大發展。

這些形成傳統、約定俗成的性質,包括了:

第一,羅曼史小說中,強烈的都會個性,以及更引人注目的,集中性地描寫外省籍族群經驗。

第二,羅曼史小說中,財富、社會地位的誇張描述,成為不可或缺的內容。

縱觀戰後至今的台灣羅曼史小說,我們沒有辦法找到一個本省籍的羅曼史小說作家,幾十年來前前後後出現的羅曼史主要名字,都是外省籍的。而且裡面所描寫的居住、飲食、生活經驗,毫無例外都是外省的、中上階級的。

我們有足夠的社會史證據,證明羅曼史小說的消費不只限於外省籍、中上階級家庭的女性。相反地,從消費層看,羅曼史小說的讀者分佈是非常廣泛而普遍,從城到鄉、從外省到本省、從有錢人到工廠女工。

消費與生產的社會屬性之間如此龐大的落差,提醒了我們一件重要的事:羅曼史要以愛情來解決現實中某些焦慮,它所呈現的愛情,也就

不會是中立客觀的愛情。為了讓這份提供樂觀來源的愛情力量具有可信度，羅曼史小說會毫不猶豫地借助社會上最粗糙的價值偏見，來塑造夢幻效果。

所以閱讀羅曼史小說，會比閱讀其他作品更容易看出這個社會的普遍偏見，尤其是這個社會努力要人去羨慕的東西。

羅曼史清清楚楚告訴我們：那個時代裡外省文化的優越位置。不只是在正式教育系統裡有語言與族群文化象徵的明確歧視，就是在大眾文化工業的產製品裡，也有「愛情論述」裡的族裡排除原則。愛情被建構為一種與外省族群語言、文化記憶，再加上中上層物質享受，關係緊密的精神運作。於是少女們在認同愛情的同時，也就一併認同附加在愛情之上的一切偏見。

當陽明山是全台灣財富聚集的代表時，羅曼史小說就幾乎毫無例外本本出現陽明山。當外國經驗成為重要身分指標時，羅曼史小說就充斥著歸國學人角色，《一簾幽夢》裡也出現了費雲帆帶著紫菱大遊歐洲的關鍵劇情。當電腦科技成為台灣最熱門尖端的符號時，羅曼史裡就少不了各式各樣的軟體硬體工程師。

這是羅曼史最最現實勢利的部分。它們不只複製主流價值與偏見，它們誇大這些具有特殊性的身分或物質享受，可以靠愛情來超越。然而這些偏見固然拉高了愛情的崇高地位，卻也在閱讀過程當中，再三展現了其作為可欲求的夢幻一部分的強大誘惑力。

這裡我們看到羅曼史的另一個弔詭。表面上激烈地用愛情來否定這些現實勢利因素，然而作者與讀者都偷偷摸摸地沉溺在對這些「世俗」享受的歷歷描繪裡，得到愛情以外的滿足。

七、

七〇年代，羅曼史小說進一步「建制化」。所謂「建制化」就是它取

得了獨特專屬的論述空間,有了獨特的產製機制,也有了自己的消費管道。

林芳玫分析的文學生產階層組織,其中最低一層的「租書業」,在台灣固然存在歷史悠久,然而開始出現專門在租書店裡流傳的羅曼史小說,其實應該是七〇年代的事。在此之前,租書店的主要顧客對象,集中在看漫畫書的兒童,以及看武俠小說的青、成年男性。

女性讀者成熟到進入租書店,成為新興消費力量,本來就發展較遲。而且租書店的社會形象與社會位置,一直就不利於女性的光顧。所以租書系統有清楚的地理區隔,加工出口業工廠附近,青少女期的女工,是租書類羅曼史的主要消費者。

羅曼史小說開始量產,在文學史上的「能見度」卻反而下降。因為和純文學的交流互動大幅減少、因為作者的預期壽命也大幅縮短。甚至在書籍形式上,這種新興羅曼史都和一般市面書店銷售的,差別甚大。幾乎每個火車站都有極度便宜,薄薄只有五十頁左右的通俗羅曼史書籍。出版這些書籍的出版社沒有正式登記,更沒有人專門收藏,資料的流失異常快速而徹底。

幸好在那個時代,雜誌市場也開始分化。出現了一些專門以這些羅曼史消費族為對象的雜誌,像《小說創作》、或香港進口的《姊妹》,多多少少留下了一些可供覆按的遺跡。

在這些小說裡,我們前面提到的幾種元素,大體不變。變的是隨著女性經驗的擴大,羅曼史的女主角身分開始多元複雜起來。在角色的界定與描寫上,除了過去的容貌、氣質部分之外,多增加了她們的職業面。這些職業多半與小說的主要閱讀人口相應。有趣的是,女性角色「職業化」之後,她們遇見男人的方法增加了許多種,可是她們會遇見的男人,卻保存著傳承下來的特色。因而使得這個時期的羅曼史小說有了更清楚的「灰姑娘」式故事主題。愛情不只替女性帶來狹義的幸福滿足,而且

還替她們改變社會身分，成爲「上升移動」（upward mobility）最快速的
管道。

八、

羅曼史小說史進一步的變化，接著就出現在對待慾望與肉體愉悅的
態度上，舊的羅曼史小說裡，慾望占有非常曖昧的地位。一方面整個羅
曼史就是在記錄男女情愛，甚至可以說是把女人、女性特質（womanood）
用對男性愛戀的渴望來加以化約；可是另一方面，慾望的表露，卻又常
常被使用來作爲刻劃樣板「壞女人」的基本手段。因此情感教育的主軸，
就變成了如何追索慾望對象，卻又不表現出慾望來。在慾望浮露的時刻，
便運用種種象徵、隱喻來加以掩蓋。愛情的經過，也就是掩飾愛情的經
過。

這樣的愛慾態度，當然是矯僞的。爲了平衡這一貫的矯僞，於是在
小說裡必須設計若干「真情流露」的片段。而合理化「真情」，「真情」
之所以不同於「壞女人們」的「撒野」，通常就要利用受折磨的經驗，只
有在受盡折磨之後，在折磨的原因被消除之後，男女戀人才能鬆懈下來
讓慾望自身面面相覷。

八〇年代以降，台灣的羅曼史小說才開始擺脫這種模式，出現了一
些把肉體感官也算進「幸福」裡的嘗試。肉體的交歡開始被視爲是愛情
有機的部分，然而這種歡愉卻同時也是愛情的贗品。愛情的試煉於是多
了幾項：女性在什麼時候應該要獻身？男人對性的慾求和愛是可分或不
可分？什麼時候性會取代了愛混淆了愛？

當家庭、傳統道德對於愛情的介入牽制日趨薄弱時，羅曼史小說的
「外在導向」也就隨而減弱。愛情的內在，尤其是肉體的部分，分量相
應愈來愈重。對於感官的描述獲得初步的解放，可是所能援引使用的文
句辭語，卻還是舊式充滿罪咎、污穢聯想的，於是而讓這個時期的羅曼

史小說，有著特殊文本內在的衝突疏離。

九、

八〇年代後期，台灣的羅曼史文化工業更趨巨大。出現了類似西方「禾林」式的經營手法與經營規模，也就隨而出現了九〇年代的混亂局面。

在大量的需求下，九〇年代的羅曼史小說打破了過去的單線傳承發展模式，有了併置、拼貼等等的後現代雜混面貌。幾乎過去曾經流行過的羅曼史主題手法（motif），都被飢渴地抄來填數。更有意思的是，在出版社的策略下，這些完全不同的寫法，在銷售上並沒有明顯的差異，要整理歸納出主流，變得格外困難。

勉強可以一提的，大概有下列幾樣：

第一是與電視、電影、漫畫的跨媒介呼應更加清楚。影像、場景的構畫，取代了傳統式的文字文學暗示（allusion），成為愛情的主要內容。

第二是出現了許多異時時空的想像。包括科幻、電腦、電玩多元時空的影響歷歷可見，同時也有強大的潮流，把一些非現實的羅曼史成規（conventions），搬到過去的粗糙舞台上去複寫演出。

第三是愛情內部的情節更進一步加強了。性的作用與意義，有了驚人的擴張；而另一方面，隨著星象學、占星術的流行，男女角色的個性異同，也慢慢成為羅曼史不可或缺的情節推動主力。

第四是性別角色的倒裝。羅曼史小說依舊是保守的，依舊在塑建固定的「強／弱」對比式性別角色。只是開始有了一些試驗，讓「強／弱」不就等同於「男／女」。「女／男」、「男／男」與「女／女」的變裝探索，去除掉對社會比較挑釁的部分，也慢慢成為羅曼史小說的點綴、調味。

選自：陳義芝編《台灣現代小說史綜論》（台北：聯經，1998）；楊照《夢與灰爐：戰後文學史散論二集》（台北：聯合文學，1998）

孫大川

政治大學台文所教授

原住民文化歷史與心靈世界的摹寫

——試論原住民文學的可能

一、本土化與原住民

　　思考台灣後殖民時期或所謂「本土化」的種種問題時,若不將原住民[1]考慮進去,不但會造成嚴重的盲點,而且也將使我們的反省停留在意識形態、歷史解釋權之爭奪,以及政治鬥爭的層次上,始終無法深入到問題的本質,而失去了它應有的深度。對原住民而言,「殖民/被殖民」的政治、歷史模式,除了長達五十年日本「異族」之有效統治外[2],漢人,無論誰先來後到,其實一直就扮演著殖民者的角色。原住民被殖民的地位,不是最近這四十年或甲午戰爭後的五十年才被決定的;四百年來漢人的移入、掠奪,早已將台灣原住民推向被殖民的深淵;他們在生存上不但飽受威脅,而且在文化、歷史上也遭到徹底的「消音」,沒有人真正認識他們,也沒有人真正在乎他們,他們成了這塊島嶼上可有可無的存在。

　　如果我們對這樣的控訴多少能懷抱一些同情的瞭解,那麼在這個時候提出原住民文學之可能的問題,的確是一件令人振奮、欣喜的事。一方面我們可以藉此捕捉原住民有血有肉的心靈世界,嘗試建構原住民另一種存在的方式(文化的、文學的存在);另一方面類似這樣對本土徹底的回歸,不論在創作題材、語言運用或文學表達上,皆有助於伸展具有台灣特色的文學想像空間;其意義和影響直指創作心靈的根部,對每個

---

[1] 原住民原應包括凱達加蘭(Ketagalan)、噶瑪蘭(kavalan)、西拉雅(Siraya)等另外九個平埔族族群,只是這些族群在十九世紀末已完成漢化,難以追索。又,原住民這個名稱並不是官方稱呼,卻充滿原住民自我命名、自我定位的色彩,這本身其實就具有文學的意涵,故用之。

[2] 滿清對台灣的統治,大致是在中葉以後才比較積極,這種情況對原住民來說尤其如此。而滿清能不能稱作「異族」,還需要喜歡歸類的漢族朋友給我們提供一個聰明的答案。

關心台灣文學或從事文學創作的人來說，乃是一個無可閃避的歷史挑戰，和一次文學靈魂的試煉。

然而，當這樣一個令人鼓舞的主觀覺醒和要求，必須進入客觀實踐層面的時候，我們便立刻發現問題並不如想像的那麼簡單。這不僅僅是因為整個所謂台灣文學在當今政治、文化與歷史特定的時空脈絡裡，無論在理論和實踐上仍存在著許許多多有待釐清的難題；更重要的原因是：「原住民文學之可能」的提問，觸及到原住民文化、社會的本質。對原住民而言，面對所謂文學之可能性問題時，我們至少可以合法地提出這樣的質疑：對一個原本就不以「文字系統」傳遞民族經驗的族群來說，文學如何而可能？而一個顯然因為長期受到外力干預、扭曲、破壞而瀕臨滅絕的原住民文化和社會，將如何辨識其認同線索，而從事文學之表達？這牽涉到原住民文學語言的問題，也牽涉到原住民社會、文化的存續問題。

二、語言文字和族群認同

假如「文學」在最嚴格的意義上說是一種「文字」的藝術，那麼原住民各族沒有文字的事實，是我們首先要面對的難題。

語言文字對人類及其文化的意義，很早就引起哲學家們的注意，本世紀以來更是西方哲學反省的焦點。有人甚至將語言符號，視為人之異於禽獸之種差，是人類一切文化建構的基礎。早川在他一本通俗而有趣的有關語言與人生的書中曾這樣說：

> 一般動物必須先有直接經驗，才能認識他們的環境。人類卻用語音的符號，將他們知識和情感的結晶，表現出來；靠著文字的力量，將他們積聚的知識傳授給後代。動物們在哪裡找到食物，就在哪裡吃住。人類卻能利用言語的方法，將自己的努力和別人的

> 努力結合起來，獲取豐富的食物，吃著幾百雙手合力做成、從遙
> 遠的地方運來的東西。動物們互相控制的力量有限，人類卻因為
> 運用語言，所以能制定有系統的法律和倫理制度，使他們的行為
> 有秩序，有條理。追求知識，獲取食物，建立社會秩序，這些在
> 一般生物學家的眼光中，都可以解釋為有關生存的活動。對於人
> 類，每一項這種活動，都包括著一個象徵的方面。[3]

顯然語言文字不僅能通人情志而已，其象徵性的力量是人類生存、行為
規範、文化社會形式之張本。尤其重要的是：語言文字使人類經驗的累
積和傳遞成為可能，使人因此成為一個歷史的存有。語言文字的使用，
使人們能夠瞭解並參與自己族類整體思想和情感的交流；他因而不再是
其所屬「環境」（environment）的奴隸，他創造了自己的「世界」（world）
[4]。

　　相對於「語言」，「文字」在知識與經驗的保存、記憶、傳授、交換、
擴展等各方面，顯然較口頭的言語來得優越許多。由於文字的創製，使
人的經驗能穿透時、空的限制，進入橫面（地理）縱向（歷史）的立體
交融，文明的進化因而獲致更強而有力的憑藉。當然哲學家們在讚嘆語
言文字魔力的同時，也意識到它們可能造成的隱瞞、扭曲的力量；不過，
語言文字象徵作用中那種曉喻和遮掩的曖昧張力，卻構成了文學想像不
可缺乏的要素。

　　讓我們回過頭來看看原住民語言、文字方面的情況。眾所周知，台
灣原住民除少數如阿美、排灣、雅美等族群有教會傳教士制定羅馬拼音

---

[3] 早川著，《語言與人生》，柳之元譯，台北：台灣時代書局，1975，頁 119-120。

[4] 　Max Scheler 在其哲學人類學名著《人在宇宙中的地位》中，嚴格區分「環境」
與「世界」的不同，並以此指出人與動物之區別。按他的說法，動物面對的只是
環境，並受其制約；只有人才能將環境轉成「對象」，形成「世界」。請參看該書
陳澤環、沈國慶之譯本，上海文化，1989，第二章。

文字，以該族語言翻譯《聖經》、《詩篇》外，其他大部分的族群都沒有文字；而教會所用的拼音系統並未廣泛流通，無法和族群之社會、生活產生有機的關連；因此，嚴格說來，原住民九族乃是沒有文字的民族。這也說明了原住民在台灣歷史、文化開展的旅程中，爲什麼始終是一群沒有聲音、沉默無言的民族之內在原因。沒有文字，不但無法形成一個以族群爲主體的歷史傳統，也無法將民族有血有肉的情感和想像藉文學的力量綿延傳遞下去。

當然，這並不意謂著沒有文字，原住民便無法從事其他藝術形式的表現。事實證明，原住民在舞蹈、音樂、雕刻、建築以及各項手工藝技術方面，只要給予適當的鼓勵條件，仍存有廣大的創作、發展空間。不過，若單就文學此一藝術形式而言，有文字固然不一定產生文學，但可以的是：沒有文字的符號媒介，原住民文學將來永不可能！我們也將失去開啓、叩問原住民心靈世界的鎖鑰。

三、原住民語言符號化之問題

面對原住民沒有文字符號的事實，我們可以採取什麼樣的策略呢？創製文字當然是第一個考慮。

據我個人的瞭解，有關這一方面的嘗試，除了基督教會做過長期的努力外，歷來國內外人類學家以及大陸學者也有若干研究的成果[5]。但大致說來，這些努力和成果，或只封限在少數宣教者身上，或只適宜流傳在研究報告裡，始終不是一個統一且具有生命的存在。民國七十年代中期以後，隨著日趨高漲的族群意識，這一方面的問題也有一些新的突破。

---

[5] 曾思奇等大陸學者曾編寫完成幾本《高山族語言簡志》，將阿眉斯（阿美）語、布嫩（布農）語、排灣語做了一些語音、語法方面的分析。由民族出版社出版。

我們看到不少原住民文化及文學工作者，如泰雅族的娃利斯‧羅干[6]，以羅馬拼音文字從事原住民文學的創作。政府方面，也在各方壓力下「緩慢地」著手研究制定原住民統一拼音符號的可能[7]。這些當然是值得肯定、鼓勵的，我們也深切期盼有更多的人持續從事這一方面的嘗試。但是，就原住民文學之可能這個角度說，母語拼音有它一定的限制。母語的保存到底不能等同於文學的創作。

理論上說，以現代語言學的技術要制定一套適合原住民各族群的符號系統，困難並不大。問題的關鍵不在符號之建立本身，而是這些符號是否具有豐沛的生命力？是否能有效地傳遞或沉澱族群的歷史經驗和文化想像？是否足夠反映族群的當代情境並能傳達給讀者？

事實的情況恐怕不是那麼樂觀。我們可以從幾個方面來理解這個問題。

首先，一個不可忽視的現實是原住民各族語言的嚴重流失現象。早在日據時代，原住民的語言便已慘遭建制性的破壞，當時一定有許多言年傳下來的語彙、美典流失了。而民國四十年代以後，意識形態及政治意涵濃厚的國語推行政策，更使原住民新生世代徹底喪失了使用母語的能力。除一般性生活用語（許多人連這一點能力也都失去了），以及一些極少數的例外，母語對大多數原住民而言，已如外國語文，必須刻意去學習才能稍有把握，更談不上用母語思考、創作，建基在這樣一種語言狀況下的文字符號，期望它擔負起原住民文學創造的使命，雖不能說毫無意義或可能性，但我們嘗試創作的步伐恐怕永遠趕不上自己族群語言流失的速度。

---

[6] 請參閱娃利斯‧羅干著，《泰雅腳蹤》，台中：晨星，1991。

[7] 民國七十九年教育部委請李壬癸教授主持研究，出版《台灣南島語言的語音符號系統》（八十年教育部教育研究委員會出版）。可惜這個研究成果，目前還停留在報告書裡，既未形成政策，亦未見推廣。

其次，原住民九族雖都屬於南島語族，但基本上各族群間語言並不能互通，有些族群內部之方言差異亦頗大[8]。如此，拼音文字之文學創作及欣賞，顯然僅能在一個非常狹窄的空間內進行，不但漢族朋友無法參與、分享，即使各族群間也難藉此以傳遞彼此之內在經驗，激發呈現整體原住民共同靈魂之文學想像。分化和孤立，終必使吾人之文學活力枯竭至死。

最後，原住民傳統社會制度、風俗習慣等之瓦解，也使問題更形惡化。語言文字本來就不是一個靜態、孤立的存在，其質量、厚度和內涵必須寄寓在一個活生生縱橫交錯的文化、歷史與社會網絡中；一旦該文化社會架構不存在了，語言也失去了它的生命。這雖然不是一個我們樂見的結果，但卻是必須嚴肅面對的民族命運。

四、另一種策略

我常有一種感覺和疑惑：當我們堅持必須以「母語」來從事文學創作時，我們是不是有可能掉進了「母語主義」的陷阱？母語的喪失固然是一個民族的不幸，但民族經驗的記憶、累積、傳遞和播散，卻不一定完全得依賴母語來達成。我們今天接受希臘、羅馬文化，領受希伯來基督教信仰，並不是直接由母語傳授而來。人的經驗和內在世界，當然需要語言文字來呈現，但並不必「限定」在哪一種語言或文字上[9]。相對於意義和經驗本身，語言文字終究只是一種「工具」，如果堅持必須用某一

---

[8] 例如，魯凱語包括霧台、大武、大南、茂林、多納、萬山等六種方言。卑南語南王系和知本系，也有相當大的差異。類似的現象，亦發生在其他族群語言中。

[9] 請參閱拙文〈陪他們走完最後一個黃昏〉，收於拙著《久久酒一次》一書中，台北：張老師，1991，頁127-145。又，有關原住民母語問題亦可參閱拙文〈有關原住民母語問題之若干思考〉，刊於《島嶼邊緣》第五期，1992），頁33-43。

語言文字，方能表達某一經驗或事例，則若非語言之「本質主義者」[10]，亦難逃種族中心主義的嫌疑。更何況對現代大多數的原住民青少年而言，他們的「母語」恐怕從一開始就是漢語了；而我絕對相信在他們當中有許多人，其血液裡仍流動著強烈的民族情感，對自己同胞的命運和前途，仍懷抱著義無反顧的責任心與使命感。我們實在不應該讓他們受到母語問題的捆綁，甚至因而跌倒、迷失。

因此，也許我們真該認真地考慮另一種策略，另一個可能性，那便是原住民漢語創作之問題。當然，這不必與母語創作的嘗試相衝突。

五、第三人稱的紀錄

考古學之研究顯示台灣原住民祖先的歷史，可追溯到三萬年前舊石器時代後期；而漢文記載遊及原住民最早且較可靠的文獻，則為三國·吳·沈瑩《臨海水土志》之若干描寫[11]。這之後，夾在漢人歷史紀錄中間，原住民的零碎活動，以第三人稱的方式，卑微地、若隱若現地浮游在台灣歷史舞台的邊緣角落。十七世紀世界史的巨輪也在原住民歷史生命裡留下烙痕，荷蘭、西班牙分別帶台灣南、北兩線的殖民，為原住民增添不少血淚的記憶。而有清一代以及本世紀日本的統治，更將原住民推向滅絕的深淵，十九世紀末期居住平原地帶的原住民十個族群（即所謂平埔族），真的消失在這塊島嶼上。事隔一百年，山地原住民九族亦成了黃昏的民族，徘徊於世紀之交。

回顧並整理這段血跡斑斑、零碎不堪的歷史紀錄，對我們思考原住民文學的可能是有幫助的。透過那些零星的記載，我們多少可以捕捉原

---

[10] 語言的本質主義者相信語言與事物之間，存在著一種實質關係。

[11] 有關原住民考古、歷史方面的研究，除國內外學者的研究可供參考外，亦可參閱大陸學者的著作，如陳國強著《台灣高山族研究》，三聯書店上海分店，1988。

住民的文化歷史與心靈世界，加深我們想像和創作的縱深。這些紀錄大致可以歸類成幾個不同的類型：

第一類是有關史事者，大部分涉及征戰或所謂「撫番」、「平番」、「理番」之事，從其中我們可以看到原住民如何被逼步步走向角落的悲慘歷史。黃叔璥《台海使槎錄》有這樣的記載：

> 社番不通漢語，納餉辦差，皆通事為之承理。而奸棍以番為可欺，視其所有，不異己物，藉事開銷，朘削無厭；呼男婦孩稚供役，直如奴隸，甚至略賣；或納番女為妻妾，以致番老而無妻，各社戶口，日就衰微。[12]

通事和社棍之狼狽惡行背後，反映漢人社會對原住民社會的隔閡，經濟的剝削、社會地位之不平等，乃至原住民人口之減少等等，皆顯示原住民語言、社會、政治、經濟、人口等問題，早在十九世紀中葉便已相當嚴重。只可惜這段民族命運的大轉折，沒有原住民以第一人稱方式自我開顯，我們只能藉第三者自我批判的紀錄，想像祖先們焦灼的靈魂。

第二類是有關民俗的描述。這方面的紀錄，除若干漢文資料外，西方人旅台遊記亦頗寶貴[13]。而日本人據台五十年間，對原住民社會、習俗之詳細調查及考古人類學報告，構成今天我們瞭解原住民不可或缺的材料。

第三類是純粹紀錄性的材料，這主要是日本人類學者做出的貢獻。透過他們的努力，我們保有原住民各族語音、語彙的材料，可做為進一步語法分析的基礎。而大量神話傳說的口傳紀錄，更是文學創作的豐富

---

[12] 引自台灣省文獻委員會編《台灣史》，台北：眾文圖書公司，1988，頁 353-354。
[13] 劉克襄在這方面作了不少譯述的工作，如：《探險家在台灣》（自立，1988）、《橫越福爾摩沙》（自立，1988）、《後山探險》（自立，1992）等。我們相信這類資料一定還有不少，值得繼續索尋。

資源[14]。

六、報告裡的原住民

　　為原住民文學之可能，以上日據結束前資料的掌握是必需的，因為無論其如何零碎、扭曲，它們仍是原住民族群認同唯一的線索。只是這些材料過於零散，且不少是西文或日文紀錄，亟待彙整、翻譯、研究與校訂。從某種角度說，這些材料整理的成功與否，相當程度地影響到原住民文學之可能及其創作生命力。

　　遺憾的是，這樣的覺醒和工作，並沒有因台灣光復而受到起碼的關注。一九四九年以後，由於特殊的歷史處境和政治氣氛，原住民被消音的命運，不但未見改善反有加劇的趨勢；這當然和國民黨政府對「台灣史」的處理態度有關。直到民國六十年代，整整二十幾年的歲月，原住民或成為政治樣板，或成為觀光對象，始終是一群被人遺忘的民族。他們只活躍於考古學家和人類學家的論文報告裡。

　　一九四九年台大成立考古人類學系，一九六五年中央研究院正式設置民族學研究所。這兩個教育和研究單位，立刻成了原住民族群靈魂和

---

[14] 陳千武根據東京刀江書院刊行的《原語——台灣高砂族傳說集》編譯《台灣原住民的母語傳說》，台北：台原，1991。此外，金榮華亦曾根據德國天主教神父施路德（Dominik Schroder, 1904-1974）一九六〇至一九六九年間在台東卑南錄音採集的卑南族神話資料編譯《台東卑南族口傳文學選》，台北：中國文化大學中國文學研究所，1989。這兩本原住民神話傳說集，並未全部譯出，若能進一步著照其母語紀錄，詳加譯注，其貢獻必是多方面的。最近雅美族的周宗經和夏曼・藍波安分別集結了雅美族傳說故事，由晨星出版社（1992）出版《釣到雨鞋的雅美人》、《八代灣的神話》二書。我們認為有關原住民口傳神話傳說方面的採集仍有必要繼續進行，並應做更仔細的分析研究，察考其源出何一族群，觀其流變，抽繹出它們在社會、文化方面的意涵。這兩三年來，我也實際採集了八十幾則各族神話傳說，希望這方面的工作能持續發展。

記憶的見證者。不過,這兩個學術機構早期的研究工作,有它一定的限制。

分析民國六十年代中期以前,台灣考古人類學方面的研究成果,我們發現他們關心的論題大致環繞著三個方向:

第一,原住民社會、文化狀況之調查分析。

第二,原住民來源之探討。這包括中國東南地區與廣布於太平洋南部島嶼地區文化之比較研究。

第三,台灣史前文化之考古挖掘工作。

這些研究首先標榜的當然是一種「純粹」的學術興趣,因而人類學家被嚴格要求對其研究對象(原住民),採取必要的距離。(他們站在日據時代研究的成果上),對原住民進行調查、記錄、分析、報告,「理論」的建構更精密了,而原住民的存在也變得更「抽象」了。

學術的報告當然只適合流通在圖書館、研究室和教室裡,根據我們的瞭解,這個時期人類學家許多研究成果,大都並未回流到原住民社會,也沒有成為原住民和漢族社會間對話的橋樑。枯燥、艱深的學術論文,既未幫助原住民同胞認識他們自己,也未給漢族朋友提供有效的資料以瞭解原住民弟兄。

而圍繞「溯源」這個論題所進行的若干研究,不論是考古挖掘或社會文化之比較分析,常不自覺間反映一種政治的意圖。此類意圖,其實一直曖昧地存在於一些人類學之研究當中。

人類學家們當然不必為此負責,我們充分瞭解這中間所隱含的學術矜持與政治氣壓。

七、「你我」關係

民國六十年代中期以後,隨著台灣國際關係和政經條件的深刻變化,民間力量和本土性的要求,逐漸成為台灣歷史動力的基礎,歷史土

壤的鬆軟，對原住民的存在創造了一些新的有利條件。

一些社會學家及人類學家，開始將注意力轉移到活生生的原住民社會；都市原住民問題、雛妓問題、山地經濟社會問題、政治地位問題、正名問題以及教育文化問題等等，陸續成為反省整個台灣問題有機的一環。原住民不再全然以第三人稱（他或他們）的身分出現，「你我位際性」（person to person）的關係逐漸形成。

山地文化園區、九族文化村以及民間性質原住民博物館（如順益台灣原住民博物館）之設立，對原住民藝術工作者的發掘、鼓勵，是有一定貢獻的。而一些對原住民運動的人道支持，多少亦加深了「你我」的情誼。在這些似乎逐漸擴大的關懷行列中，有幾股力量對原住民文學之可能直接相關。

傳播媒體中之田野工作者是為其一。影像、聲音的紀錄，使他們的採集較日據時代者更立體、更具血肉情感，也較能衝破學術藩籬，成為台灣大眾與原住民間相互認識的管道。這當中所採集的歌舞、祭典儀式，既可汲取做為文學創作的靈感，也可以發展成原住民另一種藝術形式的表達。明立國、虞戡平的「原住民樂舞系列」，「原舞台」之創作嘗試，即是最近較著名的例子。雖然這中間還存在著許多的問題，但是，這個方向基本上是正確的。

此外，這十年來報導文學對原住民的報導，也為原住民文學之可能預備了道路。古蒙仁、胡台麗、黃美英、洪田浚、劉還月、阮義忠、楊南郡等人的作品，或述及部落之滄桑，或記載原住民老人之生命史，或暴露輾轉於山地和都市間原住民青年之悲涼命運；無論題材或風格，都為原住民文學的創作樹立了標竿。

一個更積極的推動力量則來自出版界。除了稻鄉出版社、台原出版社出版一系列有關原住民文化方面的專書外，晨星出版社在吳錦發之籌畫編輯下，陸續出版了五冊「原住民文學」；吳錦發編《悲情的山林——

台灣山地小說選》、吳錦發編《願嫁山地郎——台灣山地散文選》、田雅各著《最後的獵人》、莫那能著《美麗的稻穗——台灣山地詩集》、柳翱著《永遠的部落——台灣山地散文集》。我們認為這是漢語原住民文學成熟的起點。

五冊「原住民文學」中,《悲情的山林》和《願嫁山地郎》收錄了原住民和漢人作家的作品;而其餘三冊則全是原住民作家的創作,這顯示原住民已嘗試正式以第一人稱(我)方式自我表白。

漢人作家的作品,表現了文學中悲天憫人的人道精神,仔細品味,人道精神背後,卻流露深沉懺悔情緒。吳錦發在《悲情的山林》序文中將這種情緒明白道出:

> 那一個月在山地各個部落間奔走,和我們原住民同胞生活在一起,使我大大地開了眼界,它給我心靈上的衝擊是無與倫比的,它使我很幸運地比一般愛作白日夢的大學生提早看到了我們社會的真相,它也使我首次離開漢民族的視野,體會到這個島上另一種民族的思考與看法……。那一個月的經驗與思考,使我痛心地感受到身為橫霸的漢民族一員是如何地羞恥,對於台灣的原住民同胞,我們虧欠他們的是那麼多!如果……我當時想,我們還是一個有歷史良知的漢民族知識分子,我們應該誠意地重新檢討以往我們對待原住民的種種態度,甚至,我認為我們必須加倍地關心我們的原住民同胞,應為我們祖先在歷史上的行為向他們「贖罪」!
>
> 這種自省後的認知,便成了我今天編選這本「台灣山地小說選」的原始動機。[15]

---

[15] 《悲情的山林》,台中:晨星,1987,頁 1-3。

自我批判的贖罪心情，觸及人性深刻的一面，是人道主義精神潛伏的心理機制。歐美作家中那些仍保有自我批判力者，面對被殖民的第三世界弱勢族群，也表現同樣的情緒和認罪的勇氣。從某種角度說，這是世界性宰制關係下所導致的人性反省，只要宰制關係繼續存在，它便永遠是文學必須面對的主題。

對原住民而言，問題的關鍵不在「贖罪」本身，而在「贖罪」行動背後所預示的族群或人際間之「新關係」。這種新關係應率先衝垮宰制關係的主奴結構，掙脫自戀、自卑的人際情結，形成「你我」、「位格對位格」的對話關係。只有在這樣一個對話的情境裡，我們才能彼此聆聽對方的聲音，進入彼此的生命。

由於贖罪的最深意義，是在創造一個平等的對話關係，因此過分醜化漢人或美化原住民，反而易於讓我們退回到對立的原點，形成新的誤解與隔閡。人性平等的，其尊嚴或軟弱不因種族而有所不同，此乃漢人作家與原住民作家該當共同警惕者。文學應帶領我們更瞭解人性，而不是帶我們去尋找一個可以把一切人性弱點歸諸其身的敵人。泰雅族的柳翱（瓦歷斯・諾幹）在其散文集《永遠的部落》中有一篇寫自己初獲麟兒時的心情說：

> 對於曾經戮力寫詩的我，並不期望給小生命貼上「詩人的兒子」這張定型的標籤，而應該永遠是一位平凡人。在台灣這塊島嶼上，和所有的住民稱兄道弟；只期望有一個純淨無邪的童年，在進學期間，熟識台灣四百多年，辨認祖先在島嶼的歷史，通過知識的洗禮，瞭解對人對事的謙卑胸懷，像所有居住在台灣的住民般，平實復守分地待人接物。……我看著我「完美的孩子」，我其實並非希望孩子十全十美，他在每個地方都有缺點，如此才能在更好的人身上學習，透過與人的交往，透過知識的累積，見證到自身

的不完美，因此才能懷著至為包容、虛心的胸懷，來面對錯綜複雜的人間世。[16]

這樣平實寬廣的胸襟，才是一切救贖的基礎。

八、第一人稱的表達

　　嚴格意義下的原住民文學，當然應該是指由原住民作者以第一人稱身份所做的自我表白。他人的描繪、記錄、揣摩，終究無法深入到我們的心靈世界。除非我們主動走出來，告訴別人我是誰、有什麼感受，否則我們永遠無法相遇。民國七十年代中期前後，原住民自覺性的社會和政治抗爭，促進許多原住民知識青年嘗試拿起筆桿來宣洩心中的吶喊。排灣族盲詩人莫那能點出原住民自覺的第一道命題：

> ……
>
> 我們的姓名
>
> 在身分證的表格裡沉沒了
>
> 無私的人生觀
>
> 在工地的鷹架上擺盪
>
> 在拆船廠、礦坑、漁船徘徊
>
> 莊嚴的神話
>
> 成了電視劇庸俗的情節
>
> 傳統的道德
>
> 也在煙花巷內被踐踏
>
> 英勇的氣概和淳樸的柔情
>
> 隨著教堂的鐘聲沉靜了下來

---

[16] 《永遠的部落》，台中：晨星，1990，頁 9-11。

我們還剩下什麼？
在平地顛沛流離的足跡嗎？
我們還剩下什麼？
在懸崖猶豫不定的壯士嗎？

如果有一天
我們拒絕在歷史裡流浪
請先記下我們的神話與傳統
如果有一天
我們要停止在自己的土地上流浪
請先恢復我們的姓名與尊嚴[17]

這是一段言簡意賅的宣示，將原住民當前的處境、面對的難題，粗線條式地勾勒出來。恢復姓名的訴求，對自己文化傳統失落的危機感，都市原住民的苦難，山地雛妓的悲歌，上山下海勞力的壓榨，生活調適的問題等等，構成原住民作家反省、控訴的主題。目前原住民作家的作品，主要就是以一種抗議的姿態，對上述之族群處境進行辯難。

　　不過，除了抗議的形式，有些原住民作者也敏銳地意識到控訴的激情有時也會阻礙創作視野的拓展，因而試圖以一種更清冷的筆觸，探尋新的主題和新的表現方式。排灣族多才多藝的藝術家撒古流在其藝術創作中，便常流露那種沉厚、篤實，既堅定又靜穆的風格，他有一首詩說：

屬於自己的時光　是多麼難得
在清亮的時間中　靜聽風走過

帶過人間的光影

---

[17] 《美麗的稻穗》，台中：晨星，1989，頁 11-13。

　　桌前燈下　　讓自己在這世界中

　　可以很小　　也可以很大

　　心靈無論澄澈或纏結

　　都讓它在指掌間流過[18]

詩心清涼，詩人的觸角不再向外，轉而向內、向上凝聚超越；他在傳達、捕捉的是一個完整的個體，一個真正的「我」。排灣族另一位詩人高正儀（溫奇）在這方面有更突出的表現。在他的第二本詩稿《梅雨仍舊不來的六月》之後記中提到：

　　　以「詩稿」的形式存在著——沒有正式發表，更沒有出版——就
　　　像「伏流」一樣，於我是非常自然的事。從小長到大，從山上降
　　　到平地，我就一直是這樣讓自己活著的。我的族人從古至今似乎
　　　也完全習慣了這種「無聲無影」的日子——雖然「無聲」並非沒
　　　有流動，「無影」也不是沒有水花。時至今日，聲光文字充斥氾濫，
　　　更顯出我們的悄無聲息。
　　　然則，我們是否要繼續潛伏著，暗暗地流下去？還是試著化羞怯
　　　為大方，變謙卑為自信，勇敢地把自己推向時代的巨流？我的詩
　　　正是以這個詰問為背景所做的嘗試。……[19]

通過嚴肅的自省，孤獨的沉潛，我們的確可以在高正儀的漢語詩作中，發現標誌著一九九○年代之後原住民文學靈魂的動向。從一九九一年集結的八十八首詩稿《練習曲》，到一九九二年完成的十八首集子，我們不

---

[18] 這是從撒古流的筆記本裡抄錄下來的，並未發表。

[19] 高正儀的詩作皆未發表，我手上有他兩本詩集之影印手稿。據詩人表示，一九九○年前後因其摯友卑南族林志興的刺激、鼓舞，相偕嘗試創作。林志興亦有未刊之詩稿《族韻鄉情》一冊，對文學之愛好未嘗稍減。他們的成就，當然無法在此詳細討論，期待他們出版後，再作深入評介。

但看到詩人關心著人生各種層面的論題，也看到他在語言文字方面突破性的嘗試和實驗。但原住民問題及命運之思考上，他呈現更強的自我批判力和更為內斂的情感：

> 沒有人承認房子已經腐壞
> 也看不到那一點一屑，頑癬一般的
> 剝落。我們仍然快樂地乾杯大聲地歌唱
> 沒有山豬水鹿，總還有飛鼠、蝸牛或野菜
> 可供下酒。醉了，總有
> 漏雨較不嚴重的角落可供蜷伏
> 張網結罟的蜘蛛幫我們捉捕蚊蠅
> 所以，我們絲毫感覺不到
> 腐蝕，一斑一點
> 先從表皮再入血肉精髓……
> 直到我們記起應該流淚
> 已經沒有眼眶可以噙住
> 沒有臉頰可供滑落
> 也失去了可供拭拭的雙手
>
> 　　　　　～（〈剝落的日子〉，《梅雨仍舊不來的六月》）

大環境的冷酷與漠視，固然是原住民悲劇的根源，但詩人提醒我們：一個來自我們內部的自欺、懈怠，更是逼使族群朝向死亡的主觀因素。他因此要求一種緩慢卻又堅忍的自我雕塑：

> 已習於慢慢地重重地刻
> 偶爾傷到手
> 血就汨汨地湧出

　　沿著掌紋流下

　　直到血止如雪停

　　以包紮的心情繼續

　　緩緩地沉沉地刻

　　除雪車一般剷開積雪

　　至少開出一條路讓門呼吸和守望

　　在時間的肌理之上

　　鏤下靈魂回溯或前行的

　　足印

～（〈雕〉，《梅雨仍舊不來的六月》）

與莫那能高親等詩作相比，高正儀的詩風為我們展開了原住民文學之可能的另一個階段。「伏流」能否流出地表？或竟不可遏抑地噴出清泉？這已不是單單「覺醒」、「抗議」能濟其事，它需要更多辛勤的創作與不懈的嘗試。

九、回歸族群經驗

　　所謂原住民文學，當然不能光指出是由原住民自己用漢語寫作就算了事，它必須盡其所能描繪並呈現原住民過去、現在與未來之族群經驗、心靈世界以及其共同的夢想。在這個意義之下，作為一個嘗試以漢語創作之原住民作家來說，他比別人更有必要也有責任深化自己的族群意識和部落經驗，這是無法省略也不能怠惰的工作。沒有狩獵、捕魚的山海經驗；未曾進入「會所」[20]接受嚴格的成年儀式，我們的原住民文學便無

---

[20] 「會所制度」在卑南族、阿美族部落特別凸顯，是卑南、阿美族男子社會化之主要場所。一般說來，兩族男子十三歲以後便進入「會所」，按年齡分階，上下

法觸及民族的靈魂，失去它應有的生命。蘭嶼雅美族的夏曼・藍波安（施努來）在一場有關原住民文學之討論會裡，有一段精采的自我剖白，他說：

> 我回到蘭嶼住，已兩年多了，我也愈來愈能感受到蘭嶼傳統生活的力量。……今年我實際參與捕魚，才更深一層體會到飛魚和雅美人生活關係的密切。尤其是今年，我們家造了一艘大船，這是我從小就夢寐以求的大事。我和我的父親一起出海拿著火把抓飛魚，我終於實現了這個夢想。船航行到很遠的地方，路上我都不敢講話，我划船的力氣超過老人家，我不敢隨便開口的原因是我不懂抓飛魚的術語；譬如平常說的左手，這時候便不能直接講左手，要講「那左邊來用力量的手」。捕魚時，船上亮著火把，左邊的人看到了飛魚，也不能直接大叫：「左邊這有飛魚！」而且萬一你這麼一叫，老人立刻把頭一掉就回去不抓了，甚至還罵你：「下次你不要和我一起來！」要怎麼講？要講：「在我身體的那一邊有天上的禮物游來游去」，大家立刻就懂了。一聽是左邊的人發話，還是右邊的人發話，就知道魚從哪邊來，拿起網，馬上就可以撈了。類似這樣的情節，漢人朋友能瞭解嗎？……[21]

文學創作需要敏感的心思、細緻的經驗來滋養，除非透過親身參與，我們無法精確地掌握自己民族的內在生命。身為一個原住民文學之創作者，處在整個族群內在、外在結構正迅速崩解的時刻，謙遜地領受族群最後一道餘暉的洗禮，不僅刻不容緩，更是成就具有族群特色之原住民文學唯一的道路。不要急著去扮演啟蒙者的角色，我們需要先被啟蒙；讓山海以及祖先生活的智慧，滲透到我們生命底層，成為我們思想、行

節制，接受嚴格的考驗。
[21] 《文學台灣》第四期（1992.09），原住民文學專輯（一），頁89-90。

動有機的部分。在一次拜訪撒古流的談話記憶裡，我驚訝地發現他和夏
曼‧藍波安一樣顯示著驚人的回歸之決心。他那一本又一本圖文並茂，
長期追隨排灣族一位老獵人的筆記，不但記下了各式各樣的狩獵技巧、
捕魚技術，更將飛禽走獸、草木花卉、山川形勢之特性、名稱鉅細靡遺
地記錄下來。他成了排灣族傳統的一部分，這或許是他創作活力始終能
保持元氣淋漓的奧祕。

　　從這個角度說，提倡恢復原住民各部落之重要祭典儀式，便不只具
觀光、民俗或政治社會之意涵，它其實是一項邀請，召喚我們透過具體
儀式的參與，進入那既親切又陌生的族群世界。在多次參與卑南族大狩
獵祭（magayau）[22]之後，我們逐漸瞭解到卑南族如何面對死亡，如何透
過整個部落儀式的力量，安慰未亡人的心靈，並帶領他們重返部落的懷
抱。死亡對卑南族而言，不是個人的事，也不是一個家族的事，而是整
個部落的事。卑南族男子在歲暮大狩獵活動完成之後，返回部落的第一
件事，便是到年度內各喪家，為其除喪解憂，他們這樣吟唱傳統的詩歌：

> Paru uyayaw, paru tegayaw
> 開始吟誦，深深致意：
> na kemai awuT, na kemai lebuk
> 來自營區，來自獵場，
> na kemai wakal, na kemai daLan
> 山徑歸來，小路折返；
> ma'uma'umal, maDayaDayar
> 相互討論，彼此商議，

---

[22] 大狩獵祭是卑南族傳統之重要祭典，每年歲暮（十二月底）舉行。除了狩獵，
卑南族青年亦在此時行成年之禮。而除喪禳災之儀式，具有使部落更新重生的宗
教意義。

na ma'iDangan, na maLaLuduan

長輩和長老們；

kara udunun, kara uLebun

意見相合，心思一致。

kara urenu, kara uLedeng

陸續到來，一一抵達，

kantu sulay, kantu pitawan

在家門口，在入口處；

Duwa mi benangbanga, Dua mi benakbaka

來解你憂，來解您愁，

kan bulay, kan asing

婦人啊。

Da tu are'e Tan, Da tu sareksekan

其鬱結，其愁悶，

na mairapihan, na maisepelan

受累者，擔苦者；

ara mi vederan, ara mi Temehan

即使憂思重重，槁木成灰，

Dua mi la sumuLiaba, Dua mi la sumuLiyawa

我們已前來擁抱，前來安慰，

Da tu DinemDeman, Da tu nirangeran

你的愁苦，你的煩憂，

Da tu niraruayan, Da tu kinakuretan

哀傷已滿，日期已到。

ara mi sareksekan, ara mi areheTan

即使鬱結難消，憂悶難解；

aDia la meringiT, aDia la semeher

莫再眷戀，莫再回顧，

maruaya nuDini, makure ta nuDini

就此平息，就此割捨；

ta abilanganay, ta abisulanay

將它拋開，將其遺忘，

i sekseka, i ua'eT'eTan

塞到心底，棄諸角落；

aw mukabanana ta, aw mukabekaLa ta

讓我們翻新除舊，更替重生，

ta buTeLan, ta amian

跨越年祭，迎此新歲。

matara u'unga, matara apuTa

編花簇簇，戴上花環，

ta pauayaranay, ta paturikanay

迎入行列，一一歸隊，

kaDi kurekuretan, kaDi risarisan

和同輩併排，與同年共伍，

au aDia la kisubeLi, aDia la kitumameli

不再背離，不再自棄。

kan mukiwanan, kan mukipaTaran

當其跨步，走出

kaDi banising, kaDi saLikiD

家門　　　庭院

TaLangaTanga la, minangana la

必抬頭　　　挺胸，

mi mangsiliana la, mi sa'eruana la

笑逐　　顏開，

i buLay, i asing

那婦人啊。[23]

祭歌的吟唱，有領唱者，有應答者；或獨吟，或眾和；既又典雅，充滿民族的色彩，是原住民文學的瑰寶。歌詞的填唱，以「同義諧音」[24]方式進行；節奏繁複，卻段落清晰，乃典型之祭典文學。這類祭典性的文學材料，在其他九族中還殘存不少，值得大量採集，並嘗試給它做較精確的漢語翻譯，豐富我們的文學資產。這是這一代還能運用雙語的原住民文學工作者，最重要的使命。

　　而這類翻譯的工作，也有可能引導原住民作家找到不同於漢語的句法形式，獨特的象徵手法。我們在田雅各的小說語言，以及阿美族的阿道・巴辣夫的散文、詩作中，都能看到這類嘗試初步的成功例證。這當中，雖不免有「語言結構混亂」或「混血兒」的困擾[25]，但卻是原住民文學獨特生命之所繫，值得不斷嘗試。

　　向族群經驗回歸，重構部落之「古典」，可以使我們的漢語寫作具有族群的縱深，而不是漫無限制的任性想像，更不是對漢語全面之投降而任其宰割。它提醒我們：原住民文學必須建構它自己的「自我邊界」（ego

---

[23]　此段祭歌乃根據卑南族林豪勳之紀錄，修訂重譯而成。林先生早年因車禍導致全身癱瘓，卻以口點鍵，多年來用電腦記錄卑南族之祭典歌謠，並計畫編寫卑南族字典，精神、毅力令人感佩。筆者的翻譯，頗費心力。可惜此處無法深入討論翻譯過程中所遭到的有關語音、語法、用字、用典、用韻，及其象徵之運用等問題。這類細緻的反省，有待另文檢討。

[24]　這是明立國先生提出的術語。

[25]　參見余曉雯，〈這幾支筆要在語文的蠻荒中開出山路——原住民文學創作的語文困境與題材問題〉一文中，田雅各與阿道的談話紀錄。《新新聞周刊》二八三期，1992，頁94-96。

boundaries），這個邊界固然不能是僵硬的（這成了「自我中心主義」〔egocentric〕），但也不能毫無邊界（如此則喪失「自我認同」〔identity〕）。我們認為這是原住民文學創作最艱難，卻也永遠無法逃避的課題。

十、結 語

　　如何將原住民的現實存在，轉化或賦予更深的文化向度，並由此厚植、確立原住民的文化存在、歷史存在，一直是關心原住民未來的人，多年來共同反覆思考的主題。這十年來，原住民文學露出的些微曙光，或許微不足道，卻如照徹原住民古今的炬火，令人激動欲淚，久久佇立。漆黑深邃的原住民歷史，在這些文學嘗試中，陸續升起可供辨識的閃爍星光，格外溫暖、動人。

　　我們因而一方面要向那些創作不懈的原住民文學工作者致敬，另一方面也深深覺得這樣一個歷史契機，不是偶然或孤立的結果。歷代不同心態、不同角度、不同語言的零星紀錄，以及這一百年來旅行家、學者、文學家們不同程度、不同面向對原住民文化歷史與心靈世界的摹寫，不論是正面或負面的，是第三人稱的或報告裡的，是探討民俗社會的或擺在博物館裡的，都是我們原住民文學創作的資源。文學的探索，或可淨化那一幕幕歷史的悲劇，讓我們彼此的靈魂不斷超越。

　　摹寫的工作終究要落到原住民文學工作者身上，除非我們能主動挑起這個重擔，原住民文學永遠無法找到它主體的位置。語言的問題、創作空間的問題、自我邊界的問題，在一個更寬廣的文化、歷史存在之要求下，不應再是一連串的阻礙，相反地，面對並克服這些難題的努力，正可以賦予原住民文學無比的深度與價值。族群的生命世界及其歷史造形，有賴更多的文學心靈去塑造、摹寫、見證！

選自：《中外文學》第二十一卷第七期（1992.12）；孫大川《山海世界：
台灣原住民心靈世界的摹寫》（台北：聯合文學，2004）

編後記

　　《20 世紀台灣文學專題》是一套以台灣文學課程的教學需求，作為主要編選方針的學術論文選；希望透過專長於不同領域的學者之論述，交織出兩個不同角度的台灣文學史讀閱脈絡。

　　上卷名之為《20 世紀台灣文學專題 I：文學思潮與論戰》，以台灣文學史的「歷時性發展」為編輯架構，共收錄十五篇論文，約二十五萬字。本卷的時間跨度較大，以台北瀛社成員魏清德在一九一五年發表對新舊文學的討論文章為起點（見黃美娥論文），到邱貴芬、陳芳明、廖炳惠三人的台灣後殖民論述為止，前後涵蓋八十五年來台灣文學的思潮演變和各種論戰。

　　入選的論文以宏觀、清晰且完整呈現文學思潮的核心價值、發展脈絡；或對文學史的重要議題，進行關鍵性的思辨者為首選。本卷共有六個論述範疇／主題：（一）「日據時期文學 1915-1945」——新舊文學論戰、三〇年代台灣話文論爭、母語文學運動、皇民文學、左翼文學運動；（二）「反共文學 1950-1955」——五〇年代反共小說、五〇年代文藝雜誌；（三）「超現實主義風潮 1956-1969」——新詩論戰、超現實主義美學、現代派運動；（四）「現代詩論戰 1970-1973」——七〇年代初期詩社的興起、現代詩論戰始末；（五）「鄉土文學論戰 1977-1978」——鄉土文學的源流與變遷、從寫實到本土；（六）「從後現代到後殖民 1985-2000」——後殖民論述的建構、文學史的詮釋視野。

　　下卷為《20 世紀台灣文學專題 II：創作類型與主題》，共收錄十五篇論文，約二十五萬字。本卷以台灣文學史的「共時性發展」脈絡為編

輯理念，透過不同文類的主題創作流變，從較具體的創作實踐，呈現自一九三〇年以降，至二〇〇〇年爲止，近七十年來的新詩、散文、小說，和原住民文學的主題發展，形同十五個主題式的小文學史論述。其中包括：科幻小說、後設小說、眷村小說、同志小說、羅曼史小說、女性小說、武俠小說、自然書寫、飲食散文、旅行文學、都市詩、後現代詩、情色詩、女性詩學、原住民文學，都是不容忽視的創作趨勢與成果。

下卷的入選論文以概括性強，能夠清楚陳述該主題／類型的演變軌跡，或著重分析該主題／類型的創作特質者，爲首選。

文學史的發展除了具有巨大影響力的思潮和論戰，還有更細部的各文類主題的演變。前者爲骨骼，後者爲肌理，不可偏廢。如果能夠加上各時代重要作家的專論，和各場論戰的文存，就可以組合出更完整的文學史面貌。也許那是我們將來可以努力的方向。

這部五十萬字的論文選集，能夠在兩個月的時間內完成所有編務，首先要感謝各位入選者的鼎力支持，部分作者甚至爲此增訂了內容（基於選集的性質考量，我們並沒有統一論文格式，同時讓 MLA、APA 和中文學界常用的論文格式並存）。其次，要感謝萬卷樓出版社，給我們非常大的編選篇幅和自由；尤其在出版業非常不景氣的時刻，這種不計成本的支持，充分表現出一個人文出版社的可貴精神。

最後，更要感謝台北大學中文系四年級的朱晏瑭、林陽、林巧涵、邱建綸等四位同學，他們犧牲了大半個暑假，投入這項既繁瑣又吃力的排版和校對工作，讓這部選集能夠在非常短的時間內，以最理想的品質面世。

陳大為、鍾怡雯

2006.08.18

國家圖書館出版品預行編目資料

20 世紀台灣文學專題 II：創作類型與主題 ／陳
大爲,鍾怡雯主編. -- 初版. – 台北市：萬卷樓,
2006[民 95]
　　　面；　　　公分
ISBN 978－957－739－573－3 (平裝)
　1.台灣文學－歷史－論文,講詞等

850.32907　　　　　　　　　95016518

20 世紀台灣文學專題 II：創作類型與主題

主　　　編：陳大爲、鍾怡雯

發 行 人：許素真

出 版 者：萬卷樓圖書股份有限公司
　　　　　　臺北市羅斯福路二段 41 號 6 樓之 3
　　　　　　電話(02)23216565．23952992
　　　　　　傳真(02)23944113
　　　　　　劃撥帳號 15624015

出版登記證：新聞局局版臺業字第 5655 號

網　　　址：http://www.wanjuan.com.tw

E － mail：wanjuan@tpts5.seed.net.tw

承 印 廠 商：中茂分色製版印刷事業股份有限公司

定　　　價：360 元

出 版 日 期：2006 年 9 月初版

ISBN-13：978－957－739－573－3
ISBN-10：957－739－573－2